Miss Emergency
Diagnose Herzklopfen

Von Antonia Rothe-Liermann ebenfalls
bei Planet Girl erschienen:
Miss Emergency – Hilfe, ich bin Arzt

Kerstin, die alles hergibt
Maria, die alles weiß

Rothe-Liermann, Antonia
Miss Emergency – Diagnose Herzklopfen
ISBN 978 3 522 50292 4

Reihen- und Einbandgestaltung: bürosüd°, München
unter Verwendung von Bildern von Shutterstock
Innentypografie: Sabine Conrad
Schrift: Bembo
Satz: KCS GmbH, Buchholz/Hamburg
Reproduktion: Medienfabrik, Stuttgart
Druck und Bindung: CPI – Ebner & Spiegel, Ulm

5 4 3 2 1° 12 13 14 15

www.planet-girl-verlag.de

Antonia Rothe-Liermann

MISS EMERGENCY

Diagnose Herzklopfen

Planet Girl

1

»Ich glaub's nicht, Lena!«

Jenny, meine Freundin mit den ungezählten Männergeschichten, schüttelt grinsend den Kopf. »Tut mir leid, ich glaub's immer noch nicht. Es ist einfach ZU verrückt!«

Ich gebe zu: Heute Morgen, da wir uns in nüchterner Montagsstimmung der Klinik nähern und aus der vollgestopften S-Bahn in das trübe Berliner Herbstwetter stolpern, klingt es unglaubwürdiger denn je. Auch die sanfte Isa hat Zweifel, obwohl sie es vorsichtiger zum Ausdruck bringt. »Aber schau dir Lenas Lächeln an! Sie selbst glaubt es auf jeden Fall …«

Das ganze Wochenende lang haben meine Freundinnen mich ausgequetscht, sie konnten die Geschichte nicht oft genug hören. (Natürlich habe ich auch nichts lieber getan, als sie wieder und wieder zu erzählen.) Am Sonntagabend bei Kakao und Keksen in unserer gemütlichen Küche klang es schon fast glaubwürdig: Wir haben uns geküsst – Dr. Thalheim, der wortkarge, kantige Oberarzt der Inneren, und Lena Weissenbach, die kleine PJlerin. Ein richtiger Kuss, mit weichen Knien und Händezittern. Jedenfalls was mich betrifft …

Aber auch an diesem nüchternen Morgen ist es immer noch wahr! Selbst hier im klammen Frühnebel zwischen den mürrischen Pendlern kann ich noch die zarte rosa Wolke in der Magengegend spüren. Wir haben uns geküsst!

Eigentlich sollten gerade ganz andere Dinge unsere Nachwuchsärztinnengehirne ausfüllen. Denn heute beginnt unser zweites PJ-Tertial im St.-Anna-Krankenhaus. Auf uns wartet die Chirurgie. Noch vor einer Woche hat uns nichts mehr beschäftigt als die Frage, wie wir diese Herausforderung meistern werden. Klar, in unserem ersten Tertial auf der Inneren Station haben wir reichlich Erfahrungen gesammelt – mit Ärzten, Schwestern und Patienten, mit den eigenen Ängsten und dem inneren Schweinehund. Wir haben uns durchgebissen und können stolz sein. Aber im Chirurgietertial werden doch weit schwierigere Aufgaben auf uns warten – denn jetzt wird operiert! Theoretisch beherrschen wir seit dem sechsten Semester selbst die kompliziertesten thoraxchirurgischen OPs im Schlaf. Aber praktisch hat noch keine von uns auch nur einen einzigen winzigen Öffnungsschnitt an einem lebendigen Patienten gesetzt. Es gäbe also genug Aufregendes und Beunruhigendes zu bedenken. Doch wir sprechen bis in den Aufzug nur über DEN KUSS. Und ehrlich, in meinem Kopf ist für nichts anderes Platz. Ich kann den neuen Kollegen, Patienten und Aufgaben im Moment einfach nicht den angemessenen Hirnraum widmen. Denn in meinem Kopfkarussell geht es den ganzen Morgen nur um eines: Heute werde ich IHN wiedersehen. Dr. Thalheim, den klugen, geheimnisvollen, unglaublich gut aussehenden Oberarzt, der nur mit den Augen lächelt. Meinen Dr. Thalheim. (Komisch – kann man in jemanden verliebt sein, den selbst die eigene Gedankenstimme immer noch mit Titel und Nachnamen anredet?)

Im Aufzug sind meine Freundinnen schon wieder fast überzeugt, dass ich spinne. Mein eigenes Hirn ist inzwischen vollkommen abgemeldet. Denn hier sind wir uns zum ersten Mal begegnet. Hätte mir damals jemand prophezeit, dass ausgerechnet ich am Ende des Tertials den unnahbar lässigen Oberarzt küssen würde …

»Vielleicht ist es ein Test?« Typisch Isa – was ist in ihrem besorgten Köpfchen kein Test?

»Von Lena oder vom Oberarzt?«, fragt Jenny spöttisch. »Und was wird getestet? Unsere Fantasie oder unsere Loyalität?«

Die Fahrt dauert acht Sekunden länger als bisher – acht Sekunden unterscheiden die Anfänger von den Fortgeschrittenen. Mit einem *Pling* öffnen sich die Aufzugtüren und geben den Blick auf unseren zukünftigen Arbeitsbereich frei. Vom Empfangstresen der Chirurgie strahlt uns eine ältere Schwester an. »Husch, husch, Mäuschen, die Einführung fängt gleich an.« Die gefällt mir. Sie wirkt gemütlich, fröhlich, mütterlich. Kein Vergleich mit der verkniffenen Schwester Klara auf der Inneren. Grinsend deutet die Stationsschwester zum Aufenthaltsraum der Ärzte. Sieben Uhr neunundfünfzig. Noch eine Minute bis zum Chirurgietertial.

Im Aufenthaltsraum wartet eine gespannte PJler-Reihe auf den Glockenschlag. Wir lächeln einander an, wir sind immerhin keine Anfänger mehr und wissen, was auf uns zukommt. Zumindest sind wir inzwischen erfahren genug, um vor den anderen diesen Eindruck zu erwecken. Punkt acht betritt ein groß gewachsener Blonder im schnittigen Kittel den Raum, mustert uns zufrieden und sagt: »Ach, Gott sei Dank! Ich hatte schon Angst, ich kriege wieder nur Hässliche.«

Dr. Bert Gode, der Stationsarzt der Chirurgie, macht einen ziemlich entspannten Eindruck. Habe ich mir zu große Sorgen gemacht? (Als in meinem Kopf noch Platz für etwas anderes als Dr. Thalheim war …) Oder will er uns nur beruhigen? Dr. Gode jedenfalls lächelt ermutigend und erklärt, die Stationsarbeit auf der Chirurgie sei für alte Hasen wie uns sicher kinderleicht. Wir werden weiterhin Blut abnehmen, Infusionsnadeln legen und die körperliche Untersuchung üben. Neu ist nur der Verbandswechsel. Wie auf der Inneren müssen wir bei Neuaufnahmen die Anamnese erheben, wie im vergangenen Tertial werden wir eigene Patienten betreuen. Dr. Gode grinst. »Und dann schneiden Sie denen ein bisschen den Bauch auf – oder was sonst so anfällt – und wir helfen Ihnen dabei.« Die PJler lachen. Das klingt absolut machbar. Ein kurzer Blick zu meinen Freundinnen zeigt mir, dass sie hingerissen sind. Isa lauscht dem flapsigen jungen Arzt mit offenem Mund und Jenny hat sich regelrecht in Positur gestellt – mit hoch erhobenem Kopf und blitzenden Augen fixiert sie Dr. Gode, bevor sie mit einer winzigen Kopfbewegung ihre blonde

Mähne über die Schulter fallen lässt. Ich selbst bin ein klein bisschen weniger begeistert. Dr. Gode will uns bestimmt nur die Angst nehmen und sicher sollte man dafür dankbar sein. Doch in meinem Kopf warnt eine warme Oberarztstimme liebevoll davor, das kommende Tertial zu leicht zu nehmen. Dr. Thalheim hätte unsere Aufgaben niemals so neckisch verharmlost. Mann, warum denke ich an ihn immer noch in der förmlichen Titel-Nachname-Anrede? Will mein Inneres etwa auch nicht glauben, dass wir beide nicht mehr nur Oberarzt und PJlerin sind? Tobias …

»Sieht der nicht toll aus?«, flüstert Jenny, als Dr. Gode sich umdreht, um die Stationspläne auszuteilen. Wie – »toll«? Seit wann stehen wir denn auf Sonnyboys mit Ken-Frisur?! Klar, Dr. Gode ist ein netter Anblick. Ein Fotoroman-Arzt. Nichts könnte ihm besser stehen als ein weißer Kittel, er passt prima zu seiner sonnengebräunten Haut. Das Haar sitzt, das Grinsen entblößt eine blinkendweiße Zahnreihe. Aber ich mag kantige Typen. Tobias. Gleich werden wir uns wiedersehen. Spätestens mittags in der Cafeteria. Ich kann ja schlecht zu ihm rübergehen, an seiner Bürotür klopfen und »Hallo, Schatz!« flöten. (Ich könnte. Aber ich trau mich nicht.) Überhaupt: Was sage ich, wenn wir uns wiedersehen? Küssen wir uns zur Begrüßung? Nichts möchte ich lieber. Aber: Trau ich mich das? Und selbst wenn – da ich ihn nicht einfach nur küssen und jede andere Kommunikation vermeiden kann, stellt sich doch die Frage: Rede ich ihn jetzt mit dem Vornamen an?

Eine große, schlanke Ärztin mit perfekt sitzender Frisur öffnet die Tür und sagt: »So, Herrschaften, der angenehme Teil ist vorbei.«

Ich weiß nicht, ob sich das auf Dr. Gode, das vergangene Tertial oder das Leben im Allgemeinen bezieht, doch der Anblick der taffen Ärztin, die uns nur mit einem eiligen Blick streift und Dr. Gode den Stationsplan aus der Hand nimmt, macht auf jeden Fall eines deutlich: SIE ist NICHT der angenehme Teil.

Dr. Gode tritt einen Schritt zurück und stellt uns Dr. Thiersch vor, die Oberärztin der Chirurgie. Sie ist höchstens Mitte dreißig. Das muss eine steile Karriere gewesen sein. Wenn sie allerdings so schnell und entschieden durch ihre Ausbildungsjahre marschiert ist, wie sie jetzt uns voraus zu den Patientenzimmern stiefelt, wundert es mich, dass sie noch nicht Chefärztin ist. Oder Päpstin.

Dr. Thiersch stellt uns die Patienten vor wie andere Leute Schubladen aufziehen, wenn sie morgens in Eile Socken suchen. Tür auf, »Tag, Frau Jahn! Das ist Frau Jahn, gerade angekommen, Meniskusschaden«, Tür zu, nächste Tür auf, »Herr Kohler, Bauchspeicheldrüse«, Tür zu, Tür auf, »und hier liegt Frau Schneider, ihr nehmen wir übermorgen ein paar Gallensteine raus.«

In meinem Kopf geht ein sensibler Oberarzt mit mir von Zimmer zu Zimmer, begrüßt die Patienten, fragt nach ihrem Befinden und stellt mich höflich vor. Wie nennt er mich jetzt in Gedanken? Immer noch Fräulein Weissenbach? Oder längst Lena?

Dr. Thiersch erklärt den Patienten recht knapp, dass sie uns später kennenlernen werden. »Mit Dr. Gode, den Sie doch im Grunde lieber sehen als mich, oder?« Und schon ist sie weitermarschiert und wir folgen ihr als brave, perplexe Schlange in den OP-Bereich. Dr. Thiersch bleibt im Vorraum stehen und zeigt uns die Tafel, auf der die kommenden OPs angeschrieben sind. »Es gibt zwei Regeln«, sagt sie und hat noch nicht einem von uns länger als eine Sekunde in die Augen gesehen. »Erstens: Sie operieren niemals alleine, sie assistieren nur. Zweitens: Wenn Sie unseren Ansprüchen nicht genügen, operieren Sie gar nicht.«

Na danke. Schon rutscht mir das Herz in die Kitteltasche, gleich hüpft es auf den Fußboden und bleibt dort als zitterndes Klümpchen liegen, das Dr. Thiersch mit der Spitze ihres schicken weißen Schuhs in eine Ecke schnipsen wird. Diese Frau wird keine Fehler dulden und keine Emotionen, das ist nach fünf Minuten in ihrer Anwesenheit sonnenklar. Vielleicht muss man so sein als Chirurgin. Und Dr. Thalheim, Tobias, hat mich doch gewarnt, dass auf dieser Station ein rauer Wind weht ... In seinem Büro am Freitag, kurz bevor er mich geküsst hat. Schon wieder nimmt das Gedankenkarussell schwindelnde Fahrt auf. Sehnt er sich auch nach mir? Geht er jetzt gerade drüben über seine Station und vermisst mich? Ist er heute freundlich und nachsichtig zu seinen neuen PJlern, weil er sich an mich erinnert – und an die Peinlichkeiten meines ersten Tages bei ihm? Oder begrüßt er sie nur knapp und distanziert, weil ICH nicht dabei bin? Quatsch, er ist doch immer professionell! Verliebt sich eine der neuen PJlerinnen in ihn? Bestellt er die auch in sein Büro? Und sagt er ihr dann, dass sie die Albernheiten lassen soll? Weil er schon vergeben ist? Überhaupt: An all die anderen habe ich noch gar keinen Gedanken verschwendet – Ärzte, Schwestern, Mit-PJler … Werden sie alle erfahren, was passiert ist? Eigentlich wäre es mir recht. Aber ihm gefällt es sicher nicht, die Distanz zwischen Arbeit und Privatem zu verlieren. Also wird das ein Romeo-und-Julia-Geheimnis? Kann man das fragen? Wenn man nicht mal weiß, ob man ihn jetzt beim Vornamen nennen darf?

»Ich weiß nicht, wovon Sie träumen, aber das machen Sie bei mir nur ein einziges Mal!«

Oh, verdammt. Verlegen sehe ich zu Dr. Thiersch auf, sie schaut schon wieder weg und geht ohne ein weiteres Wort an mich zur Erklärung der Instrumenten-Sterilisation über. Eine Entschuldigung will sie wohl nicht hören. Mann, Lena, das sollte dir doch nicht mehr passieren! Du wolltest alle Sinne konzentriert ausschließlich auf die Arbeit richten – und hier stehst du und beginnst den ersten Tag auf der neuen Station mit einem Oberarztanpfiff wegen Träumerei.

Jenny beugt sich zu mir, grinst und flüstert: »Wenn du wirklich was mit Thalheim hast, kann dir die doch egal sein.« Typisch Jenny. Dass sie denkt, man muss nur einen Oberarzt auf seiner Seite haben, um sich benehmen zu können, wie man will – und dass sie mir immer noch nicht wirklich glaubt.

Endlich ist die Einführung überstanden; Dr. Thiersch hat sich mit knappem Lächeln verabschiedet und mit schnellem Stakkato-Schuhklappern entfernt. Dr. Gode grinst uns an und sagt: »Sie gewöhnen sich an sie, im Grunde ist sie herzensgut.« Dann entlässt er uns bis zur Visite in die Mittagspause.

Auf dem Weg zur Cafeteria ist das Urteil über Dr. Thiersch schnell gefällt. »Knallhart. Sicher Dauersingle«, sagt Jenny und Isa lächelt: »Ich hab trotzdem jetzt schon Angst.« Die Auswertung des neuen Stationsarztes dauert etwas länger. »Mit dem würde ICH knutschen!«, grinst Jenny. Und schwupps habe ich Gelegenheit, auf mein Lieblingsthema zurückzukommen. Denn jetzt steht das schmerzlich herbeigewünschte Wiedersehen unmittelbar bevor. Und ich habe immer noch nicht entschieden, wie ich mich verhalten soll.

»Überlass ihm den ersten Schritt«, rät Isa. »Dann kannst du auf jeden Fall nichts falsch machen.«

»Wenn er dich jetzt vor allen küsst, rasiere ich mir morgen eine Glatze!«, ist Jennys Kommentar. Tja, dann kann ich auf ihre Prachtmähne leider keine Rücksicht nehmen: Ich hoffe nichts mehr, als dass er genau das tut! »Aber gib doch wenigstens zu, Lena, dass es einfach unwahrscheinlich ausgedacht klingt«, sagt Jenny. »Er ist SO ein kalter Fisch!« Ja, ich weiß. Noch fünf Schritte bis zur Cafeteria.

Kann man auch Hornissen im Bauch haben? Bei mir sind das nämlich nicht nur Schmetterlinge! Dieses dunkle Zweifelsbrummen stammt eindeutig von stachelbewehrten Insekten, die um meine rosa Liebeswolke schwirren und jeden Moment von innen in die Bauchdecke stechen können. Noch einen Schritt, jemand hält mir die Tür zur Cafeteria auf. Vielleicht ist er nicht da?

In der Cafeteria ist ein ganz normaler Montagmittag. Eine Schlange am Tresen, Ruben, der blauhaarige Koch, grinst zu uns herüber, Schwester Karla sieht durch uns hindurch. Da sitzt Dr. Ross, sie nickt uns zu, dann dreht sie weiter Spaghetti auf ihre Gabel. Für sie alle hat sich die Welt nicht verändert. Mein Herz flattert, als würde ich es nicht mal bis zum Tresen schaffen. Denn dort ist er.

Dr. Thalheim steht gerade vom Tisch auf, als er mich entdeckt. Ich kann mich nicht rühren. War er letzte Woche schon so groß, so attraktiv, so erwachsen? Er sieht überhaupt nicht aus wie jemand, der eine PJlerin küsst. Doch er kommt auf mich zu. Näher und näher.

»Guten Tag, die Damen«, sagt er. Und dann geht er an uns vorbei aus dem Raum.

Zack, die Hornisse hat zugestochen, die Liebeswolke im Bauch platzt mit erbarmungslosem Zischen, ein fieser Schmerz. Ich fühle mich wie vereist. Was war das?! Was heißt das?! Was ist passiert?! Klar – es wäre zu krass, hier vor allen zu offenbaren, dass sich unsere Beziehung geändert hat. (Aber davon träumen durfte man ja wohl.) Oder hat sich unser Verhältnis gar nicht verändert? Ist das seine Art, zu zeigen, dass er den Vorfall vergessen möchte? Konnte er nicht wenigstens lächeln? Du fängst jetzt hier nicht an zu heulen, Lena!

Ich kann meine Freundinnen gar nicht anschauen, so sehr fürchte ich, Mitleid in ihren Gesichtern zu sehen. Isa berührt mich am Arm, ich drehe mich doch zu ihr um. »Tut mir leid, Lena«, sagt sie leise. Und ich kann deutlich sehen, dass auch sie meine Geschichte jetzt nicht mehr glaubt.

Natürlich nicht. Ich glaub's ja selbst nicht mehr.

2

Ich möchte nach Hause fahren. Sofort. Natürlich kommt das nicht infrage. Aber das gemeinsame Mittagessen in der Cafeteria schaffe ich heute auf keinen Fall. Niemand hier hat eine Ahnung, worauf ich gehofft habe, welche idiotisch-teenagermäßigen Träume meinen Vormittag überspült haben. Aber ich bin trotzdem nicht in der Lage, mich jetzt hier zu Spaghetti und PJ-Plausch niederzulassen, während die Enttäuschung wie ein nasser grauer Sack meinen Magen ausfüllt. Also erfinde ich eine lahme Ausrede und verlasse die Cafeteria ohne Essen. Meine Freundinnen halten mich nicht auf; ich glaube, in diesem Moment sind sie endlich doch überzeugt, dass ich den Kuss nicht erfunden habe. »Sollen wir woanders hingehen?«, fragt Isa leise, doch ich schüttele schlaff den Kopf und schleiche zurück auf die Chirurgie.

Auf dem Gang zwischen den Stationen werden meine Schritte schwerer und schwerer, bis ich das Gefühl habe, es nicht mal mehr bis zum Aufzug zu schaffen. So ist das also. Er küsst mich – und dann ignoriert er mich. Und du Schaf hattest die Hollywood-Romanze schon fertig. Wie naiv, ich schäme mich vor mir selbst. Es hat ihm gar nichts bedeutet.

Die weißen Türen mit den Milchglasfenstern zu beiden Seiten des Ganges sind spöttische Gesichter. Eine der Türen gehört zu seinem Büro. Was tue ich, wenn sie offen steht? Oder gar, wenn er jetzt über den Flur kommt? Ich gehe schneller, nur weg hier! Der Gang ist leer, seine Bürotür geschlossen, ich haste daran vorbei und erreiche den Aufzug wie ein rettendes Schlauchboot. Die Türen schließen sich, ich bin der Gefahr entronnen – vorerst. Bis dieser Tag überstanden ist, werde ich die Chirurgie-Etage nicht mehr verlassen. Und heute Abend nehme ich die Treppe. Nur IHM nicht begegnen!

Die Ernüchterung kommt sofort. Wieso denkst du nur bis heute Abend, Lena?! Nach diesem Abend kommt ein neuer Tag. Und noch einer. 92 bis zum Ende der Tertials, 182 bis du St. Anna verlassen kannst. Wie sollst du die überstehen, ohne ihm über den Weg zu laufen?! Selbst wenn du niemals wieder die Cafeteria betrittst – es wird unmöglich sein, 182 Tage nicht auf ihn zu treffen. Okay, ohne die Wochenenden sind es 120, vielleicht 113, falls ich zu Weihnachten Urlaub nehmen darf. Aber 113 Arbeitstage sind fast 1000 Stunden. Vergiss es, Lena, diese Sache musst du anders angehen! Thalheims knappes Lächeln brennt immer noch höhnisch deutlich in meinem inneren Auge. (Nur »Thalheim« – kein Gedanke mehr an »Tobias«. Selbst das respektvolle »Dr.« spart sich die Gedankenstimme, verletzt auf schmerzvermeidenden, herablassenden Abstand bedacht.)

Ich bereue, dass ich nicht schnell genug auf cool schalten konnte und ihm eine ebenso kühl-freundliche Begrüßung hingeworfen habe. Stattdessen sah ich sicher aus wie eine Karnevalsprinzessin im Regen. Beim nächsten Mal – wenn sich die Begegnungen schon nicht vermeiden lassen – werde ich genauso lässig-distanziert sein. Nett. Unnahbar. Wie – Kuss? Das hat Ihnen doch hoffentlich nichts bedeutet?! (ICH küsse nämlich regelmäßig und ganz zwanglos alle meine Vorgesetzten beim Abschlussgespräch. »Vielen Dank für die angenehme, lehrreiche Zeit in Ihrer Abteilung und hier noch ein Kuss.« Auch Dr. Thiersch werde ich zum Abschied hingebungsvoll knutschen, was dachten SIE denn?!)

Es ist beschlossene Sache: Da ich ihm nicht aus dem Weg gehen kann, werde ich cool und überlegen sein und ihm zeigen, was es bedeutet, wenn es NICHTS BEDEUTET! Überhaupt bin ich hier, um eine ganz ausgezeichnete Ärztin zu werden und habe für verletzte Gefühle weder Zeit noch Hirn übrig. Die Aufzugtüren öffnen sich. Du wirst das schon schaffen, Lena! Die Cafeteria kannst du ja trotzdem für diese Woche umgehen. Nur bis dein neuer Gleichmut etwas gefestigt ist.

Ich trete aus dem Aufzug, entschlossen, alle Nicht-Ärztinnen-Gefühle und -Träume vollkommen abzuschalten. Wie um mir das zu erleichtern, schiebt eben die gemütliche Schwester einen Essenswagen um die Ecke und lächelt mich an: »Kannst du mal helfen, Mäuschen? Ich bin alleine und die Hälfte der Patienten hat noch kein Futter!« Natürlich kann ich. Gemeinsam teilen wir die restlichen Essen aus – was mir eine Extra-Vorstellung beschert, denn Schwester Jana versorgt mich nebenbei im Tratschton mit dem nötigsten Privatwissen über die Patienten. Ich erfahre, dass Frau Schneider mit den Gallensteinen früher Olympiateilnehmerin in der Schwimmstaffel war und der Patient mit dem Leistenbruch dreimal geschieden ist, aber von allen drei Frauen besucht wird – gleichzeitig. Die meisten Patienten begrüßen mich herzlich und scheinen sich über ein neues Gesicht zu freuen. Dass eine Ärztin ihnen das Essen austeilt, finden sie großartig. Zwei schließen gleich ihre ganze Krankengeschichte an. Ich nicke wissend zu den detailliert geschilderten Befindlichkeiten einer Blinddarmpatientin und beruhige einen alten Herrn bezüglich der Narkosemittel – nein, Lachgas ist nicht mehr üblich. Erst als der Essenswagen leer ist, denke ich wieder daran, warum ICH noch nichts gegessen habe. (Gelernt: Gegen das, was dich von der Arbeit ablenkt, hilft andere Arbeit.) Und als ich Schwester Jana gestehe, dass ich selbst noch nichts zu essen hatte, öffnet sie eine Schublade an ihrem Tresen und präsentiert mir eine Süßigkeitenauswahl, die Willy Wonka in seiner Schokoladenfabrik vor Neid erblassen ließe.

»Zu mir kannst du immer kommen«, lächelt sie. »Und Füttern ist meine leichteste Übung.« Sie rollt den Wagen weg und ich sitze an ihrem Tresen und kaue Nuss-Waffel-Riegel. Der Zucker breitet sich in meinem Magen über die erste Schicht meiner neuen professionellen Haltung, festigt die erste Lage Selbstbewusstsein und lässt die Enttäuschung noch weiter nach unten rutschen. Ich konzentriere mich voll auf die Karriere und verschwende keinen Gedanken mehr an Thalheim! Geschieht ihm nur recht, wenn du hier die stationsbeste PJlerin bist, sagt meine Gedankenstimme. Wenn du strahlst und beeindruckend patent bist. So gut, dass die verkniffene Karrieristin von Oberärztin anerkennend deinen Namen nennt. »Meine begabteste Anfängerin« wird sie sagen. Vor allen. In der Oberarzt-Besprechung! (So was gibt es ja wohl!) Dr. Thiersch wird dich begeistert loben und ER wird ganz wehmütig über die tragisch verpasste Gelegenheit sein. Dass ich nicht in St. Anna bin, um ihn zu beeindrucken und nicht all mein Engagement darauf abzielen sollte, ihn vor Reue leiden zu lassen, habe ich gerade doch wieder spontan vergessen.

Als meine Freundinnen vom Essen kommen, sind sie voller Besorgnis und Anteilnahme. Während die sanfte Isa eher praktisch gedacht und mir ein Stückchen Apfelkuchen mitgebracht hat, schäumt die temperamentvolle Jenny mal wieder stellvertretend vor verletztem Stolz und schwört resolut, sie werde IHN nie wieder auch nur eines Blickes würdigen. Tatsächlich. Jetzt glauben sie mir. Zwar tut es gut, dass sie so mitfühlen, doch meiner frisch beschlossenen neuen Gefühlskälte ist es dienlicher, wenn wir nicht zu lange über Thalheim reden. Zum Glück erlöst mich der Sonnyboy-Stationsarzt; er lädt uns so strahlend zur Visite ein, als bitte er uns an eine Geburtstagskaffeetafel statt an die Betten frisch operierter oder noch OP-nervöser Patienten. Wir folgen ihm ins erste Zimmer, Jenny natürlich neben Dr. Gode – und: Irre ich mich oder hat Isa sich eben an der etwas molligen neuen PJ-Kollegin vorbeigedrängelt, um an Dr. Godes anderer Seite zu gehen?!

Eins ist sofort klar: Die Patienten lieben Dr. Gode. Seine sonnige Art führt offenbar keineswegs dazu, dass sie sich und ihre Leiden nicht ernst genommen fühlen; es ist eher, als biete ihnen jemand wenigstens ein Eis an, wenn sie schon hier liegen müssen. Dr. Gode ist ein Softeis mit Streuseln, nach seinen fröhlichen Bemerkungen scheinen sie alle überzeugt, schon auf dem Wege der Besserung oder wenigstens in den allerbesten Händen zu sein.

Ich denke insgeheim, dass es mich zu Tode nerven würde, einem Arzt ausgeliefert zu sein, der mich mit »In einer Woche werden Sie wieder Rumba tanzen« aufheitern will. Bin ich heute einfach unaufgeschlossen und nörglerisch? Ich weiß nicht, woran es liegt, aber bei mir funktioniert Dr. Godes Art gar nicht. Ich sehe, dass meine Freundinnen absolut darauf anspringen, auch die anderen PJler wirken verzückt. Ich finde, ein bisschen würdevoller sollte ein Stationsarzt schon sein. Aber natürlich: Ob es den PATIENTEN hilft, sollte das Maß für angemessenes Arztverhalten sein – und nicht die kränkungsgefärbte Empfindlichkeit einer Oberarztkuss-geschädigten PJlerin.

Mehrere Patienten, die ich schon bei der spontanen Essensausgabe kennenlernen durfte, grüßen mich fröhlich … was mir skeptische Blicke der anderen PJler einbringt. Und nach dem zweiten »Ach, bringen Sie noch Nachtisch?« fühlt sich der Stationsarzt genötigt, mir für die Zukunft etwas mehr Zurückhaltung bei den Schwesternaufgaben zu empfehlen. Ich gebe zu, er tut es nicht unangenehm. »Wissen Sie«, lächelt er nur, »es mag ungerecht sein, aber die meisten Leute fürchten, wer zur Essensausgabe eingeteilt wird, könnte keine SO exzellente Chirurgin sein.« Er hat natürlich recht: Wenigstens zwei der Patienten haben meinen Einsatz falsch verstanden und sind nun überrascht, dass »die neue Schwester« mit den Ärzten mitlaufen darf. Trotzdem – dann bin ich eben ungerecht – Dr. Godes fröhliche Art ist mir irgendwie zu viel. Klar. Keine Frage, warum.

Im fünften Zimmer unseres Rundgangs treffen wir auf die erste Person, die ebenfalls nicht auf Dr. Godes allgemeine Sonnenscheinverbreitung steht. Als er die Tür öffnet und freundlich »Wie geht es uns denn?« fragt, dreht sich im Bett ein uns bekannter Kopf mit einem genervten Stöhnen zur Wand.

Tatsächlich, das ist Paula Schwab, mir und meinen Freundinnen noch bestens bekannt aus unserem letzten Tertial. Paula, die auf der Inneren die operationsvorbereitende Chemotherapie überstanden hat, wurde ebenfalls heute in die Chirurgie überstellt. Bei ihr steht nun die Gastrektomie an, in der ihr Magen vollständig entfernt werden soll. Im letzten Tertial ist die mürrische Patientin uns allen ans Herz gewachsen – ganz besonders Jenny, die ihre Betreuung übernommen und sich schnell und überraschend eng mit ihr angefreundet hat. Dr. Gode kennt Paula Schwab offenbar noch nicht und nachdem sie ihm in bekannter Manier gezeigt hat, was sie von fröhlichen Ärzten hält, ist der Stations-Ken perplex.

»Haben Sie Schmerzen«, fragt er etwas vorsichtiger, »oder Angst?« Siehe da, er kann auch sensibel (oder was er dafür hält). Für Paula Schwab ist das nicht der richtige Tonfall, mit ihr redet man am besten sachlich-zynisch oder gar nicht. Und bevor Dr. Gode eine Optimismus-Stufe höher schalten kann, tritt Jenny an Paulas Bett. »Ich hoffe, Ihr drittletztes Mittagessen war weder Sülze noch Gummiadler?«

Paula verzieht das Gesicht. »Eintopf. Aber ich muss ja nur noch zweimal Kantinenfraß überstehen, dann habe ich schlechtes Essen ein für alle Mal hinter mir.«

Dr. Gode ist kurz sprachlos, die Mienen der anderen PJler sind ebenfalls erstarrt. »Fatalismus ist gar nicht nötig, Frau Schwab«, lächelt der schmucke Arzt, »Sie werden auch nach der OP ausgezeichnet essen. Man kann selbst einen Seeteufel pürieren.« Ich weiß nicht, ob sein Optimismus echt so unerschütterlich ist oder ob das sein Versuch ist, sich auf Paulas grob-zynische Ebene einzulassen. Bei ihr blitzt er jedenfalls ab.

»Gott sei Dank, dass du da bist!«, sagt sie zu Jenny, kein bisschen leise. »Ich finde, es reicht, dass man seinen Magen hierlassen soll. Man muss nicht auch noch seine Würde hinterherschmeißen, oder?«

Bei der Nach-Visite-Besprechung bitte ich Dr. Gode einiges ab, denn als er uns alle im Arztraum um sich versammelt hat, grinst er als Erstes Jenny an und sagt: »Eins zu null, meine Liebe! Die Patientin Schwab steht von nun an am besten unter Ihrer Obhut. Denn ich fürchte, wenn ich sie noch einmal anlächle, springt sie mit all ihren Infusionsschläuchen auf und stürzt sich vom Dach.« Immerhin. Er weiß also, dass seine Art nicht für alle das Richtige ist. Und Jenny grinst zurück, sieht ihm in die Augen und entgegnet: »Gerne. Und Sie können ja stattdessen MICH anlächeln!«

Dr. Gode bietet uns Übrigen noch keine Patienten an. Auch wenn er es, wie alles andere, in ein sanftes Lächeln verpackt: Er möchte uns erst kennenlernen. Damit wir alle einen Patienten auf unserer Wellenlänge bekommen. Und keinen umbringen. Jenny ist also die strahlende Ausnahme. Sie lächelt zufrieden und ich, die ich sie nun schon drei Monate kenne, weiß, dass sie ihren Erfolg tief im Inneren nicht ihrem besonderen Draht zu Paula zuschreibt, sondern der Tatsache, dass sie eindeutig die Hübscheste der PJlerinnen ist.

Wenn sie sich da mal nicht täuscht ... Doch, die Hübscheste ist sie natürlich. Aber Dr. Gode – auch wenn mir seine Art nicht liegt – scheint doch etwas feinere Auswahlkriterien zu haben. Während er uns den OP-Plan der nächsten Woche erklärt, mustere ich meine Mit-PJler. Zwei von ihnen kenne ich aus dem letzten Tertial: Erik-Nathanael und Bastian, von uns zu »Ernie und Bert« vereinfacht. Die beiden haben schon auf der Inneren mit uns Dienst geschoben, aber den Eindruck vermittelt, sie würden nicht nur nicht mit Frauen, sondern generell nur miteinander reden. Ich glaube, sie wohnen auch zusammen und verbringen ihre Freizeit zwischen Lehrbüchern und der Playstation. Sabrina, das etwas mollige Mädchen, ist bereits im dritten Tertial. Im dritten kann man sich die Station aussuchen und damit einen Grundstein für die spätere Spezialisierung legen. Sabrina also will wohl Chirurgin werden. Sie zeigt gleich mal, dass sie sich hier schon auskennt, indem sie für uns alle Kaffeetassen und Kekse aus dem Schrank kramt. Dr. Gode schenkt Kaffee aus, seine Patientenvorstellung bekommt so schnell den Charakter einer gemütlichen Plauderrunde. Bei Kaffee und Keksen erklärt er, wann welcher Patient »unters Messer« muss und was es dabei für uns Anfänger zu tun geben könnte. Als Erstes stehen die Gallen-OP der Ex-Olympionikin und die Bauchspeicheldrüse an. Ich bin nicht voll konzentriert, denn die angeschlagene Werbetasse vor mir erinnert mich an ein anderes Kaffeetrinken. An einen zerbeulten Thermosbecher, ein karges Büro, einen überladenen Schreibtisch. Dr. Thalheim, der mir seine eigene Nachtschicht-Tasse voll schwarzen Kaffee füllt, mir still gegenübersitzt und erreicht, dass ich mich ernst genommen und geborgen fühle. Der Morgen nach einer Nachtschicht, er war noch müde, das erste Mal ohne seine unantastbare Oberarzt-Contenance, seine Haare zerstrubbelt. Er hat seinen Kaffee mit mir geteilt und ich …

Weg! Raus aus meinen Gedanken!

Der Bilderrahmen auf seinem Schreibtisch … lange bin ich neugierig drum herum geschlichen; erst an meinem letzten Tag auf der Inneren hat sich mir enthüllt, dass der Rahmen kein Foto, sondern einen Wahlspruch einfasst: *Und hier ist der Mittelpunkt der Welt*. Was soll das eigentlich? Am Freitag kam es mir noch wie der klügste und schönste Leitsatz vor; jetzt frage ich mich, ob Thalheim nicht einfach der Meinung ist, ER SELBST sei der Weltmittelpunkt. Das Zentrum MEINER Welt soll er jedenfalls nicht sein. Kann er jetzt mal endlich aus meinem Kopfkarussell aussteigen und davonwanken in eine nebulöse Vergessenheit?

Tack, tack, tack auf dem Flur, dann wird die Tür aufgerissen, die Thalheim-Seifenblase in meinem Kopf platzt mit einem Knall. Dr. Thiersch steht in der Tür, ein Blick um den Kaffeetisch, ein herablassendes Lächeln: »Soll ich schnell zum Bäcker springen und uns eine Schwarzwälder Kirsch holen?« Ernie, der weder den Umgang mit Frauen noch den mit Ironie gewohnt scheint, ist der Einzige, der erfreut nickt. Alle anderen haben verstanden, dass Dr. Thiersch die Gemütlichmachung von Arbeitsbesprechungen unpassend findet. Dr. Gode scheint zum Glück kein demütiger Untergebener zu sein, er lächelt auch Dr. Thiersch an und entgegnet: »Sollte Gemütlichkeit auf dieser Station eines Tages salonfähig werden, werde ich eigenhändig eine Schwarzwälder Kirschtorte BACKEN!« Aber er stellt die Kekse weg und Sabrina schiebt diensteifrig unsere Tassen zusammen.

Dr. Thiersch setzt sich nicht; sie bleibt stehen und mustert ihre neuen Anfänger zum ersten Mal eingehend. Ihr Blick hat etwas

Durchdringendes. Erinnert sie sich, dass sie mich heute Morgen gerügt hat? Ihr Blick bleibt an mir hängen. »Na, inzwischen wach?« Okay. Sie erinnert sich. Ich senke die Augen, was soll man da antworten. Könnte sie jetzt bitte dem Nächsten vors Schienbein treten?! »Wer ist Isa?«, inquiriert Dr. Thiersch scharf. Oh, ich nehme den Wunsch zurück – ich hätte lieber noch 15 bis 17 bissige Bemerkungen auf mich genommen, wenn damit verhindert würde, dass die böse Fee über meine zarte Freundin herfällt. Isa zeigt zaghaft auf, Dr. Thiersch nickt. »Ich hörte, Sie sind ein stilles Wasser. Die Kollegen auf der Inneren haben Sie sehr gelobt.« Isa lächelt verschämt. Aha, die taffe Oberärztin hat sich schlaugemacht. Was sie wohl über MICH gehört hat? Und über Jenny, den Autoritätsschreck der Inneren? »Ich bin sehr gespannt, wie Sie sich in Ihrer ersten OP schlagen«, fährt Dr. Thiersch fort, »und habe Sie deshalb gleich mal für die Galle eingeplant.« Isas Lächeln schläft ein, Herausforderungen und Extrawürste sind absolut nicht ihr Ding. Aber sie nickt natürlich. Ich fange Sabrinas Blick auf: Ist sie beleidigt, weil sie als Erfahrenere damit gerechnet hat, zuerst dranzukommen? Dr. Thiersch nickt ihr zu. »Kein Neid, Frau Schulte, Sie bekommen die Bauchspeicheldrüse.« Sabrina ist beruhigt und Dr. Thiersch hat gezeigt, dass sie doch sensibel für Befindlichkeiten ist – auch wenn sie es sich nicht nehmen lässt, sie als albern darzustellen. Dann geht sie und Dr. Gode grinst Isa an. »Glückwunsch. Eigentlich lässt sie zuerst alle Herren operieren.«

Als wir die Station verlassen, ist Isa zappelig. »Bitte sagt mir, dass ich sie nicht enttäuschen werde!«

Wir sprechen ihr Mut zu. Isa wird sich die verbleibenden 40 Stunden in ihren Lehrbüchern vergraben und jeden Handgriff theoretisch perfekt vorbereiten, das wissen wir ohnehin. »Außerdem steht dir ja Dr. Dandy zur Seite«, grinst Jenny. »Der putzt einen sicher nicht gleich runter, wenn man mal eben ein Skalpell im Patienten vergisst.«

»Sag so was nie wieder!«, ruft Isa entsetzt, doch dann lächelt sie. »Aber das passiert wohl nicht mal mir.«

Meine Freundinnen sind also ganz zufrieden, als wir aus der Klinik in den Feierabend schlendern. Okay, unsere neue Oberärztin ist etwas gewöhnungsbedürftig, aber Isa und Jenny sind überzeugt, dass der fesche Dr. Gode noch weit größere Unannehmlichkeiten aufwiegen würde. Jenny hat bereits eine Patientin zugewiesen bekommen; noch dazu eine, die sie schon kennt, gerne hat und um die sie sich sowieso bewerben wollte. Und Isa zehrt immer noch von dem Lob aus zweiter Hand, das ihr gezeigt hat, dass ihre schwierige Startphase auf der Inneren allgemein in Vergessenheit geraten ist oder gar durch ihren Fleiß überlagert wurde. Nur ich verlasse das Krankenhaus mit einem flauen Enttäuschungsgefühl. Die verliebten Hoffnungen, mit denen ich heute Morgen herkam, sind mir inzwischen selbst peinlich.

»Was war denn nun eigentlich in der Mittagspause?«, fragt Jenny in diesem Moment. »Hat er versucht, sich zu entschuldigen?« Ich starre sie an. Glaubt sie wirklich, ich bin Thalheim nachgegangen und habe ihn zur Rede gestellt?! »Aber du hast ihm doch wenigstens GEZEIGT, dass er ein Idiot ist und seinen blöden Auftritt noch schrecklich bereuen wird?!«

»Fehlanzeige«, entgegne ich. »Ich bin ihm nicht nachgelaufen, sondern einfach nur weggerannt. Ich hab ihn nicht noch mal gesehen und WILL ihn auch nie wieder sehen.«

Isa blickt mich mitleidsvoll an. »Dann schau nicht da rüber!«

Vor dem Krankenhaus parkt ein blitzender VW. Thalheim trägt trotz des Herbsteinbruchs immer noch die dunkelgrüne Sportjacke, die so gut zu seinen dunklen Haaren passt. Er steht neben seinem Auto und scheint zu warten. Auf mich? Meine Knie geben nach, ich bleibe stehen. Ich kann mich keinen Schritt weiter vorwärtsbewegen. Dr. Thalheim zieht seine Jacke aus und legt sie ins Auto, langsam. Ein Vorwand, um sich noch einen Moment hier aufzuhalten? Er könnte die blöde Jacke auch drinnen ausziehen. Oder gar nicht – bei der Kälte! Vollkommen klar, dass er sich etwas zu tun macht. Noch hat er uns wohl nicht gesehen. Aber wenn er sich umdreht … Was soll ich denn tun?! Ich kann unmöglich an ihm vorbeigehen!

»Wenn wir da sind, lachst du einfach!«, rät Jenny energisch. Klar. Sie würde strahlend an ihm vorbeiziehen und so tun, als sei er vergessen und sie wunschlos glücklich. Ich kann das nicht. Aber um nach Hause zu kommen, muss ich an dem Oberarzt-VW vorbei!

»Geh doch hin und rede mit ihm«, sagt Isa. Ich schüttle den Kopf. Noch einen Blick riskieren: Thalheim schaut nicht her, vielleicht hat er uns immer noch nicht gesehen. Jetzt steigt er doch ein. Habe ich mal wieder alles überinterpretiert und er hat ÜBERHAUPT NICHT auf mich gewartet?! Doch, er wartet ganz eindeutig – zumindest, falls er nicht in seinem Auto wohnt.

»Hups!«, sagt Jenny plötzlich, »mein Schal!« Sie macht auf dem Absatz kehrt und eilt überraschend zurück ins warme Krankenhaus.

»Oh«, macht Isa, etwas weniger überzeugend – und dann hastet sie Jenny hektisch hinterher. Verräterinnen! Ich könnte schwören, dass Jenny ihren Schal vor einer Sekunde noch umhatte! Mit mir nicht! Ich werde auf keinen Fall zu Thalheim gehen und mir eine neue Abfuhr abholen! Hier warten will ich aber auch nicht, denn wenn sich Jenny in den Kopf gesetzt hat, dass ich alleine auf Dr. Thalheim treffen soll, wird sie eher im Krankenhaus übernachten, als dass sie wieder herauskommt, bevor ich den gefürchteten VW erreicht habe! Also stiefele ich los, gehe tapfer geradeaus.

Der Krankenhausvorplatz ist leer. Noch zwei Schritte bis zum Auto, in dem er immer noch sitzt, ohne den Motor zu starten. Jetzt bin ich bei ihm. Und ich kann nicht anders: Ich MUSS hinsehen.

Sein Blick erwischt mich in voller Breitseite, gleich breche ich hier auf dem Vorplatz zusammen. Seine Stimme ist warm, ruhig. »Darf ich Sie nach Hause fahren?«

3

Thalheim schweigt. Ich sitze neben ihm im Auto und bereue schon an der Ecke, dass ich eingestiegen bin. Will er noch jemals im Leben irgendwas sagen? Soll ich?! Oh Mann, warum habe ich kein schnippisches »Nein danke« herausgebracht? Wollte ich wirklich SO GERNE bei ihm sein? Für DAS HIER?!

Es dauert vier Querstraßen, bis er endlich den Mund aufmacht. Es fühlt sich an, als hätten wir inzwischen zweimal nach Lübeck und zurück fahren können. Thalheim sieht mich nicht an. »Es tut mir leid.«

Nach dieser unerwarteten Eröffnung sagt er wieder eine Weile gar nichts. Ich werde ihm nicht helfen! Eine Entschuldigung ist das Mindeste, was du verdient hast, Lena. Lass ihn noch wenigstens zweimal sagen, dass er seinen blöden Auftritt bereut, bevor du ihn erlöst! Dass ich noch vor einer Sekunde nicht nur nicht mit einer Entschuldigung, sondern sogar mit einer neuen Abfuhr gerechnet habe, vergesse ich spontan.

Ich habe mich in der Entfernung ein wenig verschätzt, Dr. Thalheim biegt bereits in meine Straße ein. Wie können wir schon da sein?! Nein! Wir müssen doch reden, er soll sich entschuldigen, mir sagen, wie albern er sich verhalten und wie sehr er mich vermisst hat! Stopp, stopp, kann jemand mit einem riesigen Nudelholz kommen und meine schäbige kleine Straße etwa 200 Kilometer länger walzen?!

Thalheim fährt nicht bis zu meinem Haus. Stattdessen bremst er am Anfang der Straße. Und jetzt? Was wollte er denn?! Mich wirklich nur nach Hause fahren? Einmal »Tut mir leid« sagen und das war's?! Und was willst DU eigentlich, Lena?! Am besten, du steigst jetzt aus!

Ich habe schon die Hand am Türgriff, als er mich endlich ansieht. Und unter diesem Blick schafft mein Hirn es einfach nicht, den Befehl *Tür öffnen* zu meiner Hand durchzustellen.

»Es tut mir wirklich leid«, sagt seine warme, sanfte Stimme. »Es war unverzeihlich und ich kann mich nur entschuldigen. Ich hoffe, dass Sie mir das nicht nachtragen, Lena!«

In meinem Kopf herrscht ein tsunamiartiges Gedankenchaos. »Sie« und »Lena«. Distanz. Gleichzeitig entschuldigt er sich für seine Kühle beim Mittagessen und »nicht nachtragen« heißt ja wohl, dass es anders weitergehen soll. Wie denn?! Will er sagen, dass er beim nächsten Mal eine Begrüßung findet, die einer Wir-haben-uns-geküsst-Verbindung angemessen ist? Aber: Was wäre denn angemessen? Thalheim sieht mich an. Wartet er darauf, dass ich irgendwas sage? Sind irgendwo noch Worte verfügbar? Hilf ihm, Lena!

»Ich war schon … überrascht«, sage ich. »Enttäuscht« klingt zu sehr nach unglücklich verliebtem Teenager. »Überrascht« wirkt hoffentlich erwachsener, wie: Eigentlich können wir uns doch mal küssen und dann trotzdem Freunde sein. Okay, ich will nicht »Freunde sein«. Ich sehe ihn an und will »Verliebte sein«, sofort und für immer. Aber ich will ihn auch nicht verschrecken. Seine Entschuldigung hat wohl Überwindung genug gekostet. Kann ich ihm irgendwie begreiflich machen, dass ich ihn am liebsten einfach nur wieder küssen würde?

»Überrascht …«, wiederholt er. Hab ich das gesagt?! So was Dummes, das klingt ja wirklich, als hättest du einen Kniefall in der Cafeteria erwartet! Zwei Ärzte, die ihre Souveränität in einer Klinik voll tratschender Schwestern wahren wollen, küssen selbstverständlich heimlich! Aber gesagt ist gesagt, ich nicke. »Ich weiß nicht, was über mich gekommen ist«, sagt er. »Es wird natürlich nie wieder etwas Vergleichbares vorkommen und ich hoffe, wir können die Situation vergessen.« Hey, jetzt klingt es doch fast, als verspreche er, bei der nächsten Cafeteriabegegnung wirklich auf die Knie zu fallen. Ist ja gut, ich vergesse das blöde Mittagessen! Schau mich nur noch eine Sekunde so an! Dr. Thalheim räuspert sich. »Ich hoffe, wir gehen weiterhin professionell miteinander um!« Natürlich, ich nicke gebannt. Ich habe gar nichts gegen eine heimliche Romanze. Können wir uns jetzt küssen?!

Ich lehne mich noch ein wenig mehr in seine Richtung, kann den Blick nicht von seinen dunkelblauen Augen abwenden. »Wir werden uns ja ohnehin nicht mehr oft sehen.« Peng. Ich erstarre. Eiskalt. Es fühlt sich an, als sei gerade die Frontscheibe gesprungen, als säße ich plötzlich im eisigen Wind, mit Tausenden winziger scharfer Glassplitter überzogen.

Ganz langsam dringt in mein verblendetes Mädchenhirn durch, was er mir sagen wollte. Viel zu langsam.

Er hat sich nicht für seinen kühlen Auftritt in der Cafeteria entschuldigt. Sondern für den Kuss. »So was wird nie wieder vorkommen« heißt nicht »Ich werde mich in Zukunft zu dir bekennen«, sondern »Wir werden uns nie wieder küssen«. Mit »professionellem Umgang« meint er nicht »vor den anderen« sondern »Du und ich werden den Kuss vergessen. SIE und ich«.

Die Tür öffnen! Jetzt! Aussteigen, nach Hause gehen. Ins Bett legen, sterben.

Ich kann mich nicht bewegen. Er sieht mich an, immer noch. Still. STEIG AUS, Lena! Bevor ER dich bittet! Ich kann nicht. Ich kann nicht wegsehen. Er sieht auch nicht weg. »Es tut mir wirklich leid«, sagt er noch einmal. Weiß er nicht, dass Dinge, die so oft wiederholt werden, irgendwann gar nicht mehr glaubwürdig klingen? Irgendwie wirkt er traurig.

Das ist doch Quatsch. Ich öffne die Tür, endlich gehorcht der Körper, ich steige aus. Stehe auf der Straße. Das war's. 200 Meter nach Hause, das schaffst du jetzt auch noch.

Als ich den ersten Schritt gemacht habe, klappt hinter mir die Autotür. »Dein Schal …«, sagt er. Ich bleibe stehen. Mein Schal. Ich hatte ihn in der Hand, als ich einstieg, jetzt habe ich ihn nicht mehr, also hat er wohl recht und tatsächlich meinen Schal. Wenn ich das irgendwann in einem anderen Universum Jenny erzähle, wird sie sich kaputtlachen. Und sicher nicht glauben, dass ich ihn nicht absichtlich liegen ließ. Oder ist es möglich, dass mein Unterbewusstsein da tatsächlich ein wenig nachgeholfen hat? Auf jeden Fall darf der Schal nicht bei ihm bleiben, ich trage ihn schrecklich gern und werde niemals an Thalheims Büro klopfen und ihn wieder einfordern können. Also bleibe ich stehen.

Eine Sekunde später ist er bei mir, den Schal in der Hand. Der ist wirklich schön, aber vielleicht opfere ich ihn doch, denn in diesem Moment geht mir durch den Kopf, dass ich ihn wohl nie wieder tragen kann.

Irgendwie hilflos strecke ich die Hand aus. Gib ihn mir und verschwinde, damit ich ins Bett gehen und sterben kann. Eingewickelt in den schönsten und grässlichsten Schal der Welt.

Thalheim tritt noch einen Schritt näher. Er gibt mir den Schal nicht. Er legt ihn mir um. Das Glassplittergefühl kommt zurück, jetzt aber ist es, als wären all die winzigen Scherben aus kribbeligem Zucker. Was wird das denn?!

Er sieht mich an. Wortlos. Aber ist in einem Schweigen schon mal so viel gesagt worden? Und dann küsst er mich.

4

Warum liegt zwischen »jetzt« und »morgen« nur manchmal so furchtbar viel Zeit?! Ich stehe in unserer bunten, etwas unordentlichen Küche und frage mich, wie ich die Treppen geschafft habe – mit diesen Puddingknien. Immer noch ist mir, als könnte ich ganz leicht den Duft seines Aftershaves riechen. Immer noch habe ich das Gefühl seiner Hände auf meinen Schultern. Er hat gar nichts gesagt, nur »Gute Nacht, Lena!« Dann ist er in sein Auto gestiegen und davongefahren und ich glaube, ich stand noch eine ganze Minute reglos auf der kalten Straße. Das Licht der Laternen im Herbstnebel zauberte eine unwirkliche Traumlandstimmung. Kann das tatsächlich passiert sein? Und was bedeutet das jetzt?

Ich stehe in unserer Küche, als sei ich eben aus einer ganz anderen Zeit, einem ganz anderen Leben hierherversetzt worden. Mein Gesicht spiegelt sich in der Glastür des Geschirrschranks und ich sehe geradewegs in ein idiotisches Grinsen. Verdammt, Lena, das Spiegelbild in der Küchenschrankscheibe weiß es längst. Du kannst nichts leugnen, was man dir so überdeutlich ansieht. Du bist hemmungslos verliebt. Endlich. Leider.

Denn als mein Gehirn ganz langsam wieder anfängt zu arbeiten, ist der erste Gedanke: Das darf niemand erfahren! Eines ist ja wohl absolut klar geworden: Thalheim findet es ganz falsch. Tobias. Er sagt mir, dass der Kuss ein schrecklicher Fehler war, der ihm entsetzlich leidtut – und dann küsst er mich wieder. Tut es ihm jetzt noch mehr leid? Aber warum eigentlich? Ich habe ja nicht auf der Straße gekniet und um den Kuss gebettelt! Das war doch ganz eindeutig seine Initiative! Aber klar, ich kann es mir denken: Er ist Oberarzt, ich bin PJlerin. Wenn man es ganz genau nimmt, bin ich nicht mehr explizit seine Schutzbefohlene, immerhin unterstehe ich jetzt Dr. Thiersch. Trotzdem. Ich kann mir denken, was im Krankenhaus geredet wird, kann mir das sensationslüsterne Getratsche der Schwestern, das empörte Kopfschütteln der Ärzte vorstellen. Nicht nur, dass es für Dr. Tobias Thalheim – bisher der Inbegriff von Souveränität und Distanz – unerträglich wäre, wenn die ganze Klinik weiß, was zwischen uns passiert ist. Auch für mich ist es wahrscheinlich eher von Nachteil. Mag es auch aus Neid geboren sein: der Flurtratsch wird einer PJlerin, die einen Oberarzt knutscht, mindestens Berechnung unterstellen! Aber wenn ich niemandem davon erzähle und wenn es mir gelingt, bis morgen dieses verräterische, verliebte Grinsen zu verstecken ... Wenn wir im Krankenhaus kühl und nichtssagend aneinander vorbeigehen ... Haben wir dann etwas miteinander?

Ich bin völlig durcheinander und die Chance, dass er morgen wieder auf mich wartet, um zu sagen, dass dieser zweite Kuss noch viel falscher war und das nun wirklich, wirklich nie wieder passieren dürfe, scheint um einiges höher, als dass wir unauffällige Codes vereinbaren und uns im Schutz der Dunkelheit an geheimen Orten treffen. Tut mir leid: So romantisch das klingt – Dr. Thalheim ist definitiv nicht der Mann für so etwas. Aber wenn alles derart aussichtslos scheint, warum grinst das Gesicht in der Scheibe immer noch so idiotisch verliebt?

Schlüsselklappern an der Wohnungstür, meine Freundinnen kommen heim. Jetzt kochst du Tee, Lena, und probierst einfach mal aus, zu wie viel Geheimniskrämerei du in der Lage wärst, falls es rein zufällig irgendwann für die Tarnung einer heimlichen Liebschaft gefragt wäre. Ich wende mich dem Wasserkocher zu, hinter mir öffnet sich die Küchentür, meine Freundinnen umgibt eine Aura frischer kalter Luft; na klar, SIE hat ja niemand im warmen Auto nach Hause gefahren. Nicht umdrehen, Lena, ich wette, du glühst immer noch. Ich stelle drei Tassen auf das Bord. Meine Freundinnen haben noch nichts gesagt – warum nicht?

»Lena …« Jennys Stimme klingt wie die meiner Mama, wenn sie mich an der Süßigkeitenschublade erwischt hat. »Schau mich mal an!«

Ich drehe mich um. Isa und Jenny sind beide noch in Jacke, Schal und Mütze und sehen mich an, als versuchte ich, den Übergriff auf die Naschwerksschublade zu leugnen, während ich knietief im Schokoladenpapier stehe. Jenny stemmt die Hände in die Hüften. »Ihr habt geknutscht!«

Was für eine Erleichterung, endlich darüber reden zu können! Die zweiminütige Geheimhaltung hat mich schon völlig kribbelig werden lassen. Fünf Minuten später sitzen wir in der warmen Küche bei rosafarbenem Sekt. (Den ich natürlich nur geöffnet habe, um unseren ersten Tag in der Chirurgie zu feiern, mit Tobias hat das gar nichts zu tun!) Trotzdem ist er heute Abend fast unser einziges Thema. Ich kann mir denken, wie unangenehm ihm das wäre. (Tja, dann soll er keine PJlerinnen küssen!) Überhaupt haben meine Freundinnen sich noch nicht ganz damit abgefunden, dass der abweisende, immer überlegene Dr. Thalheim das getan hat. Wer weiß besser als ich, dass es zu ihm passt wie ein Indianer-Regentanz auf dem Petersplatz zum sechzehnten Benedikt. Isa vermutet, dass unglückliche Liebe (zu mir, natürlich!) ihn dazu treibt, seine Prinzipien fallen zu lassen und er extrem unter diesem unprofessionellen Gefühlsausbruch leidet. Nichts wäre mir lieber und ich würde alle Geheimniskrämerei gerne in Kauf nehmen, wenn ich ihn nur morgen wieder heimlich irgendwo küssen könnte. Isa bestärkt mich in meiner Sorge, dass es dazu nicht kommen und Dr. Thalheim von nun an eisern Distanz zu mir halten könnte. »Er wird dir professionell aus dem Weg gehen. Wahrscheinlich hast du ihn heute zum letzten Mal unter vier Augen gesehen.« Ja, Isa war schon immer die mit dem gesündesten Menschenverstand und den wenigsten Illusionen.

»Wieso?«, fragt Jenny. »Wenn er doch verliebt ist?! Und selbst wenn nicht: Solange es geheim bleibt, kann er ja beides haben!«

Es klingt nicht ganz so angenehm wie in meiner eigenen Affären-Befürwortungs-Argumentation, aber immerhin! Jenny gießt mir Sekt nach und legt den Arm um meine Schulter. »Du schaffst das schon. Mach dich ein bisschen unentbehrlich und ihn noch ein bisschen verliebter, dann kriegst du ihn garantiert!« Schön gesagt – und leicht für die erfolgsverwöhnte, stets männerumflatterte Jenny. Aber wie soll ICH das machen? Jenny zuckt die Schultern: »Sei einfach bezaubernd und schrecklich attraktiv, dann wird er die Profi-Distanz nicht länger als drei Tage durchhalten!« Gut. Ich bin die Letzte, die den wirren Rat »Sei einfach schrecklich attraktiv« in Handlung umsetzen kann, aber ich werde tun, was immer mir möglich ist. Immerhin wird Jenny mir zur Seite stehen.

»Wäre das nicht romantisch«, lächelt Isa in sich hinein. »Erst ein halbes Jahr heimliche Liebe mit Maskerade und Selbstvorwürfen – und dann eine große Offenbarung vor allen und er macht dir auf dem Krankenhausdach einen Heiratsantrag …«

»Du kriegst keinen Sekt mehr!«, entscheidet Jenny barsch. Ich selbst träume auch nicht von überspannten Heiratsanträgen, das ist vom trocken-sachlichen Oberarzt nun wirklich nicht vorstellbar. Für meinen Geschmack kam da jetzt auch zu viel Heulen und Zähneklappern drin vor. Aber im Großen und Ganzen würde ich Isas Variante sofort zusagen. Wir einigen uns also darauf, dass ich Tobias Thalheim auf mich zukommen lasse, als interessiere es mich nicht sonderlich – oder als könne ich, wenigstens solange andere Leute in der Nähe sind, ausgezeichnet so tun, als sei ich nicht interessiert. Gleichzeitig werde ich absolut liebenswert und bezaubernd sein … und ihm Gelegenheit geben, mich allein zu treffen. Theoretisch klingt das wie ein perfekter Plan. Irgendwo muss noch die souveräne Frau herkommen, die ihn umsetzt. Heute Abend, hier in dieser Küche, ist sie nicht – ich hoffe, sie taucht morgen spätestens an der S-Bahn-Station auf.

»Tu mir nur einen Gefallen, Lena«, sagt Jenny, als sie die Gläser vom Tisch räumt. »Häng dich nicht ganz so rein … Der wird nie locker mit dir Eis essen gehen. Das weißt du, oder?«

Ja, das weiß ich. Für einen kurzen Moment herrscht Schweigen wie eine kleine dunkle Wolke. Ich weiß, es wird schrecklich kompliziert. Aber es hilft nichts. Ich will es trotzdem. Isa lächelt mich an, etwas Aufmunternderes fällt ihr wohl nicht ein?, dann geht sie. Hach, ja, sie hat schon drei Stunden nicht bei ihrem Freund Tom angerufen! Jenny stellt die Gläser neben die Spüle und grinst mich an. »Hättest du nicht letztes Tertial was mit ihm haben können, als er uns so viel Ärger gemacht und sich so streng und grantig gegeben hat?!« (An so was erinnere ich mich gar nicht!)

Ich lächle zurück. »Hatte ich doch. Wir sind seit einem Jahr heimlich verlobt. Ich hatte ihn nur gebeten, extra streng zu dir zu sein, weil du hier nie den Abwasch machst …« Jenny wirft mir eine Kusshand zu und dann – das ist noch nie dagewesen! – dreht sie das Heißwasser auf und übernimmt tatsächlich den Abwasch aller drei Sektgläser!

Und ich gehe ins Bett. Nur noch 420 Minuten bis »morgen«.

5

Am Dienstagmorgen hängt Isa schon am Telefon, als ich aufstehe. Sie sagt so oft »Ich denke an dich«, »Keine Angst« und »Du wirst es schaffen«, dass ich bald überzeugt bin, etwas Schreckliches muss geschehen sein. Doch als ich beim Frühstück mitleidsvoll nachfrage, lächelt Isa stolz. »Nichts ist passiert. Aber Tom hat heute seine letzte Prüfung, seine Verteidigung. Ihr könntet auch mal ein bisschen Daumen drücken!«

»Tom hat doch sicher keine Angst«, wundert sich Jenny. »Er lernt seit Wochen! Warum war denn so viel Ermutigung und Aufmunterung notwendig?«

Isa sieht zerknirscht aus. »Weil ICH so viel Angst habe«, gibt sie zu. »Das ist die wichtigste und schwierigste Prüfung seines Lebens!«

Jenny grinst. »Ich hoffe, du hast ihm das oft genug gesagt, damit er jetzt richtig schön Herzflattern hat!« Daraufhin springt Isa natürlich auf und greift ein drittes Mal zum Telefon, um Tom zu versichern, dass er es selbstverständlich großartig meistern wird.

»Diese beiden machen sich vollkommen verrückt«, sagt Jenny mit hochgezogenen Augenbrauen, sobald wir allein sind. Aber ich finde Isa und Tom einfach hinreißend; seit sie auf komplizierten Umwegen zueinandergefunden haben, sind sie unzertrennlich und nur damit beschäftigt, für den anderen der Lebensmittelpunkt zu sein. Ich, momentan liebesmäßig angeschlagen, bin aber vielleicht kein Maßstab; mir erscheint ihr bedingungsloses Umeinanderkreisen natürlich weitaus erstrebenswerter als der freiheitsliebenden Jenny. »Ich schwör's: Bei mir war er nicht so. Aber ich hatte die ganze Zeit schon das Gefühl, dass er die Anlage zu Partner-Jogginganzügen hat.« Diese winzige Gemeinheit kann sich Jenny nicht verkneifen. Offiziell ist zwar längst vergessen, dass Tom ihr abgelegter Ex ist – aber manchmal kann sie dem dringenden Bedürfnis nicht widerstehen, ihre eigene Art, Beziehungen zu führen, deutlich von Isas abzugrenzen. Doch »Partner-Jogginganzüge« ist eine fiese Übertreibung, ich kommentiere sie mit meinem strafendsten Blick. Jenny grinst und entschuldigt sich, indem sie Isa gleich darauf vorschlägt, heute Abend eine kleine Feier für Tom zu geben. Isa ist überrascht und erklärt zögerlich, sie wollte eigentlich Essen gehen oder bei Tom …

»Quatsch!« Jenny winkt ab. »Wir machen das Essen hier! Und wenn du die ganze Woche spülst, koche ich mein legendäres indisches Vindaloo.« Das ist ein Angebot, das man nicht ausschlagen sollte, selbst wenn es einen Monat Abwaschen kostet. Jenny kocht fantastisch – wenn sie denn Lust hat. Isa ist kurz unentschlossen, ob sie die großzügige Geste annehmen soll; klar hat sie immer noch Hemmungen, ihren Geliebten allzu oft mit seiner schönen, sprühenden Exfreundin zusammenzubringen. Aber Jenny strahlt begeistert und wer sie kennt, kann sich denken, dass es ihr jetzt schon nicht mehr darum geht, Tom eine Freude zu machen: Jenny liebt einfach Partys und ergreift jede Gelegenheit. Wahrscheinlich hat sie im Kopf schon die Deko fertig und die Liste, welche ihrer verrückten Freunde sie einladen wird.

»Aber nur wir, ja? Höchstens 2, 3 andere Leute, es soll schon noch um Tom gehen …« Aha. Isa kennt Jenny auch gut genug.

Jenny lacht. »Aber für Lena und mich darf ich ja wohl ein paar gut aussehende Herren dazu laden. Ich verspreche auch, dass sie keine Diplome haben!« Hm. Das bringt mein Gedankenkarussell natürlich gleich wieder auf Dr. Thalheim. Erstens darauf, dass ich ihn dann nicht einladen könnte, weil er mindestens einen Doktortitel hat, zweitens, dass ich ihn sowieso nicht einladen könnte, weil niemand weniger an unserer WG-Tafel vorstellbar ist, als ein wortkarger, auf Professionalität bedachter, 10 Jahre älterer Oberarzt … und drittens darauf, dass ich ihn vielleicht schon in einer Stunde wiedersehe. Ich schnappe meine Tasche. »Mädels, wir müssen los!«

Der Vormittag vergeht schnell in dem angenehmen Gefühl, bei den alltäglichen Stationsaufgaben bereits Profi zu sein. Wir bekommen Patientenzimmer und die typischen Wagen zugeteilt und drehen unsere Runden auf den zugewiesenen Flurabschnitten. Ich lege Infusionen und nehme Blut ab – und es ist einfach toll, sich endlich nicht mehr nur darauf zu konzentrieren, ob man alles richtig macht. Ich fühle mich inzwischen so versiert, dass ich mich auf meiner Runde tatsächlich mit den Patienten unterhalten kann. Klar, im letzten Tertial habe ich auch mit ihnen gesprochen, aber mehr, um sie abzulenken, damit ich mich auf die Punktionen konzentrieren konnte. Heute kann ich an der Unterhaltung teilnehmen und weiß hinterher noch, was gesagt wurde, während die Punktionen wie von selbst laufen. Ja, es ist albern, auf so etwas stolz zu sein. Ich bin es trotzdem. Wer nicht mehr über Punktionen nachdenken muss, ist auf jeden Fall keine Anfängerin mehr und kann den frei gewordenen Hirnraum nun für komplizierte Operationen nutzen. Hoffentlich teilt mich die strenge Dr. Thiersch auch bald ein. Ich erlaube mir ein wenig Träumerei und überlege, wen von den heute Vormittag besuchten Patienten ich gerne operieren würde. (Verzeihung, Dr. Thiersch! ASSISTENZoperieren.) Die Bauchspeicheldrüse ist vergeben, die Galle auch. Aber der Leistenbruch …?

Auf Zimmer 4 liegt Frau Jahn mit dem Meniskusriss, eine Dame um die vierzig, die das teuerste und eleganteste Krankenhausnachthemd trägt, das ich je gesehen habe. Auf ihrem Nachttisch hat sie stapelweise Bücher und einen Block, in den sie sich eben Notizen macht, als ich zur Blutdruckkontrolle komme. Der Blutdruck ist ziemlich hoch; noch nicht besorgniserregend, aber doch höher als bei Bettruhe und Kliniklangeweile zu erwarten wäre. Ich werfe einen Blick ins Krankenblatt. Frau Jahn bekommt bereits blutdrucksenkende Mittel. Habe ich mich getäuscht und die so gelassen wirkende Dame hat doch Angst vor der OP? Ich sprech es mal sensibel an, immerhin bin ich inzwischen fast Profi. Doch als ich ihr beruhigend die Gefahrlosigkeit einer Arthroskopie erkläre, zieht Frau Jahn die Augenbrauen bis zum Haaransatz und schüttelt den Kopf: »Keine Sorge, ich habe nicht mehr Angst vor der OP als Sie.«

Hmpf. Da sie offenbar nicht weiß, dass ich eine Anfängerin ohne jede OP-Erfahrung bin, funktioniert ihr Gleichnis nicht GANZ so gut. Oder gerade.

»Ihr Blutdruck ist ziemlich hoch«, erkläre ich. »Haben Sie sonst irgendwie Stress?«

Frau Jahn schüttelt den Kopf. »Was soll einen denn HIER stressen?!« Stimmt. Du bist ja nur Patientin, musst dich nicht vor der ganzen Station beweisen und bist nicht in einen Oberarzt verliebt, der sich ausgesprochen unberechenbar verhält. Also wenn du keine OP-Angst und vollstes Vertrauen in eine wie mich hast … Ihr Stift zuckt nervös über dem Block. »Ist sonst noch was?« Will sie mich los sein? Ich gönne ihr nur ein halbes Lächeln und wende meinen Wagen, als mir einfällt, woher ich den Gesichtsausdruck kenne. Von Isa. Wenn meine strebsame Mitbewohnerin so aussieht, steht irgendeine Prüfung an. Isa würde uns nie um Ruhe oder Rücksicht bitten; doch wenn sie mich mit so einem Blick ansieht, drehe ich automatisch die Musik leiser oder die Stimmlautstärke herunter, denn der Blick sagt »Bitte, bitte, bitte, ich habe die wichtigste weltrettungsentscheidende Arbeit zu erledigen und es läuft gerade GAR NICHT GUT!« Die Kombination aus fühlbarer Nervosität, Schreibblock und zitterndem Stift macht mich misstrauisch. Schreibt sie ihr Testament? Hat sie gerade eine Aufstellung ihrer Schulden vor sich? (Immer diese teuren Nachthemden – hat der Schönheitswahn sie ruiniert?)

»Was schreiben Sie denn da?«, frage ich Frau Jahn, die ihren Fineliner verstimmt um die feinmanikürten Finger kreisen lässt. Wenn es physisch möglich wäre, würden die Augenbrauen bei diesem empörten Blick in ihrer Frisur verschwinden.

»Ich mache mir Notizen zu meiner Nachttisch-Literatur. Sehr interessante Bücher.« Natürlich. So was tun gebildete Menschen. Typisch Lena, erst mal zur Inquisition zu schreiten. Der »Ich schaff meine Arbeit nicht«-Blick kann genauso gut »Eine Möchtegern-Ärztin stört meine spannende Lektüre« heißen. Der Blutdruck-Wert kann von allem Möglichen kommen. Salzhaltiges Essen, Harndrang, Wetterfühligkeit. Ich werde ihn später noch einmal kontrollieren. Ich entschuldige mich, wünsche weiterhin spannende Lektüre und schiebe den Wagen ins nächste Zimmer.

Als die Mittagspause heranrückt, habe ich das Gefühl, schon völlig auf der Chirurgiestation angekommen zu sein; ich bringe meinen Wagen zum Schwesternzimmer zurück und melde der Pflegedienstleiterin, dass ich bestens zurechtgekommen bin. Schwester Jana erklärt gutmütig, sie habe nichts anderes erwartet, nennt mich Mäuschen und ihr Lächeln lässt die Punktwertung für die Chirurgie in meinem inneren Stationen-Ranking bis ans Ende der Skala schnipsen. (Kategorie Pflegepersonal: Innere 0 – Chirurgie 100.) Kein Vergleich mit der mürrischen, ärztehassenden Schwester Karla, der es nur darum ging, uns Anfängerinnen bloßzustellen. Schwester Jana hat so was nicht nötig. Schmunzelnd erklärt sie, dass sie mich heute nicht an der Essensausgabe beteiligen darf – offenbar hat Dr. Gode auch bei ihr die strikte Trennung von Arzt- und Schwesternaufgaben angemahnt –, ich aber dafür vorzeitig in die Mittagspause gehen könnte. »Und falls es Pudding gibt … Ich komme sicher erst in einer Stunde zum Essen.« Ich verspreche, bei Ruben die Zurückhaltung einer Puddingportion durchzusetzen und gehe nach unten.

Ein Spiegel im Fahrstuhl wäre schön. Ich weiß, für die Passagiere eines Klinikaufzugs ist kaum ein Fahrt-Anlass denkbar, bei dem man sich gerne spiegeln möchte. Aber ich könnte einen brauchen. Immerhin steht mir (hoffentlich!) gleich eine Begegnung bevor, für die es hilfreich sein könnte, zu wissen, ob die Frisur gerade hinterhältig entgleist ist oder die Wimperntusche sich im Eifer des Gefechts unter den Augen festgefressen hat. In Lübeck habe ich Make-up als Bonus betrachtet und nur zur Selbstbewusstseinsaufwertung oder zu Partys getragen. In Berlin habe ich mir ein Arbeits-Grund-Make-up angewöhnt. Ich weiß nicht, ob das von Jenny abgefärbt hat, die sich ungeschminkt gar nicht als vollständig empfindet, oder ob ich als Neuberlinerin immer noch Bedarf an künstlicher Selbstwerterhöhung habe. Woran ich mich allerdings noch nicht gewöhnt habe, ist, dass man sich als geschminkte Frau nicht mehr sorglos im Gesicht rumfuhrwerken sollte. Ich kann nicht zählen, wie oft ich mir nachdenklich oder müde die Augen reibe und erst hinterher daran denke, dass ich mir jetzt einen schönen schwarzen Krümelrand unter die Augen gewischt habe. (Komisch, Jenny passiert das nie!) Dann jedes Mal in den Spiegel zu schauen, provoziert ein Tussenimage, das ich nicht haben will – aber das Mäuslein mit der verschmierten Tusche zu sein, ist ja keineswegs besser. Ich kann jedenfalls nicht garantieren, dass ich mir heute NICHT unbewusst die Augen gewischt habe und würde gern einen Kontrollblick in eine spiegelnde Fläche werfen … als der Aufzug plingt und ich im unteren Gang stehe. 30 Meter bis zur Cafeteria. Wird er da sein? Oder ist die vorzeitige Mittagspause überhaupt kein Segen, weil er noch gar nicht mit mir rechnet? Und: Hast Du es echt nötig, jetzt noch mal im Waschraum dein Erscheinungsbild zu überprüfen? Ich beschließe, dass ich ja nicht explizit für Dr. Tobias Thalheim hübsch sein möchte, sondern eine junge Ärztin generell einen gepflegten Eindruck machen sollte. Und stelle im altbekannten Waschraum fest, dass alles in Ordnung und die junge Ärztin im Bestzustand ist. Etwas rot im Gesicht, aber dagegen kann man jetzt nichts mehr tun. Als ich die Waschraumtür öffne, zittern meine Hände. Echt, Lena? So schlimm ist es? Pah! Du MUSST ja nicht in die Cafeteria gehen … Bleib doch hier und verbummel die Mittagspause im Damenklo, nur in Gesellschaft deiner zitternden Hände und deiner pubertären Albernheit! Das hilft, ich gehe.

In der Cafeteria ist noch wenig Betrieb. Ich geselle mich an den Tresen zu Ruben, meinem blauhaarigen, holländischen Koch-Freund. »ER« ist noch nicht da. Umso besser. Wenn man nicht weiß, welche Haltung dem anderen für eine anstehende Begegnung vorschwebt, ist es auf jeden Fall günstig, als Erster da zu sein und ebenjenen anderen auf sich zukommen zu lassen. Ich stelle mich also locker an den Tresen. Ruben hat Zeit zum Quatschen und zu seinen blauen Haaren eine gelbe Krawatte um, die auch gleich ein unverfängliches Gesprächsthema bietet. Ruben hat nämlich die beängstigende Fähigkeit, zielgenau zu erspüren, was einen beschäftigt – und was man gerade gar nicht besprechen möchte ... Trotzdem (oder eben deswegen?) habe ich Ruben schrecklich gern.

»Schöne Farbkombination«, grinse ich also, um das Gespräch gleich in ungefährliche Bahnen zu lenken, und schnappe mir einen Apfel aus dem Körbchen auf seinem Tresen. »Liberal geworden?«

»Ich lass mich doch nicht von Politik in meiner modischen Entfaltung beschränken!«, grinst Ruben abfällig. »Außerdem ignorierst du meine weiße Schürze – diese Dreier-Farbkombination ist natürlich eine Anspielung auf die Flagge der Provinz Limburg.« Aha, na klar. »Und du?«, grinst er. »Wartest du auf ihn?«

Oh, Mann, warum habe ich es nicht gewusst? »Auf WEN?«, frage ich unschuldig – aber einen Moment zu spät.

Er lacht. »Findest du nicht, dass es besser für alle Seiten wäre, wenn du nicht dauernd versuchst, mir was vorzumachen? Wir könnten schneller zum Wesentlichen kommen – und dich interessiert es doch wohl auch viel mehr, über IHN zu sprechen.«

Ich seufze und gebe mich geschlagen. »Woher weißt du es?«

Ruben verzieht mitfühlend das Gesicht. »Um ehrlich zu sein: von dir. Dein Abgang gestern wirkte so melodramatisch enttäuscht, dass in meinem inneren iPod sofort ein Tori-Amos-Song anlief.«

Mir bleibt kurz der Apfel im Hals stecken. Schneewittchen lässt grüßen. (Bolusinkarzeration, Verklemmen eines Fremdkörpers in der Speiseröhre. Tobias Thalheim trägt mich in den Funktionsraum 2 zur Endoskopie, unterwegs löst sich das Apfelstück in meiner Kehle, ich spucke es anmutig auf den Fußboden und wir küssen uns. Leider ist Tobias noch nicht hier, an den kleinen Cafeteriatischchen sitzen nur Zwerge.) Ich huste und komme zurück zum Wesentlichen: »Hat man es so deutlich gemerkt?«

»Ich schon«, nickt Ruben. »Aber die meisten hier sind ja blind und taub auf ihren Liebessensoren.«

Sehr tröstlich. »Du darfst es keinem Menschen sagen!«, flehe ich.

Ruben erklärt empört, er habe noch nie auch nur ein winziges Geheimnis verraten. »Wenn du wüsstest …« An jedem anderen Tag hätte es mich brennend interessiert, was er noch so für Klinik-Geheimnisse kennt. Heute kann ich an nichts anderes denken als meinen gestrigen Auftritt und seine angebliche Deutlichkeit.

»Sag mir, wenn ich falschliege, Lena, aber … Dr. Thalheim und eine Kollegenaffäre?! Ich wette, er versucht so peinlich, jede Aufmerksamkeit zu vermeiden, dass es kaum auffälliger geht!«

Ich muss grinsen. Schön wäre das. Bisher sind wir ja noch längst nicht in dem Stadium, in dem es um Aufmerksamkeitsvermeidung geht – und es ist noch nicht mal raus, ob wir jemals dahin kommen werden! Aber klar, ich weiß, was Ruben meint. Und wie schön, dass ausgerechnet er einmal etwas nicht weiß. »Ach, na ja«, lächle ich erwachsen, »wir vermeiden es natürlich, uns öffentlich abzuknutschen. Aber wir machen uns jetzt auch nicht verrückt mit der Geheimhaltung …«

Ruben grinst mich an. »Ich wette, ihr hattet noch nicht ein einziges richtiges Date!«

Eine halbe Stunde sitze ich in der Cafeteria. Kein Thalheim. Ich sehe dauernd zur Uhr und beruhige mich damit, dass es immer noch nichts bedeutet, dass er noch nicht da ist – es ist schlicht zu früh. Er kann noch gar nicht mit mir rechnen. Ruben hat zum Glück zu tun, er teilt Suppe, Pasta und Pudding aus und begnügt sich damit, mir immer wieder einen amüsierten Blick zuzuwerfen. Ach ja, der Pudding für Schwester Jana. Aber wenn ich jetzt noch mal zum Tresen gehe, fange ich mir garantiert einen Spruch ein. Endlich kommen meine Freundinnen. »Und?«, fragt Jenny aufgeregt und wie immer eine Spur zu laut. »Ist er schon aufgekreuzt?«

»Psst!« Isa ist zu meiner Erleichterung etwas mehr auf Formwahrung bedacht. »Wenn auffliegt, dass da etwas läuft, können sie sich überhaupt nicht mehr hier treffen!« Schlimmer, Isa: Wenn auffliegt, dass ich hier auf ihn warte, wird er vielleicht überhaupt nicht mehr herkommen! Meine Freundinnen wirken ebenso glücklich über die neue Station wie ich – mit noch mehr Grund, schließlich haben sie schon eigene Patienten (Jenny), die erste OP in Aussicht (Isa) und niemanden, dessen täglichen Umgang sie vermissen. Isa hat ein wenig Angst vor der morgigen OP-Assistenz. Und, wie sie nach einer Weile zugibt, auch vor der Party am Abend.

»Ich habe noch nie eine Party für jemanden gegeben«, sagt sie zaghaft lächelnd.

»Es kommen drei Leute zum Essen und ICH koche – wo ist das eine Party?«, mosert Jenny.

Isa ist nicht überzeugt. »Aber was, wenn Tom das übertrieben findet?«

»Schätzchen, hast du schon jemals gehört, dass du in irgendeiner Sache übertrieben hast?«, fragt Jenny. Isa ist beruhigt. »Ich hätte eher Angst, dass gar keiner merkt, dass das eine Party sein soll!«, flüstert Jenny, als Isa für mich Schwester Janas Pudding sichern geht. »Ich wünschte, ich könnte die Party selbst geben. Immerhin kommen auch Leute, die ICH beeindrucken will.«

Davon hatte ich, ehrlich gesagt, keine Ahnung. »Tja«, sage ich schäbig, »dann hättest du den armen Tom wohl behalten müssen.«

Jenny schüttelt schnell den Kopf. »Das ist wohl keine Party wert«, grinst sie.

In diesem Moment kommt Isa zurück. Sie stellt Janas Pudding auf den Tisch und flüstert: »Ich soll dir sagen, er ist bei einem Notfall und Ruben glaubt nicht, dass er noch kommt.« Okay, dann gehen wir eben. Ich habe die Pause ohnehin schon unmäßig überzogen. Schade. Aber irgendwie ist es auch okay, dass wir uns nach dem gestrigen Abend nicht hier vor allen treffen. Denn wenn ich ganz ehrlich bin, glaube nicht mal ich, dass er heute NICHT bedächtig an mir vorbeigehen würde.

»Nach Feierabend spazierst du in sein Büro und fragst, was Sache ist!«, entrüstet sich Jenny im Aufzug. »Er kann dich doch nicht einfach knutschen und sich dann verstecken!«

»Er versteckt sich nicht, er ist bei einem Notfall«, halte ich dagegen. Nicht nur für Jenny – sondern am meisten für mich selbst.

Als wir auf die Station zurückkommen, ist eben die Bauchspeicheldrüsen-OP beendet. Die Chirurgen verlassen den OP-Bereich, müde und erschöpft. Nur Dr. Thiersch wirkt völlig unbeeindruckt. Sie stöckelt energisch auf den Flur, als wäre sie nur zum Händewaschen im OP-Trakt gewesen. (Ich frage mich wirklich, wie die Oberärztin es hinkriegt, dass ihr Haar einfach IMMER perfekt sitzt? Vielleicht ist ihre Frisur eine Art Helm? Ich stelle mir vor, wie sie morgens ihre Haarpracht auf einer Noppe oben auf ihrem Kopf festdrückt. Lego-Haare. Das ist die einzig mögliche Erklärung.)

Als Letzte kommt unsere PJ-Kollegin Sabrina aus dem OP. Sie seufzt kraftlos, wirkt aber zufrieden, offenbar ist es gut gelaufen für sie. Und siehe da – Dr. Thiersch bleibt kurz stehen, wartet auf die erschöpfte PJlerin und sagt fast freundlich: »Frau Schulte, wenn Sie sich weiterbilden möchten, leihe ich Ihnen zur Nachbereitung gern Literatur.« Klar, da kann niemand Nein sagen. Sabrina schüttelt die Ermattung ab, schließt eilig zur Oberärztin auf und nickt beflissen. »Es ist ja immer gut, sich einen kleinen Vorsprung zu verschaffen«, sagt Dr. Thiersch vage in Sabrinas Richtung und klingt fast nett – aber ich schätze, sie wäre nicht so freundlich, würden wir nicht hier auf dem Flur stehen und ihr Gelegenheit geben, gleichzeitig mit der Ermutigung an EINE PJlerin eine Demütigung an drei andere auszuteilen. Na klar. Die kommen aus dem OP – und hier stehe ich mit einem Pudding in der Hand. Dr. Thiersch sagt nichts dazu und zieht nur abfällig die Augenbrauen hoch; das aber genügt, damit ich schon wieder das Gefühl habe, durchgefallen zu sein. Dass der Pudding für Schwester Jana ist, kann man jetzt auch nicht mehr ohne Peinlichkeit erwähnen, denn sie hat mich ja nicht darauf angesprochen. Dr. Thiersch reißt ihre Bürotür auf, Sabrina folgt ihr stolz und ich frage mich, warum sie die einzige PJlerin bevorzugt, die wirklich schon dicht dran ist an der offenbar von Dr. Thiersch vehement gegen weibliche Konkurrenz verteidigten Chirurgen-Festung.

»Warum wird die so bemuttert?«, fragt Jenny leise. »Sabrina wird doch viel schneller Chirurgin als wir.« Aha, sie hat es auch gemerkt. Jennys Schlussfolgerung ist unbarmherzig. »Wahrscheinlich, weil sie dick ist.« Isa sieht sie entsetzt an. Jenny winkt ab. »Mach dir nichts vor, Isa! Eine wie Sabrina kann Dr. Thiersch guten Gewissens bevorzugen. Sie wird sie nie überholen! Selbst wenn Sabrina eine Spitzen-Ärztin wird, bevor sie dreißig ist, kann sie Dr. Thiersch doch nie GANZ das Wasser reichen, denn Thiersch hat zudem noch Kleidergröße 36!« Es gefällt mir nicht, aber ich fürchte, Jenny hat recht.

»So SIND Ärzte nicht!«, empört sich Isa.

Jenny lacht. »So sind FRAUEN!«

Die Visite läuft sehr gut, Dr. Gode scheint im Gegensatz zu Dr. Thiersch überhaupt kein Problem mit Frauen zu haben. Er befragt uns in Bestlaune und macht Komplimente für jede noch so vorhersehbare Antwort. Jenny hat Paula Schwab heute Morgen schon allein untersucht und rapportiert vorbildlich. Paula ist zwar auch heute nicht gewillt, Dr. Gode einen Blick zu schenken, aber der sonnige Arzt hat eingesehen, dass es hier auch mit noch so viel Charme nichts zu gewinnen gibt und lässt Jenny die Visite durchführen. Noch ein paar Voruntersuchungen, blutchemische Laboruntersuchung und Thromboseprophylaxe, dann wird Paula operiert.

»Ich zähle auf dich, Jenny«, sagt sie. »Du bist die Einzige, der ich meinen Magen echt gern spenden würde.«

Jenny strahlt. »Mal schauen«, sagt sie brav, »das entscheidet Dr. Thiersch.« Aber ich sehe ihr an, dass sie sofort in den OP marschieren und selbst Hand anlegen würde, so glücklich ist sie über Paulas exklusives Vertrauen.

Bei Frau Jahn in Zimmer 4 lässt Dr. Gode sich die Morgenbefunde zusammenfassen. Ich erwähne den erhöhten Blutdruck und er runzelt die Stirn und bittet mich um eine Kontrollmessung. Jetzt ist alles in Ordnung. Aber als ich vom Bett zurücktrete, fällt mein Blick zufällig auf Frau Jahns Nachttischlektüre. Sie liest Charlotte Link. Hätte ich ihr nicht zugetraut, sie sieht mehr wie der Hertha-Müller-Typ aus. Gut, ich bin die Letzte, die etwas gegen gemütliche Unterhaltungslektüre hat – aber Bluthochdruck durch Charlotte? Ich bin entschlossen, Frau Jahn ein wenig im Auge zu behalten. Ich glaube, sie hat mich vorhin schlicht beschwindelt. Oder wer macht sich Lesenotizen zu einem Charlotte-Link-Roman?

Bei Frau Schneider mit den Gallensteinen schiebt Dr. Gode Isa nach vorn. »Diese junge Dame schneidet Ihnen morgen ein bisschen den Bauch auf.«

Natürlich ist das eine denkbar schlechte Eröffnung für Isa, die mit solcher Art Nonchalance absolut nicht umgehen kann. Aber hier heißt es Souveränität zeigen, das weiß auch sie. Ziemlich taff für ihre Verhältnisse lächelt sie Frau Schneider an und sagt: »Keine Angst, ich assistiere nur. Aufschneiden werde ich wahrscheinlich noch lange nicht dürfen.«

Das war die absolut richtige Antwort, Frau Schneider erwidert das Lächeln und entgegnet: »Ich bin sicher, Sie assistieren hervorragend.«

Nach der Visite gesteht Isa uns, dass sie mehr Angst vor den Ärzten als vor den Patienten hat. »Ich glaube, wenn ich erst mal im OP bin und es darauf ankommt, zu helfen, werde ich mir überhaupt keine Sorgen mehr machen. Aber das OP-Vorgespräch bei Dr. Thiersch ... ich wünschte, da könnte eine von euch für mich hingehen!«

»Wie kannst du heute schon an morgen denken?!«, fragt Jenny fröhlich. »In zwei Stunden ist Feierabend und du wirst deine erste Party geben!«

Gemein – aber es hilft: Mit dieser neuen Unsicherheit konfrontiert, stellt Isa ihre Sorgen um den nächsten Tag hintan. »Oh Mann, ich denke, es ist nur ein kleines Essen und DU kochst?!«, sagt sie zaghaft. Jenny grinst.

In den nächsten zwei Stunden ist Isa nicht die aufmerksamste Ärztin der Station; sie findet, dass sie auch etwas zu dem Essen beisteuern sollte und grübelt, welcher Nachtisch zu indischem Essen passt. Und soll sie dekorieren? Gibt sie Tom sein Geschenk vor allen anderen oder wäre ihm das peinlich? Finden WIR es blöd, dass sie Tom einen Füller schenkt? ICH finde es eigentlich süß, Jenny meint, es wäre auf jeden Fall passend. (Vielleicht wäre es nicht nötig gewesen, zu sagen, dass Tom sich sicher sehnlichst einen Füller wünscht, nachdem er sein ganzes Studium mit Buntstiften hantieren musste.) Als wir die Klinik verlassen, hat Isa jedenfalls beschlossen, ein Ersatzgeschenk zu besorgen und im Kopf eine endlose Einkaufsliste zusammengestellt. Wir warten vor dem Aufzug. Als er kommt, entscheide ich mich in einer Kurzschlusshandlung, nicht mitzufahren.

»Ich hab meinen Stift im Vorbereitungszimmer liegen lassen«, sage ich. »Ihr wisst doch, Glückskuli. Aber fahrt ruhig schon runter.« Meine Freundinnen schmunzeln. Und steigen ein. Ich versichere mich mit einem schnellen Griff, dass mein Glückskuli sicher in meiner Kitteltasche steckt – dann nehme ich die Treppe.

In der ersten Etage öffne ich die Zwischentür. Nur so, bloß mal gucken. Der Gang ist leer. Ich warte. Wenn ich es schaffe, bis hundert zu zählen, bevor hier jemand vorbeikommt, ist Thalheim noch in seinem Büro. Warum hundert, Lena? Fünfzig ist eine viel schönere Zahl! Ich zähle, so schnell ich kann. Siebenundvierz-achtundvierz-neunundvierz-fuffzig. Keiner da. Ich trete auf den Flur. Orakel haben immer recht. In seinem Büro brennt noch Licht.

Ich gehe langsam näher. Bestandsaufnahme, Lena! Ihr habt euch geküsst, es war traumhaft, er fand es nicht richtig, küsst aber noch mal. Daraus darf eine selbstbewusste Frau doch wohl schlussfolgern, dass sie eine unwiderstehliche Anziehungskraft haben muss! Und dass also jeder, den sie spontan zum Feierabend besucht, darüber sehr glücklich sein müsste. Trotzdem – da man schlecht mit »Ich schätze, du vermisst mich« in sein Büro spazieren kann (Nun ja: ICH kann es nicht), wäre es tausendmal besser, wenn er jetzt herauskäme … Bitte, bitte, komm! Du könntest fühlen, dass ich hier stehe! In Filmen klappt das so oft! Schritte. Mir wird eiskalt. Seine Tür öffnet sich. »Hallo!«

Wie habe ich seine Stimme vermisst, sein leicht spöttisches Lächeln, IHN! Klar, er weiß, dass ich hier nichts mehr zu suchen habe. Seinetwegen da bin. »Hallo!« Mehr fällt mir auch nicht ein.

Er kommt auf mich zu. »Was machst du hier?« Ich hole Luft. (Und jetzt? »Ich wollte dich sehen«? »Hab mich im Stockwerk vertan, haha, alte Gewohnheit«? Manno, hätte ich doch den Mut zu »Na, ich komme dich küssen!« Ähm … könntest du dich dann überhaupt mal zu einer Antwort entschließen, Lena? Sag was!)

Er sieht mich an. »Du kommst gerade zur richtigen Zeit.« Dann öffnet er die Tür eines Patientenzimmers und setzt ein beruhigendes Lächeln auf. Ein Lächeln, für das ich alles tun würde. Nein, ER braucht keine flotten Sprüche, kein sonniges Geplänkel. Er lächelt dich an und du hast das Gefühl, dass alles gut werden kann. Dass er alles gut werden lässt. Für dich.

Er tritt ans Bett der Patientin. »Ich habe doch versprochen, dass ich Sie noch mal besuche«, sagt er. »Und ich habe Ihnen jemanden mitgebracht.«

Das Mädchen im Bett ist jung. Ich kenne sie noch; sie war die letzte Patientin, die ich auf der Inneren aufgenommen habe. »Wie geht es Ihnen?«, frage ich und freue mich so, sie zu sehen. Glücklicher macht mich nur, dass er neben mir steht, mich so warm ansieht und diesen Moment mit mir teilt.

»Zwei Wochen absolute Bettruhe«, sagt er, »das ist natürlich schwer zu ertragen. Aber morgen darf sie endlich aufstehen.«

Er setzt sich ans Bett, die Patientin strahlt ihn an. »Setzen Sie sich«, sagt er. Ich nehme auf der anderen Seite des Bettes Platz.

»Wo waren Sie die ganze Zeit?«, fragt mich das Mädchen. Dr. Thalheim lächelt. »Fräulein Weissenbach musste weiterziehen, auf dem langen Weg zur Assistenzärztin. Unsere Station muss nun ohne sie auskommen.«

»Schade!«, sagt die Patientin. Er nickt. Und sieht mich dabei an.

Zehn Minuten sitzen wir am Patientenbett, das Mädchen erzählt von ihren Plänen; wenn sie endlich wieder aufstehen darf, will sie Tennis spielen lernen. Ich kann an nichts anderes denken, als daran, dass das hier wirklich ich bin. Die hier am Bett sitzt, neben ihm. Zwei Ärzte. Er lächelt mir zu, zwischendurch, ganz vertraut. Das ist, was ich mir immer gewünscht habe.

»Was machen Sie denn noch hier?« Dr. Thiersch steht in der offenen Tür.

Von allen Angestellten dieser Klinik muss ausgerechnet Dr. Thiersch ausgerechnet jetzt hier vorbeistöckeln! Sie kommt aus der Cafeteria, in der Hand einen Joghurt, na klar, vielbeschäftigte Chirurgen haben miese Essenszeiten. Die Lego-Frisur sitzt immer noch perfekt.

»Nichts. Ich …« Ich stammle.

»Eine alte Patientin von Fräulein Weissenbach«, sagt Thalheim gelassen. »Die beiden haben sich lange nicht gesehen.«

Dr. Thiersch nickt. Doch sie bleibt in der Tür stehen. »Ja«, sagt sie, »Patientenbesuche. Dafür hat man immer zu wenig Zeit.«

Ich stehe auf. Der Moment ist kaputt. Ich verabschiede mich von der Patientin, wünsche viel Glück. »Auf Wiedersehen« auch zu Dr. Thalheim. Was soll ich sonst sagen? Hoffentlich versteht er die Blick-Sprache! (Mit der ich »Danke« und »Du fehlst mir jetzt schon« sage.)

Er lächelt. »Einen schönen Abend!« Ich nicke ihm zu und gehe.

Meine Freundinnen stehen vor der Klinik und warten auf mich. Isa hängt schon wieder am Telefon. Als ich komme, hält sie mir aufgeregt den hochgestreckten Daumen entgegen. Offenbar ist bei Tom alles prima gelaufen. »Ich bin SO stolz auf dich!«, flüstert sie in den Hörer. Jenny zückt ebenfalls ihr Handy. »Dann werde ich mir auch mal einen netten Herrn einladen.« Ich nicke, sie wählt schon. Und ich? Hab keinen, den ich anrufen kann.

6

Isa ist glücklich. Das ist nicht zu übersehen. Noch vor einer Stunde ist sie wie ein Derwisch durch die Wohnung gewirbelt, plötzlich waren unsere bunten Tischdecken, das zusammengewürfelte Geschirr und die behelfsmäßigen Marmeladenglas-Kerzenlichter – alles, was Tom längst kennt und sicher nie eines eingehenderen Blickes gewürdigt hat –, nicht mehr gut genug. Jenny und ich waren uns einig, dass ihr stürmischer Änderungsdrang völlig übertrieben und in der Kürze der Zeit ohnehin nicht mehr viel rauszuholen sei. Doch Isa ist eine Zauberkünstlerin, nach der sich jede Dekorations-Doku verzehren sollte. Als wir vom Einkaufen zurückkommen, steht die Küche Modell für ein Lifestyle-Magazin. Isa hat unser Stückwerk zum Stil erhoben, Tische und Stühle in weiße Laken gehüllt und auf gebügeltem Weiß (seit wann besitzen wir ein Bügeleisen?) wirkt das bunte Geschirr plötzlich geschmackvoll. Teelichte tauchen die Küche in warmes Licht und aus Herbstblättern und roten Beeren (die verdächtig an die Gartenzaunbepflanzung des Nachbarhauses erinnern) hat Isa eine romantische Deko arrangiert. Wir sind sprachlos. Es bleibt eine halbe Stunde, um uns in Schale zu werfen und das Essen in Gang zu bringen. Ganz nebenbei erfahre ich, dass Jenny auch für mich eine Abendunterhaltung eingeladen hat, einen Freund ihres eigenen Dates.

»Keine Angst«, zwinkert sie mir zu. »Ich hab ihm gesagt, dass du vergeben bist. Bist du doch, oder?« Ich zögere. Was wäre aus dem Abend geworden, wäre nicht Miss Kittelgröße-36-Superchirurgin dazwischengekommen? Jenny lacht. »Vergeben sein ist eine innere Einstellung!« Na dann kann ich guten Gewissens bejahen.

Als Tom kommt, ist er immer noch im Anzug – was ihm ziemlich gut steht – und für seine Verhältnisse regelrecht überdreht. Er umarmt uns alle, lässt sich beglückwünschen und ist richtig gerührt von der Mühe, die wir uns für ihn gemacht haben. Isa strahlt stolz, immerhin ist sie nun die Freundin eines zertifizierten Akademikers und sie erwähnt gleich mehrfach, dass er in seinem flotten Anzug sicher jeden nur wünschbaren Job ergattern wird. Leider kommt kurz darauf Jennys Date, ein smarter Start-Up-Unternehmer namens Björn, und läuft Tom den Rang ab. Denn Björns Anzug ist aus einer Maßschneider-Liga, seine Begrüßung mit Küsschen wirkt locker und dennoch formvollendet und er hat tatsächlich Champagner mitgebracht. Zum Glück scheinen weder Isa noch Tom den ausgestellten Klassenunterschied zu bemerken und Björn sieht zwar auf den ersten Blick aus wie ein Angeber, beweist aber schnell, dass er keiner ist; seine Fragen nach Toms Studium wirken ehrlich interessiert und zielen nicht auf Selbstdarstellung ab.

»Mein« Date, Björns Freund Stefan, IST leider ein Angeber, aber zum Glück wenigstens von der charmanten Sorte. Er macht mir übertriebene Komplimente und prahlt ein wenig mit seiner PR-Agentur. Aber Komplimente, aus denen nichts folgen soll, hört man ja ab und an gern, einen Abend lang kann ich ihn schon ertragen. Und je länger Stefan redet und kokettiert, desto höher steigt auf meiner inneren Punkteskala die Attraktivität eines anderen Mannes, der niemals von sich selbst redet und keine Komplimente macht.

Jennys Essen ist fabelhaft und wir krönen es mit Björns Champagner. Jeder bringt einen Trinkspruch auf Tom aus, der sich als Mittelpunkt des Abends entzückend unwohl fühlt. Tom ist der Letzte an seiner Uni, der noch ein Diplom bekommt, alle anderen werden Bachelors. »Das ist doch toll«, sagt Isa, »du bist der Einzige, der noch Qualität hat!«

»Und jeder sieht daran, wie ewig du studiert hast«, grinst Jenny.

Tom ist ein wenig gekränkt. »Ich hatte zwischendurch schwierige Phasen«, sagt er – zwar leise, aber direkt zu Jenny. Oh Mann, ich hoffe, jetzt kommt nicht seine Trennung von Jenny zur Sprache, ihr überstürzter Auszug, seine traurige Zeit danach … Jenny trinkt hastig. Peinlichkeit senkt sich über uns Mädels. Bis Tom grinst. »Ihr habt ja keine Vorstellung, wie es einen Mann fertigmacht, wenn sein Verein absteigt!« Wir alle atmen durch und Björn und Stefan, die keine Ahnung haben, woher eben die kurze unbehagliche Stille kam, steigen engagiert auf das Thema Fußball ein, sodass das Gespräch sofort wieder fröhlich überschwappt.

Um elf verabschiedet Isa sich in Richtung Schlafzimmer. »Ich muss ins Bett«, lächelt sie bedauernd, aber voller Stolz. »Immerhin habe ich morgen früh eine OP.« Dafür haben natürlich alle Verständnis – und ich kann den Tag kaum erwarten, an dem ich dasselbe von mir behaupten kann. Tom darf bei uns übernachten, er bedankt sich herzlich für den Abend, dann verschwinden die beiden Turteltäubchen in Isas Zimmer. (Tom ist übrigens der Einzige, der manchmal hier übernachten darf. Wir müssen um sieben das Haus verlassen und flattern morgens wie die Hühner halb angezogen zwischen Kaffeemaschine und Badezimmerspiegel hin und her, dabei können wir weder gastlich sein noch Zeugen gebrauchen. Tom steht allerdings zuverlässig eine Stunde vor uns auf und ist spurlos verschwunden, wenn Isas Mitbewohnerinnen sich aus den Betten quälen.)

Jenny und ich verabschieden unsere Dates nur wenig später und teilen uns dann in der Küche die letzten kalten Vindaloo-Reste. Jenny äußert sich etwas zynisch über Björn – sie fand den Champagner übertrieben – aber daraus, dass sie überhaupt so lange von ihm spricht, schließe ich, dass er ihr letztlich schon gefällt. Klar, Manieren UND Geld sind keine übermäßig häufige Kombination bei Männern unserer Altersklasse und Jenny ist durchaus geneigt, sich von Björn die kalten Herbsttage verschönern zu lassen. Jedenfalls hat sie sich für morgen Abend wieder mit ihm verabredet.

Endlich finde ich Gelegenheit, von meiner abrupt beendeten Thalheim-Begegnung zu erzählen. Solche Widrigkeiten sind genau die Herausforderungen, die Jenny liebt. Sofort entwickelt sie mit Feuereifer Pläne, wie Thalheim und ich uns endlich unauffällig treffen könnten. Die meisten sind unbrauchbar – ich bin jedenfalls nicht bereit, wie ein Stalker seine Adresse auszukundschaften und sein Haus zu belagern oder mich gar nachts in sein Büro zu schleichen, um ihn morgens mit einem beherzten Sprung aus dem Schrank zu überraschen. Aber Jennys Vorschlag, mich morgen mit einem dienstlichen Auftrag in sein Büro schicken zu lassen, findet schließlich – vielleicht auch dem Sekt geschuldet – meine Zustimmung.

»Immerhin wurde gerade eine Patientin von der Inneren auf die Chirurgie verlegt. Ich könnte mir vorstellen, dass ich für Paula Schwab noch einige Unterlagen brauche. Vielleicht habe ich ja keine Zeit, sie selbst abzuholen …?«

Ich muss anmerken, dass die Unterlagen garantiert in derselben Sekunde auf der Chirurgie angekommen sind wie die Patientin. Jenny grinst. »Bin ich nicht Meisterin im Akten-Verbummeln?« Natürlich kann ich nicht zulassen, dass Jenny, die im letzten Tertial gewaltigen Ärger wegen einem verschwundenen Bericht hatte, noch einmal ihren Ruf riskiert. Wir können Paulas Unterlagen also nicht wirklich verbummeln – aber ein wenig dumm stellen darf man sich ja wohl. Und als Vorwand taugt Paulas Akte prima. Als ich endlich ins Bett wanke, stimmt mich die Aussicht auf den nächsten Tag fast glücklich.

7

Es regnet. Unsere legendäre Floßtour ist keine sechs Wochen her, doch der sonnige Nachmittag, an dem wir in Sommerkleidern über den See geschippert sind, scheint an diesem verregneten Herbstmorgen Lichtjahre zurückzuliegen. Das Laub vermatscht auf den Gehsteigen, wir schnipsen die ersten Kastanien vor uns her, Isa steckt eine als Glücksbringer ein. Vor der OP hat sie nicht so viel Angst, aber für die Vorbesprechung bei Dr. Thiersch kann sie jede Unterstützung brauchen. Wie gut, dass ich den Glückskuli habe. Nicht nur, weil er neben der Schicksalslenkung auch noch nützlich ist. Sondern weil es schrecklich wäre, im entscheidenden Moment feststellen zu müssen, dass der Talisman, bei dem man Zuflucht sucht, ganz armselig verschrumpelt und entzaubert ist. Ich fühle also nach dem Glückskuli. Alles gut, er ist da. Denn ich bin heute ebenfalls nervös. Unser Triff-ihn-unauffällig-Plan scheint im trüben 7-Uhr-Licht nicht mehr ganz so brillant.

Die Vormittagsrunde findet schon ohne Isa statt. Als wir anderen unsere Wagen losschieben, bekommt sie von Schwester Jana einen Tee und die Empfehlung, sich im Arztzimmer noch ein wenig zu sammeln. Unsere Kleine nimmt das Angebot stolz an. Ich wünsche ihr Glück … und beneide sie einen kurzen Moment. Genau so lange, bis ich mit meinem Wagen um die Ecke biege und mir das bekannte Absatzklickern entgegenstöckelt. Dr. Thiersch reißt die Tür zum Arztraum auf – ich kann nur hoffen, dass Isa sich nicht vor Schreck den Tee über den Kittel schüttet –

und ruft mit Offiziersstimme hinein: »Assistenz zu mir! Tee wegstellen und ab in den OP!« Ich gehe eilig weiter und bin heimlich doch ein wenig erleichtert, dass es mich nicht als Erste trifft.

Ich beginne meine Runde bei Frau Schneider mit den Gallensteinen. Blutdruck, Temperatur und Puls sind in bester Ordnung; ich muss nur noch die Heparinspritze setzen und die Operationskleidung ausgeben, dann kann die Patientin in den Narkoseraum gebracht werden. Frau Schneider wirkt missmutig; die sonst so freundliche Begrüßung entfällt heute. Um ihr Mut zu machen, erwähne ich noch einmal, dass Isa eine vorbildliche PJlerin mit Bestnoten ist. Und dass zudem ja noch jede Menge erfahrene Ärzte dabei sind. Frau Schneider schüttelt den Kopf. »Es ist völlig okay, dass man sich vor einer OP ein bisschen fürchtet«, sage ich, ganz Profi.

Sie winkt ab. »Ich bin zäh – und ich habe mein Testament gemacht. Was mir fehlt, ist nur der Kaffee!« Ich muss grinsen und endlich schmunzelt Frau Schneider auch. »Dass die Schwester das Frühstück verbietet, leuchtet mir ja noch ein. Aber ohne Kaffee bin ich einfach kein Mensch!«

Na, damit kann ich umgehen. Ich erkläre ihr, dass die Nüchternheit notwendig ist, weil bei der Narkose Mageninhalt in die Lunge gelangen könnte – was zu einer Lungenentzündung oder sogar zu Ersticken führen kann. Und dann ziehe ich die OP-Kleidung aus ihrer Schutzhülle und sage: »Wenn Sie den Kaffee-Entzug bedauern, dann sicher nur, weil Sie DAS HIER noch nicht gesehen haben!« Ich lege den OP-Anzug auf ihr Bett: Ein Kittel, der hinten offen ist, eine Haube für die Haare und die obligatorischen Kompressionsstrümpfe.

Frau Schneider hält den Kittel hoch. »Du meine Güte!«

»Stimmt's?«, grinse ich. »Nun wünschen Sie sich keinen Kaffee mehr, sondern nur noch, dass Sie schleunigst einschlafen und vergessen, dass Sie das da tragen müssen!«

Frau Schneider schüttelt den Kopf. »Nee, jetzt wünsche ich mir einen Kaffee mit Schuss!«

Mein nächster Patientenbesuch verläuft nicht so entspannt.

Frau Jahn, die engagierte Leserin, soll morgen operiert werden. Heute aber hat sie definitiv ein Blutdruckproblem. Besorgt lese ich die Werte ab – und dann riskiere ich noch einmal die hochgezogenen Augenbrauen und frage nach, ob sie etwas belastet. Frau Jahn verneint, selbstverständlich, mit empörter Stimme. »Was glauben Sie, was ich hier tue?! Meinen Sie, ich absolviere nachts heimlich Marathonläufe?!«

Auf so was gehe ich natürlich nicht mehr ein, die Zeiten meiner automatisierten patzigen Antworten sind vorbei. »Ich weiß, Sie lesen nur ganz unschuldig und schreiben Notizen zu Charlotte-Link-Romanen«, entgegne ich – zugegeben, doch ein wenig vorlaut. »Aber das erklärt Ihre extremen Werte nicht!« Frau Jahns ungewöhnlich hoher Blutdruck könnte die OP gefährden; ich fürchte, der Termin wird aufgeschoben werden müssen, bis der Blutdruck stabil gesenkt ist. Gleichzeitig ist ihre Arthroskopie zwar keine überlebenswichtige Operation, trotzdem aber nichts, was man hinauszögern sollte. Ich beschließe, Dr. Gode hinzuzuziehen. Der Stationsarzt bestätigt meine Bedenken; er setzt die Dosis der senkenden Medikamente noch ein wenig herauf, ordnet absolute Ruhe an und bittet mich, Frau Jahn im Auge zu behalten – dann eilt er zurück zum Aufnahmebereich.

Das ist leicht gesagt! Angeblich gibt es bei Frau Jahn ja gar nichts zu beobachten! Ich beschließe, Stichproben zu machen und immer mal wieder überraschend einen Blick in Zimmer 4 zu werfen, um herauszufinden, ob die Patientin wirklich heimlich für einen Marathon trainiert. Vorerst muss ich aber weiter, für Herrn Kohler, die frischoperierte Bauchspeicheldrüse, steht die Nachsorgeuntersuchung an.

Herr Kohler hat zwar die lange OP und seinen Aufenthalt auf der Intensivstation gut überstanden, aber er ist noch sehr schwach und wird über eine Sonde ernährt. Ich nehme ihm Blut ab, bereite ihn auf die radiologische Untersuchung vor und rufe eine Schwester, die ihn in die Radiologie bringen soll. Als ich mit der Blutprobe sein Zimmer verlasse, wird eben Frau Schneider über den Flur in Richtung OP-Saal gefahren. Sie ist bereits sediert, ihre Augen sind ganz schmal. »Alles Gute«, flüstere ich, doch ich glaube, sie hört mich schon nicht mehr. Jetzt wird es also ernst für Isa – ich sende auch ihr ein telepathisches »Viel Glück«. Wann wird es endlich mein Patient sein, der über den Flur geschoben wird? Wann bin ICH diejenige, die barsch zum Händewaschen geschickt wird – und dann endlich die heiligen OP-Hallen betreten darf?!

Ich gebe Kohlers Blutprobe am Tresen ab und Schwester Jana lächelt mich zweideutig an. »Bist du vergeben, Mäuschen?« Ich erstarre. Woher weiß sie es?! Jemand hat uns verraten. Meine herrliche heimliche Affäre ist vorbei, bevor sie überhaupt richtig begonnen hat!

Ich habe mich wohl unwillkürlich umgesehen, denn Jana schmunzelt. »Schau nicht so erwartungsvoll, er hat weder Blumen geschickt, noch ist er zu Besuch gekommen!« Erwartungsvoll?! »Ich wollte nur wissen, ob du jemanden hast … oder ob du vielleicht den Gang ins Labor übernehmen willst?« Sie lächelt geheimnisvoll.

Im selben Moment tritt Jenny zu uns an den Tresen und ich bewundere mal wieder ihr untrügliches Gespür. »Was gibt's denn im Labor?«, fragt sie neugierig. »Ich bin eine außerordentlich erfahrene Laborbotin – UND solo.« Hm. Beides hatte ich anders in Erinnerung. Aber das ist eindeutig nicht der Moment, um ihr den charmanten Björn ins Gedächtnis zu rufen. Oder gar das Desaster, in dem ihre Laborbotengänge im letzten Tertial geendet haben.

Schwester Jana lächelt. »Du hast Glück, dass ich zu alt für eine leidenschaftliche Arbeitsplatzaffäre bin. Also … würdest du schnell die Proben nach unten bringen?«

Jenny grinst, schüttelt ihre Locken auf und schnappt sich den Probenträger. Ich sehe ihr nach. Manno! ICH bin eindeutig NICHT zu alt für eine leidenschaftliche Arbeitsplatzaffäre! Aber was interessieren mich die Laborjungs?! Zum Glück fällt Jenny das im selben Moment wohl auch wieder ein; sie dreht sich am Aufzug noch einmal um und ruft: »Lena, wenn du Zeit hast, schau doch bitte vor dem Essen noch mal auf der Inneren rein – die müssen vergessen haben, die Unterlagen von Frau Schwab hochzuschicken.« Damit ist sie verschwunden. Danke! Jetzt liegt es an mir, ob ich mich traue.

Schwester Jana dreht sich um und legt eine Akte auf den Tresen. »Ein ganz schöner Schussel, deine Freundin! Hier ist doch die Schwab-Akte!« Mann! Mann! Mann! Ist das vielleicht gerecht?! Aber ohne Vorwand traue ich mich nicht in sein Büro!

»Na dann ist ja alles okay …«, sage ich lahm. Das Schicksal hat mal wieder entschieden. Gegen mich. Wenn es mir nicht binnen einer Stunde eine andere Möglichkeit eröffnet, Thalheim unverfänglich unter vier Augen zu treffen – und zwar eine, die weder übermäßige Dreistigkeit verlangt, noch Großereignisse wie eine spontane Teleportation aller anderen Angestellten bemüht – werde ich diese halbgare Affäre ein für alle Mal hinter mir lassen. So!

Schwester Jana schlägt die Akte auf. »Ist doch alles da!«, wundert sie sich. »Oder fehlt irgendwas?« Ha, Schicksal – das soll es sein?! Na gut. Ich lasse mir diese Chance natürlich nicht entgehen.

»Ich weiß nicht«, sage ich in gänzlich uninteressiertem Ton und beuge mich über die Akte. Dann tippe ich entschlossen auf die letzte Seite. »Oh doch, Schwester. Hier fehlt das letzte EKG.« Ich sehe sie bedauernd an. »Das brauchen wir aber für die OP-Vorbereitung. Wahrscheinlich war es noch nicht einsortiert, als die Akte hochgeschickt wurde und liegt noch im Arztraum der Inneren.« Und dann, ich bin sehr stolz auf den gelungenen Eindruck von Desinteresse, verspreche ich zwischen Tür und Angel, auf dem Weg zum Mittagessen schnell unten nachzufragen. Mata Hari ist ein Chormädchen gegen mich! Ein katholisches!

Auf dem Flur der Inneren ist es überraschend still, so kurz vor dem Mittagessen. Ich komme – wie immer, wenn man nichts zu verbergen hat – ungesehen bis zu Thalheims Büro und hätte mir den Vorwand also sparen können. Okay … als ich vor seiner Tür stehe, bin ich doch froh, dass ich die Sache mit Paula Schwabs

Akte erwähnen kann. Denn plötzlich, als ich die Türklinke schon in der Hand habe, verlässt mich mit einem Mal und schlagartig der Mut. Wie konnte ich mir noch gestern an selber Stelle diesen Unwiderstehliche-Attraktivitäts-Blödsinn einreden? Plötzlich fühlt sich unsere herrliche Vertrautheit beim gestrigen Krankenbesuch gar nicht mehr nach »liebevolles, tief verbundenes Ärztepaar« an, sondern einfach nur nach »2 Mediziner«! (Und ehrlich, Lena: Wäre das nicht eine realistischere Zukunftsaussicht für eure »Beziehung«? Gemeinsame Patientenbesuche? Und keine Knutscherei?) Fest steht: Ich brauche den blöden Akten-Vorwand ganz für mich allein, denn ich muss mir mit aller Kraft selbst einreden, ich sei nur auf der Suche nach verbummelten Unterlagen, damit meine Finger überhaupt dem Befehl *Klinke drücken* gehorchen. Halt, stopp! Kommando zurück! Man klopft ja wohl an, hinter dieser Tür sitzt immerhin ein Oberarzt. Der vielleicht Besuch hat. Oh Mann, was mache ich, wenn da gerade der Chefarzt bei ihm sitzt? (Die Akte, Lena, stell dich doch nicht so an!) Meine Finger sind offenbar der Meinung, dass man bei einem Oberarzt, den man inzwischen schon mehr als einmal hingebungsvoll geküsst hat, nicht mehr anklopfen muss. Oder sie sind zu langsam, um die abrupt geänderte Anordnung zu verarbeiten. Jedenfalls haben sie die Tür schon geöffnet, bevor ich weiß, wie ich mich bemerkbar machen soll. Ich stehe im Türrahmen – und da ist er. Sitzt an seinem Schreibtisch, schaut auf, wirkt unwillig. Hilfe!

Plötzlich wird sein Gesicht weich, er lächelt fast. »Lena«, sagt er. »Was machst du hier?«

Meine Knie sind aus Pappe. Kein Verlass mehr auf meine Beine. Ich stehe hilflos und warte. Je länger er mich ansieht und nichts tut, umso weiter schreitet die Verpappung fort. Sie breitet sich über meine Arme aus, erreicht den Kopf. Ich fühle mich platt, zwei-Zentimeter-schmal, eine Aufstellfigur mit billigem Vierfarbdruck. Um mich hier wegzuräumen, wird mich jemand zusammenfalten müssen. Warum sieht er mich so an? Platt an den Falzen zusammengelegt, wird der Hausmeister mich unter den Arm klemmen müssen, um die Papp-Lena zu entsorgen.

Sag doch was! Schon knistert es in den Gelenken, gleich geben die vorgefalzten Knicke nach. Ich bringe kein Wort raus, das wäre ja auch zu viel verlangt von einem starren Karton-Aufsteller.

Thalheim steht auf, endlich. Sag DU doch was, Lena! Nein, konzentrier dich lieber darauf, dass du dich nicht genau jetzt einfach zusammenfaltest!

Und dann ist er bei mir, gerade noch rechtzeitig, bevor meine Pappbeine versagen. Er schließt die Tür hinter mir, nimmt mich in den Arm. Und jetzt fühlt sich die Papp-Lena an, als hätte sie jemand über Nacht im Regen stehen lassen, weich und hoffnungslos kipplig. Mir bleibt gar nichts anderes übrig, als mich an seinen Hals zu hängen.

Es vergehen bestimmt fünf Minuten, bevor wir wieder sprechen. Ich fühle mich immer noch nicht wie auf festem Boden, aber inzwischen ist es ein wunderbares Schwebe-Gefühl. (Wie passiert das nur immer?! Das muss ein Reflex sein. Veränderungen im Körperhaushalt, Neurotransmitter und Neurohormone. Du kannst gar nichts dafür, das hast du doch in der Neurobiologie-Vorlesung gehört, Lena! Du kannst deine Blutprobe auf die Serotonin-Werte überprüfen, wenn du einen Beweis brauchst. Nur die Neurotrophine sind verantwortlich dafür, dass du dich so unvernünftig verhältst! Und, tja, Herr Oberarzt, IHRE ja wohl auch?!)

Als der Kuss vorbei ist, höre ich Schritte auf dem Gang, Stimmen. In einer anderen Welt gehen Leute zum Mittagessen. Er sieht mir in die Augen, ich kann nicht wegschauen.

»Wo, denken sie, bist du?«, fragt er leise. Ich stottere den Quatsch von Paulas angeblich fehlenden Papieren herunter, was interessiert mich, was die anderen denken?! Thalheim schüttelt den Kopf, lächelt aber. »Das hat euch doch sicher niemand abgekauft!«

»Es hat ja keiner gefragt …«, antworte ich.

Er hält immer noch meine Schultern fest. »Ich suche dir ein EKG raus«, flüstert er. Und ich hoffe, dass das erst in einer Million Jahre geschieht. Meinetwegen können wir auch hier stehen bleiben und uns küssen, bis es Mitternacht ist oder alle anderen wirklich teleportiert wurden. Sie sind mir völlig egal.

Ihm leider nicht. Als nach einer viel zu kurzen Minute wieder jemand auf dem Gang vor seiner Bürotür vorbeiläuft, lässt er mich los. Draußen hört man eine ganze Gruppe schwatzender Schwestern, sie kichern und ihre Pantoffeln klackern. Thalheim tritt zurück, sein Gesicht wird wieder fast dienstlich. Das Getrappel auf dem Flur hört gar nicht auf. Mann, ist da draußen Osterspaziergang? Thalheim sieht mich an, wirkt irgendwie traurig.

Ich weiß – schuld sind die trappelnden Kichererbsen vor seiner Tür. Warum können wir nicht in einem Kloster arbeiten? In einem Schweigeorden? (Moment, Lena, in einem Kloster wäre es zu dieser Situation möglicherweise gar nicht gekommen.) Ich wünschte, ich könnte etwas antworten, das seine Sorge zunichtemacht. Es geht sehr wohl! Es geht wunderbar! Weil ich WILL, dass es geht. Es ist ungerecht, es ist abscheulich, dass wir uns nicht küssen sollen, nur weil da draußen zehn hungrige Schwestern vorbeipilgern. Auch wenn sie sich anhören wie eine japanische Fotogruppe. Ich sage nichts, denn seine Miene ist eindeutig. Er findet es falsch und unmöglich. Was tun wir denn jetzt?

Thalheim geht zum Schreibtisch, das Gesicht verschlossen. Er drückt einen Knopf am Computer, der Drucker spuckt ein Papier aus. Ich stehe immer noch regungslos mitten in seinem Büro. Er nimmt das Papier, drückt es mir in die Hand. Abschlussbericht der Patientin Schwab, intern, Verlegung. Was interessiert mich die Patientin Schwab?! »Nimm das mit hoch.« Und jetzt? Okay, ich habe mit der Küsserei angefangen. Aber er hat doch wohl mitgemacht! Ich wende mich zur Tür, meine Beine sind betonschwer, ich bin ein Zinnsoldat in Lebensgröße. Meine Schritte sind langsam, steif. Ich will nicht gehen. Nicht so.

An der Tür hält er mich zurück, berührt meinen Arm. »Lass uns nachher reden, Lena«, sagt er. »In Ruhe.«

Auf dem Gang herrscht wieder Stille, die Essenspilger sind vorbeigezogen. Für einen Moment denke ich erbittert, dass das einfach typisch ist. Wenn ich heimlich küssen will, toben sie ohrenbetäubend vor seiner Bürotür herum – und jetzt, da ich hier mit dem blöden Alibi-Zettel stehe, lässt sich keine Schwesternnase blicken. Eine Viertelsekunde später geht mir auf, dass das mein Glück ist. Denn mir steht wahrscheinlich in riesigen Druckbuchstaben ins Gesicht geschrieben, was gerade in Thalheims Büro passiert ist – so deutlich, dass der kleine blöde Patientenbogen nicht die geringste Chance hat, seine unschuldige Version unserer Begegnung glaubhaft zu machen.

Sicherheitshalber gehe ich nicht in die Cafeteria, die Pause ist sowieso gleich um. Die verbleibenden zehn Minuten brauche ich wohl mindestens, um mich und meine Mimik wieder in den Griff zu kriegen. Hab ich Angst vor dem Gespräch heute Abend? Oder freue ich mich ganz kurzsichtig einfach darauf, ihn zu sehen? Um sieben macht er Feierabend, wir treffen uns auf dem Parkplatz. Nicht im Krankenhaus, natürlich nicht. Es könnte ja wieder eine Horde Klinikpersonal vorbeimarschieren. Er hat nicht gesagt, dass ich auf dem Parkplatz stehen und unauffällig auf ihn warten soll. Nur, dass er mich gerne nach Hause bringen würde, damit wir in Ruhe reden können. Ich muss an unsere letzte gemeinsame Heimfahrt denken. Haben wir uns jetzt zu SO WAS verabredet?

Ich nehme die Treppe nach oben, um einen Moment für mich zu sein. Doch – Irrtum – das Treppenhaus ist schon vergeben. Vom unteren Absatz höre ich ein vertrautes Lachen, über das Geländer ist ein mir bestens bekannter Lockenkopf zu sehen. Jenny. »Ruf doch mal an«, sagt sie. »Vielleicht bin ich ja zu Hause.«

Eine sehr nette Männerstimme versichert, er werde es auf jeden Fall versuchen. Heute Abend um acht. »Dann hast du noch genug Zeit zum Umziehen, bevor ich dich um halb neun abhole.« Na der hat es ja eilig. Leider kann ich den Mann nicht sehen, wenn ich mich nicht lebensgefährlich weit über das Geländer hängen will. Jenny verabschiedet sich mit der Warnung, er möge sich nicht ZU sicher sein, dass sie nicht einfach nur sein Motorrad kennenlernen möchte; der Fremde kontert, sein Motorrad habe keine Geheimnisse vor ihm und er teile gern. Jenny lacht, dann stolziert sie nach oben. Ich warte auf sie und werfe doch noch einen Blick über das Geländer. Aber mehr als einen dunklen Kopf und einen tätowierten Arm gibt es von Jennys Neubekanntschaft leider nicht zu sehen. Dafür biegt jetzt meine strahlende Freundin um die Treppenkurve.

»Super, dass du hier bist«, grinst sie überrascht und beugt sich bedenklich weit über das Geländer. »Schau mal, was ich gefunden hab!«

Ich gebe zu, dass ich es schon versucht habe, es aber außer einem Tattoo nichts zu sehen gab. Jenny winkt ab. »Macht nichts, du kriegst ihn ja heute Abend in voller Schönheit zu sehen.« Sie ist doch immer wieder erstaunlich.

»Wegen des Motorrads?«, frage ich spöttisch, doch Jenny ist weder beleidigt noch findet sie es ungehörig, dass ich gelauscht habe.

»Ein Motorrad ist doch nicht zu verachten«, lacht sie.

»Und der schmucke Björn?«, frage ich. »Bist du nicht heute mit IHM verabredet?«

Jenny sieht mich schulmeisterlich an. »Ein breitschultriger Abenteurer mit Motorrad, Lena! Da muss man Kompromisse machen!« Sie sieht auf die Uhr und findet, dass wir nicht den Fehler machen sollten, zu zeitig zurück zur Arbeit zu kommen. Stattdessen nutzt sie den Pausenrest für eine heimliche Zigarette – und sie will endlich wissen, wie »unser Plan« funktioniert hat. Ich lächle unschuldig und zeige den Patienten-Ausdruck in meiner Hand. »Alles gut, ich hab Paulas Unterlagen.« Jenny ist sprachlos. Und dann bricht alles aus mir heraus. Ich erzähle von den Küssen – und dem seltsamen Ende wegen Schwesterngetrappels.

»Herrlich aufregend«, jubelt Jenny. »Und? Habt ihr euch endlich verabredet?«

Was soll man sagen? Wir sind verabredet. Wir sehen uns nachher. Das klingt toll. Aber ich ahne, was er mir sagen will. Dass es nicht noch mal passieren soll.

Jenny tröstet mich mit ihrem typischen Optimismus, sie behauptet, dass er mir einfach nicht widerstehen kann, sonst hätte mich der sonst so beherrschte Doktor doch nicht schon wieder geküsst. Ihrer Meinung nach wäre das Schlimmste, was mir passieren kann, dass es auf eine heimliche Affäre hinausläuft. Und das findet Jenny fabelhaft romantisch. Ich beschließe, mich vorerst ihrer positiven Denkweise anzuschließen – zumindest, bis mich jemand vom Gegenteil überzeugt.

Zurück auf der Chirurgie erwartet uns eine sehr neugierige Schwester Jana. »Und?«, grinst sie Jenny an. »Zu viel versprochen?« Jenny bestätigt, dass der neue Laborassistent genau nach ihrem Geschmack ist. Schwester Jana findet das großartig. Aufgeregt kneift sie Jenny in die Seite. »Erzähl mir alles!«

Doch Jenny schüttelt den Kopf. »Na hör mal«, lacht sie, »hast du nicht gesagt, du bist zu alt für eine Arbeitsplatzaffäre? Außerdem müssen wir jetzt hopp, hopp zur Visite!«

Ich werfe einen Blick in Richtung OP-Säle. Ist Isa immer noch dort drin? Jana nickt mit bedenklicher Miene. In meinem Kopf blättern die Lehrbuchseiten auf. Eine laparoskopische Gallenoperation dauert doch nicht länger als eineinhalb Stunden. Gut, die sind noch nicht ganz um, trotzdem mache ich mir Sorgen. Hoffentlich gab es keine Komplikationen, hoffentlich erlebt Isa nicht ausgerechnet in ihrer ersten OP einen Unglücksfall! Es tut mir leid, dass ich ihr nicht beistehen kann. Moment, Lena, jetzt mal doch nicht gleich den Teufel an die Wand! Vielleicht ist sie schon beim Händewaschen und kommt in einer Minute strahlend aus dem OP. Leider darf ich das nicht abwarten, denn erst einmal kommt Dr. Gode beschwingt aus der Mittagspause und winkt uns fröhlich zur Visite heran.

Die ersten Minuten der Visite laufen ausgezeichnet. Ich darf Herrn Kohlers Blutwerte und sein MRT auswerten und werde von Dr. Gode fast überschwänglich gelobt. Paula Schwab hat sagenhaft schlechte Laune und bezeichnet Dr. Gode, der nach ihrem Befinden fragt, ungeniert als Schwachkopf. Explizit sagt sie: »Was denken Sie, wie es mir geht, Sie Schwachkopf?! Gehen Sie einfach ein paar Seeteufel pürieren!« Doch Dr. Gode nimmt es mit Humor und lässt Jenny die Visite allein durchführen, bei der sich Paula für ihre Verhältnisse mustergültig benimmt.

Unsere Gruppe ist eben auf dem Weg zu Frau Jahn, als eine eilige kleine Schwester über den Flur ruft: »Neuer PJler in OP 1!« Was meint sie? Was bedeutet das? OP 1 ist Frau Schneider – da IST schon eine PJlerin! Was ist passiert?! »Neuer PJler« klingt nach Wegwerfartikel. Plastikpipette, Alkoholtupfer, Mundspatel – das dürft ihr alles nach einmaliger Benutzung locker über die Schulter in den medizinischen Abfall schnipsen. Aber nicht meine Isa!

Dr. Gode macht eine schnelle Handbewegung. »Wer möchte einspringen?!«

Ich starre Jenny an, wir zögern beide. Was kann passiert sein, dass Isa ausfällt? Hat sie versagt? Sich danebenbenommen? Und wo IST sie?

Ernie zeigt auf, Dr. Gode winkt, Ernie eilt davon. Klar, das ist seine Chance, in den OP zu dürfen. Trotzdem kommt mir seine beflissene Eifrigkeit wie Verrat vor. Zum Glück ist Dr. Gode kein Unmensch, er bemerkt unsere Besorgnis. »Keine Angst«, lächelt er, »sie ist sicher nur umgekippt.« Na danke!

Es dauert eine halbe Stunde, bis wir zu Isa dürfen – wir können ja schlecht die Visite verlassen! Frau Jahns Werte sind jetzt etwas besser, trotzdem entscheidet Dr. Gode, dass sie morgen früh noch nicht operiert werden soll. Frau Jahn widerspricht resolut. Es kommt überhaupt nicht infrage, dass sie auch nur einen Tag länger als besprochen hierbleibt. In anderen Fällen wird eine Meniskus-OP ambulant durchgeführt! Sie ist seit Montag hier und wird am Freitag wieder gehen, komme, was wolle! Fünf Tage sind mehr als genug. Dr. Gode bleibt gelassen und erklärt, in Frau Jahns Alter und mit ihrer Diagnose sei ein längerer Aufenthalt vollkommen normal – und bei der Bestimmung des OP-Termins habe sie keinerlei Mitspracherecht. »Sehen Sie es mal so«, lächelt er ruhig, »je mehr Sie sich jetzt aufregen, desto höher steigt ihr Blutdruck und umso länger dauert es.« Frau Jahn schluckt das, ihr bleibt ja nichts anderes übrig.

Unser letzter Patient ist ein kräftiger Mittvierziger. Herr Reichelt hat nach einem Sturz im letzten Jahr immer noch Schmerzen im Lendenwirbelbereich, in letzter Zeit sogar Lähmungserscheinungen in den Beinen. Nun ist festgestellt worden, dass der Wirbelkanal stark eingeengt ist, mehrere Nervenbahnen sind eingeklemmt. Schon morgen soll er operiert werden. Dr. Gode lächelt in die Runde: Das wird für einen von uns ein Jackpot – er preist die OP einer Lendenwirbelsäule an wie einen Jahrmarktsbesuch. (»Was Sie da zu sehen kriegen!«) Doch nach Isas seltsamem Ausfall sind wir alle etwas vorsichtig. Niemand möchte unbedingt eine 4-Stunden-OP als Einstiegsaufgabe; nur Sabrina, die sich natürlich erfahren geben muss, äußert begeistert Interesse.

Auf dem Gang vertraut Dr. Gode mir zwischen Tür und Angel die Nachsorge von Herrn Kohler und Frau Schneider an. Hups habe ich zwei Patienten bekommen, ohne es richtig mitzukriegen! Ich freu mich dann nachher, im Moment gilt meine erstrangige Sorge Isa und der Frage, was bei Frau Schneiders OP schiefgegangen sein kann.

Die Tür zum Arztraum steht offen, drinnen sitzt Isa blass auf der Liege und sieht uns an wie ein nasses Kätzchen. Dr. Gode grinst. »Grämen Sie sich nicht! Beim nächsten Mal halten Sie durch.« Isa nickt, er geht und eine Sekunde später sitzen wir bei unserer unglücklichen Freundin auf der Liege und versuchen, die drohenden Beschämungs-Tränen aufzuhalten.

»Ich bin in Ohnmacht gefallen«, sagt sie leise. »Der Chirurg hatte zu schlechte Sicht, er hat die laparoskopische OP abgebrochen und als offene Operation weitergeführt. Also dauerte es fast doppelt so lange wie veranschlagt. Ihr könnt euch das nicht vorstellen! Es ist schrecklich heiß unter dem Kittel und der Mundschutz saß so fest … dann die Aufregung … Mein Kreislauf hat einfach schlappgemacht.« Wir sind voller Mitleid. Wie peinlich! Das war für die eisige Dr. Thiersch sicherlich ein Fest.

»Hat sie dich sehr gepiesackt?«, fragt Jenny, doch Isa schüttelt den Kopf und erzählt, dass keiner der Chirurgen übermäßig erstaunt gewesen sei.

»Als ich zu mir kam, war schon ein Ersatz unterwegs. Sie haben mich nur weggewunken.«

Das klingt doch eigentlich nicht so schlimm, ein Donnerwetter wird es sicher nicht geben. Für seinen Kreislauf kann ja wohl kein Mensch was! Aber Isa stellt sich natürlich eine andere Frage: Wird sie es beim nächsten Mal durchstehen? Wird sie überhaupt noch mal gefragt? Ganz ehrlich, ich wäre ebenso unsicher an ihrer Stelle. Darf so was passieren? Zum Glück kommt in diesem Moment Schwester Jana, um nach Isa zu sehen.

»Es ist doch nicht schlimm, wenn mal der Kreislauf versagt, oder?«, frage ich – extra positiv formuliert.

Schwester Jana lächelt. »Was glaubt ihr, warum wir hier drin eine Liege haben?!« Die erfahrene Schwester hat schon jede Menge PJler umfallen sehen, angeblich sogar gestandene Ärzte. Sie behauptet, Isa müsse keine Angst haben, nicht mehr zur OP gebeten zu werden, sondern könne sich im Gegenteil darauf einrichten, eher öfter eingeteilt zu werden als ihre Kollegen. Für Isa ist das kein Trost, sie fürchtet sofort neue Versagensdesaster. Jenny und ich sind allerdings beruhigt. Nur falls uns so was auch mal passiert. Und Schwester Janas Versicherung, dass Isa zwar die Erste war, aber garantiert nicht die Einzige bleiben wird, hebt auch die Stimmung unseres Häschens wieder an.

Beim Heimgehen hat Jenny es eilig; klar, sie will sicher schon voll in Schale geworfen sein, wenn ihre neue Eroberung »zufällig« anruft. Isa ist entsetzt, als sie erfährt, dass Jenny Björn absagt, um mit dem Laborboten auszugehen. Per SMS! Jenny grinst. »Ist doch auch ein guter Test. Wenn Björn was an mir liegt, ruft er sicher morgen wieder an. Und dann habe ich Motorrad-Felix vielleicht schon satt?« Es wäre gelogen, zu behaupten, dass Jennys unverschämte Art mich nicht beeindruckt. Aber manchmal habe ich doch Mitleid mit ihren Verehrern.

Ich selbst haste heute nicht mit meinen Freundinnen durch den Regen, ich werde vor dem Klinikeingang auf einen menschenscheuen Oberarzt warten. Isa bietet an, mir Gesellschaft zu leisten, lässt sich aber schnell überzeugen, dass das zwar nett wäre, aber irgendwie unpassend. So bleibe ich allein unter dem Klinikvordach stehen und sehe meinen Mädels nach, die eilig durch die Pfützen in der Dämmerung verschwinden.

Gleich wird es dunkel. Einzeln verlassen Menschen das Krankenhaus, die meisten haben den Blick schon in die Ferne gerichtet, aber manche nicken mir zu und wünschen einen schönen Feierabend. Aus Gründen der Geheimhaltung und Absichtsverschleierung hebe ich schließlich mein Handy ans Ohr, als führe ich ein einsilbiges Gespräch. Ich komme mir blöd vor; ich bin einfach nicht der Typ, der sinnlos das Freizeichen oder den heimischen Anrufbeantworter bespricht, um ein Telefonat vorzutäuschen. Wer mir zuhört, muss eine höchst unerquickliche Unterhaltung vermuten, denn ich sage gar nichts. Es käme mir einfach ZU albern vor. Zum Glück bleibt keiner länger stehen, na klar, alle wollen nach Hause. Nur ich nicht. Und Thalheim offenbar auch nicht. Wartet er oben darauf, dass ich endlich aufgebe, damit er sein Büro verlassen kann? SOLLTE ich das Zeichen verstehen und aufgeben? Oder ist er vielleicht sogar längst weg, hat sich davongestohlen und einen Seitenausgang genommen? Jetzt mal keine Paranoia, Lena, sein Auto steht doch noch da. SO unangenehm, dass er endlose S-Bahn-Fahrten auf sich nimmt, nur um dir nicht zu begegnen, bist du vielleicht doch nicht? Er hat diese Unterhaltung ja schließlich vorgeschlagen! Wenn es nach mir ginge, könnten wir uns einfach weiterhin alle zwei Tage treffen und einfach nur küssen. Oder alle zwei Stunden.

Es wird dunkel. In einer Pfütze am Fuß der kleinen Treppe liegt ein Weinkorken. Ich beobachte ihn, bis die Pfütze so tief ist, dass er schwimmt. Und stelle mir vor, dass es jetzt weiterregnet, bis auch ich den Bodenhalt verliere und auf einer Pfütze treibe. Ich könnte mich als toter Mann bis nach Hause treiben lassen. Tote Lena. Über das grüne Auto schwimmt sie einfach so hinweg.

Thalheim kommt nicht. Und es regnet immer weiter.

8

Die Liebe ist einfach nicht normal. Oder ich bin nicht normal. (Nett, dass du an dem Wort »Liebe« überhaupt nicht zweifelst, Lena!) Im einen Moment bin ich schon entschlossen zu gehen. Ich warte auf keinen Fall die halbe Nacht auf einen Oberarzt, der offenbar oben noch seine Computertastatur mit dem Zahnstocher reinigt, nur um Zeit zu schinden. Im nächsten Moment gestehe ich mir ein, dass ich sehr wohl bis zum Morgengrauen warten würde. Obwohl mir kalt ist. Aber solange ich hier bleibe, besteht immerhin noch die Chance, dass wir uns sehen – und wenn es zum Sonnenaufgang ist.

Ich bemühe sogar das gute alte Orakel: Wenn jetzt drei Männer nacheinander rauskommen, heißt das, es gibt genug Männer auf der Welt und ich soll gehen. Aber als drei Männer nacheinander die Klinik verlassen, beschummle ich mich selbst und zähle einen eigentlich noch ganz rüstigen Opi einfach nicht als Mann. Und dann, ganz plötzlich, legt mir jemand die Hand auf die Schulter, eine weiche Stimme sagt: »Bitte verzeih mir« und alles ist vergessen.

Zehn Sekunden später sitze ich in seinem Wagen, umgeben von dem Geruch nach Leder und seinem Aftershave. Er fährt schweigend vom Parkplatz, sieht nur kurz zu mir herüber und lächelt – und mir ist nicht mehr kalt. »Der Chef«, sagt er. »Es ist mir noch nie so schwergefallen, ihm zuzuhören. Ich dachte die ganze Zeit nur daran, dass du wahrscheinlich in dieser Sekunde aufgibst und gehst.«

Wow. Das haut mich fast um. Tut mir leid, da bin ich Mädchen. Ich habe noch nie etwas so liebevoll Vertrauliches von ihm gehört.

Leider hat Dr. Thalheim wohl auch gemerkt, dass das jetzt erstaunlich gefühlvoll klang. Er räuspert sich und sagt erst mal eine Weile nichts mehr. Mann, er weiß doch inzwischen, wie erschreckend kurz der Weg zu meiner Wohnung ist! Wie viel Zeit will er sich denn lassen? Mich beschleicht das Gefühl, dass er einfach nicht weiß, wie er anfangen soll – und das ist ja immer ein schlechtes Zeichen. Soll ich also? (Ich könnte ja mal sagen, dass das alles nur an den Neurohormonen liegt. Und man dagegen leider gar nichts tun kann …)

»Lena, das geht nicht«, sagt er in diesem Moment, ohne mich anzusehen. Mir bleibt die aufmunternde Hormonbemerkung im Hals stecken.

Danke, Herr Oberarzt. Diese kalte Dusche hatte ich ja heute erst einmal. Und ich hatte mich fast davon erholt. Schlagartig friere ich wieder. Warum hat er mich nicht für alle Zeiten im Regen auf dem Parkplatz stehen lassen? Er hat sich nicht mal eine neue, etwas freundlichere Formulierung ausgedacht. Und in spätestens einer Minute erreichen wir meine Straße – und sind keinen Schritt weitergekommen. Nur einen großen Satz näher an eine Erkältung und ein fieses Gefühlstief. Dann steige ich jetzt aus, gehe den Rest des Weges zu Fuß, so langsam ich kann, und hole mir wenigstens eine richtige Grippe. Gerade als ich ihm das mitteilen will, fährt er rechts ran.

»Ich kann das nicht«, sagt er leise. Ich will aussteigen. Sobald du draußen im Regen stehst, darfst du anfangen zu heulen, Lena. Nur jetzt noch nicht. Er sieht mich an. Bitte noch nicht weinen, Lena!

»Ich bin nicht der Typ für so was. Es würde gegen all meine moralischen Prinzipien verstoßen.« Seine Stimme klingt ruhig. »Etwas zwischen uns könnte immer nur heimlich sein. Und das will ich nicht.« Ach so, das will er nicht? Das konnte ich ja nicht ahnen. Na dann Entschuldigung. Oh Mann, zerr doch deinen Eiskratzer aus dem Handschuhfach und ramm ihn mir ins Herz!

Offenbar hat wieder jemand meine Gedanken laut ausgesprochen, denn er sieht mich an und lächelt traurig. »So meine ich es nicht, Lena. Es geht nicht um mich. Ich fände es deinetwegen falsch.« Quatsch! Um MICH sollte man sich sorgen, wenn er mich jetzt hier abserviert. Hatte ich nicht erwähnt, dass ich dann eine Woche im Regen stehen bleiben werde?

Er nimmt meine Hand. »Es wäre nicht fair dir gegenüber. Verstehst du nicht, Lena? Wir müssen vernünftig sein.«

Ich will nicht vernünftig sein. Ich will, dass du meine Hand hältst und mir sagst, dass wir alles hinkriegen, dass du es auch willst, dass wir einfach nicht anders können. So ist eben die Liebe. Die Heimlichkeit ist mir doch schnurzpiepegal. Ich würde meinen Namen ändern und eine rote Perücke tragen, wenn das möglich macht, dass ich dich jeden Tag treffen darf.

Aber er nimmt seine Hand von meiner und wendet sich ab. Ich steige aus. Länger kann ich die Tränen wirklich nicht mehr zurückhalten. Ganz langsam gehe ich die Straße hinunter, der Regen ist mein treuer Begleiter. Warum fährt er nicht weg? Nur noch zwei Schritte, dann habe ich die Haustür erreicht. Aufschließen, die Treppe hinaufgehen, die nassen Sachen loswerden, heiß baden, sterben.

Ich scheitere schon am ersten Punkt. Ich kann meinen Schlüssel nicht finden. Ich krame in meiner Tasche. Wer hat sie derart mit nutzlosem Klimbim vollgestopft? Ich finde Streichhölzer, Handcreme, eine verzweifelt gesuchte DVD. Keinen Schlüssel. Thalheims Auto steht immer noch da. Denkt er jetzt, ich zögere die Sache hier hinaus, um ihn zum Aussteigen zu bewegen? Ich schau am besten gar nicht mehr hin. Taschentücher, Fahrpläne, Sonnenbrille. Glückskuli. (Na toll! TU doch was!) Portemonnaie, Handy, Labello. Kein Schlüssel. Ich strecke genervt die Hand nach der Klingel aus. Und kippe dabei den Inhalt meiner geöffneten Handtasche auf die Straße. Klar. Das ist es, was Lena passiert, wenn sie einen großen traurigen Abgang versucht.

Ich knie auf dem nassen Gehsteig und sammle meinen Krimskrams ein. Und jetzt heule ich doch. In einer Pfütze liegt mein Namensschild. Ich denke kurz darüber nach, hier sitzen zu bleiben und einfach zuzusehen, wie sich mein Name auflöst. Meine Knie sind nass, mein Schal schwer vom Regenwasser, vielleicht löse ich mich auch gleich auf.

Da liegt mein Schlüssel auf dem Kellergitter, blinkt unschuldig. Eine Hand legt sich darauf. Reicht mir den Schlüsselbund. Thalheim. Seine Hände ziehen mich von der Straße hoch.

Er sieht mich an. Er wirkt traurig, irgendwie hilflos und allein. Ich kann nicht anders, ich halte seine Hand fest. Es regnet. Ich bin nicht der Typ für kitschige Abschiede. Ich WILL keinen Abschied! Und wenn in einer Minute alles noch viel schlimmer wird und seine moralischen Prinzipien ihm gleich ins Genick springen … ich kann seine Hand nicht loslassen … und er macht keine Anstalten wegzugehen. Und deshalb lasse ich mich einfach fallen.

Er nimmt mich in die Arme. Ist warm, groß, drückt mich an sich. Ich vergrabe meinen Kopf an seiner Schulter und möchte für immer hierbleiben. Wir sagen nichts, stehen einfach da, er hält mich fest. Jetzt bitte für immer die Zeit anhalten.

Leider hat mein Welt-Stopp-Knopf noch nie funktioniert. Irgendwann wird seine Umarmung lockerer, er sieht mir in die Augen. »Verstehst du, dass es nicht geht? Das hier ist alles, was wir je haben könnten. Dass ich dich ab und zu nach Hause fahre.« Ich sehe ihn an. Und antworte leise, dass mir das absolut reicht.

Ich bin einfach nicht normal.

9

Als ich nach oben komme, bin ich vollkommen durchnässt. Isa bringt mir erschrocken ein Handtuch und wickelt mich mütterlich aus dem nassen Schal. Ich mache gar nicht mit, lasse mich aus der Jacke packen und grinse sie einfach nur idiotisch an. Isa drückt mir resolut das Handtuch auf den Kopf und sagt: »Na toll, ihr habt wieder geknutscht.« Und ich nicke beseelt.

Zehn Minuten später sitzen wir in der Küche, ich habe die nassen Hosen gewechselt und Isa kocht mir Tee, weil sie findet, dass es schlicht albern ist, sich aus purer Verliebtheit eine Grippe einzuhandeln. (Ich gebe zu, anfangs wollte ich meinen nassen Pulli nicht recht ausziehen, weil er so gut nach IHM roch.) Isa ist etwas verlegen, denn Björn hat schon zweimal angerufen und nach Jenny gefragt. Die aber ist mit dem Motorradfahrer aus – und Isa kann nicht lügen und glaubt, dass Björn sie wegen ihrer unbeholfenen Stammelei jetzt für eine komplette Idiotin hält. Wieso sagt Jenny ihm auch nicht deutlich, dass sie einen anderen interessanter findet?!

Doch Jenny, die kurz darauf zufrieden strahlend und mit roten Wangen von ihrem Ausflug zurückkehrt, tut diese Frage mit einem überlegenen Lächeln ab. »Ich weiß doch noch nicht, wer mir besser gefällt. Wäre es nicht blöd, einen von beiden voreilig abzuservieren?« Isa und ich finden diese Taktik ein wenig gemein, aber Jenny behauptet, bei zwei so unterschiedlichen Typen wäre die Entscheidung kompliziert und fundierte Abwägung notwendig. Da wir sie lange genug kennen, versuchen wir nicht mehr allzu engagiert, sie von der Paralleldate-Strategie abzubringen und Isa nimmt ihr nur das Versprechen ab, keinen der beiden unnötig hinzuhalten. Jenny lacht, verspricht es aber wenigstens so halb, indem sie erklärt, sich sowieso entscheiden zu wollen, bevor das Ganze in Stress ausartet. »Übrigens, ich habe einen ›Hello Kitty‹-Notizblock vor dem Haus gefunden«, lacht sie plötzlich und hält mir das aufgeweichte Heftchen hin. »Das ist doch sicher deiner. Musst du dir immer noch aufschreiben, wo wir wohnen?«

Ich nehme ihr den rosa glitzernden Block weg und will gerade von meinem Schlüssel-Erlebnis und seinen romantischen Folgen erzählen … als sich mir der unangenehme Gedanke aufdrängt, dass mein Kätzchenheft wahrscheinlich die ganze Zeit zu Thalheims Füßen lag, während wir uns geküsst haben. Ich könnte wetten, dass er es gesehen hat. Na toll, dann konnte er sich ja gleich eine erstklassige Vorstellung von meiner geistigen Reife machen. Ach so, und sein liebevolles »Gute Nacht, Kätzchen«, das in meinem Herzen bis eben nur nach etwas unbeholfener Zärtlichkeit klang, kriegt jetzt auch eine andere Bedeutung. Hmpf. Warum hat Romantik bei mir immer gleich Peinlichkeiten im Schlepptau? Ist DAS gerecht?!

Weil wir den ganzen Abend mit der Besprechung meines Thalheim-Arrangements verplappern, sind wir am nächsten Morgen so spät dran, dass wir erst fünf Minuten vor acht unsere Spinde erreichen. Hastig schlüpfen Isa und Jenny in die Kittel und ich werfe noch kurz einen Kontrollblick in den kleinen Spiegel am Ausgang. Heute Morgen habe ich meine Privatkleidung sorgfältiger als sonst ausgesucht. Schließlich habe ich berechtigte Aussicht darauf, dass mich ein attraktiver Oberarzt nach Feierabend in sein Auto lädt. Also trage ich heute ausnahmsweise ein Kleid – zwar ein überknielanges und vormittagstaugliches Strickkleid, aber immerhin. Bisher kennt er mich ja nur in Jeans und Pulli und ich würde gerne mal einen weiblich-erwachseneren Eindruck machen, gerade nach der Hello-Kitty-Offenbarung gestern. Das Kleid ist nicht übermäßig praktisch, aber wen interessiert das?! Ich muss nur kontrollieren, dass ich mich zu

Hause nicht verschätzt habe und das Kleid auch ausreichend unter dem Kittel hervorschaut, damit ich nicht aussehe, als habe ich einfach vergessen, irgendwas anzuziehen. Der erste Eindruck vor dem Spiegel ist: Prima. Das Kleid guckt genau eine Handbreit raus. Auf den zweiten Blick sehe ich, dass da ein Fleck ist. Kaffee. Direkt unten am Saum. Verdammt, das war der Grund, warum das Kleid ganz vorne hing. Ich wollte es reinigen lassen. Na toll.

Entsetzt frage ich meine eiligen Freundinnen um Rat. Fehlanzeige. Isa ist ohnehin schon ganz zappelig, es ist drei vor acht. Jenny ist zwar gutwilliger, aber auch ratlos. Isa hat eine Ersatzstrickjacke im Spind. Mehr Garderobe ist nicht verfügbar. Und die Strickjacke ist zu kurz. Ich schicke die Mädels voraus; wenn nur eine von uns zu spät kommt, fällt das in der morgendlichen Wagenverteilung nicht so auf. Dann rücke ich mit fliegenden Fingern und lauwarmem Wasser dem Kleid zu Leibe. Ein hektischer Blick zur Uhr: zwei nach acht. Ich entscheide, dass ich nicht mehr für mein Kleid tun kann und nicht mehr gegen meinen Ruf auf der Station tun sollte und stürme nach oben. Vier nach acht.

Leider hatten wir keine Ahnung, dass der heutige Arbeitstag ausnahmsweise mal NICHT mit Wagenverteilung beginnt. Als sich die Aufzugstür öffnet, blicke ich zuerst in die entsetzten Gesichter meiner Freundinnen – und dann in die eisblauen Augen von Dr. Thiersch. Sie hat die anderen PJler um sich versammelt und sieht wieder aus, als entsteige sie morgens keinem Bett, sondern einer Frischhaltebox. Zwar macht sie keine Bemerkung über mein Zuspätkommen, doch das muss sie auch nicht: Ihr Blick spricht Bände. Schamesrot reihe ich mich ein. Jenny zwinkert mir aufmunternd zu, doch mit Dr. Thiersch habe ich es mir wohl mindestens für heute verdorben. Sie räuspert sich und setzt ihre durch eine unpünktliche PJlerin unterbrochene Ansprache fort. »Der Meniskus macht den Anfang. Hier assistieren …«, ihr Blick streift über die eifrigen Mienen, »Sie!« Ein perfekt manikürter Nagel deutet auf die Einzige, die nicht begehrlich aufzeigt: Isa. »30 Minuten, das werden Sie ja wohl durchstehen.« Isa nickt schicksalsergeben. Eigentlich nett von Dr. Thiersch, ihr erst mal eine »leichtere« OP zu geben. Das tröstet mich über die ganz kurze Enttäuschung hinweg, dass ICH nicht für Frau Jahn eingeteilt wurde, die ja in den letzten Tagen ein wenig meiner Obhut unterstand. Dr. Thiersch seufzt und fährt fort. »Die Lendenwirbelsäule ist für heute Nachmittag angesetzt. Da hätte ich dann doch gern jemanden mit etwas stärkeren Nerven.« Sie sieht sich um. Diesmal drängen sich nicht eben viele PJler auf, außer Sabrina melden sich nur Ernie und Bert – und Jenny. Das hätte ich mir denken können. Sie liebt Herausforderungen und eigentlich wollen wir doch alle endlich rausfinden, was wir können. Warum soll ich mich nicht auch melden? Als Letzte, dafür entschlossen, hebe auch ich den Finger. Dr. Thiersch nickt Jenny zu. »14 Uhr. Vorher Blutabnahme, EKG und Röntgen der Lunge, Heparin geben. Zur Narkosevisite gehen Sie auch schon mal mit.« Jenny nickt eilig, stolz. Und dann wendet sich Dr. Thiersch zu mir und sagt: »Sie operieren, wenn ich sicher sein kann, dass sie nicht erst zum Zunähen im OP erscheinen.« Das war unnötig. Aber ich wehre mich nicht. Ich war zu spät, das ist die Quittung und vier Minuten können im Krankenhaus über lebenswichtigere Dinge entscheiden als darüber, ob man eine OP bekommt.

Dr. Thiersch stöckelt von dannen und meine Freundinnen trösten mich herzerwärmend. Ich erkläre, dass ich die Strafe einsehe und sie sich keine Gedanken machen müssen. Aber als die beiden im Arztraum verschwinden und ich die Einzige bin, die mit dem Wagen herumzieht und wieder nichts Aufregenderes tun darf als Blut abnehmen, bin ich doch irgendwie geknickt.

Herr Kohler, die Bauchspeicheldrüse, fühlt sich heute besser, doch die Sonde, über die er ernährt wird, wurde noch nicht entfernt. Der Nahrungsaufbau muss langsam und behutsam durchgeführt werden und Herr Kohler ist weder in einer Gewichtsklasse noch in einem Alter, in dem man den Gewichtsverlust nach so einer OP problemlos wegsteckt. Ich nehme ihm Blut ab und kläre ihn darüber auf, warum seine Blutzuckerwerte kontrolliert werden müssen. Ich bin ein wenig stolz darauf, dass das entsprechende Fachwissen in meiner medizinischen Hirnschublade sofort zur Verfügung steht und lückenlos abgerufen werden kann. »Wenn die Funktion der Bauchspeicheldrüse eingeschränkt ist, kann es passieren, dass zu wenig Insulin oder zu wenig Pankreasenzyme produziert werden«, doziere ich professionell. »Beides kann man mit Medikamenten beheben …«

Herr Kohler unterbricht und sieht mich groß an. »Heißt das, dass ich jetzt für immer Medikamente nehmen muss?!« Ich stocke nur kurz, dann finde ich den Faden wieder. »Ja, das heißt es. Bei einer Pankreasenzymsubstitution müssen Sie Enzyme zuführen, die die der Bauchspeicheldrüse ersetzen. Bei einer Insulinsubstitution bekommen Sie einen direkten Insulinersatz zur Blutzuckertherapie.« Wer sagt, dass du keine gute Ärztin bist?! Du weißt einfach alles, Lena! Die vier Minuten sollten nach so einem guten Auftritt echt vergeben sein.

Nur Herr Kohler ist nicht beeindruckt. »Dann habe ich das jetzt mein Leben lang?«, fragt er. »Dann kann ich nie wieder essen, was ich will? Oder spontan verreisen?«

»Doch …« Ich komme ins Stottern. »Mit den Enzymen. Die müssen Sie dann sowieso auf Vorrat haben. 6 bis 12 Kapseln am Tag. Je nachdem …« Irgendwie klingt das jetzt nicht mehr so souverän, Lena. Und er sieht immer noch sehr erschrocken und hilflos aus.

»Was für Enzyme genau? Ich hab Sie nicht verstanden.«

Na toll, Lena. Auf deinen kalten Theorievortrag kannst du dir richtig was einbilden! Wem willst du hier was beweisen? Genau: Dr. Thiersch. Und nicht dem armen Herrn Kohler. Ich setze mich an sein Bett und erkläre in aller Ruhe, was ihn erwartet. Mit Lena-Worten. Ohne Dr.-Thiersch-Jargon. Ich brauche eine halbe Stunde, am Ende reden wir über unser Lieblingsessen und die Kombinationsmöglichkeiten von Joghurt. Und irgendwann lächelt er und sagt: »Sie haben mich richtig eingeschüchtert mit Ihrem Fachvokabular.« Ich entschuldige mich und gebe zu, dass ich heute aus ganz persönlichen Gründen darauf versessen war, zu beweisen, dass ich eine echt gute, weil bestens beschlagene

Ärztin bin. Er grinst: »Aber die ganz guten Ärzte erklären es eben ohne ›Insulinsubsumption‹.« Und ich verkneife mir, dass das »Insulinsubstitution« heißt.

Bei Frau Schneider klappt alles besser. Sie hat Schmerzen unter dem rechten Rippenbogen, bekommt aber bereits ein Analgetikum über den Tropf. Ich gebe ein zweites Schmerzmittel und nach meiner Erfahrung beim vorhergehenden Patienten vergesse ich auch nicht, ganz deutlich zu sagen, dass die Schmerzen vollkommen normal sind. Ihre Werte sind ausgezeichnet. Heute Abend darf sie vielleicht schon das erste Mal aufstehen und es kann gut sein, dass sie heute Mittag bereits mit der Aufnahme flüssiger Nahrung beginnen kann. Wenn alles gut läuft, wird sie sicher in drei Tagen entlassen. Frau Schneider hat nur eines gehört: »Kriege ich dann jetzt einen Kaffee?«

Ich muss lachen. »Morgen, einverstanden?«

Sie schnaubt. »Ich verzichte seit drei Tagen darauf. Ich bin überhaupt kein Mensch mehr.«

»Versprochen«, entgegne ich, »sobald Kaffee wieder erlaubt ist, bringe ich Ihnen eigenhändig eine Tasse ans Bett.«

Sie nickt. »Ein Kännchen wäre mir lieber.« Ich verspreche ihr sogar zwei. Gar kein Problem für die große Ärztin mit dem Herz für kleine Wünsche …

Ziemlich zufrieden verlasse ich Zimmer 6. Gegenüber bei der 4 steht die Tür offen. Frau Jahn ist schon im OP. Ich drücke Isa kurz, aber heftig die Daumen, dass heute keine Ohnmachtsanfälle ins Haus stehen. Dann will ich eigentlich nur kurz die Tür schließen, immerhin sind persönliche Gegenstände der Patientin im Zimmer, als es klingelt. Ein typischer Standard-Handy-Klingelton lässt mich regelrecht zusammenfahren. Wie konnte mir auch das noch passieren?! Handys haben auf der Station nichts zu suchen und ich wette, genau jetzt kommt wieder jemand über den Flur und erwischt mich beim nächsten Regelübertritt. Hektisch klopfe ich meine Kitteltaschen ab. Doch da ist kein Handy. Es klingelt auch gar nicht an meinem Körper; wäre ich nicht so peinlich um meine Fehlerquote besorgt, hätte ich schon beim ersten Klingeln erkannt, dass der Ton aus Frau Jahns Zimmer kommt. Hm. Patienten dürfen aber auch kein Mobiltelefon benutzen, es muss, wenn schon im Nachttisch, dann auf jeden Fall ausgeschaltet sein. Ich trete näher. Es klingelt aus der Nachttischschublade. Immer weiter … hat sie keine Mailbox? Darf ich es anfassen und ausschalten? Oder ist das Öffnen einer fremden Schublade schon ein Übergriff? Das Klingeln setzt aus – und beginnt in der nächsten Sekunde erneut. Jemand gibt nicht auf. Ich ziehe die Schublade auf. Das Handy ist ein begehrenswert neues Modell. Und auf dem Display steht *Büro*. Also drangehen werde ich nicht. Ich drücke auf Ablehnen und will das Telefon zurücklegen, da klingelt es schon wieder. *Büro*. Hmpf. Ich drücke ein zweites Mal *Ablehnen* und bin weder davon überrascht, dass es sofort abermals klingelt, noch davon, wer schon wieder anruft. Ach, soll ich mal eben in den OP stürmen? Hat Frau Jahn im Büro nicht Bescheid gesagt, dass sie momentan ganz schlecht erreichbar ist? Hat sie den Safe-Schlüssel mit ins Krankenhaus genommen und vorher versehentlich den Chef drin eingesperrt? Ich kann dem Büro jedenfalls nicht helfen. Ich schalte das Telefon ganz aus und lege es in die Schublade zurück. Da liegt der Notizblock. »Komm schon, Lena«, sagt der kleine Teufel in meinem Kopf. »Das ist DIE Gelegenheit, herauszufinden, was es Tiefgreifendes über Charlotte-Link-Lektüre zu notieren gibt.«

»Mein liebes Fräulein«, sagt der gesunde Menschenverstand mit der Stimme meines Vaters. »Wenn du dich daran vergreifst, kannst du auch gleich Mamas Tagebuch lesen.« Und dann rutscht der Notizblock ganz zufällig von dem Buch, auf dem er gelegen hat, und öffnet sich ein bisschen. Ich muss ihn gar nicht anfassen, um eine endlose Zahlenkolonne zu erkennen. Es sieht aus wie Geldbeträge und sie sind keineswegs in Taschengeldhöhe. Das hat definitiv nichts mit Liebesromanen zu tun, erklärt aber vielleicht Frau Jahns nervöse Anspannung. War meine Teure-Nachthemden-Schulden-Theorie doch nicht ganz falsch? Fest steht jedenfalls: Das hier geht mich gar nichts an. Eilig schiebe ich die Lade wieder zu.

Zur Mittagspause muss ich heute allein gehen. Meine Freundinnen haben ja Wichtigeres zu tun; Isa ist hoffentlich schon beim Zunähen – ohne Zwischenfälle! – und Jenny sollte sich langsam auf den Weg zu Händewaschen und innerer Sammlung machen.

Im Aufzug kommt das Herzklopfen. Ich hoffe so, ihn zu sehen. Und auf ein kleines, für alle anderen unsichtbares, geheimes Zeichen unter Heimfahrgefährten.

Zu meinem Empfang gibt es erst mal eine gar nicht heimliche Geste: Ruben winkt mir quer durch den Raum zu und ruft: »Schätzchen, was hab ich dich vermisst!« Kein bisschen diskret. Okay, eine geheime Beziehung mit Ruben wäre die maximale Herausforderung; er ist schlicht nicht in der Lage, seine Gefühle NICHT hinauszuposaunen. Alle gucken, ich werde rot. Da ist Dr. Thalheim mit seiner übervorsichtigen Distanz doch die bessere Wahl. Moment, Lena, du WOLLTEST gar keine Geheimromanze! Wäre es nicht – zumindest wenn man ein wenig abgehärteter gegenüber neugierigem Kollegengetuschel ist – viel schöner, die Freundin von jemandem zu sein, der unbedingt alle Welt wissen lassen muss, dass er sich überschwänglich freut, dich zu sehen? Schluss jetzt, Lena, was kann denn Thalheim dafür, dass Ruben so einen Knall hat?! Mein blauhaariger Freund jedenfalls kommt extra um seinen Tresen herum und küsst mich wie die verlorene Tochter vor allen Leuten.

»Also hat es geklappt mit euch beiden?!«, fragt er begeistert, aber wenigstens leiser. Ich bin irritiert, er lacht. »Du warst nicht hier, er war nicht hier … da reimt sich ein gescheiter Mann doch zusammen, dass ihr die gestrige Mittagspause zu zweit verbracht habt.«

Hm. Da bleibt mir ja nur zu hoffen, dass die anderen hier nicht ganz so gescheit sind. Ich beruhige mich schnell damit, dass momentan zum Beispiel Isa und Jenny fehlen … und der attraktive Dr. Gode. Da vermutet doch jetzt auch keiner was! (Okay, Isa würde NIE – und Jenny ist ja wohl im OP.) Doch als ich Ruben gerade erkläre, dass gleichzeitige Abwesenheit einfach überhaupt nichts bedeutet, betritt ER die Cafeteria und zwinkert mir zu.

Ganz kurz, eine winzige Geste, eigentlich nur für mich zu sehen. Und für Ruben, der immer noch neben mir steht und diese am kühlen Dr. Thalheim äußerst unpassend wirkende Augensprache natürlich bemerkt hat. Ruben wirft mir einen vielsagenden Blick und ein breites Grinsen zu und verschwindet wieder hinter seinem Tresen. Und Dr. Thalheim wiederum hat nun natürlich DAS bemerkt und geht daraufhin an mir vorbei, ohne mich noch eines einzigen Blickes zu würdigen. Er nimmt einen Apfel vom Tresen, bestellt einen Kaffee und sieht Ruben dabei so durchdringend an, dass die blauhaarige Frohnatur sich jeden Hauch eines Grinsens verkneift. Okay. Wenn mir bisher nicht klar war, dass das hier eine verdammt komplizierte Sache wird – jetzt gibt es keinen Zweifel mehr. Ich rechne damit, dass Thalheim die Cafeteria sofort wieder verlässt. Doch er setzt sich mit seinem Kaffee und seinem Apfel an einen Tisch in der Nähe und ich bilde mir ein, dass er trotz Geheimhaltungsgebot wenigstens in meiner Nähe sein will. Und Ruben macht mich mit einer bezaubernd sensiblen Geste glücklich: Er schenkt mir auch einen Apfel. Offenbar ist er ein Romantiker wie ich.

Existiert noch irgendein anderer Mensch, bei dem so berechenbar wie bei mir schöne Erlebnisse unvermeidlich Gemeinheiten im Schlepptau haben? Ich kann mich drauf verlassen, auch wenn ich mich selbst nach über zwanzig Jahren noch nicht damit abgefunden habe: Wenn mir jemand einen Luftballon schenkt, kommt in der nächsten Minute ein Hagelschauer. Eisig und nadelspitz. Meine Schneekönigin heißt Dr. Thiersch, betritt in diesem Moment die Cafeteria und mustert mich frostig. »Ach, HIER sind Sie pünktlich?!«, sagt sie. Laut und schneidend. Wieder ziehe ich alle Blicke auf mich. Vor der gesamten Cafeteriabesetzung stehe ich da wie die unzuverlässigste Tagediebin – nur daran interessiert, pünktlich beim Essen zu sein. Dr. Thiersch sieht auf die Uhr. »In fünf Minuten haben Sie Visite.« Ich nicke nur, was soll man dazu auch sagen. Dass du noch nie zu einer Visite zu spät gekommen bist, Lena! Na ja, bis heute Morgen. Dr. Thiersch nimmt ebenfalls einen Apfel (Mann, ist hier das

Schneewittchenfieber ausgebrochen?) und zerstört damit meine geheime Thalheim-Verbindung. Und sie hat immer noch nicht genug. Als ich den Kriegsschauplatz verlassen will, mustert sie mich noch einmal von oben bis unten und fragt – immer noch nicht leiser – »Und wo, bitte, ist Ihr Namensschild?«

Das liegt auf der Heizung zu Hause. Weil es gestern, in einer anderen, tausendmal schöneren Welt in einer Regenpfütze lag. Ich stammle eine Entschuldigung. Und weiß genau, was jetzt all die anderen denken müssen: Unpünktlich, verfressen – und schlampig. Ich fühle mich gedemütigt, ganz klein. Leider schaue ich genau in diesem Moment wie automatisch zu Thalheim hinüber. Ich weiß, er kann mich jetzt nicht trösten. Aber einen winzigen, aufmunternden Blick hätte ich doch wohl verdient?! Nichts. Er sieht nicht her. Gleich zerlaufe ich auf dem Fußboden, enttäuscht und verlassen.

Der Einzige, der demonstrativ zu mir hält, ist Ruben. Er kassiert Dr. Thierschs Apfel ab und sagt dabei so laut wie möglich: »Einmal Mittagessen Diät, einen Euro.« Und an Dr. Thierschs hochgezogenen Augenbrauen ist ganz deutlich zu erkennen, dass die Unterstellung, sie müsse Diät halten, sie ärgert. Wenigstens. Als sie schnaubend davongeht, lächle ich Ruben dankbar an. Auch Thalheim steht auf und geht. Ich lehne mich erschöpft an den Tresen. »Ruben«, frage ich, »willst du mein geheimer Freund sein?« Er schüttelt den Kopf. »Tut mir leid, Schätzchen, so was kann ich nicht.« Eben.

Zur Visite ist Frau Jahn noch nicht aus dem Aufwachraum zurück und ich – nach meinem Cafeteriaerlebnis in Anti-Chirurgen-Laune – beschließe, meine seltsamen Funde in ihrem Nachtschränkchen nicht an die Ärzte zu verpetzen, sondern erst mal selbst mit ihr zu reden.

Bei meinen Schützlingen läuft alles vorbildlich, als wolle mich der Klinikgott ein wenig entschädigen. Herr Kohler ist nach unserer klärenden Morgenbegegnung offen und herzlich und lobt mich vor allen für mein endlich erwachtes Patientenumgangs-Talent. Ein Pluspunkt bei Dr. Gode. Frau Schneider erholt sich gut und ich liege sowohl mit meiner Medikamentierung als auch mit meiner Entlassungsprognose richtig – das gibt ein zweites Bienchen beim feschen Stationsarzt. Er zwinkert mir zu. »Wenn Sie beim Operieren ein ebenso gutes Händchen haben, kann ich nur hoffen, dass Sie bei uns bleiben.« Tja, wenn ich doch endlich mal operieren DÜRFTE!

Vielleicht habe ich heute wirklich einen guten Draht zum Klinikgott, denn in dieser Sekunde brüllt es über den Flur: »PJler zum OP!« Meine Hand zuckt. Jetzt bin ich aber wirklich dran!

»Neuer PJler in den OP!«, wiederholt die Stimme. Wie – »neu«?! Das kann doch nicht wahr sein, die arme Isa! Was ist denn jetzt schon wieder falsch gelaufen? Wenn sie zum zweiten Mal umgekippt ist, wird sie so schnell wohl keine OP mehr bekommen. Halt, Lena! Mitleid verschieben, melden! Bevor mein Verstand nach Luft geschnappt hat, um mir Selbstüberschätzung vorzuwerfen, hat sich meine Hand schon ganz selbstständig in die Luft gereckt. Sie hat keine Zweifel daran, dass sie sehr wohl die erneut ausgefallenen Isa-Hände ersetzen kann. »Zunähen, sehr viel mehr wird doch nicht mehr zu tun sein?«, zuckt meine übereifrige rechte Hand. »Das schaff ich auch ohne das treulose Hirn, das sich feige in Bedenken zurückzieht.«

»Moment«, schaltet sich das Gehirn wieder dazu, »Isas OP ist vorbei!« Stimmt. Für die Patientin im Aufwachraum wird garantiert kein Ersatz-PJler gebraucht! Es muss um Herrn Reichelt gehen, die Lendenwirbelsäule. Die Monster-OP. Jenny.

Mein Hirn ist so damit beschäftigt, diese verwirrende Information zu verarbeiten und Gründe für einen Ausfall der furchtlosesten PJlerin unserer Station zu ergrübeln … dass ich vergesse, meinem rechten Arm das Signal zu senden, dass er dringend die Hand wieder herunternehmen sollte. Und so nickt Dr. Gode mir zu und sagt: »Dann versuchen Sie Ihr Glück!«

Wie benommen laufe ich zum OP-Bereich. Jetzt. Jetzt! Umziehen. OP-Kleidung. Haube. Mundschutz. Der lange Gang zum OP-Saal, der Waschraum. Ich reinige meine Hände in Windeseile, aber so heftig, als müsse ich auf die Schnelle eine der

Hautschichten loswerden. Durch ein Fenster kann man in den OP-Raum sehen, zwei Chirurgen arbeiten konzentriert. Wo ist Jenny? Ich trete näher an die Scheibe. Jenny sitzt am Boden und hat eine Gesichtsfarbe, die ich noch nie im Leben gesehen habe. Buchstäblich grün. Ganz langsam steht sie auf. Komm her, Jenny! Ich bin hier – und gewillt, mein Bestes zu geben.

Sie entdeckt mich. Endlich schafft sie es, aufzustehen. Die Chirurgen sehen sie nicht mal an, als Jenny zur Tür wankt. Endlich steht sie mir gegenüber, sie schiebt den Mundschutz herunter und ein schwaches Lächeln huscht über ihr Gesicht. »Schlappgemacht …« Ich sehe ihr nur zu deutlich an, wie es sie kränkt, nicht durchgehalten zu haben. »Ich dachte echt, ich schaffe es«, murmelt sie missmutig. »Aber vier Stunden Haken halten … Darauf hat mich kein Mensch vorbereitet!«

Sie tritt ans Waschbecken und schaufelt sich kaltes Wasser ins Gesicht, endlich bekommt sie wieder Farbe.

Durch das Fenster sehe ich die Schwester energisch winken. Ich muss in den OP-Saal, die warten auf mich. Und ich muss gehen, bevor mich der Mut verlässt. Es fällt mir für den Bruchteil einer Sekunde schwer, meine desillusionierte Freundin hier zurückzulassen. Hör auf, Lena, du kannst jetzt nichts für sie tun, darfst sie nicht mal tröstend umarmen, sonst musst Du dich noch einmal waschen. »Geh schon«, sagt Jenny.

Ich halte die sauberen Hände vor dem Körper, als würde ich ein Tablett tragen und betätige den Türtritt zum OP-Saal. Jenny schiebt sich hinter mir in den OP, bleibt erschöpft an der Tür stehen. Näher darf sie dem OP-Tisch ohne Kittel und Handschuhe nicht kommen, aber vielleicht will sie mir beistehen. Vielleicht will sie jetzt auch einfach nicht allein sein.

Ein letzter Blick zu ihr, sie nickt mir zu. Dann trete ich zur OP-Schwester, die mir bereits den Kittel aufhält. Ich schlüpfe mit den Armen hinein, gerade nach vorn, nicht die Hände hochhalten, oben ist unsteril. Schon reicht mir die Schwester einen Handschuh.

Die Tür geht noch einmal auf und herein kommt Dr. Thiersch.

Ich kann nur hoffen, dass die Oberärztin für heute genug Menschen gedemütigt hat und jetzt nicht über die arme Jenny herfällt. Aber siehe da – ihr steht der Sinn offenbar nicht mehr nach Beleidigungen. »Kommt vor«, sagt sie leise zu Jenny. »Sie haben sich ja auch gleich mal das schwerste Programm rausgesucht.«

Hört, hört! Haben wir der Schneekönigin Unrecht getan? Schlägt tief im vereisten Vorzeigekörper ein menschliches Herz? Jenny lächelt die Oberärztin dankbar an, sie hat wohl auch eher mit einer Standpauke als mit verständnisvollem Zuspruch gerechnet. Dr. Thiersch zeigt jedoch gleich, dass freundliche Worte sie Überwindung kosten, sie fügt etwas abfällig hinzu: »Andere kippen ja schon bei einer simplen Gallen-OP um.«

Ich ärgere mich nur insgeheim – erstens, weil ich momentan durchaus bereit bin, die Schmähung einer abwesenden Freundin in Kauf zu nehmen, wenn das der Preis dafür ist, dass die Eisprinzessin jetzt nicht über meine anwesende und schwer angeschlagene andere Freundin herfällt … und zweitens, weil die Springer-Schwester gerade meinen Kittel schließt, während ich in den zweiten Handschuh fahre. Nur noch drei Sekunden bis zu meiner ersten OP!

»Wer ist der Ersatz?«, fragt Dr. Thiersch. Ich drehe mich um, grün verpackt und zu fast allem bereit. Die Oberärztin mustert mich, ihre Augen rutschen eng zusammen. Ach nein, sie hat mich nicht erkannt? Und ich dachte schon, ich bin für heute davongekommen!

»Sie ist gleich fertig«, sagt die Schwester eilig.

Dr. Thiersch schüttelt den Kopf. »Sie nicht.« Mehr sagt sie nicht, mehr ist auch nicht nötig. Sie macht auf dem Absatz kehrt und verlässt den OP.

Ich stehe da wie vom Donner gerührt. Kann man so nachtragend sein? DARF man so sein?! Hier bin ich, fertig eingekleidet und allen Mut zur Faust geballt … und darf nicht. Auch die OP-Schwester ist perplex, starrt mich an. Jemand winkt mich weg, eine eilige, herrische Handbewegung. Benommen verlasse ich den OP.

Dr. Thiersch ist noch im Waschraum, doch sie erklärt nichts. »Neuer PJler!«, ruft sie in den Flur. »Wird's bald?!« Was mache ich denn jetzt?!

Ich muss mich wieder aus der grünen Hülle pellen. Vielleicht könnte Dr. Thiersch die Bänder des Mundschutzes nehmen und mich damit an einen der Haken hängen – zur Abschreckung aller anderen PJler? Ich begegne Jennys Blick, auch sie wirkt völlig verdattert. Und bringt sogar schon wieder den Mut und die Kraft auf, zu fragen, warum ich nicht assistieren darf. Dr. Thiersch sieht mich nicht an, spricht nur zu Jenny. »Prinzipien. Schon mal davon gehört? Sie kann es morgen noch mal versuchen.« Damit geht sie.

Ich kann mich immer noch nicht rühren. Dann geht alles ganz schnell, Sabrina kommt hereingehetzt, nickt uns zu, schrubbt routiniert ihre Hände ab und verschwindet im OP-Saal. Durch die Glasscheibe sehe ich, wie die Schwester die mollige Vorzeige-PJlerin in das grüne Outfit verpackt. Einer der Chirurgen schaut auf; er wirkt erleichtert, winkt Sabrina heran und sie übernimmt geschickt die Haken. Und hier draußen stehe ich und fühle mich winzig klein.

»Blöde Kuh«, sagt Jenny inbrünstig. »Dafür hassen wir sie jetzt für immer, okay?!« Sie streckt die Arme aus und dankbar falle ich hinein.

Es dauert zwanzig Minuten, bis wir wieder zur Visitegruppe dazustoßen. Dr. Gode sieht mich überrascht an, lächelt dann aber. »Noch verbrannte Erde wegen heute Morgen?« Ich nicke. Und er grinst breit. »Sie ist nachtragend wie ein Elefant. Versuchen Sie es einfach morgen wieder!« Na sicher. Ich kann keineswegs garantieren, dass ich dazu den Mut aufbringe.

Wenigstens bei Isa ist es heute gut gelaufen, sie ist schon wieder bei der Gruppe und wirkt sehr erleichtert. »Ich durfte zunähen«, erzählt sie uns nach der Visite – und nachdem sie mich ausgiebig bemitleidet hat, wendet sie sich etwas beschämt an Jenny. »Sei nicht böse … Aber ich war furchtbar froh, als ich gehört habe, dass du auch umgefallen bist.«

Jenny lacht, sie kann schon wieder drüberstehen. »Gern geschehen!«, sagt sie. »Das scheint ja hier die unvermeidliche Feuerprobe zu sein – und jetzt habe ich es wenigstens hinter mir. Denn wenn DU kein zweites Mal umfällst, passiert es mir ja wohl erst recht nicht.« Isa trägt ihr diese kleine Retourkutsche nicht nach, die beiden haken sich ein, ganz verbunden in der geteilten Erfahrung. Und ich – so ungerecht das sein mag – fühle mich schon wieder außen vor.

»Komm schon, Lena!« Isa hakt auch mich unter. »Sei froh, dass dir das erspart geblieben ist.«

Jenny lacht. »Oder tröste dich damit, dass dir ja spätestens übermorgen genau dasselbe passieren wird.« Hmpf. Isa äußert sich zwar ein wenig vorsichtiger, aber meine Freundinnen scheinen beide davon überzeugt, dass auch mir bei der ersten OP ein Schwächeanfall bevorsteht. Hastig schüttle ich den Kopf. Mehr Fauxpas sollte ich wirklich nicht auf mein Minuskonto häufen und außerdem habe ich nach heute doch wirklich eine Entschädigung verdient! Bei mir MUSS es klappen!

Als wir uns nach Dienstschluss an unseren Spinden treffen und ich in die Winterstiefel schlüpfe, fällt mein Blick erstmals wieder auf meinen Strickkleidsaum und den Grund allen Übels des heutigen Tages. Tja. Der Kaffeefleck ist fast verschwunden. Aber dass die Beinahe-Makellosigkeit meines Outfits alle Unbill wert war, die mir die morgendliche Schnellreinigung eingebracht hat, kann ich irgendwie nicht mehr finden.

Ich bin versucht, mit meinen Freundinnen heimzufahren und mich Jennys abendlichem Seelenaufbauprogramm anzuschließen. »Na los, Lena«, lacht sie. »Wir färben uns die Haare lila und tanzen den ganzen Abend nackt zu meiner alten Nirvana-CD!« Ich kann mir fast nichts Besseres vorstellen. Fast. Wir treten aus der Klinik auf den Vorplatz und da steht ER und schaut auffällig unauffällig nicht her.

»Ich hab's mir überlegt«, lächelt Jenny. »Ich fände es doch langweilig, wenn du dieselbe lila Frisur hättest wie ich. Das ist ja fast rufschädigend. Mach doch lieber was anderes. Was Grünes.« Sie zwinkert mir zu und grinst in Richtung eines gewissen dunkelgrünen VWs.

Ich schüttle den Kopf. »Er wird mich nur heimfahren. Und nach seiner Ignoranz heute Mittag hätte ich fast Lust, ihn zu fragen, ob er euch auch mitnimmt.«

Isa sieht entsetzt aus. »Das trau ich mich niemals!«

Jenny lacht. »Das meint Lena nicht ernst. Sie müssen doch auch mal allein sein.« Rigoros zieht sie ihre Jacke zu. »Im Ernst, Lena, klug eingefädelt. Unsereins muss sich durch den Herbststurm kämpfen und du wirst chauffiert.«

»Ach«, grinse ich zurück, »ist das der Grund, warum du dir einen Motorradfreund suchst?«

Jenny zuckt vielsagend mit den Schultern. Meine Freundinnen verschwinden in der Abenddämmerung und ich gehe langsam auf das grüne Auto zu. Thalheim öffnet mir die Beifahrertür, der Wagen ist warm, vielleicht steht er schon eine Weile hier und wartet auf mich.

Wir schweigen einen Moment; ich bin unsicher, ob ich die blöde Situation in der Cafeteria ansprechen soll. Aber wie – ohne den Eindruck zu vermitteln, dass ich irgendwas von ihm erwarte?

»Harter Tag, was?«, sagt er in diesem Moment leise. Ich nicke. Von meiner fiesen OP-Enttäuschung weiß er ja noch nicht mal. Er sieht herüber und lächelt fast unmerklich. »Hast du Zeit? Oder musst du noch lernen?« Erst jetzt merke ich, dass er nicht den Weg zu meiner Wohnung eingeschlagen hat. »Ich dachte, Du könntest etwas Aufmunterung brauchen.«

Ich muss lachen und erzähle von unserem Ablenkungsplan mit lila Haaren und Nackttanzeinlagen. Er sieht mich an, mit gerunzelter Stirn. Ich stocke mitten im Satz. (Super, Lena. Erst denken, dann sprechen! Nackttanz!) Ich wette, ich bin knallrot. Doch er lächelt vor sich hin, nickt und antwortet bedächtig: »Lila Haare. Klingt praktikabel. Mein Plan ist leider nicht ganz so gut. Aber ich hoffe, ich habe wenigstens die zweitbeste Möglichkeit gefunden, deine Laune wieder anzuheben.«

Wir passieren das Ortsteilschild »Schöneberg«. Wo will er

denn hin? Thalheim bremst an einem recht trostlosen Platz kurz vor einem U-Bahn-Eingang. Wortlos steigt er aus, nimmt eine Tasche vom Rücksitz und öffnet meine Tür. Neben der Straße liegt ein Park, etwas tiefer. Er schließt den Wagen ab, lächelt, sagt immer noch nichts. Ich folge ihm verwirrt. Fahren wir mit der Bahn?

Wir gehen auf den U-Bahnhof zu, kurz davor bleibt er jedoch stehen und sieht sich um. Und dann steigt er neben der Straße die Böschung hinunter zum Park. Ich bleibe irritiert stehen. Ein Parkspaziergang? Und gibt es keinen normalen Eingang? Er kommt zwei Schritte zurück. »Aber lila Haare traust du dich, ja?« Er nimmt meine Hand und führt mich nach unten. Seine Hand ist warm und fest. Und eine piepsige Mädchenstimme in meinem Bauch sagt: »Mit dem gehst du überallhin.«

Erst einmal gehen wir steil nach unten. Dort liegt der U-Bahnhof hinter einer Fassade, die in Lübeck zu einem Palais gehören würde. Riesige Fenster, zurückgesetzt in großen Nischen, Säulen. Direkt vor uns ein kleiner dunkler See. »Komm«, sagt er und führt mich auf dem schmalen Streifen zwischen Wasser und Mauer bis zur Mitte des Gebäudes. Dort stellt er seine Tasche in eine der tiefen Fensternischen, breitet eine Decke auf dem Sims aus und lacht. »So, Fräulein Weissenbach, mehr Einsamkeit kann man in Berlin kaum finden.«

Wir sitzen eng nebeneinander und sehen auf das dunkle Wasser. Hier draußen ist es fast still, die U-Bahn, die ab und an hinter den Fenstern in unserem Rücken vorbeifährt, ist nur leise zu hören, taucht uns aber regelmäßig in ein warmes Licht. Der Inhalt der Doktortasche ist überraschend klinikuntauglich: Käse, Wein und Brot, auf dem Taschenboden erkenne ich die alte Thermoskanne. Thalheim schenkt Kaffee ein und drückt mir seine zerbeulte Thermotasse in die Hand, die – auch wenn ich das niemals zugeben würde – eigentlich der Grund dafür war, dass ich mich in ihn verliebt habe. Nach dem Regen gestern ist der heutige Abend milder, spätsommerlich. Oder liegt es an Thalheim, dass ich mich so wohlig warm und nach Sommer fühle? Mir ist jedenfalls kein bisschen kalt … trotzdem lasse ich es mir natürlich gern gefallen, dass er die Decke ein wenig an mich und mich ein bisschen mehr an sich heranzieht. Das ist das erste Mal, dass wir wie ein Paar zusammen sind. Nicht nur hastige heimliche Küsse, kein besorgtes Horchen nach Schritten auf dem Flur, nur wir.

»Erzähl!«, sagt er. Ich zögere zwei Sekunden pro forma und mache mir dann nur zu gern Luft über die gemeine Eisprinzessin. Thalheim hört widerspruchslos zu, wie ich seine Kollegin der Niedertracht, Unversöhnlichkeit und Häme beschuldige. »Du bist jung und ehrgeizig«, sagt er schließlich langsam. »Es wird immer Menschen geben, die sich von dir bedroht fühlen oder dir den Erfolg schlicht nicht gönnen. Das Geheimnis ist, selbst absolut korrekt zu sein – und auf sie zu pfeifen.« Er drückt mich an sich und lacht leise.

Jetzt fühle ich mich ob meiner impulsiven Kritik ein wenig beschämt. Und überhaupt: sind wir nicht hier, um die Klinik zu vergessen? Das scheint er auch zu denken. Wir küssen uns. Wer braucht lila Haare und Nirvana, wenn es auch SOLCHE Seelenaufbau-Unternehmungen gibt?!

»Das ist ja alles ganz prima, Lena«, sagt die Stimme in meinem Kopf. »Aber ein anständiges Mädchen muss wissen, was es zu erwarten hat! Du hörst jetzt sofort auf zu knutschen und fragst, was das hier werden soll! Mit euch. Und überhaupt.« Oh Mann, könnte meine innere Gouvernante bitte die Klappe halten? Es ist doch eigentlich gerade alles perfekt – der Mond geht auf, der See schimmert, die Stadt ist ganz nah und geht trotzdem niemandem auf die Nerven … und ICH KÜSSE DR. THALHEIM, der warm und weich schmeckt und meinen Kopf hält, dass man am liebsten in Ohnmacht fallen würde! Wen interessiert morgen?

Die Gouvernante stützt empört die Hände in die Hüften. Okay, okay, genau genommen hat sie schon ein bisschen recht. Als Thalheim sich zurücklehnt, um mich mit in seine Jacke zu hüllen – habe ich schon gesagt, dass es gar nicht kalt ist, nur schön? – nehme ich meinen Mut zusammen, um ihn auf das zukünftige angemessene Verhalten bei den unvermeidlichen Klinikbegegnungen anzusprechen. (Du musst verrückt sein, Lena, dass du DIESEN Moment kaputt machst!) »Das Blödeste an Dr. Thierschs Gemeinheitsüberfall heute Mittag war eigentlich, dass du dabei gewesen bist«, sage ich vorsichtig, ganz Mädchen.

Er drückt mich an sich, seufzt. »Ich weiß. Es tut mir leid.«

Ich sehe ihn an und bemühe mich um ein paar Rehaugen, für die Jenny bestimmt sehr stolz auf mich wäre. »Wird das denn jetzt immer so sein?«

Dr. Thalheim ist kein Mann großer Worte. Doch es wird ganz deutlich, dass seiner Meinung nach niemand, niemand, niemand von uns erfahren sollte. Nicht mal Isa und Jenny. (Hm. Dafür ist es wohl zu spät.) »Es ist nicht gut, Lena. Ich kenne die Klinik seit Jahren. Sie werden sich darauf stürzen wie eine Horde Wildschweine!« Er sieht in den Nachthimmel und wirkt plötzlich entsetzlich einsam. »Weißt du, was sie über dich sagen werden? Nichts, was du erreichst, werden sie mehr dir zuschreiben, nichts mehr anerkennen. Glaub mir, in unserer Branche geht es viel zu wenig darum, was du kannst; dein Ruf ist entscheidend. Diese Sache hier kann dir die ganze Karriere verderben. Das würde ich mir nie verzeihen.«

Nett, dass er mir eine Karriere prophezeit. Trotzdem! Er fasst um mich herum, gießt Kaffee nach, drückt mir den Becher wieder in die Hand. Ich lehne an seiner Brust, ganz eingehüllt in das wohlige Gefühl und denke die ganze Zeit: So sollen alle Tage sein! Ich will das hier immer haben! Plötzlich kommt es mir vor, als hätte ich mein halbes Leben darauf gewartet.

Er drückt mich an sich, ich spüre sein Atmen ganz nah. »Ich wünschte, wir könnten einfach hierbleiben«, sagt er leise. Genau das habe ich gemeint.

Irgendwann ist der Kaffee alle, der Mond steil nach oben gewandert und der U-Bahn-Takt in unserem Rücken gemächlicher geworden. Wir haben schon eine Weile nichts mehr gesagt, es ist, als wollten wir beide den Abend nicht vergehen lassen und könnten das Voranschreiten der Zeit durch pure Ignoranz irgendwie bremsen.

Schließlich aber schaut er doch zur Uhr – und seufzt. »Wir müssen gehen.« Ich weiß. Ich fühle mich klein und traurig, als er die Decke zusammenlegt. Wie ein Kind am Sonntagabend; das Wochenende ist vorbei und man hat das triste Gefühl, absolut nicht genug davon gehabt zu haben. Still steigen wir die Böschung wieder nach oben, auf der Straße empfängt uns das Licht der Hochhäuser jenseits des U-Bahnhofs, wir sind wieder in der Realität. Schweigend fahren wir durch die Stadt, er setzt mich vor meinem Haus ab, küsst mich ein letztes Mal. Noch mindestens 20 Stunden, bis ich ihn wieder für mich haben kann.

»Lass uns das wieder machen«, sagt er leise. »Lass uns versuchen, uns einfach die wenige Zeit, die wir haben, so schön wie möglich zu machen.« Das ist ein Versprechen. Endlich.

Als ich verfroren nach oben komme, bin ich idiotisch glücklich.

10

Katastrophe«, flüstert Jenny, als ich in der Küchentür stehe. Sie trägt eine Kapuze – und darunter vermutlich einen fliederfarbenen Albtraum. Isa sitzt am Tisch und macht ein sehr besorgtes Gesicht. Jenny verdreht die Augen. Mit einem Ruck ziehe ich ihr die Kapuze vom Kopf. Doch Fehlanzeige. Jennys Haare sind wie immer, knisternd und beneidenswert goldblond. Sie sieht mich vorwurfsvoll an. »Glaubst du, ich laufe ernsthaft in Lila rum, wenn es nicht der Stimmungsaufhellung meiner Freundin dient? Ich hätte das nur für dich getan, aber du strolchst ja bis spät in die Nacht mit deinem Doktor herum und lässt dir die Chance entgehen!« Ist ja gut – kann ich jetzt endlich erfahren, was die Katastrophe ist?! Ich setze mich zu Isa und bemerke erschrocken, dass sie geweint hat. Was ist denn los?!

»Tom …«, haucht sie mit dünner Stimme. Oh Gott, hatte er einen Unfall, hat er sie verlassen, ist er verhaftet worden? Isa sieht mich aus großen Augen an. »Er hat einen Job.«

Ich starre sie an. Warum ist das noch mal ein Grund zu weinen? Ist es ein Job bei der Mafia? In der Pornovideothek? Als Giftstoffentsorger? Ich versuche, Isas unerklärlicher Traurigkeit angesichts des Berufseinstiegs ihres Liebsten mit Albernheit zu begegnen. »Hast du gehofft, du könntest ihn zum Hausmann machen und von deinem Taschengeld leben lassen?« Isa wirkt verletzt. Das ging daneben, Lena. »Was ist es denn für ein Job?«

»Ein toller«, seufzt Isa. »In München.«

Alles klar. Unserem Sonnenscheinpaar steht eine Trennung

ins Haus. Von Jenny, die für Sentimentalitäten eher wenig übrig hat, erfahre ich, dass Tom eine begehrenswerte Stelle angeboten wurde. Eine Institution, die freiwillige Dienste in der Dritten Welt vermittelt, möchte ihn als Koordinator anstellen. Verantwortung, Reisen, Kontakte – alles für einen guten Zweck und trotzdem anständig bezahlt. »Es wäre idiotisch, so ein Angebot abzulehnen«, sagt Jenny entschieden. »Andere Geisteswissenschaftler fahren Taxi.«

»Ich weiß!« Isa wirkt schrecklich niedergeschlagen. »Aber nach München sind es sechs Stunden Fahrt!«

»Und was sagt er dazu?«, frage ich vorsichtig.

Isa schnieft. »Er freut sich. Das ist es ja!«

Es stellt sich heraus, dass Tom ihr zwar überglücklich von seiner herrlichen Berufsaussicht erzählt, aber kein Wort darüber verloren hat, was aus ihnen werden soll. Und Isa, zu nett und immer vorsichtig, hat nicht danach gefragt. »Ich kann ihm die Freude doch nicht gleich wieder verderben …« Sie tut mir leid. Seit Neustem kann ich nachvollziehen, wie schrecklich man jemanden schon binnen weniger Stunden vermissen kann.

»Da hilft nur Likör«, findet Jenny, der wiederholtes Drüberreden – Isas bester Weg zur Verarbeitung von Widrigkeiten – immer nicht so liegt. Sie stellt einen fiesen Pflaumenlikör auf den Tisch. »Seht ihr, den hat mir MEIN Verehrer geschenkt«, grinst sie. »Mit dem ich im Übrigen auch nicht zusammen sein darf, weil seine Familie dagegen ist.« Nein, der klebrig süße Likör stammt weder von Felix noch von Björn, sondern von dem kleinen Verkäufer unseres Lieblings-Asia-Imbisses, der bis über beide Ohren in Jenny verknallt ist, von seiner Mutter allerdings mit der Kelle gedroht kriegt, wenn er ihr Komplimente macht – denn für ihren Geschmack trägt Jenny zu kurze Röcke. Die Liebesgabe des schüchternen Vietnamesen opfert Jenny jedenfalls gern, um unsere Stimmung zu heben. Sie schenkt großzügig ein.

»Aber es ist fast Mitternacht!«, sagt Isa besorgt. »Wir müssen ins Bett!« Jenny schnaubt und gießt die Gläser extra bis zum Rand voll. »Wer hat denn hier Liebeskummer?!«

Pflaumenlikör ist eine hundsgemeine Sache. Schon beim Trinken könnte einer vernünftigen Seele klar sein, dass nichts, was so süß schmeckt, ungestraft bleibt.

Am Morgen habe ich entsetzliches Kopfweh. Jenny geht es nicht besser; sie sieht mindestens so zerknautscht aus wie ich mich fühle und schwört mit schwacher Stimme, dass sie definitiv von der Liebes-Flucht-Heirat mit dem kleinen Vietnamesen zurücktritt. Nur Isa, die so klug war, um Mitternacht ins Bett zu gehen, ist wohlauf – und so lieb, uns wenigstens ein elektrolythaltiges Frühstück zu bereiten. Ich wollte ja auch ins Bett ... Um eins, spätestens um zwei. Aber Jenny und mich haben die ausführliche Schilderung meines Thalheim-Ausflugs und ihre etwas gewöhnungsbedürftigen Vergleiche der Vorteile ihrer Parallel-Freunde die halbe Nacht gekostet. Gestern haben nämlich beide angerufen – und beide wollen heute mit ihr ausgehen. Björn muss zu einem Firmenempfang und wünscht sich eine hübsche Frau an seiner Seite, die ihn von der Langeweile des Abends und potenzielle Geschäftspartner von seinen hohen Preisen ablenkt. Jenny hat ein neues nobles Kleid, für das sich bisher noch kein Anlass fand und das sie dorthin prima ausführen könnte. Felix' Datepläne sind weniger exklusiv; er will nur die letzten schönen Tage ausnutzen, bevor er seine Maschine über den Winter einmotten muss. Aber Jenny LIEBT Motorradfahren. Am Ende konnte ich sie gerade noch davon abhalten, sich jetzt doch die Haare lila zu färben und abzuwarten, welcher der Traummänner dann noch zu ihr steht. Okay, der Vorschlag rührte sicher daher, dass ich so streng gemahnt habe, sie müsse sich entscheiden. Nicht nur aus Fairness-, sondern auch aus Stressvermeidungs-Gründen. Was will sie denn tun, wenn die beiden mal nicht mehr nur anrufen, sondern gleichzeitig vor der Tür stehen? Jenny zuckt die Schultern. »Dann mache ich einfach nicht auf?« Und schenkt – auf diese schwierige Entscheidung – noch einmal Pflaumenlikör nach.

Zu meiner romantischen Thalheim-Episode hat sie nur eins zu sagen: Nachdem ich etwa hundertmal seinen Namen gesagt habe, grinst sie mich an. »Wenn du ihn wirklich liebst, solltest du langsam mal fragen, ob ihr euch duzen könnt. Wenn du ›Thalheim‹ sagst, muss ich immer nur daran denken, wie er uns auf dem Flur zusammengestaucht hat, weil wir seine Stationsärztin belauscht haben. Tut mir leid, dabei kann ich einfach keine Empathie für deine Liebesgefühle herstellen.«

Ich muss lachen, aber sie hat recht. Tobias. In seiner Abwesenheit und beim dritten Likör gebrauche ich den Vornamen ganz locker. Warum spreche ich ihn nicht so an? Herrscht in unserer Beziehung etwa ein hierarchisches Ungleichgewicht? Bin ich selbst nicht in der Lage, mich von der Oberarzt-PJlerin-Disposition zu lösen?

Als ich diese Bedenken vorbringe, lacht Jenny jedoch. »Erstens: Der Einsatz von Fremdwörtern unter Liköreinfluss sollte niemals leichtfertig geschehen. Und zweitens: Vielleicht ist Tobias auch einfach ein total Traummann-unpassender Name.« Also das finde ich nicht! Und dann sage ich so oft TobiasTobiasTobias, bis es ganz vertraut klingt. Ab heute erteile ich mir die Erlaubnis zu solch sprachlicher Intimität.

Morgens jedenfalls sind die Schritte noch schwerer als unsere Köpfe. Und es kommt, wie es kommen muss. (Im ersten Tertial habe ich mir geschworen, mich niemals mehr an Wochentagen an Feiereien zu beteiligen. Jetzt weiß ich schlagartig wieder warum!) Auf dem Chirurgieflur stehen die PJler stramm. Chefarztvisite. DAS hat das Wort Katastrophe verdient!

11

Dr. Dr. Kreuz hat sich nicht verändert. Wie im letzten Tertial schreitet er majestätisch voraus über die Flure, verbringt an jedem Krankenbett dieselbe Zeit, lässt sich Akten reichen und inquiriert. Ich habe schreckliche Kopfschmerzen und kann nur mit letzter Kraft beide Daumen drücken, dass ich nicht allzu eingehend befragt werde. Zur Beantwortung kniffliger Chefarztfragen ist heute wirklich nicht genug Hirnmasse verfügbar. (Die Gehirnzellen schlafen komatös ihren Rausch aus, ich glaube, sie haben sich eben noch mal umgedreht, um noch ein halbes Stündchen dranzuhängen.) Jenny und ich mogeln uns ans Ende der Reihe und ich sehe ihr an, dass die Stimmlautstärke des Chefarztes auch bei ihr heftiges Schädelbrummen verursacht.

Neu an der Chefvisite ist in diesem Tertial, dass er nicht mehr nur Diagnosen abfragt, sondern jeweils auch wissen möchte, wie die OP ablaufen wird oder bereits vor sich ging und welcher PJler assistieren durfte. Sabrina Schulte räumt mächtig ab, sie kann von uns allen die meisten OPs verbuchen und antwortet auf die Chefarztfragen in einem Tonfall, als unterhielten sich zwei Gleichgestellte. »Selbstverständlich müssen wir die Drainagen beobachten und ziehen, wenn sie nichts mehr fördern«, sagt sie lächelnd am Bett des immer noch sehr schwachen Herrn Reichelt, »aber die Klammern können ja dann ambulant entfernt werden, also kann der Patient nächste Woche bereits entlassen werden.«

Dr. Dr. Kreuz nickt. »Wer hat assistiert?« Sabrina lächelt bescheiden, als sei das keine Frage. Doch auch Jenny zeigt auf. So viel Körperbeherrschung ist schon noch verfügbar – und sie scheint sich für ihren Ausfall auch nicht zu genieren. Dr. Dr. Kreuz mustert die beiden unterschiedlichen Mädchen. »Und?«, fragt er dann fast schmunzelnd. »Wer von Ihnen hat schlappgemacht?«

Sabrina ist wenigstens so anständig, nicht gleich mit dem Finger auf Jenny zu zeigen. Das ist auch nicht notwendig, denn Jenny gibt es unumwunden zu. Und siehe da: Statt herablassend zu werden, schenkt ihr der Chef sogar die Andeutung eines Lächelns. »Nun«, sagt er bedächtig, »in einer Vier-Stunden-OP ist das kein Grund zum Schämen. Ich habe gestandene Chirurgen erlebt, die das Doppelte Ihres Kampfgewichtes hatten und trotzdem zusammengebrochen sind wie kleine Mädchen. Wann unternehmen Sie den nächsten Versuch?«

Jenny grinst. »Jederzeit.«

Dr. Kreuz nickt ihr zu. »Angenehm, dass Sie in diesem Tertial mal durch Einsatz auffallen wollen.« Jenny steckt diese Anspielung kommentarlos ein, der Freispruch des Chefarzts bedeutet ihr mehr – und wie schön, dass er die eifrige und stolze Sabrina gar nicht besonders lobt! Stattdessen dreht er sich zu Isa um … da ist er wieder, der allmächtige Chefarztfinger; er bleibt genau vor Isas Nase hängen, die erschrocken fast ein wenig zu schielen anfängt. »Und was können Sie mir über IHRE OP-Qualitäten sagen? Durften Sie Ihre Nerven schon auf die Probe stellen?«

Isa nickt. »Zweimal«, flüstert sie. Wer weiß, dass sie im letzten Tertial überhaupt nicht in der Lage war, mit dem Chefarzt zu sprechen, erlebt diese geflüsterte Antwort als einen großen Fortschritt. Dr. Gode aber, der nichts von Isas lang anhaltender Sprechhemmung ahnt, glaubt wohl, er müsse für sie in die Bresche springen. »Sie hat bereits zweimal assistiert und sich beim zweiten Einsatz wirklich gut bewährt«, sagt er eilig und laut. »Wir sind alle sehr stolz auf sie.«

Doch er erntet nicht den gewünschten Erfolg. Dr. Dr. Kreuz

sieht ihn ein wenig missbilligend an und entgegnet: »Ich wäre stolzer gewesen, wenn sie mir das selbst mitgeteilt hätte.«

Ich weiß, dass Isa nur Mut gesammelt hat, um den Chef allein über ihre Erfolge aufzuklären, und ärgere mich. Durch Dr. Godes Eifer sieht es nun so aus, als sei Isa wieder angstgehemmt und der Stationsarzt müsse ihre Chefarzt-Panik kaschieren. Tatsächlich muss Isa in der Folge mindestens doppelt so viele Fragen beantworten wie wir anderen.

Bei Frau Schneider bin ich an der Reihe. Die Patientin erholt sich gut und tut mir auch noch den Gefallen, eine freundliche Bemerkung über mich und meine aufopfernde Bereitschaft zum Kaffeebring-Service zu machen – und da ich es schaffe, meine miese Verfassung kurz zu verdrängen, und Dr. Kreuz' Fragen zur Wundheilung und Nachbehandlung umfassend beantworten kann, machen wir wohl einen recht guten Eindruck. Ebenso zufriedenstellend geraten meine Ausführungen bei Herrn Kohler und Frau Jahn. Offenbar sind mir heute alle Patienten wohlgesinnt – welche Erleichterung in meinem Zustand! – und Herr Kohler erwähnt sogar lobend mein Einfühlungsvermögen. Ich habe also das Gefühl, ziemlich gut abzuschneiden.

Bei Paula Schwab hält Jenny die Visite und sammelt noch einmal Pluspunkte. Denn Paula spricht auch bei der Chefarztvisite ausschließlich mit Jenny. Als Dr. Dr. Kreuz fragt, ob die Vorbereitungen abgeschlossen und die Patientin über die OP-Risiken aufgeklärt sei, zuckt sie die Schultern und entgegnet, dass sie ohnehin nichts ändern könne und Jenny ja wohl wisse, was sie tue. Es wird ganz deutlich, dass Jenny die Einzige ist, die Paulas Vertrauen besitzt. Ich bin froh, dass auch meine Freundinnen gut abschneiden – und überhaupt nicht gefasst auf das, was mich nach der Visite erwartet.

Als wir das letzte Zimmer verlassen, winkt Dr. Dr. Kreuz mich neben sich. »Was ist los mit Ihnen?«, fragt er. »Sie wirken müde und lustlos.« Ja, ich weiß. Pflaumenlikör und Liebeswirren. Es tut mir schrecklich leid. Ich würde natürlich niemals zugeben, welche Nachtaktivität für meinen schlechten Zustand verantwortlich ist, aber ich habe innerlich ja bereits heiß und heilig geschworen, beim nächsten Mal den frischesten und engagiertesten Eindruck der ganzen Gruppe zu machen!

Doch offenbar geht es dem Chef nicht um mein etwas müdes Schleichen und mein verringertes Stimmvolumen. »Sie haben mir drei Patienten vorgestellt, von denen Sie nicht einen in den OP begleitet haben«, nörgelt er. Ich falle aus allen Wolken, mein Kater ist vergessen. »Dass Sie die Patienten einfühlsam aufklären können, ist gut und schön. Sie wissen aber, dass Sie nicht nur dafür hier sind. Geschweige denn zum Kaffeeholen.«

Ach Mann! Frau Schneiders Anmerkung, dass ich eigenhändiges Kaffeebringen versprochen habe, sollte ein Lob sein! Aber es war ja fast klar, dass der Chefarzt das in den falschen Hals kriegt. Andererseits stimmt es, Lena, Du bist nicht dafür hier! Wie kommt es, dass die kleine Isa bereits zwei OPs verbuchen kann und Du es immer noch nicht weiter geschafft hast als einmal rein in den grünen Kittel – und dann wieder raus aus dem OP-Bereich?! Aber jetzt kann ich doch schlecht Dr. Thiersch anschwärzen! Dr. Dr. Kreuz geht schon weiter, er will wohl gar keine Antwort hören. »Ich erwarte, dass Sie bis zur nächsten Woche mindestens eine OP absolviert haben.« Dann ist er verschwunden. Wie aber soll ich das machen, lieber ungnädiger Chef?! Wenn mich die Eisprinzessin nun mal auf dem Kieker hat?! Wie oft werde ich denn überpünktlich erscheinen, dauernd aufzeigen und Dr. Thiersch um den gestärkten Kittel kriechen müssen, bevor sie mir vergeben wird?

Als die PJler nach der Chefarztvisite in alle Richtungen davoneilen, winkt mich der sonnige Dr. Gode in den Arztraum, wo er Kaffee ausschenkt und offenbar ein Nachgespräch in Gang bringen möchte. »Na?«, lächelt er kollegial. »Gefeiert?« Ich zucke die Schultern, nicht besonders interessiert daran, den Stationsarzt in unser Privatleben und unsere Abendunterhaltung einzubeziehen. Aber dann ergreife ich doch die Gelegenheit und erzähle von dem unerwarteten Chefarztangriff. Dr. Gode wiegt nachdenklich den Kopf. »Es ist wahr«, sagt er schließlich, »Sie müssen operieren.« Er überlegt, dann grinst er breit. »Können Sie nicht einfach ein bisschen weniger attraktiv sein, Frau Weissenbach? Den Hässlichen verzeiht unsere Chefin viel schneller.«

Ich weiß nicht, ob ich geschmeichelt oder gekränkt sein soll. Erstens gibt es auf dieser Station weit hübschere PJlerinnen, die bereits wenigstens einmal eingeteilt wurden, zweitens kann und möchte ich nicht glauben, dass die Klinikregeln wirklich von so blöden, profanen Eitelkeiten beeinflusst werden sollen und drittens ist es mehr als unangenehm, so zweifelhaften Komplimenten ausgesetzt zu sein.

»Jenny ist viel hübscher«, sage ich schließlich.

Na toll. Das ist die albernst-vorstellbare Entgegnung, denn nun klingt es, als hätte ich nicht nur Selbstzweifel und akzeptiere im Grunde die seltsame Attraktiv-wird-benachteiligt-Einstellung, sondern neide auch noch meiner Freundin den Erfolg. (Geh ins Bett, Lena! Das hier heute hast du eindeutig versaut.) Ich bringe wenigstens noch die Würde auf, dem lächelnden Sonnyboy zu erklären, dass ich die Verzeihung und Anerkennung der Oberärztin durch Einsatz und innere Werte zurückzuerobern trachte, dann eile ich wieder an meine Stationsaufgaben. Was für ein seltsames Gespräch!

Ich besuche Frau Jahn, injiziere ihr die postoperative Thromboseprophylaxe und gebe ein entzündungshemmendes Schmerzmittel. Am operierten Bein ist eine Schiene angebracht, die die Bewegung im Kniegelenk einschränkt, um den frisch genähten Meniskus zu entlasten. Während der OP wurde Frau Jahn eine Drainage ins Knie gelegt, die nun entfernt werden muss. Mit Fadenmesser und neuem Verbandmaterial bewaffnet, ziehe ich den dünnen Schlauch aus ihrem Knie. Sie beäugt mich misstrauisch. (Keine Angst, in allem, was NICHTS MIT OPERIEREN zu tun hat, bin ich erstklassig. Ich könnte dir nebenbei mit den Füßen Kaffee einschenken. Ich tue es nur nicht, weil solche Qualitäten hier nicht gefragt sind.) Frau Jahns Blick wandert zum Nachttisch. Irre ich mich, oder hat sie schon wieder in ihrem Büchlein gerechnet, als ich hereinkam?! Das kann doch nicht wahr sein.

Einen Tag nach der OP! Die penetranten Büro-Anrufe gestern scheinen darauf hinzudeuten, dass sie, ebenso wie ich, einen unnachgiebigen Vorgesetzten hat. Setzt er sie unter Druck? Frau Jahn wirkt gehetzt. Denkbar schlechte Voraussetzungen für eine komplikationslose Wundheilung! Mein Brummschädel war so anständig, sich nach dem schlechten Arbeitsstart etwas zurückzuziehen; und da ich mich wieder zu einem konzentrierten Gespräch in der Lage fühle, ergreife ich die Gelegenheit, mit Frau Jahn über den Inhalt ihres Nachtkästchens zu sprechen.

»Die Wundheilung ist erst nach zwei bis vier Wochen abgeschlossen. Aber wenn die postoperative Schwellung abgeheilt und der Physiotherapeut mit Ihnen zufrieden ist, werden Sie schon entlassen«, beginne ich über einen Umweg. »Was haben Sie dann vor?«

Frau Jahn sieht mich irritiert an. »Arbeiten«, sagt sie stirnrunzelnd. »Was denn sonst?«

Das dachte ich mir. »Sie sind aber noch nicht wieder alltagstauglich«, mahne ich. »An Arbeit ist noch lange nicht zu denken …«

Sie bleibt kühl. »Ich arbeite, wann ich es für nötig halte. Immerhin hatte ich nur einen Meniskusschaden.«

Ich tippe wie beiläufig an ihren Nachttisch. »HIER arbeiten Sie aber nicht, oder? Das ist absolut verboten.«

Frau Jahn wirft einen hektischen Blick zu ihrer Schublade, schüttelt dann aber ganz unschuldig den Kopf. »Natürlich nicht.«

Ich weiß nicht, was die Zahlenkolonnen in ihrem Buch bedeuten, aber dass sie unmäßig gestresst ist, steht fest. »Die Ausheilung dauert bis zu vier Monate. Die Schiene tragen Sie mindestens noch 10 Wochen. So lange müssen Sie Ihr Knie entlasten und dürfen es nicht voll beugen. Außerdem bekommen Sie Unterarmgehstützen«, sage ich. »Die Muskeln müssen sich erst wieder kräftigen. Und so lange haben Sie auf jeden Fall noch Schonzeit.«

Frau Jahn schüttelt pikiert den Kopf. »Ich arbeite im Sitzen, das wird ja wohl gehen!« Ja, das habe ich gemerkt, liebe Frau. Du arbeitest sogar, wenn du im Krankenbett sitzt.

»Die Dauer der Krankschreibung richtet sich nach Ihrem Beruf«, erkläre ich. »Was machen Sie denn?«

Sie zieht die Augenbrauen hoch. »Ich habe eine Investmentfirma. Davon verstehen Sie sicher nichts.« Ach, arrogant kann ich auch. Und das, wovon ICH etwas verstehe, ist ja wohl im Moment wichtiger, oder?

»Wir werden Sie drei bis vier Wochen krankschreiben«, sage ich, als hätte ich die Beleidigung gar nicht wahrgenommen. »Aber die Beinschiene und die Gehstützen müssen Sie trotzdem benutzen. Es sei denn, Ihr Beruf belastet Sie auch körperlich. Dann sollte ich Sie für etwa drei Monate arbeitsunfähig schreiben.« Kann sie ja nicht wissen, dass ich das gar nicht ganz allein entscheiden darf.

Meine Strenge macht Eindruck. »Das geht auf keinen Fall!«, japst Frau Jahn nach Luft. Sie tut mir leid, trotz ihrer Arroganz.

»Machen Sie doch mal eine Pause«, sage ich freundlich. »Kein Mensch kann von Ihnen verlangen, dass Sie selbst von hier aus noch zur Verfügung stehen und damit Ihre Heilung gefährden.«

Frau Jahn schüttelt den Kopf, aber sie wirkt plötzlich gar nicht mehr überheblich. »Doch«, entgegnet sie leise, »ich.«

Eine halbe Stunde später sitze ich immer noch an Frau Jahns Bett. Als sie erst einmal angefangen hat, von ihrer Arbeit zu sprechen, gibt es kein Halten mehr. Sie leitet eine Firma, die offenbar nichts anderes tut, als Gelder in andere Unternehmen zu investieren. Frau Jahn verdient ihren Lebensunterhalt mit dem An- und Verkauf von Firmen, Wertpapieren und Rohstoffen. Und leider läuft es gerade ganz mies. Wenn ich es richtig verstanden habe, hat sie ziemlich schlecht eingekauft und zu viel Geld in Dinge investiert, die sie nicht wieder loswird. Und nun gehen ihr die Mittel aus, sie hat ein Aktienpaket nicht abstoßen können und ein Unternehmen, das sie schon fast sicher weitervermittelt hatte, ist plötzlich in Verruf geraten, weshalb ihr der Käufer abgesprungen ist. Zu diesem denkbar schlechten Zeitpunkt liegt sie nun ausgerechnet wegen eines albernen Meniskusschadens im Krankenhaus, während ihre Firma existenzbedrohende Verluste macht. Frau Jahn gibt zu, dass sie vom Krankenbett aus versucht hat, ihre Firma zu retten – und dass sie die Klinik erstens so schnell wie möglich verlassen muss und es sich zweitens nicht erlauben will, sich danach angemessen zu schonen. Sie wirkt zittrig, aber als sei es eine Befreiung, endlich über ihre Sorgen zu reden.

»Ich kann das sonst niemandem sagen …« Sie blättert mit bebenden Fingern im Notizbuch. »Nach außen muss man immer tun, als hätte man unbegrenzte Mittel, sonst springen einem die letzten Kunden auch noch ab.«

Ich versuche, ihr gut zuzureden; es wird schon alles in Ordnung kommen. Aber sie braucht Kraft – und sollte sich deswegen wenigstens noch zwei Tage vollkommen schonen. Ich ahne schon, dass sie widerspricht. Und als sie das tut, erkläre ich so autoritär ich kann, was für Komplikationen möglich sind, wenn sie sich zu schnell und unvernünftig wieder in den Arbeitsstress stürzt.

»Aber wenn ich nicht übermorgen wieder voll einsatzfähig bin, brauche ich gar nicht zurückzukommen«, flüstert sie. »Dann bin ich ruiniert und kann gleich für immer hier liegen bleiben!«

Ich nehme ihr das Büchlein aus der Hand und lege es in die Lade zurück. »Was wäre denn schlimmer?«, frage ich sanft. »Wenn die Firma ruiniert ist – oder Sie?«

Frau Jahn nickt ergeben, aber ich glaube nicht wirklich, dass sie einsichtig ist. »Heute hat auch schon keiner mehr angerufen …«, sagt sie schwach und wirft einen Blick auf das Telefon in der Schublade. Sie fährt hoch wie vom Schlag getroffen. »Es ist aus! Jemand hat mich abgeschaltet! Das ist ja schrecklich!«

Ich sage nicht, dass ich das war, und versuche, ihr das Handy wegzunehmen. Doch sie hat es schon eingeschaltet, tippt mit zitternder Hand den Code ein. Unheilvolles Piepsen setzt ein und zeigt, dass es nach dem Abschalten des Telefons noch mindestens zwanzig Anrufversuche gab. Frau Jahn ist den Tränen nah. »Oh mein Gott, ich muss mich melden!« Sie sieht mich bebend an. Na klar, ich soll gehen. Aber ich bleibe an ihrem Bett stehen und versuche, ruhig zu bleiben.

»Hier darf man nicht telefonieren«, sage ich beherrscht. Frau Jahn bettelt fast herzergreifend.

»Verstehen Sie nicht? Mein Beruf ist mein Leben. Ich stehe dafür gerade. Man tut alles dafür! Es ist einem egal, ob andere es richtig oder falsch finden.« Und damit hat sie recht. Ich nehme ihr das Telefon aus der Hand. Ganz ruhig, Lena. Du tust das Richtige – und jetzt sollte es DIR egal sein, wie falsch und schrecklich das Frau Jahn findet.

»Sie müssen sich ausruhen, Frau Jahn«, sage ich bestimmt. »Ich kann die Oberärztin hierherrufen und darum bitten, dass Sie sediert werden. Oder ich stecke jetzt das Handy ein – und Ihr Notizbuch gleich mit – und Sie ruhen sich so lange aus, bis ich es Ihnen wiedergebe.« Frau Jahn nickt. Ich drücke ihre Hand. »Es wird schon alles gut gehen«, sage ich leise. »Jetzt denken Sie erst mal nur an sich.«

Nachdem Frau Jahn sich erschöpft in die Kissen sinken ließ, suche ich Dr. Gode und bitte um die Erlaubnis, der Patientin ein Schlafmittel verordnen zu dürfen. Ich verpetze sie nicht, erkläre nur, dass sie private Sorgen hat, die sie nicht zur Ruhe kommen lassen. Dr. Gode lobt mich und empfiehlt mir ein passendes, schonendes Medikament. Und als ich gehen will, hält er mich noch einmal auf. »Ich entschuldige mich, sollte ich Ihnen vorhin zu nahe getreten sein«, lächelt er. »Aber ich kenne eigentlich keine junge Frau, die wegen eines Kompliments an ihr Äußeres beleidigt ist.« Er grinst breit, was bitte erwartet er für eine Antwort?!

»Schon gut«, sage ich. »Komplimente sind okay. An manchen Tagen kann man sie gut brauchen. Nur heute war ich irgendwie …« Mies gelaunt? Verkatert? Generalaggressiv? Ich weiß, er hat es nur nett gemeint.

»Kein Problem, Frau Weissenbach.« Er lächelt immer noch. »Sagen Sie einfach Bescheid, wenn Sie ein Kompliment brauchen. Ich bin sicher, dass mir bei Bedarf immer eins einfallen wird.«

Sag mal, Lena, flirtet der mit dir?!

Ich mache mich eilig aus dem Staub, hole mir im Schwesternzimmer das passende Medikament und kehre zurück ins Zimmer 4. Ich gebe Frau Jahn ein Sedativum und hoffe, dass sie endlich für eine Weile zur Ruhe kommt. Meine eigenen Sorgen wirken plötzlich klein. Ich werde schon noch meine OP bekommen. Zur Not kann ich ja wirklich auf Jennys Lila-Haare-Plan zurückgreifen und mir eine so abstoßende Mähne färben, dass Dr. Thiersch aus Mitleid meinen ach-so-großen Zuspätkomm-Fauxpas verzeiht und mir zum Seelenaufbau gleich fünfzehn OPs zuteilt. Alles klar, Lena. Super Plan!

Wer hatte prophezeit, dass man in der Chirurgie dauernd die Mittagspausen verpasst? Damals, als mir das angedroht wurde, habe ich mir die Zusammenhänge irgendwie anders vorgestellt. Dass ich keine Zeit zum Essen haben werde, weil ich mit höchster Konzentration und stahlruhigen Händen lebensrettende OPs durchführen muss – und dann erschöpft, aber zufrieden in die Cafeteria wanke, um mich kurz an den Kaffeetropf anschließen zu lassen, damit ich gleich noch mehr Leben retten kann. Stattdessen hetze ich jetzt ohne Erfolgsmeldungen nach unten, um einen Schokoriegel zu erbetteln. Nicht ganz so eindrucksvoll.

Die Cafeteria ist fast leer. Ruben grinst mich an. »Fräulein Notfall – immer im Einsatz! Oder hast du die Pause nur aufgeschoben, um ihn zu sehen?« Ich muss kurz umschalten. Tobias. Ich erfahre, dass er auch noch nicht da war. Und das bringt meine Laune schlagartig wieder nach oben. Als sich die letzten Schwestern, die sich am Kaffeetischchen verquatscht hatten, endlich verabschieden, bleibe ich am Tresen stehen und tue, als könne ich mich nicht zwischen den Sandwiches entscheiden. Bitte, bitte, komm doch jetzt vorbei! Kannst du nicht spüren, dass ich hier bin und warte?! Ich schiebe mich am Tresen entlang, als könne ich Ruben etwas vormachen. Doch schon nach einer Minute hebt er die Sandwichplatte hinter dem Sichtschutz empor und stellt sie nach oben.

»Jetzt kannst du sie röntgen, das erleichtert vielleicht die Entscheidung?«, grinst er. »Und dann setz dich mit deinem Brot in die Ecke und warte sittsam und still, wie es sich für eine verliebte Jungfer gehört, statt mich hier verrückt zu machen!« Für mich hört sich diese Bezeichnung nicht so gut an, aber ich tue ihm wenigstens den Gefallen und lasse seine Brote in Ruhe. Stattdessen nehme ich einen Kaffee und beschließe, ihn so langsam wie möglich zu trinken – aber zu gehen, falls sich Tobias nicht blicken lässt, wenn ich den Tassenboden erreicht habe. Zehn Minuten später ist der Kaffee kalt und ich kann die Pause nicht mehr hinauszögern.

Ruben lehnt sich an den Tresen und sieht mich mitleidig an. »Ihr müsst so was verabreden, Lena! Oder willst du dir hier jeden Mittag die Beine in den Bauch stehen?« Nein, er hat recht. »Ich hätte es heute einfach gut brauchen können«, gebe ich zu. Ruben legt den Arm um mich. Woran liegt es, dass heute jeder Mann in meiner Umgebung bestrebt scheint, aufmerksam, liebenswürdig und mitfühlend zu mir zu sein – nur der eine nicht?!

»Wie läuft es denn?«, fragt Ruben neugierig. Ich zucke die Schultern; so gern ich ihn einweihen würde … »Ist es sehr kompliziert?«, fragt er leise und überraschend ernst. »Du wirkst so angespannt.«

»Nein«, antworte ich, so viel werde ich ja wohl preisgeben dürfen, »eigentlich ist alles gut. Nur die Geheimhaltung ist nicht so meins.«

Ruben lacht. »Du könntest dich ja bei mir ein bisschen aussprechen.« Sein Grinsen wirkt hintersinnig. Ich schüttle den Kopf. »Na gut.« Ruben greift nach meiner Kaffeetasse. »Das war ja nur mein Versuch, zu deiner Seelenerleichterung beizutragen. Ich weiß doch sowieso alles. In der Klinik schleicht ihr umeinander herum, als könntet ihr kein Wässerchen trüben – und jeden Abend tut er so, als ergäbe sich ganz zufällig eine Gelegenheit, dich nach Hause zu bringen.«

Ich erkläre erwachsen, dass die abendlichen Heimfahrten abgesprochen sind und einfach unser Kompromiss, gemeinsame Zeit zu haben, ohne uns im Krankenhaus offenbaren zu müssen. Und woher weiß er das überhaupt? Er zuckt die Schultern.

»Vielleicht habe ich den Müll rausgebracht und euch gesehen. Oder ich habe Zugang zur Parkplatz-Überwachungskamera, wer weiß?«

Ist es so auffällig? Sollen wir uns jetzt auch noch die gemeinsame Autofahrt versagen? Ruben sieht mich nachdenklich an. »Liebe Lena, was meinst du, was passiert, wenn das rauskommt?« Ich weiß. Meine Karriere.

Ruben lächelt. »Du hast ein Spiderman-Problem, mein Schatz. Wenn du dich für die Liebe entscheidest, musst du vielleicht deine Aufgabe opfern … Ich wollte nur sichergehen, dass dir das ganz klar ist.«

Verdammt, Ruben, warum ist DIR immer alles so klar?!

Er nimmt einen Schluck von meinem Kaffee – und spuckt ihn in die Tasse zurück.

»Der ist kalt, Lena«, sagt er empört. »Ich dulde es nicht, dass jemand hier vor eiskaltem Kaffee sitzt.« Er nimmt mir die Tasse weg. »Du siehst ihn ja heute Abend. Falls du ihm nicht sagst, dass eure ›zufälligen‹ Parkplatztreffen nur noch auffälliger sein könnten, wenn er dabei durch eine zerschnittene Zeitung starrt. Denn ich fürchte, wenn er das wüsste, würde der korrekte Oberarzt euch wohl auch diese Geheimtreffen versagen. Und wahrscheinlich nicht zu Unrecht …«

Ich stehe auf und verlasse die Cafeteria – ein klein wenig angekratzt. Es tut nicht gut, zu hören, dass meine zarte Liebe so chancenlos sein soll.

Oben auf der Chirurgie herrscht Eile. Jemand fährt eine Trage herein, ein Mann liegt darauf, ich sehe ihn nur ganz kurz. Ein Arzt aus der Notaufnahme hastet an mir vorbei. »Mehrere Frakturen, Verletzungen im Brust- und Bauchbereich, Blutung im Bauchraum«, sagt er zu Dr. Thiersch.

»Team ist bereit«, entgegnet sie knapp, beide verschwinden im OP-Bereich.

»Not-OP«, sagt Schwester Jana, »Verkehrsunfall.« Dann eilt auch sie davon. Ich stehe wie erstarrt am Stationseingang. Meine eigenen Probleme wirken profan, so weit weg, so falsch.

Die Nachmittagsrunde ist anstrengend und ihr einziger Höhepunkt besteht darin, dass ich Frau Schneider endlich den ersehnten Kaffee bringen kann – und das nicht mal mit gutem Gefühl, weil in meinem Kopf die sonore Chefarztstimme sagt, dass ich nicht zum Kaffeebringen hier bin. Frau Schneiders Freude kann das nicht ganz aufwiegen. Außerdem bekomme ich das Unfallopfer nicht aus dem Kopf. Ich weiß, so etwas ist nichts Besonderes. Ein Drittel der Operationen sind Not-OPs. Die Chirurgen wissen, was sie tun. Trotzdem. Wie wird es sein, wenn du diejenige bist, die zu einem schwer verletzten Unfallopfer gerufen wird? Wirst du bis dahin so gelassen sein, wie es nötig ist? Im PJ wird das noch nicht vorkommen, bei Not-OPs werden wir nicht eingeteilt. Aber wenn ich mich für die Chirurgie entscheide, wird das auch mein tägliches Geschäft sein. Bis dahin muss ich die Angst aus meinem Kopf kriegen.

Kurz vor Dienstschluss besuche ich noch einmal Frau Jahn. Sie wirkt schwach und noch sehr müde.

»Sind Sie am Wochenende auch hier?«, fragt sie und ich muss verneinen. Sie deutet auf meine Kitteltasche. »Haben Sie mich verraten?« Ich schüttle den Kopf. Aber was mache ich jetzt mit ihrer Büroausstattung? Ich kann ihr doch nicht das ganze Wochenende ihr Eigentum entziehen! Schließlich öffne ich den Schrank neben der Tür und lege Telefon und Notizbuch hinein.

»Versprechen Sie mir, dass Sie es nicht benutzen?«, frage ich und sehe ihr direkt in die Augen. Sie nickt, wenn auch nicht ganz überzeugt. »Ich werde Schwester Jana sagen, dass Sie sich ausruhen müssen und gegebenenfalls noch mal ein Schlafmittel bekommen«, erkläre ich ehrlich. »Wenn Sie das Gefühl haben, dass Sie den Kopf nicht ausschalten können, bitten Sie sie darum. Aber versprechen Sie mir, dass Sie bis Montag nicht ans Geschäft denken!«

Sie lächelt leicht abfällig. »Mein Geschäft hat doch am Wochenende keine Pause!« Erst als ich sage, dass ich den Schrank auch abschließen kann und in meinem Wochenendtäschchen sehr wohl Platz für einen kleinen Schrankschlüssel ist, gibt sie nach. Ich greife nach dem Charlotte-Link-Roman oben auf ihrem Nachtkästchen und lege ihn auf die Bettdecke.

»Wenn Sie sich wirklich langweilen am Wochenende, dann lesen Sie doch endlich mal das hier!« Als ich sie verlasse, bin ich nicht ganz überzeugt, dass Frau Jahn meinen Abschalt-Anordnungen hundertprozentig gehorchen wird. Aber mehr, als Schwester Jana noch einmal darauf hinzuweisen, dass die Patientin sich schonen muss, kann ich wirklich nicht tun.

Auf dem Gang treffe ich auf Dr. Thiersch. »Wie ist es gelaufen?«, frage ich. Sie sieht mich barsch an. »Was?«

»Der Verkehrsunfall …« Wie kann sie nicht wissen, was ich meine?! Hör auf, Lena. Für sie ist so etwas vollkommen normal. Für mich nicht.

»Er liegt auf der ITS«, antwortet sie schroff. »Wird es schon schaffen.« Sie wirkt müde. Aber wie schafft sie es, so kühl zu bleiben? Ist das ihre einzige Chance? »Wenn Sie nichts mehr zu tun haben, stehen Sie nicht im Weg rum!«, fährt sie mich an und verschwindet im Büro. Ich weiß, ich bin gerade ihr Blitzableiter, sie lässt ihren Druck an mir ab. Vorhin habe ich sie noch gehasst. Doch jetzt macht es mir ein einziges Mal nichts aus, von ihr angeherrscht zu werden.

Ich beschließe, zum Feierabend noch einmal bei Ruben vorbeizugehen und mich für meinen leicht beleidigten Abgang zu entschuldigen. Es war nicht fair, ihn dafür büßen zu lassen, dass meine Liebesbeziehung irgendwie schwierig ist – und dass er nicht den sorg- und planlosen Optimismus teilt, den ich zur Liebesverteidigung bemühe.

Der Gang zur Cafeteria ist leer. Nur Tobias' Tür steht offen. Wir stoßen beinahe zusammen, als er aus seinem Büro tritt. Er sieht mich und sein Gesicht beginnt zu leuchten. »Schön, dass du da bist«, sagt er. »Ich bin den ganzen Tag nur herumgerannt und hab schon befürchtet, dich überhaupt nicht mehr zu sehen.« Und ich vergesse, dass mich noch vor kurzer Zeit ein blauhaariger Koch fast dazu gebracht hätte, diese Heimlichkeiten trostlos zu finden.

Eine Sekunde später stehe ich in Tobias' Büro und wir küssen uns. Alle Heimlichkeiten der Welt sind gerechtfertigt, wenn DIES auf der anderen Seite der Waagschale liegt. Ich WILL, dass es funktioniert!

»Musst du heim?«, fragt er und ich schüttle wie gebannt den Kopf. Die ganze Welt ist schlagartig vergessen. Ich muss nirgendwohin. Nur hier sein. Bei dir.

Eine halbe Stunde später sitzen wir immer noch eng zusammen. Wir trinken Kaffee, ich sitze auf der Lehne seines Sessels, er hält mich im Arm, wir reden. Ich erzähle von dem Unfallopfer und er beruhigt mich.

»Es ist alles gut gegangen«, sagt er entschieden. »Glaub mir, du wüsstest, wenn nicht.« Dann berichte ich ihm von der Chefarztbegegnung und der anschließenden Rüge. Er nickt bedächtig. »Du wirst dich überwinden müssen«, meint er schließlich, »und das Gespräch mit Dr. Thiersch suchen. Erklär ihr, dass du eine verantwortungsvolle Person bist und eine Chance verdient hast. Sie will die Alphafrau sein – na und? Was kümmert es dich.« Ich nicke. Was kümmert mich überhaupt gerade?!

Erst nach einer Stunde frage ich mich, was meine Freundinnen wohl denken. Es ist still geworden auf dem Flur; wir sitzen immer noch hier, aneinander gekuschelt. Ich habe von Isa und Jenny erzählt, von Tom und seinen Jobplänen. Dass sie mich jetzt vielleicht brauchen. Lasse ich Isa im Stich, weil ich immer noch hier sitze? Es ist inzwischen lange nach Dienstschluss und obwohl ich mich schwer trennen kann, erwähne ich irgendwann, dass ich mich allmählich auf den Heimweg machen sollte. Tobias greift nach seiner Jacke. »Ich fahr dich natürlich.« Und erst jetzt fällt mir auf, dass ich die ganze Zeit allein geredet habe. Er hat überhaupt nichts erzählt. Den ganzen Abend ging es nur um die Chirurgie, meine Freundinnen, meine eigenen Pläne und Sorgen. Gibt es im Leben eines Oberarztes denn gar nichts, was einer Mitteilung würdig ist? Oder habe ich ihn einfach nicht zu Wort kommen lassen?

Im Auto fahren wir schweigend, er lächelt ab und zu herüber;

manchmal wirkt es, als sei er regelrecht verwundert darüber, dass ich hier neben ihm sitze. Erst jetzt wird mir klar, warum ich mich nicht von ihm lösen kann: Heute ist Freitag. Die ganze Zeit habe ich meine Gedanken auf das Morgen gerichtet, eine neue Begegnung, eine neue, gestohlene, gemeinsame halbe Stunde. Werden wir uns am Wochenende überhaupt sehen?

Er schaltet das Radio ein, sucht einen Sender, entscheidet sich für Pink Floyd. Die Musik trägt uns durch die Dunkelheit, verlangsamt alles ringsum. Ich wünsche mir wieder das riesige Nudelholz, das die Straßen streckt – oder dass wir einfach weiterfahren.

»Wo kämen wir hin, wenn wir jetzt immer weiter geradeaus fahren würden?«, frage ich leise.

Er lächelt. »Nach Polen. Möchtest du dahin?«

Ich überlege, muss grinsen. Ein perfektes Wochenende. »Die polnische Ostsee ist wunderschön, gerade im Herbst«, sagt er. »Wenn wir langsam fahren, könnten wir zum Sonnenaufgang ankommen.« Ich wünsche mir nichts mehr, als dass er dieser Laune einfach nachgibt. Doch im nächsten Moment biegt er in meine Straße ein. Ich bin ganz ungerecht enttäuscht.

»Warum eigentlich nicht?«, sage ich mutig. »Keiner würde merken, wo wir das Wochenende verbracht haben.«

Er sieht mich an. »Das wäre herrlich …« Los, komm schon, wir fahren einfach! Keine Konjunktive für uns!

»Aber ich habe Dienst«, setzt er hinzu.

Aha. Du verbringst das Wochenende in der Klinik – und ich? Tobias nimmt mein Gesicht in seine Hände, küsst mich zum Abschied. »Irgendwann machen wir das. Versprochen.« Wann IST irgendwann? Ich kann mich noch nicht trennen. Ich wünschte, er könnte wenigstens mit hochkommen, noch eine Weile in meiner Küche sitzen, so gut riechen, erzählen. Stattdessen steigt er nicht mal aus dem Auto aus. Klar, oben sind Isa und Jenny und ich weiß nicht, für wen es unangenehmer wäre, wenn ich daraus eine gemeinsame Tischrunde arrangieren wollte. Wird es denn nie normal sein?

»Du verstehst das, oder?«, fragt er lieb. »Wir machen mal wieder einen Ausflug.« Es ist November, Herr Oberarzt. Meinst du einen Skiausflug? Flucht nach vorn, Lena!

»Oder du zeigst mir deine Wohnung?«

Er lächelt. »Ein andermal.« Ein letzter Kuss, dann stehe ich wieder auf der Straße und sehe dem grünen Wagen nach.

Oben in der Wohnung ist der Küchentisch besetzt; Isa und Tom kochen Spaghetti und Tom plant sein neues Leben. Immer wieder sagt er Dinge wie: »Meine Küche nehme ich sicher nicht mit, der Nachmieter kann das alte Ding haben« oder »In einem Monat sind wir sicher schon Weißwurst-Experten.« Die arme Isa wird jedesmal einen Zentimeter kleiner. Merkt Tom das nicht?

Weil Jenny schon wieder unterwegs ist – diesmal mit dem schicken Björn –, bin ich die Einzige, die dem Paar beim Essen Gesellschaft leistet. Tom spricht weiter über München und grübelt, welchem Fußballverein er dann neben Hertha die Treue halten soll. Isa wird immer stiller. Tom scheint keine Sekunde drüber nachzudenken, wie seine Beziehung die sechs Bahnstunden Entfernung überstehen soll. Er hat offenbar nicht vor, sich wegen des Jobs von Isa zu trennen, spricht aber auch nicht darüber, wie das gemeinsame Leben eingerichtet werden soll, wenn sie Hunderte von Kilometern auseinanderwohnen.

»Wie denkt er sich das?«, frage ich, als Tom geht, um einem potenziellen Nachmieter seine Wohnung schmackhaft zu machen.

Isa zuckt die Schultern. »Das wird schon, sagt er immer. Ich weiß nur nicht, wie …«

Ich fordere vehement, dass Isa das Thema endlich anspricht – nur bitte nicht, solange ich danebensitze. Plötzlich sind wir beide irgendwie traurig. Wir bedauern uns gegenseitig für unsere Beziehungen mit Einschränkungen … und schaffen es, uns blitzschnell in das allertiefste Selbstmitleid hineinzusteigern.

»Eine Beziehung, in der man sich höchstens am Wochenende sieht – und das nicht mal regelmäßig – wie soll ich das aushalten?«, seufzt Isa.

»Was soll ich da sagen«, jammere ich zurück. »Ich habe eine –

na ja – Affäre, bei der man sich jeden Tag sieht, ohne sich ansprechen zu dürfen, und nichts weiter hat als eine halbe Stunde im Auto!«

»Na und ich?!«, ertönt eine empörte Stimme von der Tür. Jenny. »Ich habe ZWEI Beziehungen, bei denen ich mich jeden Tag sehen lassen soll, und weiß bald nicht mehr, wo mir der Kopf steht.« Das trifft bei uns natürlich nicht auf Mitleid. Jenny isst die Spaghetti-Reste gleich aus dem Topf. »Seit ich zu Björn gesagt habe, dass ich auf meine Linie achten muss, bekomme ich bei seinen Dates kaum noch was zu essen«, klagt sie.

Isa und ich finden, dass das ein Grund ist, Björn in den Wind zu schießen. Nicht nur, weil er sie nicht richtig füttert, noch mehr, weil er glaubt, dass sie auf ihre Figur achten müsste. Aber Jenny hält nichts davon. Sie selbst hat nämlich die Diätkasteiung erfunden, weil sie am selben Abend noch mit Felix zum Essen verabredet war. Wir fragen kopfschüttelnd, warum Jenny sich dem Zwei-Freunde-Stress nicht langsam entzieht und sich von einem von beiden trennt.

»Das würde ich ja gern!«, entgegnet sie. »Sobald ich rausgefunden habe, wer der größere Gewinn ist. Aber sie ergänzen sich einfach ZU gut!« Na schön, dann kann man ihr nicht helfen. Aber Mitleid hat sie nicht verdient!

Ein Glas Sekt später hat Jenny, wie immer in Bausch und Bogen, einen ganz einfachen Vorschlag, wie WIR ALLE unsere Beziehungsunzufriedenheit loswerden könnten. »Du bekommst Björn«, nickt sie Isa zu. »Der hat Stil und Klasse und ist trotzdem nicht ZU aufregend. Und Lena kriegt Felix; der arbeitet auch im Krankenhaus, aber ohne störenden Vorgesetzten-Posten. Und ICH suche mir einfach zwei bis drei neue Freunde.«

Bis nach Mitternacht bleiben wir in unserer gemütlichen Küche sitzen und albern herum, was das Zeug hält. Was für ein gutes Gefühl! Auch wenn um uns herum gerade alles anders und neu und seltsam ist: Wir haben uns überhaupt nicht verändert.

12

Am Samstag erwache ich mit einer unfassbaren Sehnsucht. Die Aussicht, Tobias zwei Tage nicht zu sehen, nimmt mir jede Lust darauf, aufzustehen und den Tag zu beginnen. Ich sehe auf meinen kleinen Wecker, es ist erst sechs Uhr. Weil ich deprimierte Gefühle immer am besten loswerde, indem ich mich in Aktionen stürze, beschließe ich, aufzustehen und für meine Freundinnen ein riesiges Frühstück zu zaubern. Das könnte mich bis zehn beschäftigen. Wenn ich dann noch großzügig das Aufräumen übernehme, ist der halbe Samstag überstanden. Dann lerne ich einfach durch bis Sonntagabend, das hat noch keinem geschadet und nutzt vielleicht bei der Überwindung meines Dr.-Thiersch-Problems. Erst als ich den Plan fertig habe, meldet sich der Kopf-Teufel und fragt, ob ich spinne. Ich werde mir doch das sauer verdiente Wochenende nicht mit Arbeit und Beschäftigungstherapien füllen, nur weil ich IHN nicht sehen kann. Da kannst du dich ja gleich vor seinem Büro anketten, Lena! Den kurzen Tagtraum darüber, dass das gar nicht SO SCHLIMM wäre, weil ich ihn dann zweimal am Tag sehen und jederzeit mit ihm sprechen könnte, kickt der Teufel mit einem harschen Fußtritt beiseite. »Jetzt genießt du dein Wochenende und trauerst ihm nicht hinterher!«, befiehlt er. »Es gibt andere, tausendmal bessere Wege, ein Wochenende schnell und ohne Sehnsucht hinter sich zu bringen.« Und weil ich den Teufel ohnehin höchstens am Wochenende zu Wort kommen lasse, beschließe ich, ihm seinen Willen zu lassen und wenigstens den Aufräumplan zu canceln. Aber ein Luxusfrühstück haben sich meine Freundinnen doch wohl trotzdem verdient.

In der Küche brennt bereits Licht. Tom ist schon auf, er hat sich Kaffee gekocht und liest eine Zeitung. Die *Süddeutsche*, na klar! Da sind wir wieder.

Tom ist jemand, vor dem man sich in keinem Schlafanzug der Welt genieren muss, deshalb setze ich mich einfach zu ihm. (Wahrscheinlich bemerkt er nicht mal, dass ich noch nicht richtig angezogen bin.) Er schenkt mir Kaffee ein, plötzlich herrscht eine heimelige, vertraute Früh-Morgen-Stimmung. Ich verdränge das Sehnsuchtsmädchen, das kurz davon träumen möchte, wie es wäre, wenn ein anderer Mann mir jetzt eine silberne Kaffeetasse hinstellen würde. Vielleicht auch, weil es in meinem Kopf kein Bild dafür gibt, wie wohl Tobias im Schlafoutfit aussehen könnte. Ob ich das irgendwann rausfinde? Schluss, Lena! Stattdessen ergreife ich die Gelegenheit, mit Tom über seine Pläne zu sprechen. Er zeigt mir die Wohnungen, die er im Immobilienteil angekreuzt hat, und will meine Meinung dazu hören, welcher Münchener Stadtteil wohl erschwinglich und trotzdem cool ist. Mich aber interessiert eine andere Frage weit mehr: »Was wird mit Isa?« Tom sieht mich irritiert an. Und dann antwortet er, als sei es das Natürlichste von der Welt: »Na, ich nehme sie mit.«

Nein! Keiner nimmt mir meine süße Isa weg, das kommt absolut niemals infrage! Tom benimmt sich, als sei es eine Selbstverständlichkeit, dass Isa sein neues Leben teilt. Was wird aus uns, was wird aus Isas PJ, hat er sie wirklich gefragt, ob sie schon ein halbes Jahr nach ihrem Umzug nach Berlin wieder in einer anderen Stadt neu anfangen möchte?

Tom lächelt und setzt noch einen drauf. »Ist doch klar, dass wir zusammenbleiben. Meinst du, ich sollte sie einfach jetzt schon heiraten?« Und nicht mal das ist als Scherz gemeint! Mann, warum habe ich keinen Freund wie Tom, einen, für den alles so klar ist? Aber, Manno: Ist das sein Ernst, dass er uns Isa entführen will?!

Ich bringe nicht viel mehr heraus, als dass er dringend mit Isa über seine Pläne sprechen sollte, und er verspricht mir, das Wochenende dafür zu nutzen. Doch beim Frühstück sitze ich Isa gegenüber und denke bei jedem Lächeln und jedem ihrer kleinen umsichtigen Handgriffe, wie es wohl sein wird, wenn sie nicht mehr hier ist, sich ein bisschen für ihr Nachthemd schämt und uns zwischen zwei Nutellabrotbissen über ihre Anatomie-Lernfortschritte aufklärt. Vielleicht bin ich heute einfach generalsentimental.

»Ist irgendwas Blödes passiert?«, fragt sie lieb, als sie mir Kaffee nachschenkt.

Nein, Isa, es werden nur großartige Dinge passieren. Du wirst mit dem Mann zusammenziehen, den du liebst, ihr werdet gemeinsam ein tolles Abenteuer erleben und eine neue Stadt erobern. Du wirst vielleicht sogar heiraten. Nur ich werde dich schrecklich vermissen. Leider weißt du von all dem noch nichts und ich werde den Teufel tun und dir deinen Heiratsantrag versauen, indem ich ihn hier vor allen herausposaune, bevor Tom überhaupt einen Ring ausgesucht hat. Ich schüttle also nur den Kopf. »Alles in Ordnung.« Und Isa schmiert mir ein Nutellabrot und sagt: »Du siehst ihn ja übermorgen.«

Am Samstagabend führt Tom Isa zum Essen aus – und da ich weiß, was er besprechen möchte, fällt es mir sehr schwer, nichts zu sagen, als Isa mir ihr Kleid vorführt und fragt, ob es nicht zu schick ist. Ich reiße mich zusammen und entgegne nur, dass für ein romantisches Essen NICHTS übertrieben ist. Zumindest nichts, was sich in Isas Kleiderschrank finden könnte.

»Du hast recht«, lächelt sie traurig, »in Zukunft haben wir wohl wenig Gelegenheiten, gemeinsam auszugehen. Also soll er sich doch so schön an mich erinnern, wie es nur geht, bevor all die schicken Münchnerinnen über ihn herfallen.« Ach, Isa, bald bist du vielleicht selbst eine schicke Münchnerin!

Jenny verschwindet im Bad, um sich für einen Abend mit Björn aufzustylen, und über mir schwappt das Selbstmitleid zusammen. Vielleicht starte ich doch mein Lernprogramm. Oder habe ich nicht irgendwas in der Klinik vergessen, das ich GANZ

DRINGEND brauche? Wäre es zu erbärmlich, mit dem Buch, das man unbedingt zum Lernen braucht, zur Klinik zu fahren, es dort für eine Sekunde in den Spind zu legen und dann wieder mitzunehmen – nur, um einen Vorwand zu haben, einmal über den Gang zu gehen? Bevor ich mich zu dieser Sehnsuchts-Ausrede hinreißen lasse, öffnet Jenny die Badtür und schreit: »Zieh dir einen Fummel an, Liebes, wir werden sicher fotografiert wie nicht gescheit!«

Ach, wenn ich Jenny nicht hätte! Überzeugt davon, dass NIEMAND am Samstagabend daheim sitzen sollte, solange in dieser Stadt auch nur ein Puppentheater geboten wird, hat sie mich kurz entschlossen und ungefragt in ihre Abendgestaltung eingebunden. Björn nimmt Jenny auf einen eleganten Empfang mit und sie hat bestimmt, dass auch mein Name auf der Gästeliste stehen muss. Ich habe kurz Skrupel; will ich wirklich der Dritte in einer Paarunternehmung sein? Und was zur Hölle meint Jenny mit »wir werden fotografiert wie nicht gescheit«?

»Du wirst doch wohl nicht hier sitzen bleiben, nur weil ein gewisser Oberarzt nicht verfügbar ist! Amüsier dich, Mädchen!«, sagt Jenny und trifft genau den Tonfall meines Kopfteufelchens. Ihrer von der Make-up-Perfektionierung etwas abgelenkten Kurzzusammenfassung entnehme ich, dass es sich um das Jubiläum einer exklusiven Zeitschrift handelt. Alles, was Rang und Namen hat, wird sich blicken lassen – und sei es nur, um am roten Teppich fotografiert zu werden und ein paar Häppchen abzugreifen. Was Björn mit der Zeitschrift zu tun hat oder wen er in diesem Umfeld berät oder als Kunden gewinnen möchte, ist Jenny nicht klar, interessiert sie aber auch nicht. »Hauptsache, es gibt Musik und Champagner«, lacht sie, »und ich darf mit. Wir werden es uns schon schön machen.«

»Ich kenne die Zeitung gar nicht, ich kann überhaupt nichts dazu sagen«, wende ich ein. Jenny grinst. »Na und? Sekt trinken können wir dafür umso besser!«

Also füge ich mich und lasse mir mal wieder ein Styling verpassen, das in Lübeck mindestens für eine Opernpremiere genügt hätte (gäbe es denn eine Oper in Lübeck), in Berlin aber – glaubt man Jenny – gerade so ausreicht.

Eine halbe Stunde später verlassen wir in Jennys neusten und schicksten Kleidern das Haus. Björn holt uns mit dem Taxi ab und wenn es ihm ungelegen kam, dass ich aus dem Pärchenabend eine Triangel mache, so lässt er es sich nicht anmerken.

In der Nähe des Potsdamer Platzes fahren wir an einem roten Teppich vor. Schon aus dem Fenster sehe ich, wie sich Fotografen in Stellung bringen. Ach du meine Güte, so was habe ich noch nie gemacht!

»Keine Sorge!« Björn hat meine Aufregung gespürt. »Wenn sie merken, dass es nur wir sind, gehen die ganz schnell wieder weg.«

Jenny wirft die Haare zurück. »Nicht, wenn ICH aussteige!«

Ich habe ein bisschen Angst, dass sie wieder eine große Show abziehen wird, in die ich unfreiwillig mit hineingezogen werde, doch nun ist es auch zu spät. Björn öffnet uns die Tür und Jenny entsteigt dem Wagen wie eine Meerjungfrau. Sie lächelt in die Runde, dreht sich ein bisschen – und das Blitzlichtgewitter richtet sich auf sie. Klar, wenn ich hier Fotograf wäre, würde ich wohl auch eher glauben, dass meine Societybildung gerade versagt, als dass diese Frau nicht der Mittelpunkt des Abends sein müsste. Sie knipsen wie verrückt drauflos. Das wird eine schöne Enttäuschung, wenn sie heute Nacht feststellen, dass sie eine halbe Festplatte an Bilder von einer Frau verschwendet haben, die überhaupt niemand kennt. Jennys großer Auftritt gibt mir jedenfalls Gelegenheit, in ihrem Rücken relativ unbemerkt aus dem Taxi zu klettern. Björn bietet mir seinen Arm an, sieht lächelnd zu Jenny und sagt: »Lass uns schon mal vorgehen, Lena. Bis sie hier fertig ist, können wir das halbe Buffet verdrückt haben.« Er lotst mich an den Fotografen vorbei in das Gebäude, wo ein riesiger Sicherheitsmann unsere Namen mit einer Liste abgleicht. Auch er ist nur halbherzig bei der Sache, denn gleichzeitig beobachtet er meine Freundin, die sich vor den Kameras dreht. Sein Kollege wirft ihm ein Stirnrunzeln zu – aha, er weiß auch nicht, wer das ist. Mich zwickt das Teufelchen und ich sage mit Verschwörerstimme zu ihm: »Wenn Sie sich ein Autogramm geben lassen, können Sie sich bei eBay einen ordentlichen Zuschuss verdienen.«

Björn führt mich nach drinnen, alles ist sehr elegant, Cover der mir unbekannten Zeitschrift schmücken in enormer Vergrößerung die Wände und mindestens zehn superhübsche Hostessen stürzen sich auf uns, um uns die Mäntel abzunehmen und Gläser in die Hand zu drücken. Ich werfe einen letzten Blick nach draußen und bereue ein bisschen, dass ich nicht Jennys Dreistigkeit besitze. Denn es ist ja eher unwahrscheinlich, dass irgendwann in meinem Leben der Moment kommt, in dem ich zu Recht ein solches Blitzlichtgewitter auslöse – und da wäre es vielleicht schön gewesen, das Erlebnis mitzunehmen, wenn es sich nun mal so anbietet.

Jenny kommt eine Minute später zu uns; sie strahlt mit roten Ohren und berichtet kichernd, dass sie am Einlass von einem schüchternen Riesen um ein Autogramm gebeten wurde. »Schau morgen mal ins Internet«, grinse ich ihr zu, »dann kannst du es bei eBay kaufen.«

Björn verbringt den Abend mit Kundenakquise, während Jenny und ich es uns einfach gut gehen lassen. Es gibt eine Show, ziemlich leckeres Essen und wir bekommen tatsächlich den ein oder anderen VIP zu sehen. Den ganzen Abend wird fröhlich weiterfotografiert, endlich traue auch ich mich, ein bisschen so zu tun, als wäre ich ein berechtigtes Motiv. Mein persönliches Highlight bietet ein etwas gealterter Schauspieler, den ich überrasche, als er sich gerade aus dem Damenklo schleicht. Ich gebe zu, dass ich noch einen Moment stehen bleibe, um zu sehen, ob eine Dame hinterherschleicht – und wenn ja, welche –, aber nach fünf Minuten komme ich mir blöd vor und gebe auf. Wer weiß, was er dort drin gemacht hat.

»Welcher?«, fragt Jenny laut und begeistert, als ich ihr von meiner Entdeckung berichte. Oh Mann, ich weiß doch eigentlich, dass man ihr manche Dinge erst mit Abstand erzählen darf! Ich behaupte lieber eilig, ich könne den Mann nicht mehr finden – und verhindere damit vielleicht einen Skandal …

Gegen eins, nach reichlich Champagner und der etwas zähen Gesangseinlage eines Frauenduos, beginnt Jenny sich langsam zu langweilen. »Entweder wir singen jetzt auch oder wir verlassen die Party allmählich«, sagt sie und ich beschließe, dass dann ein sauberer Abgang auf jeden Fall die bessere Alternative ist. Björn wirkt schwer beschäftigt, Jenny wirft ihm eine Kusshand zu und wir stöckeln hinaus. Zum Abschied gibt es keine Fotografen; die sind wohl schon in ihre Redaktionen gehetzt und stellen gerade kopfschüttelnd fest, dass sie sich heute bei der Motivauswahl irgendwie von einem falschen Bauchgefühl leiten ließen. Dafür stehen wieder die Hostessen parat und überreichen uns Geschenkbeutelchen. Der Sicherheitsriese winkt ein Auto heran, diesmal kein schnödes Taxi, sondern einen großen, schwarzen Wagen, und wir steigen ein. Jenny würde gern noch zu einer Party fahren, da mir aber in ihren High Heels mächtig die Füße schmerzen, lässt sie sich überreden, mich vorher daheim abzusetzen.

Der Fahrer ist leicht überrascht, als Jenny ihm erklärt, dass wir nicht nur um die Ecke zum Ritz-Carlton fahren wollen, sondern nach Ostberlin in eine kleine, etwas schäbige Straße. Doch da auch er nicht weiß, wen er geladen hat – oder einfach gut erzogen ist – chauffiert er uns bis zu unserer Wohnung.

Schon im Auto plündern wir die Geschenktütchen. Herrlich! Die neuste Ausgabe der gefeierten Zeitschrift habe ich ja erwartet, nicht aber die Süßigkeiten und Kosmetik-Teilchen. Ich fördere eine Schlafbrille zutage und ein Tüchlein, von dem Jenny behauptet, es sei mindestens so teuer wie hässlich. Für Jenny kommt es natürlich nicht infrage, ein Tuch zu tragen, das hundert andere Gäste ebenfalls in einem Giveaway-Beutelchen gefunden haben, ich aber werde es als schöne Erinnerung aufbewahren.

Unterwegs nörgelt Jenny noch ein bisschen, ich soll mit ihr in einen Club fahren. Aber ich bin müde, das war wirklich genug Aufregung für einen Abend. (Klar, nichts hindert mich, mit ihr noch zu einer anderen Party HINZUFAHREN. Aber ich weiß, dass Jenny vor vier Uhr nicht müde wird. Und nach mir ruft mein Bett bereits mit einem Megafon.) Als der Wagen vor unserem Haus hält, fragt Jenny ungeniert, ob der Fahrer sie noch zu einem Club chauffieren könnte. Der Mann ist verlegen, eigentlich war schon diese eine weite Tour nicht vorgesehen. Zum Glück entdecke ich in diesem Moment ein Motorrad. Felix lehnt an seiner Maschine und schaut ratlos zu unseren dunklen Fenstern hinauf. Jenny freut sich, schenkt dem Fahrer in Ermangelung eines Trinkgelds das hässliche Tüchlein und springt aus dem Wagen direkt in Felix' Arme.

»Toll, dass du hier bist! Ich war drauf und dran, mir in irgendeinem Club einen neuen Freund zu suchen!«

Ich wünsche den beiden einen schönen Abend, erleichtert, dass ich nun ohne schlechtes Gewissen ins Bett gehen kann. Als ich noch eine Sekunde stehen bleibe, um zuzusehen, wie Jenny sich in ihrem gewaltigen Kleid auf das Motorrad schwingt und die beiden davonbrausen, kommt noch einmal ein winziger Moment des Selbstmitleids auf. Wo mag Tobias jetzt sein? Denkt er vielleicht an mich; ahnt er, dass ich gerade inbrünstig beschwörend an IHN denke? Weiß er, dass ich so unfassbare Sehnsucht nach ihm habe?

13

Isa ist ratlos. Glücklich, aber total durcheinander. »Stell dir vor, ich soll nach München ziehen!«, empfängt sie mich nervös an der Wohnungstür. Zum Glück bin ich auf das Gespräch vorbereitet, sonst würde es mir sicher schwerfallen, aus Isas Gestammel die nötigen Informationen herauszusortieren. Tom hat ihr zwar nicht gleich einen Heiratsantrag gemacht, aber klargestellt, dass er fest auf eine gemeinsame Zukunft baut. Wenn ich es richtig verstehe, hat er schon von Hochzeit gesprochen, die er als obligatorischen Schritt ansieht.

»Bist du jetzt verlobt oder nicht?!«, frage ich verwirrt. DAS will man doch wissen!

Isa lacht fast hysterisch. »Das ist doch jetzt nicht die Frage! Ich muss erst mal entscheiden, ob ich im nächsten Monat nach München ziehen will!«

Mindestens eine Stunde diskutieren wir das Für und Wider. Natürlich will Isa Tom nicht verlieren. Aber soll sie hier echt alles hinschmeißen? Ist es tatsächlich so leicht, einen PJ-Platz in München zu bekommen, wie Tom glaubt? Will sie ihre Freundinnen verlassen? Wie wird sie, die so schwer auf Fremde zugehen kann, sich in dem neuen Umfeld einleben? Ich kann ihr gar nichts raten; klar würde ich sie schrecklich vermissen – aber wo Isa glücklicher wäre, kann ich wirklich nicht objektiv beurteilen!

Der Sonntag vergeht mit wilden Argumentationen. Jenny findet Tom mal wieder viel zu vereinnahmend und rät Isa dringend, sich noch nicht so festzulegen. Aber Isa ist kein Freigeist wie

Jenny; ich habe das Gefühl, dass sie lediglich Angst vor dem Neuanfang in einer bayerischen Klinik hat, ein so frühes Bekenntnis zu lebenslanger Zweisamkeit mit Tom aber ganz wunderbar findet.

Mitten in unserer Diskussion klingelt es, vor der Tür steht Jennys Verehrer aus dem Asia-Imbiss. »Jetzt schlägt's aber 13, meine Liebe!«, flüstere ich. »Ist deine Männersammlung denn immer noch nicht komplett?!« Jenny aber grinst nur und nimmt dem Jungen die Tasche ab. »Soll ich sie für euch zubereiten?«, fragt er hoffnungsvoll. Doch Jenny komplimentiert ihn lächelnd aus der Wohnung. »Die sind leider nicht zum Essen …«

Etwas verstört verschwindet der Junge. Wir sind nicht weniger irritiert, als Jenny die Tasche leert und drei frische Hühnerbrüste auf den Tisch legt. »Jetzt wird genäht, Mädels, wir wollen doch Sabrina ausstechen!«

Eine prima Idee! Ich vertage das Staunen darüber, dass ausgerechnet der sorglosen Jenny so eine brillante Arbeitsvorbereitung einfällt, und wir machen uns ans Werk. Gerade ich, die ich überhaupt noch keine OP-Erfahrung habe, kann von der zusätzlichen Übungsstunde nur profitieren. Isa verschärft die Bedingungen, indem sie Handschuhe austeilt und verbietet, dass wir im Sitzen nähen. »Ich schwöre, Lena, das Nähen ist im OP viel schwieriger als im Nähkurs für Medizinstudenten.«

Tatsächlich. Im Kurs habe ich ohne Handschuhe geübt und gemütlich auf einem Hocker gesessen. Mit Handschuhen rutscht der Faden ziemlich schlecht und vom Stehen vor dem niedrigen Tisch tut mir bald der Rücken weh. »Und was noch schlimmer ist«, warnt Isa, »im OP schauen dir alle zu …«

Eine Weile nähen wir hochkonzentriert, die Unterhaltung verstummt. Es dauert, bis ich endlich mit einer Naht zufrieden bin, doch Isa und Jenny loben mich überschwänglich. Ich bin in Fahrt. Ich könnte alles zunähen – Geschirrtücher, die Asia-Tasche, Jennys Zigarettenschachtel, die Blätter von Isas Topfpflanzen, unsere Lehrbücher. Ich muss mich richtig bremsen. Jetzt könnte mein erster OP-Einsatz aber wirklich mal kommen!

»Das würde mir entsetzlich fehlen«, sagt Isa leise. »Ihr … und eure herrlich schrägen Ideen.«

»Und mir wird fehlen, was für Kinkerlitzchen DU immer schon schräg findest!«, entgegnet Jenny lachend. Und dann schnappt sie unsere Übungs-Hühnchen vom Tisch und zaubert daraus ein traumhaftes Abendessen.

Am Montagmorgen legt Isa eine Zeitung auf den Frühstückstisch und fragt empört, wie wir das ganze Wochenende ihre Umzugspläne diskutieren konnten, ohne zu erwähnen, dass sie hier nicht nur zwei Freundinnen, sondern auch zwei so gefragte VIPs zurücklassen würde! Jenny und ich stürzen uns auf die Zeitung. Die erste Seite des Berlin-Teils füllt ein fröhlicher Artikel über das Magazin-Jubiläum, eine Fotostrecke zeigt, welch hochkarätige Gäste den Empfang beehrten. Auf dem untersten Foto stehen wir neben dem Damenklobesucher und lächeln um die Wette. Der Schauspieler ist natürlich das Hauptmotiv, unter dem Bild steht auch nur sein Name. Aber ich – die sonst allen Fotos in Vernichtungsmission hinterherpirschen muss, weil Bilder von mir stets nach Verbrecherkartei oder Alkoholwarnkampagne aussehen – bin einfach fabelhaft vorteilhaft getroffen. Keine roten Flecken, kein schiefes Grinsen. Jenny und ich flankieren den Schauspieler, als hätten wir nie etwas anderes gemacht als einen hervorragenden Eindruck – und als könnte man uns besten Gewissens jederzeit wieder dafür engagieren.

»Herrlich«, freut sich Jenny, »ich sehe aus wie ein verwöhntes It-Girl und du wie eine schrecklich teure Schauspielerin!« Dann legt sie das Blatt amüsiert zur Seite und Isa faltet es, um sich das Bild – sollte sie im nächsten Monat nicht mehr bei uns sein – in München über ihr Bett zu hängen. Ich beschließe heimlich, noch mindestens zehn Zeitungen zu kaufen. Wenn man einmal im Leben vorteilhaft abgelichtet wurde, sollte man keine Kosten und Mühen scheuen!

Das Foto ist auch in der Klinik bereits Gespräch; Schwester Jana empfängt uns mit stolzem Grinsen und hat die Zeitung schon überall rumgezeigt. Dr. Gode lächelt uns zur Morgenbesprechung breit an und erklärt, er habe bereits alle Kollegen damit neidisch gemacht, dass er die hübschesten PJlerinnen des Jahrgangs auf seiner Station versammelt habe. Jenny kokettiert ein wenig mit ihrer neuen Berühmtheit, selbst Felix hat die Zeitung gekauft. (Nur gut, dass Björn nicht mit auf dem Bild ist.) Mir wird es aber langsam peinlich, als mich Herr Kohler bei seiner Entlassung um ein Autogramm bittet.

Dass Felix der Chirurgie einen Besuch abstattet, um Jenny zu gratulieren, bleibt übrigens nicht unbemerkt. Als er verschwunden ist, fragt Schwester Jana neugierig: »Wie läuft es denn?«

Doch damit ist sie bei Jenny an der falschen Adresse. »Das geht ja wohl keinen was an«, entgegnet meine Freundin – zwar grinst sie, aber wer sie kennt, weiß, dass sie von solchen Vertraulichkeiten nichts hält.

»Denk nur dran, Mäuschen«, mahnt Jana besorgt, »du bist im Dienst!« Jenny lacht. Sie hat heute absolutes Oberwasser.

Die Arbeit geht mir so flott von der Hand, wie es für eine Lokalberühmtheit angemessen ist. Ich darf die gute Frau Schneider nach einer letzten Kontrolluntersuchung entlassen. (Und ich stelle mir nur ganz kurz vor, wie sie gleich zu Hause einen formvollendeten Kopfsprung in ein Schwimmbassin voll duftendem Kaffee macht.) Auch Frau Jahn scheint meine Warnungen ernst genommen zu haben und wirkt stabiler. Ich gebe außer der Thrombosespritze nur noch ein leichtes Schmerzmittel. Heute Nachmittag wird ein Physiotherapeut Frau Jahn besuchen und ihr den Umgang mit den Gehstützen zeigen.

»Wann darf ich raus?«, fragt sie und wirft einen besorgten Blick zu dem Schrank, in dem ich ihr Arbeitsmaterial eingeschlossen habe. Ich wünschte, sie könnte mal eine wache Stunde an etwas anderes denken als an ihre desolate Firma. Aber ich kann sie doch nicht permanent sedieren! »Morgen oder übermorgen«, antworte ich vage. »Aber Sie müssen sich weiter schonen!« Sie nickt schnell, als wolle sie mich loswerden. Mach dir nichts vor, Lena, diese Frau wird sich nicht eine einzige Minute ausruhen, sobald sie deinen Einflussbereich verlassen hat!

»Ich habe es immerhin nur mit dem Knie, mein Kopf ist vollkommen in Ordnung!«, beteuert Frau Jahn. »Und ich MUSS mich ums Geschäft kümmern! Ich muss hier raus, solange ich noch irgendwas retten kann!«

Ich WEISS! Aber ich versuche doch, DICH zu retten! Auch seelischer Druck kann die Rehabilitation gefährden und Frau Jahn macht jetzt schon einen so angespannten Eindruck! Darf ich sie entlassen, wenn ich weiß, dass sie sofort zum Schreibtisch humpeln und sich mit der Firmenrettung die Nächte um die Ohren schlagen wird?

Von heilungsgefährdendem Stress will Frau Jahn nichts hören. Stattdessen wird sie energisch. »Wenn Sie mich nicht gehen lassen, entlasse ich mich selbst, sobald ich wieder zwei Schritte laufen kann.«

Keine Sorge, ich lasse dich gehen. Keine Krankenkasse der Welt zahlt unnütze Kliniktage. Aber es tut mir nicht gut, zu wissen, dass ich sie in einen Alltag entlassen muss, vor dem ich sie eigentlich nur schützen möchte.

Vor der Mittagspause suche ich das Gespräch mit Dr. Gode. Ich berichte von Frau Jahns Arbeitssituation und den Sorgen, die ich mir um ihre Genesung mache. Dr. Gode gibt mir recht – eine Ausheilung unter geistigem Vollstress kann schwierig werden; eine Patientin, die nur in ihrer Beweglichkeit eingeschränkt sein wird, kann ich aber nicht unnötig hierbehalten. Ich schlage vor, dass wir für Frau Jahn eine stationäre Rehabilitationsmaßnahme empfehlen. Sie könnte einen Monat zur Kur fahren und sich in Ruhe auskurieren.

Dr. Gode schüttelt den Kopf. »Und dann kommt sie nach vier Wochen zurück und ihr Geschäft ist ruiniert?« Ich weiß nichts zu entgegnen. Kann eine Firma wirklich so wichtig sein? »Frau Jahn ist ein erwachsener, voll zurechnungsfähiger Mensch. Sie können nicht über sie bestimmen, Frau Weissenbach. Sie müssen hinnehmen, was die Patientin entscheidet.« Das stimmt natürlich. Trotzdem. Dr. Gode wirkt gelassen. »Was ist das Schlimmste, was passieren kann?«

Ich schnappe nach Luft: »Dass der Heilungsprozess viel länger dauert? Dass sich die Wunde entzündet? Dass sie nie wieder richtig laufen kann, wenn sie die Reha nicht in Ruhe durchführt?« Was soll ich denn NOCH sagen?!

Dr. Gode bleibt ruhig. »Und was ist das Schlimmste, was geschehen kann, wenn sie noch vier Wochen nicht in ihre Firma zurückkehrt?«

Ich weiß. Frau Jahn glaubt, ihr droht der Ruin. Dr. Gode nickt. »Nun raten Sie mal, wie sich die Patientin entscheiden wird.« Ich hasse es, dass er recht hat.

Erst auf dem Weg zur Mittagspause fällt mir wieder ein, dass Ruben und ich uns am Freitag ein wenig im Unguten getrennt haben. Wird er mir nachtragen, dass ich mich für meinen beleidigten Abgang nicht entschuldigt habe?

Am Tresen steht gerade niemand, ich nutze die Gelegenheit, um ein paar Worte mit Ruben zu wechseln. »Tut mir leid, dass ich so komisch reagiert habe«, sage ich leise.

Und zum Glück ist Ruben versöhnlich; er lächelt mich an und entgegnet: »Tut MIR leid, dass ich mich eingemischt habe. Aber Papi will nur dein Bestes, das weißt du hoffentlich.« Ich nicke. Natürlich. Er grinst. »Und deshalb drückt Papi jetzt mal beide Augen zu und macht keine noch so winzige Bemerkung zu der albernen Szene, die er gleich nicht zu sehen bekommt.«

Wie bitte? Ruben nickt unmerklich in Richtung Eingang. Ich drehe mich um – und mein Herz klopft bis zum Hals. Tobias. Hilfe, wie hast du mir gefehlt! Er kommt herüber, ich bleibe einfach stehen. Wenigstens eine Sekunde neben ihm stehen, dabei kann doch niemand, niemand etwas vermuten.

Er tritt zu uns an den Tresen. »Hallo!«, seine Stimme ist warm wie immer. Ich lächle den Tresen an; das Glücksgrinsen will einfach nicht aus meinem Gesicht verschwinden. Ich strahle die Auslage an, als wäre sie aus Gold. Tobias wird ja wohl wissen, dass ich nicht den Sandwiches verliebte Augen mache.

»Na, Herr Doktor?« Ruben stellt Tobias einen Kaffee hin. »Hatten Sie Wochenenddienst?«

Tobias nickt. »Leider …«

Das ging an mich. Achtung, lieber Oberarzt, eigentlich ist es nicht deine Art, über Extraschichten zu klagen. Offenbar hat er das auch gemerkt, denn er fügt hinzu: »Doch die Patienten können es sich ja auch nicht aussuchen.« Schon besser, das klingt viel mehr nach dir.

»Aber einsam ist es, oder?«, grinst Ruben. »Es gibt sicher Dinge, die man lieber tun würde …« Nein, Ruben, du alter Teufel! Er weiß doch nicht, dass DU es weißt!

Tobias wirft mir einen Blick zu, ganz kurz, aber auch nicht eben unauffällig. Er lächelt – so lieb, dass ich ganz deutlich verstehe, was er mir über die Dinge, die er lieber getan hätte, jetzt nicht sagen kann. Und ich werde schon wieder rot. Dann sieht er auf und antwortet Ruben: »Wenn man sich für den Arztberuf entscheidet, sollte es nichts geben, was man lieber tun möchte.«

Ruben zieht eine Zeitung unter dem Tresen hervor. Mir wird unbehaglich, ich ahne, was kommt. »Auch der Arztberuf hat ja wirklich schöne Seiten, Herr Dr. Thalheim«, grinst Ruben und schlägt wie beiläufig die Berlin-Seite auf. Hilfe, nein, Schluss jetzt!

Doch Tobias überrascht mich immer wieder. Er wirft einen kurzen Blick auf mein Foto und sagt cool: »Ich weiß.« Damit nimmt er seinen Kaffee und geht.

»Ruben, du Satansbraten, das wirst du mir büßen!«, zische ich grinsend. Er zuckt die Schultern. »Eine minimale Entschädigung steht mir ja wohl zu!«

Ich leere meinen Kaffeebecher in einem Zug und verlasse hoch erhobenen Hauptes den Tresen. Das Echo des zwar gut verpackten, aber wunderbar liebevollen Oberarztkompliments hallt in meinem Kopf wider bis zur Chirurgiestation.

»Zack, zack«, ruft mir die schneidende Stimme der Oberärztin entgegen, als ich aus dem Fahrstuhl komme. »Wenn Sie EINMAL pünktlich sind, können Sie ja auch mal zeigen, was Sie können.« Werde ich diese EINE EINMALIGE Verspätung denn niemals los? Egal, jetzt ist keine Zeit, beleidigt zu sein. Ich folge Dr. Thiersch eilig in die Aufnahme. Dort liegt eine etwa 20-jährige Frau und krümmt sich vor Schmerzen. »Akute Appendizitiszeichen, Laborwerte und Sonografie sind eindeutig«, hackt Dr. Thiersch in die Luft. »Für eine Appendektomie vorbereiten, das Team ist gleich so weit.« Sie drückt mir die Akte der Patientin in die Hand und will den Raum verlassen. Ich soll allein? Aufklären, die Anästhesistin kommen lassen, die Patientin in den OP begleiten? Eine PJlerin darf doch gar nicht allein …

»Können Sie das oder nicht?«

Natürlich kann ich. »Das Aufklärungsgespräch darf ich aber nicht …« Schon wieder unterbricht sie mich.

»Das hier ist eine Not-OP, klar? Aufklärung habe ich durchgeführt.« Schnell, Lena, jetzt oder nie! »Darf ich assistieren?«, frage ich hastig.

Dr. Thiersch runzelt die Stirn. »Glauben Sie, ich hole jetzt jemanden aus der Mittagspause, nur um SIE zu ärgern?«

Aha. Heißt das, ich darf? Wahrscheinlich. Schon ist sie aus dem Raum gestiefelt und ich bin mit der Patientin allein. Übernehmen, Lena, du weißt, was ansteht.

»Eine Schwester bitte!«, rufe ich in den Flur. »OP-Kleidung. Und ein Zimmer vorbereiten!« Für eine Millisekunde leuchtet ein Bild in meinem Kopf auf – ich bin vielleicht sieben und brülle über den elterlichen Wohnungsflur: »Schnell, ein Notarzt zu mir, wir müssen amputatieren!« Ich hatte nicht die geringste Ahnung, wie es sein würde, wirklich hier zu stehen, aber ganz ganz kurz sehe ich mich wie aus der Vogelperspektive hier auf dem Krankenhausflur und schicke einen Gruß durch die Zeit an das kleine Mädchen.

Zurück ins Zimmer, ein Blick in die Akte: Anna Zietler, 26. »Wie geht es Ihnen, Frau Zietler?«, frage ich und nehme ihre Hand. Sie keucht, die Bauchschmerzen müssen furchtbar sein. »Keine Angst«, sage ich so ruhig ich kann. »Eine Blinddarm-OP ist so ziemlich die häufigste Not-OP, die Chirurgen können das im Schlaf.«

Dass ICH so was noch nie gemacht habe, erwähne ich natürlich nicht. Blitzschnell rattert es in meinem Kopf. Offene Appendektomie, was kann da schiefgehen? Wundheilungsstörung, postoperativer Ileus, Verletzung von anderen Darmabschnitten, Gefäßen oder Nerven. Jetzt bin ich doch dankbar, dass ich nur assistieren darf. Wäre das was für mich – Chirurgin? Jedesmal das Risiko, dass man durch eine minimale Unsicherheit oder ein winziges Versehen jemanden lebensgefährlich verletzt, statt ihn zu retten? Im OP zu stehen und zu wissen, jetzt kommt es darauf an, dass deine Hand nicht um einen Mikrometer verzittert? Die Patientin drückt meine Hand fest, ich merke, wie stark ihre Schmerzen sind.

»Haben Sie alles verstanden?«, frage ich. »Soll ich irgendwas noch mal erklären?« Sie schüttelt den Kopf. Ich erwidere den Druck ihrer Hand. Wir werden es schaffen.

Die Anästhesistin steckt den Kopf zur Tür herein. »Ist sie ansprechbar?« Sie wedelt mit ihrem Fragebogen. Ich verneine. »Irgendwo dort draußen wartet ihr Mann. Es wäre besser, wenn Sie so viel wie möglich mit ihm abklären.« Das klang souverän. Die Anästhesistin nickt. »Bis gleich!« Sie hat auch nicht gespürt, dass ich zum ersten Mal Anweisungen erteile. Eine Schwester bringt die OP-Kleidung, sie hilft mir, Frau Zietler umzuziehen und auf eine Trage zu betten. Dann übernimmt sie die persönlichen Sachen der Patientin und geht, um ein Zimmer vorzubereiten. Frau Zietler wird von einem Pfleger zur Patientenschleuse in den OP-Bereich gefahren und ich eile in die Umkleide.

Im Einleitungsraum der Anästhesie treffe ich die Patientin wieder. Die Anästhesistin hat bereits mit Frau Zietlers Mann den größten Teil ihres Bogens ausgefüllt und nur noch wenige Fragen. Anna Zietler antwortet, so gut sie kann, und verzieht immer noch schmerzhaft ihr Gesicht. Ich nehme ihre Hand. Die Anästhesiepflege schließt die Patientin an das Narkoseüberwachungssystem an und legt einen Venenkatheter an der Hand. Die Anästhesistin hält Frau Zietler eine Sauerstoffmaske vor das Gesicht. Dann werden die Medikamente zum Einschlafen verabreicht und endlich wird der Druck an meiner Hand weniger. Nur eine halbe Minute, dann liegt die Hand schlaff auf der Decke.

»Wenn ich intubiere, müssen Sie aber rausgehen«, sagt die Anästhesistin. »Schließlich werden Sie auch schon sehnsüchtig im Waschraum erwartet.« Ich nicke und will den Raum verlassen, ich sollte mich wirklich schleunigst waschen. »Ich heiße übrigens Miriam, wir sind uns noch gar nicht vorgestellt worden«, lächelt die Narkoseärztin. Ich sage meinen Namen und erwähne endlich auch, dass ich PJlerin bin. »Ach«, lacht Miriam, »ich habe mich schon gewundert, dass Sie hier so lange Händchen halten.« Wer mich kennt, weiß, dass ich mir prompt vornehme – falls es mich in die Chirurgie verschlägt – auch in zwanzig Jahren noch jeden Patienten Händchen haltend in den OP zu begleiten.

Nebenan sind schon alle bereit, der Chirurg, der sich neben mir die Hände wäscht, grinst mich an. »Erster Einsatz?« Ich nicke. »Irgendwas, was Sie gern ausprobieren würden?« Ich starre ihn an. Er lacht wieder. »Schneiden dürfen Sie nicht, aber halten und tupfen, okay? Und wenn Sie sich gut anstellen, zunähen.« Ich nicke, mehr bringe ich nicht fertig.

Nach dem Waschen folge ich dem Chirurgen in den OP-Saal. Die Schwester steht schon fertig im grünen Kittel am OP-Tisch. Auch ihr Auftritt entspricht irgendwie nicht meiner Vorstellung von der Ernsthaftigkeit der Situation. »Und ich hab noch nicht mal Mittag gegessen«, seufzt sie, als sie mir in den OP-Kittel hilft und die sterilen Handschuhe überstreift.

Hallo? Solltet ihr nicht über die Patientin sprechen, über das, was gleich passieren wird, meinetwegen sogar ein kurzes Gebet – aber nicht über Mittagessensentzug! Bleib cool, Lena, sagt die innere Stimme, die wissen alle, was sie tun. Ich beschließe, die allgemeine Lockerheit als gutes Zeichen zu nehmen – aber an den Flachsereien kann ich mich nicht beteiligen.

Die Patientin ist bereits steril mit grünen Tüchern abgedeckt. Mein Platz ist auf der linken Tisch-Seite, zwischen dem assistierenden Chirurgen und der instrumentierenden OP-Schwester, der Chirurg postiert sich rechts. Und dann geht es los. Diesmal wirklich.

Der Chirurg lässt sich das Skalpell reichen, setzt es an der

Haut an und ruft »Schnitt!« in Miriams Richtung. Noch habe ich nichts zu tun und kann mich ganz darauf konzentrieren, die Eindrücke zu verarbeiten. Ich weiß, was getan werden muss, was hier geschieht. Ich habe tausendmal die Zeichnungen betrachtet, zahllose OP-Videos gesehen.

Nichts hat mich auf das hier vorbereitet, das Atmen der anderen, den Blutgeruch. Das Einzige, was mir helfen würde, wäre, dass mir endlich jemand was zu tun gibt.

Nach der Öffnung des Bauchraums werden die Haken angesetzt, ich greife wie automatisch zu. Halten, nicht ziehen, nicht zu heftig, nur festhalten, ruhig. Der assistierende Chirurg entnimmt einen Abstrich.

»Kompresse!«, sagt der Chirurg barsch. Ich? Ich kann doch nicht loslassen! Ruhig, Lena, du bist nicht gemeint. Die Schwester reicht die Kompresse, der Chirurg fasst damit nach der Appendix. »Klemmen!« Der Chirurg beginnt mit der Skeletierung. Niemals, in keinem Video meines Studiums, sah das SO aus!

Die Tabaksbeutelnaht wird vorgelegt – und jetzt wird es eng. Der Chirurg zu meiner Rechten hält den Braunolstiel, auf dem die Appendix liegt, während der Chirurg gegenüber sie vorsichtig abträgt. Ich habe die ganze Zeit das Gefühl, im Weg zu sein. Wo soll ich denn nur mit meinen Ellbogen hin? Ruhig, Lena, sage ich mir zum tausendsten Mal.

»Jetzt blutet's hier ein bisschen«, sagt der Chirurg in Richtung des Tuches, hinter dem Miriam an ihrem Überwachungsmonitor sitzt. »Ein bisschen«?! Ist der noch gescheit?! Es blutet wie verrückt! Miriam spritzt einen Blutdrucksenker. »Besser?«, fragt sie, jemand antwortet: »Ja, besser«. Nur bei mir nicht. Absolut gar keine Besserung. Meine Beherrschung reicht gerade dafür, dass ich das nicht laut sage. Ruhig, Lena! Es ist nicht mehr viel. Absetzen der Appendix, Nahtverschluss, Tabaksbeutelnaht zuziehen und Z-Naht drübersetzen. So technisch klingt es gar nicht schlimm. Machbar. Bauchraum verschließen, Hautnaht. Das wäre dann vielleicht schon deine Aufgabe! Hat der Chirurg gerade etwas zu mir gesagt? Plötzlich höre ich ihn wie durch Watte. Vorher habe ich ihn doch trotz der Haube ausgezeichnet verstanden? Und woher kommt dieses Rauschen? Erst als die Ränder meines Sichtfeldes seltsam schwammig werden, merke ich, was los ist.

Mir wird nicht schlecht, aber immer schwummriger. Das Rauschen in meinen Ohren wird lauter und lauter … Nein, bitte nicht! »Übernehmen«, sagt eine Stimme, sehr weit weg. Ich sehe Punkte, schwarzes Wabern, es dröhnt in meinem Kopf. Jemand nimmt mir die Haken aus der Hand, dann schiebt er mich weg. Loslassen, Lena, jetzt!

Ich lehne an der Wand, atme, das Rauschen wird langsam leiser. »Na?« Vor mir steht der Chirurg. »Das Zunähen versuchen wir dann beim nächsten Mal!« Wie? Was? Ich bin hier, ich bin fit! Ich versuch's. Die Patientin wird hinausgeschoben. Ist etwa schon alles vorbei? War ich wirklich ausgeschaltet? Er lächelt. »Ausziehen, waschen, fertig. Sie haben's geschafft.«

Ich fühle mich als Versager. Das soll es jetzt gewesen sein? Ich habe die Hälfte der OP nicht mitgekriegt? Die Chirurgen lachen. »Was haben Sie erwartet?«, fragt der eine jovial. »Das passiert fast jedem!« Ach, Mann, aber MIR sollte es nicht passieren!

»Beim nächsten Mal«, sagt der andere und klopft mir auf den Arm. »Immerhin sind Sie ja nicht schon beim Aufschneiden umgekippt.«

»Und nicht mal auf den OP-Tisch gefallen!«, lacht die OP-Schwester. Gut, schön, vielen Dank, dass ihr es alle so locker nehmt. Aber mir wird das sicher noch eine Weile zu schaffen machen.

Als ich den OP-Bereich verlasse, fällt mein Blick wieder auf das Zeitungsfoto, das Schwester Jana an ihrem Tresen aufgestellt hat. »Du hast ja keine Ahnung!«, sage ich zu der grinsenden Papier-Lena.

Meine Freundinnen umarmen mich fröhlich, mein Aussetzer hat sich schon rumgesprochen. »Willkommen im Club«, grinst Jenny. »Das feiern wir heute Abend!« Immer schön, eine Freundin zu haben, die auch der mieseste Reinfall zu einer Party inspiriert. Schade, dass ich mich nicht mal eine Sekunde zur Nachlese zurückziehen kann. Schon schreit die Arbeit; Frau Schneider und Herr Kohler warten auf ihren Arztbrief und die Zukunft von Frau Jahn ist auch noch nicht endgültig besprochen. Also erst eine halbe Stunde Schreibarbeit und dann schnellstens zur Visite rennen! Wie schaffen eigentlich Leute ohne Glückskuli diesen ausufernden Papierkram?

Dr. Gode hat recht, Frau Jahn will von einer Kur nichts hören. »Das wäre schön«, sagt sie leise. »Aber es würde bedeuten, dass ich meine Firma den Bach runtergehen lasse. Und das tue ich für nichts in der Welt.«

Ich hasse es, dass ich sie nicht überzeugen kann. Aber ich habe heute keine Kraft mehr, zu diskutieren.

Am Abend hoffe ich nichts mehr, als dass ER auf mich wartet. Doch sein Wagen steht noch abgeschlossen am Parkplatzrand. Meine Freundinnen haben es eilig. »Vergiss nur nicht unsere Ohnmachtsparty!«, ruft Jenny mir zu. Ich gehe langsam. Immer langsamer. Endlich höre ich Schritte hinter mir. Nein, das sind zu viele. Ich höre Tobias' Stimme, mit wem redet er? Als ich mich umdrehe, läuft Dr. Gode neben Tobias, ausgerechnet.

»Sie sind ja noch da!«, ruft der fröhliche Stationsarzt in meine Richtung. »Soll ich Sie mitnehmen?«

Nein, du sollst gehen! Ich weiß, du willst nett sein, aber du verdirbst mir gerade den Abend, auf den ich mich den ganzen Tag gefreut habe. Ich lehne höflich ab und schleiche weiter, so langsam ich kann. Dr. Gode bringt Tobias zum Auto. Mann, will er ihn auch noch anschnallen? Er wünscht einen schönen Abend und knallt Tobias' Wagentür zu. Dann spaziert er zu seinem eigenen Auto. Kann ein Mensch noch langsamer laufen? Mein Blick wandert zwischen ihm und dem grünen Wagen hin und her. Tobias sollte jetzt abfahren. Er muss ja. Und als Dr. Gode ihm noch einmal winkt, tut er es auch. Dr. Gode schließt sein Auto auf. »Wollen Sie wirklich nicht mit?« Nein danke, du Blödmann. Ich schüttle den Kopf. Es dauert noch eine gefühlte Ewigkeit, bis auch Godes Auto vom Parkplatz kurvt. Und was mache ich jetzt?

Ich schleiche in Richtung S-Bahn, unendlich enttäuscht. Wieder ein Abend ohne ihn – und das nach dem schrecklich langen Wochenende. Ich versinke in tiefstes Selbstmitleid … so tief, dass ich den grünen Wagen, der mich überholt, fast übersehe. Tobias bremst am Straßenrand und öffnet die Beifahrertür. Mein Herz macht einen Satz, ich springe ins Auto.

»Ich konnte ihn einfach nicht loswerden«, sagt er.

»Macht nichts«, entgegne ich. »Hauptsache, du bist jetzt da!«

Er gibt Gas, ich lehne mich zurück, überglücklich, dass ich den schon abgeschriebenen Abend nun doch noch geschenkt bekomme. Und jetzt? Wohin? Werden wir endlich mal wieder eine halbe Stunde für uns haben? Gerade als ich mir ausmale, wie ein perfekter gemeinsamer Abend aussehen könnte, sieht er mich an. »Es ist idiotisch, Lena«, sagt er. »Wir müssen damit aufhören. Es ist nicht gut für dich. Unsere Arbeit leidet darunter. Ich habe das ganze Wochenende nur an dich gedacht.«

In einem anderen Universum hätte das ein zauberhaftes Kompliment sein können, hier und jetzt hat es etwas Verzweifeltes. Und irgendwie macht es mich wütend. »Dann lass mich hier aussteigen und ich sprech dich nie wieder an!« Wer hat das gesagt? Ich? Spinnst du, Lena?!

»Wenn ich das könnte, würde ich es tun!«, sagt er und klingt fast wütend. Und dann gibt er Gas. Was ist denn jetzt? Wenn du mich loswerden möchtest, musst du schon anhalten. Nein, du WILLST doch nicht aussteigen, Lena! Du willst, dass er dieses entschlossene Gesicht macht und aufgebracht und zu schnell die Kurven nimmt.

Wir fahren durch die Stadt, allmählich scheint Tobias sich zu beruhigen. Irgendwann sieht er mich wieder an. »Entschuldige. Ich hasse einfach diese Heimlichkeiten!« Ich nicke. Was soll ich sagen? Dass ich sie herrlich finde, weil ich endlich mal zeigen kann, was ich in der Spionageschule gelernt habe?

Eine Minute später bremst er vor einer kleinen Steintreppe. Wortlos steigt er aus, öffnet meine Tür.

»Was machen wir denn jetzt?«, frage ich verwirrt.

Er nimmt meine Hand. »Jetzt lassen wir uns das alles egal sein.«

Am Ende der steilen Treppe stehen wir auf einer Art Aussichtsplattform. Unter uns liegt Berlin, es funkelt und wirkt riesengroß. In der Mitte der Plattform steht ein rundes Gebäude, gedämpftes Licht dringt heraus, doch es stört nicht. Ich trete an das Eisengeländer und sehe über die Stadt.

»Schau mal da!« Tobias' Stimme ist plötzlich ganz nah. Er steht hinter mir, zeigt über meine Schulter. »Erkennst du es?« Ein hell erleuchtetes Bauwerk. Ein Wagen mit Blaulicht fährt gerade vor. St. Anna. Ich bin überrascht, wie klein es von hier aus wirkt. Tobias legt den Arm um mich, ich lehne mich an ihn, könnte für immer hier stehen bleiben. Hinter der Klinik rattert ein beleuchteter S-Bahn-Zug vorbei, ich versuche, die Stationen zu verfolgen, um herauszufinden, wo unsere Wohnung liegt. Vergeblich, Berlin ist zu groß.

»Ich kann meine Wohnung nicht finden!« Ehe ich es mich versehe, habe ich schon wieder ausgesprochen, was ich denke, jetzt hält er mich garantiert für kindisch.

Doch er lacht, überlegt kurz und zeigt dann vage in eine Richtung. »Dort hinten muss es sein. Schau mal, mein Haus sieht man dafür ausgezeichnet.« Ha ha, ich KENNE ja dein Haus nicht! Er deutet nach links, schemenhaft erkenne ich ein Altbauviertel, mehr nicht. »Ich würde so gerne deine Wohnung sehen«, sage ich, wieder ohne zu überlegen.

»Sie ist wirklich unspektakulär«, antwortet er. Warum? Will er mich dort nicht haben? Versteht er nicht, dass ich irgendwas brauche? Ich möchte die Gewissheit haben, dass ich wenigstens in seinem Feierabendleben einen Platz bekommen kann! Und nicht das blöde Gefühl kriegen, er wolle uns nie mehr Nähe zugestehen als das hier.

»Du siehst sie schon noch«, sagt er und ich fühle mich mal wieder wie das blöde Kätzchen. Zu sehr angeschmiegt, am Nackenfell weggesetzt. (»Pah«, schnaubt der Kopfteufel, »wahrscheinlich hat er überhaupt keine Wohnung. Er lebt in seinem Auto und kuschelt sich dort allabendlich in seinen Kittel gehüllt zwischen Vordersitzen und Rückbank zusammen.«)

»Komm, es wird kalt!«, sagt Tobias.

Na toll, war es das schon wieder? Ich stolpere enttäuscht in Richtung Treppe. »Was ist?«, fragt er hinter mir. Was soll schon sein?! Ich gehe verdrießlich nach Hause in mein Bett! Doch als ich mich umdrehe, steht er vor dem runden Bau in der Mitte der Plattform und hält mir die Tür auf. »Keinen Hunger?«

Das runde Haus ist ein Restaurant, winzig klein, aber fast leer. Warum? Wissen die Berliner nicht, wie herrlich die Aussicht, wie romantisch die kleinen Nischen hier sind? Halt, stopp, wenn sie es alle wüssten, wäre es nicht so einsam, die Aussicht verstellt und die Romantik flöten. Ich geniere mich kurz für meine abgeliebte Jeans. Typisch Lena: Wenn du dich in schicke Strickkleid-Schale wirfst, geht alles schief und wenn du romantisch ausgeführt wirst, hast du garantiert nicht mal eine saubere Jeans an. Aber weder Tobias noch der Kellner scheinen sich daran zu stören. Wir bestellen Pasta, Tobias sucht Wein aus und ich habe noch niemals niemals niemals so gut gegessen.

»Glückwunsch! Auf deine erste halbe OP!«, sagt Tobias, als wir anstoßen. Leise Musik spielt, wir unterhalten uns und durch zeitlichen Abstand und zwei Glas Wein bin ich fast mit meinem Aussetzer versöhnt. Tobias findet es ebenfalls nicht schlimm, dass ich nicht bis zum Zunähen durchgehalten habe. Dann hebt er das Glas in Richtung Krankenhaus und sagt: »Und jetzt können sie uns alle gestohlen bleiben!«

Nach dem herrlichen Essen bleiben wir sitzen, solange es mit einigem Anstand vertretbar ist. Auf dem Heimweg sprudelt es immer noch in mir. Tobias fährt mich nach Hause, wir küssen uns zum Abschied. Ich werde ganz übermütig, wenn ich daran denke, dass wir uns vielleicht morgen in der Klinik wiedersehen und wortlos aneinander vorbeigehen werden. Dass all die anderen dort keine Ahnung haben. »Halt die Augen offen!«, sage ich draufgängerisch. »Vielleicht gebe ich dir morgen mal ein geheimes Zeichen!«

Er küsst mich und lacht. »Untersteh dich!« Dann steigt er ins Auto und braust davon und ich sehe ihm nach. Wie immer ziemlich durcheinander, aber verrückt glücklich.

14

Wer bist du denn?«, fragt mich ein Junge im OP-Kittel, als ich die Wohnungstür öffne – und ignoriert, dass die Frage umgekehrt weitaus gerechtfertigter wäre.

»Das ist doch Ohnmachts-Lena«, grinst ein Typ, der hinter ihm in den Flur tritt, ebenfalls im OP-Kittel. Was ist hier los? In der Küche setzt Musik ein, ein Schlager, dessen Refrainzeile »Schnippe-di-schnapp, Bein ab« das Dümmste ist, was ich je gehört habe. Benommen stolpere ich durch die Wohnung. Ich treffe noch mehr Menschen in OP-Verkleidung, in Jennys Zimmer tanzen sie auf das Albernste zu dem blöden Schlager.

Isa zuckt hilflos die Schultern. »Jenny …« Aber sie muss mir nichts vormachen; auch sie trägt eine kesse OP-Haube. Jenny selbst finde ich in der Küche, begeistert stülpt sie mir ein Häubchen über, ehe ich mich wehren kann. »Wir hatten doch ausgemacht, dass wir das feiern«, ruft sie fröhlich und zeigt mir stolz das Buffet auf dem Küchentisch. Es sieht einfach eklig aus. Gummiglibber und blutrote Götterspeise. Aus Würstchen, Mandeln und Ketchup hat jemand etwas arrangiert, das wie abgeschnittene Finger aussieht. Eine Komposition aus Blumenkohl und rotgefärbtem Püree erinnert zum Übelwerden echt an Gehirn. Ich habe kein Halloween erlebt, an dem es widerlichere Speisen gab. Typisch Jenny. Ich bin nur ein klein wenig verschnupft, irgendwie war mir jetzt nach Im-Bett-Liegen und Träumen, stattdessen ist die Wohnung voll übermütiger Gäste in Fantasie-Chirurgen-Kostümen. Das Mädchen, das als Nächstes in die Küche kommt, kenne ich wenigstens; eine Freundin von Jenny. Nicole? Nina? Nadine?

»Glückwunsch, Lena!« Sie küsst mich ungeniert mitten ins Gesicht. »Wir sind so stolz auf euch!« Sie drückt mir ein Glas voll wabberiger roter Flüssigkeit in die Hand – woran es erinnern soll, muss ich wohl nicht erwähnen. »Unglaublich!« NinaNicole-Nadja stößt überschwänglich mit mir an. »Jetzt habt ihr tatsächlich alle jemand Lebendigen operiert! Ich wünschte, ich hätte so was Tolles vorzuweisen!«

Jenny legt den Arm um mich und sagt: »Das Schlimmste haben wir überstanden. Von nun an werden wir immer nur noch abgebrühter! Ist das etwa KEIN Grund zu feiern?!« Und ich bin auf einmal vollkommen versöhnt damit, dass meine Oberarztessens-Nachlese ausfällt. Denn mir wird klar, dass man sich an die erste OP wohl ein Leben lang erinnert – und nun werden die Bilder meiner Ohnmachts-Schmach sicher für alle Zeit von den Eindrücken dieser verrückten Party überlagert sein. (Nur gut, dass ich das romantische Essen hatte, sicher würde ich weder das Wabbelgehirn noch die Würstchenfinger herunterkriegen.)

Die Party hat auch vor meinem Zimmer nicht haltgemacht; dort sitzen vier angetrunkene Mädchen auf dem Bett und spielen ein seltsames amerikanisches Brettspiel, bei dem man mit Plastikschere und Plastikzange stilisierte Innereien aus einem Puppenkörper operieren muss.

»Igitt, mir ist ja DAS schon eklig«, ruft mir eine der Grazien zu. »Wie haltet ihr das aus?!« Ich lasse mich überreden, mit dem Plastikinstrumentarium fachgerecht die Leber aus dem Gummikörper zu extrahieren – und falle dabei NICHT in Ohnmacht.

Zu meiner Überraschung ist auch Felix eingeladen. Er macht einen netten und lustigen Eindruck, viel offener als Björn. Dafür raucht er in meinem Zimmer, ohne sich um mich zu scheren, und drückt die Kippe in meinem Blumentopf aus. Das würde Björn sicher nie tun. Nur einen kurzen Moment, als Jenny hemmungslos mit Felix herumknutscht, frage ich mich, was sie wohl Björn erzählt hat. Zum Glück ist DAS nicht mein Problem.

Auch Tom ist da; mit Isa im Arm steht er am Rand der improvisierten Tanzfläche und betrachtet amüsiert das Spektakel. Schwupp, da ist sie wieder, die gemeine Lena-Schwermut. In meiner Fantasie ist kein einziges Szenario denkbar, das Tobias in so eine Feierei einschließt.

»Das wird mir fehlen«, sagt Isa leise. Tom gibt ihr einen Kuss und entgegnet: »Wir werden genau solche Partys geben, versprochen. Die Bayern können auch wild feiern, glaub mir!« Vielleicht ist das unsere letzte Party zu dritt? Ich muss Isa ganz schnell in den Arm nehmen, sie fehlt mir jetzt schon so furchtbar. Gegen die Melancholie hilft nur eins: Ich schnappe mir meine Mädchen und ziehe sie auf die Tanzfläche. Zu dritt tanzen wir wie angestochen zu den dämlichen Schlagern durch Jennys Zimmer. Was immer da kommt, soll mir doch mal für fünf Minuten gestohlen bleiben!

Als die letzten singenden Fake-Chirurgen unsere Wohnung verlassen haben, sammle ich die Plastik-Innereien aus meinem zerwühlten Bett. Schon wieder ist viel zu wenig Schlafenszeit übrig. In meiner Hosentasche finde ich eine Streichholzschachtel aus dem kleinen Restaurant. (Ich muss ja immer Sentimentalitäts-Andenken einstecken.) Ich lege die Schachtel auf den Nachttisch neben die Gummi-Leber. Dann stehe ich eine geschlagene Minute davor und betrachte die beiden Überbleibsel. Wie um alles in der Welt passen diese beiden Welten zusammen? Sie müssen von zwei grundverschiedenen Frauen stammen. Zwei Lenas. Eine, die mit einem erwachsenen Oberarzt bei Wein und Stadtausblick über die Klinik diskutiert. Und eine andere, die mit schiefem OP-Häubchen zu »Schnippe-di-schnapp« durch die Wohnung hopst. Das ist definitiv niemals an der Seite eines Oberarztes denkbar. Ich habe beide Lenas gern. Muss ich mich wirklich zwischen ihnen entscheiden?

Der Junge an der Tür hatte berechtigten Grund zu seiner Frage. Ich weiß gerade auch nicht, wer ich bin.

15

Der nächste Morgen beginnt mit einer Oberarztvisite. Ich gebe zu, dass ich ein wenig Angst vor der Begegnung mit Dr. Thiersch habe; ich wünschte, ich hätte bei meinem ersten OP-Einsatz einen besseren Eindruck gemacht. Doch heute hat sie erstaunlich gute Laune – glaube ich. (Man sieht es ihr ja nicht an, nur das Ausbleiben von Gemeinheiten ist ein Indiz dafür.) Meinen Ohnmachts-Ausfall erwähnt sie mit keinem Wort; als ich ihr Frau Jahn vorstelle, nimmt sie meine Zusammenfassung mit einem Nicken hin und widerspricht weder, noch führt sie mich vor. Ich berichte, dass gestern ein erster Physiotherapietermin stattfand und in einer Woche das Nahtmaterial entfernt werden sollte. Ich wechsle einen kurzen Blick mit Dr. Gode. Soll ich die stationäre Reha noch einmal ansprechen? Er schüttelt unmerklich den Kopf und übernimmt es selbst.

»Haben Sie das Gefühl, dass Sie Ihrem Alltag schon wieder gewachsen sind?«, fragt er Frau Jahn. »Sie könnten sich wenigstens für zwei Wochen in einer Rehabilitationsmaßnahme erholen.«

Frau Jahn schüttelt energisch den Kopf. »Je schneller ich hier raus bin, desto besser.«

Dr. Thiersch macht einen Haken in die Akte. »Die Schwellung ist zurückgegangen, die Patientin fühlt sich fit. Wir entlassen sie morgen«, sagt sie – und schon stiefelt sie aus dem Raum.

Bei Paula Schwab bleibt die Oberärztin etwas länger. Jenny stellt die Patientin vor; die blutchemische Laboruntersuchung ist erledigt, alles ist bereit. »Erythrozytenkonzentrate bestellen, abführende Maßnahmen einleiten, ab heute nur noch Brühe«, sagt Dr. Thiersch. »Wir operieren morgen Nachmittag.« Es klingt hart, aber dieser Tonfall kommt bei Paula Schwab besser an als Dr. Godes aufmunternde Freundlichkeiten.

»Endlich«, seufzt sie und sieht Jenny an. Jenny drückt ihre Hand, ich spüre, wie aufgeregt sie ist. Dr. Thiersch nickt ihr zu. »Zum Aufklärungsgespräch können Sie mitkommen. Sie sprechen, ich kontrolliere. Wenn Sie das sauber hinkriegen, dürfen Sie assistieren.« Jenny nickt ernsthaft zurück und ich ahne, wer sich sofort mit einem Lehrbuch verdrücken wird.

Frau Zietler ist noch sehr schwach, doch sie lächelt mich an, als wir das Zimmer betreten. Ich gehe davon aus, dass ich die Patientin vorstellen werde. Zwar ist das nicht explizit vereinbart, doch da ich Frau Zietler bereits kenne und in den OP begleitet habe …

»Ihre Patientin«, sagt Dr. Thiersch in meine Richtung. »Wollen doch mal sehen, ob Sie mehr Haltung bewahren können, wenn die Patientin wieder zugenäht ist.« Aha, da ist sie doch noch, meine Rüge. Zusammenreißen, Lena, du bist nicht beleidigt, nur professionell!

»Atemgymnastik, heute flüssige Kost, ab morgen feste Kost«, erkläre ich ruhig. »Wir führen die Antibiose noch einen Tag fort.«

Dr. Thiersch unterbricht mich. »Vergessen Sie die Thromboseprophylaxe nicht!«

Natürlich nicht, ich bin hier doch nicht das Blondchen! Hättest du mich ausreden lassen, wäre ich gleich darauf zu sprechen gekommen. Da es jetzt nicht mehr reicht, einfach noch »Thromboseprophylaxe« hinterherzusagen, werde ich etwas ausführlicher. »Es sollte niedermolekulares Heparin gegeben werden«, doziere ich möglichst unbeeindruckt. »Die Patientin hat ein mittleres Thrombembolie-Risiko, weil der operative Eingriff länger als 30 Minuten dauerte.« So. Ich HABE nämlich meine Hausaufgaben gemacht. Doch wieder ernte ich keine Anerkennung.

Dr. Thiersch lächelt dünn. »Sehr gewissenhaft, Frau Weissenbach. Ich frage mich nur, woher Sie wissen, wie lange der Eingriff gedauert hat.« Verdammt! Bei dieser Frau kann ich mich auf den Kopf stellen! Sie will mich einfach nicht akzeptieren! Meine Laune ist hin.

Dr. Gode versammelt uns zu einem Nachgespräch im Arztraum und schenkt fürsorglich Kaffee aus. »Machen Sie sich nichts draus«, lächelt er mich an. »Sie muss Sie ein wenig piesacken, um sich darüber hinwegzutrösten, dass sie Ihnen nichts mehr vorwerfen kann.« So wie er es sagt, klingt es verständlich, verzeihbar, als könnte man gelassen darüberstehen. Nur ICH kann es irgendwie nicht. »Wenn es Ihnen hilft«, schmunzelt Dr. Gode, »werde ich Sie stattdessen ein wenig bevorzugen.«

Ich weiß, es ist erbärmlich, aber ich brauche dringend Bestätigung. »Ja bitte«, sage ich deshalb kläglich.

Ich bereue es eine Stunde später. Beim Mittagessen nämlich dreht Dr. Gode die Bevorzugungs-Masche voll auf. Er lässt mich in der Essens-Schlange vor, kauft mir dann auch noch ein Stück Kuchen und überreicht es mir vor allen mit den Worten »Meiner aufbaubedürftigen Lieblings-PJlerin«. Ruben grinst. Hinter mir steht Schwester Klara aus der Inneren und verzieht das Gesicht. Und in diesem Moment bemerke ich Tobias am Ende der Schlange und werde RICHTIG verlegen. Zum Glück rettet mich Jenny vor der allgemeinen Peinlichkeit; sie strahlt Dr. Gode an und fragt, wie er diese offensichtliche Bevorzugung und die damit einhergehenden Minderwertigkeitsgefühle der anderen PJler mit seinem Gewissen vereinbart. Mit dem Ergebnis, dass er auch für Isa und Jenny Kuchen kauft. Doch den seltsamen Blick, den ich von Tobias eingefangen habe, kann das nicht aus der Welt schaffen.

»Ihr glaubt nicht, wie mir davor graut«, sagt Jenny mit vollem Mund. Ich bin etwas abgelenkt, weil ich versuche, Tobias über die gesamte Breite des Raumes mit Blicken zu verstehen zu geben, dass Kuchengeschenke und öffentliche Lobeshymnen eines feschen Stationsarztes mir rein gar nichts bedeuten. »Kannst du vielleicht mal für eine Sekunde Anteil nehmen?!« Jenny krümelt Kuchen über meinen Kittelärmel. Ich entschuldige mich und werfe endlich einen Blick in das Lehrbuch, das Jenny zum Essen mitgebracht hat. »Möchtet ihr jemandem so was androhen müssen? Wie macht man das?«

Na klar, es geht um Paulas Aufklärungsgespräch. Jenny hat inzwischen rekapituliert, was bei einer Gastrektomie alles schiefgehen kann. »Verletzung innerer Gefäße und Organe«, liest sie vor, »Anastomoseninsuffizienz, Duodenalstumpfinsuffizienz, Interponatnekrose. Das will man doch keinem Menschen sagen müssen!« Isa und ich wechseln einen mitleidigen Blick. »Intraabdominelle Blutung, Abszess, Letalität zwischen 5 und 10 Prozent!« Jenny hört gar nicht mehr auf. Es hilft nichts, ich nehme ihr schließlich einfach das Lehrbuch weg.

»Wenn du dich verrückt machst, wird sie nur auch nervös. Du gehst da jetzt rein und verkaufst ihr das als bloße Formsache. Sie muss über alles aufgeklärt werden, aber nichts davon wird passieren. Am Ende sagst du, dass sie euch vertrauen soll und dass du dir eher selbst eine intraabdominelle Blutung zufügst, als irgendwas zu riskieren.«

Meine sonst so flapsige Freundin sieht mich mit großen Augen an, aufrichtig. »Aber ich weiß nicht, ob ich MIR so weit vertraue …«, sagt sie leise.

»Du machst es nicht allein!«, entgegne ich eindringlich. »Und wenn du im OP anfängst, über die Risiken nachzudenken, kannst du erst recht alles versauen!« Jenny nickt bedrückt.

Isa lächelt sie an. »Für Paula ist das Wichtigste, dass du dabei bist. Und wenn du jetzt vor dem Gespräch kneifst, erfährt sie von Dr. Thiersch, wie hoch die Letalität ist – und die formuliert es vielleicht nicht so einfühlsam.«

Das überzeugt Jenny. Sie atmet tief durch, schnappt sich das Lehrbuch und steht auf. »Dann gehe ich mal verhindern, dass die Eisprinzessin meiner Patientin ins Gesicht sagt, dass wir sie mit 10-prozentiger Wahrscheinlichkeit umbringen werden.« Sie verlässt die Cafeteria. Keiner von uns möchte mit ihr tauschen.

Jenny übersteht das Gespräch. Und als ich am Nachmittag Frau Zietlers Proben ins Labor bringe, werde ich Zeuge, wie sie sich mal wieder auf ihre ganz eigene Art tröstet. Ich bin offenbar leiser als gedacht die Treppe hinaufgestiegen und erkenne oben am Treppenabsatz Jenny und Felix, die miteinander knutschen. Mann, wie peinlich! Ich will nicht an ihnen vorbeigehen, deshalb steige ich wieder einen Absatz nach unten und nehme den Fahrstuhl.

Als ich aus dem Aufzug trete, steht Jenny schon wieder auf der Station und füllt ihren Kanülenwagen für die Nachmittagsrunde, als sei nichts gewesen. Na meinetwegen, soll sie doch ihre Ablenkung haben! Aber offenbar gab es noch einen zweiten Zeugen für das Zwischenschicht-Rendezvous. Schwester Jana baut sich vor Jenny auf und stützt die Hände in die Hüften.

»Was glaubst du, was ich eben sehen musste, als ich die Wäsche ins Treppenhaus gestellt habe?!«, grinst sie.

Jenny schüttelt missbilligend den Kopf. »Wen interessiert das denn?!«

Jana hat mich noch nicht entdeckt, sie tritt einen Schritt näher an Jenny heran. »Wenn jemand dich sieht, ist dein Ruf ruiniert«, warnt sie verschwörerisch.

Doch Jenny ist nicht bereit, die neugierige Schwester zu ihrer Verbündeten zu machen und erteilt ihr eine Abfuhr. »Bisher hast nur du uns gesehen«, sagt sie. »Wenn du mich nicht verrätst, kann meinem Ruf doch nichts passieren.«

Jana sieht mich, lässt Jenny stehen und zieht von dannen. Jenny lächelt mich missvergnügt an. »Hier gibt es eindeutig zu viele neugierige Augen«, sagt sie. »Ich hasse es, wenn Leute, die selber keinen zum Knutschen haben, sich in die Geschichten anderer Leute krallen.« Natürlich hat sie recht. Aber ich kann nur hoffen, dass sie das nicht zu laut gesagt hat.

Am Abend bin ich gespannt wie ein Flitzebogen. Mal sehen, was Tobias aus dem peinlichen Gode'schen Cafeteria-Auftritt für Schlüsse gezogen hat. Wieder einmal lasse ich meine Freundinnen stehen, die sich einhellig beschweren, in letzter Zeit viel zu wenig von mir zu haben, und steige in den grünen Wagen.

Tobias lacht: »War das wirklich nötig, Fräulein Weissenbach?!«

Ich bleibe cool. »Was kann ich denn dafür, wenn ein anderer Arzt sich weniger Sorgen um sein Image macht?« Sein Lächeln verfliegt. »Du weißt, dass es nicht um MEIN Image geht.« Ja, natürlich.

Wieder führt unsere Fahrt in eine mir unbekannte Gegend, diesmal halten wir vor einem gepflegten Altbau. Als er mir die Autotür öffnet, schmunzelt er. »Ich habe dir gesagt, dass es unspektakulär ist … Aber vielleicht wollen wir uns in Zukunft ja einfach hier treffen?«

Von unspektakulär kann keine Rede sein. Tobias' Wohnung ist riesig. Eine große Diele, ein Wohnraum mit offener Küche, ein Kamin mit einem Sofa davor. Die Stirnseite hat eine Glasfront, davor liegt ein Balkon mit schmiedeeisernem Gitter. Ich bin fast eingeschüchtert. »Was möchtest du trinken?«, fragt Tobias, nimmt mir die Jacke ab und scheint es gar nicht seltsam zu finden, dass ich in seiner Wohnung stehe wie ein deplatzierter Gartenzwerg. »Setz dich doch!« Ich setze mich auf die Couch, ganz an der Kante. Mann, fühle ich mich verlegen! Es wird erst besser, als er sich neben mich setzt, mir ein Glas Wein in die Hand drückt und lacht: »Ganz schön seltsam, was? Wer hätte das gedacht?!« Na, ich sicher nicht. Und jetzt? Schon im Auto ist es schwierig, locker zu bleiben. Was mache ich hier?!

Er stellt sein Weinglas auf den kleinen Tisch und lächelt mich verschwörerisch an. »Ich zeig dir was!« Er steht auf, ich auch, alles ist besser, als hier so verlegen rumzusitzen. Tobias geht zum CD-Player, schaltet die Anlage ein. »Etwas Peinlicheres habe ich zur Entkrampfung der Situation nicht zu bieten«, sagt er und drückt auf die Fernbedienung.

Eine kauzige Stimme singt: »Ich bin der Kürbismann. Kürbis ist mein Element, das weiß jeder, der mich kennt. Meine Herr'n, ich muss Sie warnen, die Frauen werden mich umgarnen!« Tobias steht neben dem Radio und lacht, wie ich ihn noch nie gesehen habe. »Jetzt weißt du es«, sagt er zufrieden grinsend. »Das spielt dein Oberarzt zum Feierabend.« Er dreht das alberne Lied etwas lauter. »Tut mir leid, aber ich könnte mich darüber totlachen.«

Es muss dir kein bisschen leidtun. Ich liebe es, wie du da stehst und lachst und dass du mir so unerwartet eine Seite zeigst, die weder zu meinem Bild von dir passt noch – das bilde ich mir zumindest ein – irgendjemandem von deinen Arbeitskollegen bekannt ist. Ich gehe auf ihn zu, muss ebenfalls lachen. Das Krampfige ist weg.

Tobias ändert die Musik, aber das beschauliche Klavierkonzert, auf das er umschaltet, macht mich jetzt nicht mehr verlegen. Mein Blick fällt auf seinen Schreibtisch, einen riesigen alten Sekretär voller Papiere. Dazwischen liegt ein Stück von einer Zeitung. Das Bild zeigt eine strahlende Frau, den Schauspieler daneben hat jemand unbarmherzig abgetrennt. Tobias hat mein Foto aus der Zeitung aufgehoben.

Er bemerkt meinen Blick. »Ich habe dich vermisst«, sagt er leise. Und von da an ist alles ganz einfach.

Eine Stunde später sitzen wir immer noch auf der gemütlichen Couch zusammengekuschelt, entsetzlich romantisch. Eine Uhr schlägt. Mitternacht. Tobias sieht auf. »Soll ich dich nach Hause fahren?« Ich weiß nicht … Am liebsten möchte ich für immer hierbleiben. Aber vielleicht nicht gleich heute? Er merkt, dass ich unsicher bin, lächelt mich an. »Komm, ich fahr dich«, sagt er leise. Ich nicke. Das ist auf jeden Fall gescheiter. Während ich meine Jacke hole, öffnet er die Balkontür, draußen ist es plötzlich klirrend kalt.

Im Flur ziehe ich meine Jacke über und betrachte mich einen Moment im Spiegel. Bist du noch gescheit, Lena? Dass du jetzt heimfährst? Doch! Das ist das Allergescheiteste, was du tun kannst, sagt meine innere Vernunftstimme. Was macht er so lange? Komm und fahr mich heim, bring mich besser schnell aus deinem Einflussbereich! Ich trete wieder in den Durchgang zum Wohnzimmer, er ist nicht zu sehen. Soll ich die S-Bahn nehmen? Wenn er nicht wieder auftaucht, bis ich die Wohnzimmerschwelle übertreten habe, schleiche ich mich einfach raus. Ein schneller Schritt …

»Komm her, Lena!«, sagt er leise. Er steht auf dem Balkon, sieht hinaus. Ich trete neben ihn, er lächelt mich an. Die Luft ist schneidend kalt und wie Glas. »Riechst du das?«, fragt er. »Gleich kommt der Schnee.« Tatsächlich, Schneeluft. Ich atme tief ein, herrlich. Viel zu früh im Jahr, das kann ausschließlich für uns gemacht sein. »Lass uns noch einen Moment warten«, sagt Tobias. Wir sind still, ich lehne mich an ihn. Und ganz langsam beginnt es zu schneien. Feine Flocken, sie bleiben nicht liegen, aber sie verzaubern die ganze Welt. Wir sehen zu, wortlos, ganz vertraut. »Bleib noch«, sagt er irgendwann leise.

Als der Morgen graut, ist von dem nächtlichen Schnee nichts mehr zu sehen. Ich brauche einen Moment, um zu begreifen, wo ich bin, graue Kissen, ein großes Fenster. Das Bett neben mir ist leer. Ich drücke mir das Kissen ins Gesicht, es riecht nach ihm. Ich fühle mich seltsam, war das nicht absolut falsch?! Und wo ist er, der mir jetzt das blöde Gefühl nehmen sollte? Schon aufgestanden, weil es ihn stört, mich in seinem Bett zu sehen? Und jetzt? Fahren wir zusammen in die Klinik, um uns dort wieder den ganzen Tag nicht anzusprechen? Oder war das das Ende? Fahren wir nie wieder gemeinsam irgendwohin?

Die Tür öffnet sich, gerade als ich beschlossen habe, aufzustehen. Tobias. Er lächelt, aber er kommt nicht herein. »Kaffee?«, fragt er. Ich nicke. Mehr kann ich nicht. Noch keine Stimme verfügbar. Er geht wieder hinaus, lässt die Tür offen. »Ich will in einer halben Stunde im Krankenhaus sein«, sagt er von draußen. Ich weiß nicht, was das für mich bedeutet. Soll ich mitfahren oder verschwinden? Ich muss nach Hause, mich umziehen, mich sammeln. Irgendwie begreifen, was hier los ist. Ich ziehe mich an, kein Spiegel im Schlafzimmer. Vielleicht besser so, ich wäre wohl gar nicht darin zu sehen. Nur ein Stück Haarschopf über dem unteren Rahmen. Denn ich fühle mich winzig klein, als ich das Wohnzimmer betrete, entsetzlich unsicher.

Er füllt Kaffee in eine wohlbekannte Thermoskanne, sieht überhaupt nicht anders aus als gestern. Warum nicht? Er schaut auf, entdeckt mich, füllt eine Thermotasse mit Kaffee. »Hier, für unterwegs.« Aha. Ich soll den Kaffee in der S-Bahn trinken, nur schnell seine Wohnung verlassen?

»Ich brauch keinen Kaffee«, sage ich leise, »bin schon weg.« Und endlich versteht er, wie es mir geht, kommt auf mich zu und umarmt mich.

»Du Spinnerin!«, erwidert er. »Wir müssen nur los. Ich trink den Kaffee immer im Auto.« Er hält mir die Thermotasse hin. »Komm, ich fahr bei dir vorbei.«

Kurz darauf sitzen wir mit unseren dampfenden Kaffebechern in seinem Wagen, er lenkt mit einer Hand, pustet in den Kaffee. Noch immer ist nichts über die vergangene Nacht gesagt worden – ist das normal? Wenn ich aufhören könnte, mich so komisch zu fühlen, würde ich diese morgendliche Autofahrt sicher herrlich finden. Die Stadt erwacht gerade, die Straßen sind noch leer, der gestrige Kurz-Schnee hat sich in Regen verwandelt, aber in einen gemütlichen, schweren, schneeverheißenden Regen. Der Kaffee duftet, Tobias sieht zu mir herüber, lächelt. »Alles okay?« Was könnte besser sein?! Dass er irgendetwas darüber sagt, was nun zwischen uns ist. Sonst alles bestens.

Er hält vor meinem Haus. Und jetzt? Aussteigen? Einfach so? Er legt eine Hand in meinen Nacken und ist endlich wieder bei mir. »Ich seh dich nachher!«, lächelt er verschwörerisch. Und nichts ist mehr seltsam.

»Wo warst du denn?«, fragt Isa besorgt, als ich die Tür öffne. Mist, ich hatte gehofft, dass meine Freundinnen noch schlafen. Doch selbst Jenny ist schon auf. »Was glaubst du denn?! Oberarztvisite!«, lacht sie respektlos. Und da stehe ich, halte immer noch seinen Kaffeebecher in der Hand und mein Pullover riecht nach ihm. »Genau«, sage ich und kann nicht aufhören zu grinsen. »Oberarztvisite.«

16

Ich gehe durch den Morgen wie in Watte. Kann es sein, dass meine Füße den Boden gar nicht wirklich berühren? Es ist nicht schlimm, dass meine Freundinnen heute zu sehr mit sich beschäftigt sind, um mir allzu viel Tobias-Redezeit gewähren zu können. Für mich selbst wiederhole ich innerlich ohnehin noch jeden einzelnen Satz, jede Geste tausendfach.

Isa schleppt ein unangenehmes Gespräch vor sich her; sie muss mit einem der Ärzte darüber reden, welche Möglichkeiten es für eine Versetzung nach München gibt. Ich versuche, das Thema ein wenig von mir fernzuhalten, möchte den Gedanken, dass sie uns verlässt, verdrängen. Doch auch Isa ist noch keineswegs fest entschlossen. Stattdessen steckt sie in einer Isa-typischen Zwickmühle. »Wenn ich nicht bald frage, denkt Tom, ich will nicht mit. Aber wenn ich frage, ist es offiziell und dann denken alle, ich will weg!« Seit zwei Tagen schiebt sie das Gespräch schon vor sich her.

»Aber was WILLST du denn?!«, frage ich verwirrt. Warum geht es schon wieder nur darum, was die anderen denken, was sie wollen könnte?!

»Ich weiß es nicht!«, sagt Isa traurig. »Beides.« Sie seufzt und setzt dann leise hinzu: »Dass alles so bleibt, wie es ist …« Niemandem wäre das lieber. Aber das ist das Einzige, was NICHT geht.

Jenny ist nicht in der Lage, sich mit unseren Zukunftsaussichten zu befassen. Für sie zählt heute nur das Jetzt, das Gleich. »Oberbauchlaparotomie«, sagt sie uns vor. »Exploration der Bauchhöhle. Beurteilung von Lage und Ausdehnung des Tumors.

Der Tumor liegt im mittleren Magen-Drittel. Freipräparation, Resektion des Tumors mit Sicherheitsabstand, Netzentfernung, Lymphadenektomie.« Sie ist ein wandelndes Lexikon und ich habe langsam Angst, dass sie sich verrückt macht.

»Jenny«, sage ich beschwörend, »nichts davon musst du selbst tun!«

»Ich weiß«, erwidert sie energisch. »Ich bin nur der dritte Assistent und darf höchstens mal die Schlinge halten. Aber wenn ich nicht jeden Schritt ganz genau kenne, stehe ich es nicht durch! … Wisst ihr was?«, fragt sie schließlich. »Man dürfte die Patienten gar nicht kennen. Dann wäre man nicht so nervös.«

Wahrscheinlich hat sie recht. Ich kann mir nicht vorstellen, einen Freund zu operieren, ein Familienmitglied. Es hat schon seinen Sinn, dass so was nicht üblich ist. »Wenn du es nicht kannst, sag ab«, rate ich ruhig, »Dr. Thiersch findet sicher Ersatz.«

Doch davon will Jenny nichts hören. »Spinnst du?!«, faucht sie. »Ich lasse doch Paula nicht im Stich!«

Als wir die Klinik erreichen, sind wir alle drei nervös. Aber meine Anspannung ist Ungeduld, meine Zappeligkeit ist bloße kribbelnde Vorfreude.

Zur Morgenvisite ist noch alles in Ordnung. Paula Schwab ist gelassen und erklärt Dr. Gode, sie habe volles Vertrauen in Jenny. Immer noch benimmt sie sich, als würde Jenny die OP allein durchführen. Ich merke, dass Paulas Zutrauen Jenny Kraft gibt; am Ende der Visite ist von ihrer Anspannung nichts mehr zu merken.

Ich nehme die Abschlussuntersuchung an Frau Jahn vor und Dr. Gode entscheidet, dass die Patientin heute entlassen wird. Es geht mir nicht richtig gut damit, doch Frau Jahn ist fest überzeugt, dass es das Beste für sie ist. Und so bleibt mir nichts, als ihr zu zeigen, wie sie selbst die Thrombosespritze setzen kann und ihr dringend ans Herz zu legen, sich nicht zu überanstrengen und auf keinen Fall auf Gehstützen und Schiene zu verzichten oder die Kontrolltermine und die ambulante Reha zu vernachlässigen. »Versprechen Sie mir, dass Sie sich so gut und so viel schonen, wie es nur geht!«, bitte ich, als ich ihr den Arztbrief aushändige.

Sie nickt. »Ich weiß, Sie haben es gut gemeint«, sagt sie zum Abschied. »Aber Sie machen Ihre Arbeit und ich mache meine.« Dann humpelt sie an ihren Krücken zum Aufzug und ich kann nichts weiter tun, als ihr die Daumen zu drücken.

Kurz vor der Mittagspause eilt Dr. Thiersch über den Flur; nur im Vorbeigehen winkt sie Jenny mit sich. Wir denken uns nichts dabei – OP-Vorgespräch, bei einer so schwierigen Operation sicherlich Standard. Ich drücke ihr die Daumen und gehe zum Mittagessen, heute will ich mir eine gewisse Begegnung auf keinen Fall entgehen lassen. Schon den ganzen Vormittag habe ich das Gefühl, seine Stimme zu hören, seine Hand auf meiner Schulter zu spüren. Ich kann es nicht erwarten, ihn zu sehen.

Die Cafeteria ist voll. Schlechte Voraussetzungen für ein unbeobachtetes Signal. Oder gerade gut? Ruben funkelt mich an, der Schalk strahlt ihm schon wieder aus den Augen. »Du kommst spät!«, lacht er. »Wir verzehren uns schon vor Sehnsucht!«

»Wir«?! Er deutet zu einem der Tische. Tobias sitzt dort mit seiner Stationsärztin. Ich kenne Dr. Ross aus dem letzten Tertial; sie nickt herüber, als ich zu ihrem Tisch sehe, dann wendet sie sich wieder dem Essen zu. Tobias sieht mich an, lächelt, die Menge um uns herum ist verschwunden. Ich lächle zurück, dann muss ich mich schnell wieder dem Tresen zuwenden; ich merke, dass ich vollkommen unangemessen strahle.

»Ich habe deinen Oberarzt noch nie so lange Mittagessen sehen«, grinst Ruben. »Fast, als wolle er möglichst viel Zeit hier verbringen!«

Ich sehe noch einmal hinüber, idiotisch geschmeichelt. Dr. Ross redet auf Tobias ein, er nickt. Doch dabei sieht er wieder zu mir; ich würde nicht darauf wetten, dass er Dr. Ross' Ansprache nachher wiedergeben könnte.

»Was ist denn heute zwischen euch los?«, fragt Ruben amüsiert. »Mit eurer Energie könnte ich einen Herd einsparen!« Ich antworte nicht, doch mein Grinsen verrät mich trotzdem. Ruben zieht ein empörtes Gesicht und zeigt vorwurfsvoll mit der Suppenkelle auf mich. »Ich glaub es nicht, Lena! Das hast du nicht gemacht!«

»Ich hab gar nichts gemacht!«, verteidige ich mich schnell, doch das Grinsen bleibt.

»Glückwunsch!«, lacht Ruben leise. »War es der Schnee?« Ich starre ihn an, sprachlos. Er zuckt gönnerhaft mit den Schultern. »Ich dachte, Schnee wär das Beste, um euch eine romantische Situation zu verschaffen!«

»Jetzt mach aber mal einen Punkt!«, drohe ich scherzhaft zurück. »Du hast den Schnee NICHT gemacht!«

Er grinst breit. »Hauptsache, er hat gewirkt!«

Ich bin so übermütig euphorisch, dass ich nach dem Essen sogar ganz dicht an Tobias' Tisch vorbeigehe. Dr. Ross ist inzwischen beim Kaffee, sie spricht immer noch. »Hallo!«, sage ich zu ihr und meine ihn.

»Fräulein Weissenbach«, sagt Tobias, »wie geht es Ihnen?«

Ich versuche, mein Lächeln im Zaum zu halten, damit es nicht mein Gesicht sprengt, und antworte: »Wunderbar.«

Um noch einen Moment für mich zu haben, nehme ich mal wieder die Treppe nach oben. Auf dem Absatz vor der Chirurgie sitzt jemand, der dort absolut nicht hingehört. Jedenfalls nicht jetzt.

»Jenny!« Ich bin verwirrt. »Was ist los?! Du musst in 10 Minuten im OP sein!«

Jenny sieht auf, ihr Gesicht ist dunkel. »Ausgetauscht.«

Ich setze mich zu ihr, erschrocken. Hat die Nervosität sie doch überrollt? »Verdammt, du hättest dich nicht so reinsteigern sollen!«, entfährt es mir.

Jenny schnaubt verächtlich. »Es interessiert kein Schwein, wie ich mich reinhänge. Ob das MEINE Patientin ist. Ob ich die ganze OP allein und im Schlaf gemacht hätte! Denn ich bin nicht zuverlässig genug für so eine schwierige OP. Das macht jetzt die treue Sabrina!«

Ich verstehe überhaupt nichts. Erst nach und nach kriege ich heraus, dass Dr. Thiersch Jenny nicht zum OP-Vorgespräch gebeten, sondern ihr im stillen Kämmerlein eröffnet hat, dass Jenny ihrer Meinung nach nicht zuverlässig genug ist, um bei Paulas OP zu assistieren. Jenny kann sich das nicht erklären – sie hat sich doch nie etwas zuschulden kommen lassen! Nicht auf dieser Station. Gut, sie hat sich nicht immer so engagiert wie jetzt, im letzten PJ-Tertial gab es einigen Ärger. Aber seit Langem hat sie sich schon nichts mehr vorzuwerfen. Jenny ist vollkommen ratlos.

»Hat sie überhaupt nicht gesagt, worauf sie sich bezieht?«, frage ich entgeistert.

Jenny schüttelt den Kopf. »Sie war mal wieder in Thiersch-Eile, schnell rein ins Zimmer, ›Sie sind nicht zuverlässig genug für eine so komplizierte OP, Frau Schulte ersetzt Sie‹, raus aus dem Zimmerchen.« Noch gestern bei der Visite war alles in Ordnung, nach dem Aufklärungsgespräch bei Paula hat die Oberärztin Jenny sogar gelobt! Ich bin absolut verwirrt.

»Warst du irgendwie frech? Hast du was Blödes zu ihr gesagt? Irgendeine Aufgabe schleifen lassen?« Jenny sieht mich gekränkt an. Aber ich versuche doch nur, irgendeinen Grund zu finden!

»Danke, Lena!«, sagt sie wütend. »Nett, dass selbst du denkst, dass ich mir ja irgendwas vorzuwerfen haben muss!«

Ich will sie in den Arm nehmen, doch sie schüttelt mich ab. Na schön, ich kenne sie gut genug, um zu wissen, dass man sie jetzt am besten in Ruhe lässt. Ich stehe auf. »Ich bin sicher, das klärt sich«, sage ich – und dann fällt mir ein, für wen die Änderung mindestens so unerfreulich sein muss wie für Jenny. »Was sagt denn Paula zu dem abrupten Tausch?«, frage ich vorsichtig. Jenny schnieft. »Vergiss es, die redet nicht mal mehr mit mir! Die glaubt auch nicht, dass ich nichts gemacht habe, und fühlt sich jetzt verraten!«

Ich ziehe die widerstrebende Jenny mit mir über den Chirurgieflur. Meine spontane Reaktion tut mir leid, inzwischen bin ich fest davon überzeugt, dass Jenny zu Unrecht ausgetauscht wurde. Wer hat Dr. Thiersch diesen Floh ins Ohr gesetzt?! »Mit wem sollen wir reden?«, frage ich eilig. »Mit Dr. Thiersch oder mit Paula?«

»Bei Dr. Thiersch ist nichts zu machen«, sagt Jenny leise. Ich öffne Paulas Zimmertür; sie ist schon umgezogen und wir haben sicher nur noch wenige Minuten, bis sie zur OP geholt wird. Ich schiebe Jenny ins Zimmer. Paula dreht sich weg.

»Hier ist irgendwas total schiefgelaufen«, sage ich hilflos zur Wand, »Jenny darf nicht assistieren. Aber sie kann nichts dafür.« Paula antwortet nicht. Jenny sagt auch nichts. »Es wird trotzdem alles gut gehen«, setze ich schließlich hinzu, was soll ich denn sagen?! Eine dunkle Wolke scheint sich in dem kleinen Zimmer zusammenzuballen. Die Tür öffnet sich wieder, eine Schwester kommt herein. »Der OP hat angerufen, es geht los«, sagt sie zaghaft in meine Richtung, dann tritt sie an Paulas Bett und löst die Bremsen. Noch eine Sekunde, nur ein einziges Wort! Niemand sagt etwas. Die Schwester sieht mich verwirrt an. Ich schaue von Jenny zu Paula, nichts passiert. »Ich muss«, sagt die Schwester. Ich nicke ihr zu. Ich weiß.

Die Schwester schiebt das Bett hinaus, wir treten zur Seite. »Viel Glück«, sagt Jenny leise, als das Bett an ihr vorbeigeschoben wird. Doch Paula dreht sich weg und antwortet nicht. Meine Freundin steht reglos da und sieht dem Bett nach. Die Schwester drückt den Türöffner zum OP-Bereich, Paula verschwindet aus unserem Blickfeld. »Viel Glück«, wiederholt Jenny noch leiser. Und ich könnte heulen.

»Ich gehe jetzt«, sagt Jenny entschieden. »Ich werde hier ja wohl heute nicht mehr gebraucht.« Ich weiß, dass es ganz falsch ist, dass das absolut nicht in Ordnung geht. Aber ich halte sie nicht auf.

Tatsächlich merkt niemand, dass Jenny fehlt; für die Nachmittagsrunde war sie ohnehin nicht eingeplant und Isa und ich übernehmen Sabrinas Aufgaben, damit nicht auffällt, dass ein PJler zu wenig Dienst tut. Isa kann sich Dr. Thierschs spontane Launenänderung auch nicht erklären. Sie ist entschlossen, diese Frage in ihrem Feierabend-Zukunfts-Gespräch mit Dr. Gode zu klären und ich beschließe, bei diesem Teil der Unterhaltung dabei zu sein.

Paulas OP ist noch nicht beendet, als wir zum Dienstschluss bei Dr. Gode im Arztraum Platz nehmen. Wir liegen falsch in der Annahme, Dr. Thiersch hätte ihm Jennys Austausch nicht mitgeteilt – und auch über Jennys nachmittägliche Flucht weiß er Bescheid. Autsch, das ist natürlich nicht die optimale Voraussetzung für unser Gespräch. Eine Freundin von dem Verdacht der Unzuverlässigkeit reinzuwaschen, die sich mal eben mitten im Dienst verdrückt hat, ist nicht ganz so einfach. Als Erstes ist also eine stellvertretende Entschuldigung fällig, wir verteidigen Jennys Kurzschlusshandlung mit Überforderung und Enttäuschung nach der überraschenden, ungerechten Absage. Isa ist dabei etwas vorsichtiger und stets darauf bedacht, Dr. Gode zu zeigen, dass wir ihn respektieren und ärztliche Entscheidungen nicht grundsätzlich infrage stellen – aber ich, die ich bereits Erfahrungen mit Dr. Thierschs spontaner Ungerechtigkeit gemacht habe, muss mich ziemlich zusammenreißen, um nicht patzig zu werden. Denn als ich zum dritten Mal »Was denkt die sich eigentlich« fauche, schmunzelt Dr. Gode nicht mehr und Isas in meinen Arm gekrampfte Fingernägel warnen mich deutlich, die fröhliche Kollegialität des Stationsarztes nicht zu überschätzen. Dr. Gode kann im Übrigen nicht erklären, was Dr. Thiersch sich denkt. Aber – und an diesem Punkt ist seine Bereitschaft zur PJler-Verbrüderung spürbar erschöpft – er hat keinen Zweifel daran, dass die Oberärztin eine solche Entscheidung nicht aus Missgunst oder Böswilligkeit trifft.

»Sie hat nichts gegen Jenny und bisher gab es ja auch keinen Anlass zu klagen«, sagt er ruhig. »Wenn aber plötzlich der Vorwurf im Raum steht, Jenny sei nicht charakterfest, dann muss Dr. Thiersch das ernst nehmen. Einer möglicherweise unzuverlässigen PJlerin eine dreistündige, hochkomplizierte OP zuzuteilen, wäre unverantwortlich.« Er klingt hart, geschäftsmäßig, keine gutmütige Sprücheklopferei mehr, kein Lächeln. »Und das unentschuldigte Fehlen Ihrer Freundin spricht auch eher für Trotz und Unbeherrschtheit als für Verantwortungsbewusstsein.«

Ja, wie oft denn noch?! Weiß er wenigstens, was Jenny vorgeworfen wird? Zumindest DAS sollte sie doch erfahren dürfen! Dr. Gode runzelt die Stirn, zuckt die Achseln. »Mir gegenüber wurde nur angedeutet, dass sie sich während der Dienstzeit ihrem Privatvergnügen hingibt«, sagt er, »und das nicht zum ersten Mal.«

Isa reagiert empört, überzeugt, dass Jenny aus dem Ärger im letzten Tertial ein für alle Mal gelernt hat. Ich aber, die von Jennys fröhlichen zwischendienstlichen Stelldicheins mit Felix weiß, werde etwas kleinlaut. Klar, dass das nicht gut ankommt. Und wenn ich sie gesehen habe – und Schwester Jana –, warum dann nicht auch Dr. Thiersch?!

Dr. Gode zuckt mit den Schultern. »Es mag rigoros wirken, jemandem deshalb eine OP wegzunehmen. Doch Fakt ist, dass Jenny ihre Aufgaben hier nicht allzu ernst nehmen kann, wenn sie zwischendurch Zeit abknapst, um sich mit ihrem Freund zu treffen.«

»Und was kann man jetzt machen?«, frage ich besorgt.

Dr. Gode seufzt. »Sie haben ja selbst erlebt, dass man sich hier mächtig ins Zeug legen muss, um einen schlechten Eindruck wieder auszubügeln. Und ihrer Freundin wird sicher noch einiges mehr an Reue und Buße abverlangt als Ihnen. Sie sollte sich jetzt tadellos führen … und vor allem schleunigst wieder hier aufkreuzen!« Damit ist das Gespräch für ihn beendet.

Ich muss das Zimmer verlassen, damit Isa auf ihr Versetzungsproblem zu sprechen kommen kann und hoffe nur, dass sie das nach diesem unerquicklichen Vorgeplänkel noch gut über die Bühne bringt.

»In unserem Beruf muss man mit der Trennung zwischen Privatem und Beruflichem sehr aufpassen«, sagt Dr. Gode zum Abschied zu mir und zeigt plötzlich wieder sein Sonnyboygrinsen. »Sonst hätte ich Sie längst zum Essen eingeladen.« Na, das kann er sich jetzt auch schenken!

Ich bin entschlossen, auf Isa und den Ausgang ihres Zukunftsgesprächs zu warten und mache mir noch ein wenig auf der Station zu tun. Nachdem ich mein Telefon aus dem Spind geholt und vergeblich versucht habe, Jenny anzurufen, statte ich Frau Zietler einen Extrabesuch ab. Es geht ihr besser, sie freut sich und ich gebe mir wirklich Mühe, sie ein bisschen zu unterhalten. Doch mein Kopf ist nicht frei und ich merke, dass ich ziemlich unpersönlich und abgelenkt daherrede. Es ist fast beschämend, dass Frau Zietler mich anlächelt, als ich gehe, und sich für meine Anteilnahme bedankt. Hat sie gar nicht gemerkt, dass heute auch ein Parkscheinautomat an ihrem Bett hätte sitzen können?! Oder ist bloßes Dasein den Patienten manchmal schon so wichtig?!

Ich verlasse das Krankenzimmer und sehe vom Flurfenster hinunter auf den Parkplatz. Ein schmerzliches Ziehen in meiner Magengegend, als ich den grünen Wagen da stehen sehe. Dort sollte ich sein, dort will ich sein! Wie um mir meine Freundinnenaufopferung noch schwerer zu machen, verlässt Tobias in diesem Moment das Krankenhaus und sieht sich suchend um. Ich bin hier oben, allein. »Geh runter, denk an dich, wenigstens für einen Kuss!«, sagt die Sehnsucht in meinem Bauch. »Oder klopf wenigstens ans Fenster!«

»Bleib doch mal ruhig hier stehen«, widerspricht der kleine innere Teufel, »dann erfährst du, wie lange er wartet!« Doch in diesem Moment tritt jemand hinter mich und nimmt mir die Entscheidung ab.

»Na? Sorgen?« Schwester Jana steht neben mir. Ich drehe mich um, so schnell es unauffällig geht, damit sie nicht begreift, was ich mir da gerade angesehen habe. Sie deutet mitleidig hinüber zum OP-Bereich. »Hätte sie nicht ein bisschen vorsichtiger sein können?«, seufzt sie. »Wir haben sie so oft gewarnt!«

Wissen inzwischen alle von Jennys Felix-Rendezvous? Ich bin sicher, dass das meine impulsive Freundin noch schlimmer in Rage bringen wird. Schwester Janas Augen funkeln. Hat sie heimlich doch Spaß an all dem Ärger? Vielleicht passiert hier sonst nicht viel? Oder wirkt es nicht fast, als fände sie Jennys Bestrafung gerechtfertigt? Plötzlich beschleicht mich ein mieser Argwohn. Aber sie selbst hat Jenny und Felix ja erst einander vorgestellt!

»Ich frage mich nur, woher Dr. Thiersch erfahren hat, dass Jenny sich im Dienst mit ihrem Freund trifft …« Ich mustere die neugierige Schwester, so durchdringend ich kann.

»Vielleicht hat die Oberärztin sie auch gesehen? Besonders diskret war Jenny ja nicht!« Jana macht kehrt und geht davon, als hätte ich ihr meinen gemeinen Verdacht geradewegs ins Gesicht gesagt.

Als ich endlich wieder auf den Parkplatz hinunterschaue, ist das grüne Auto verschwunden. So ist das also, Lena. Er kann es durchaus verschmerzen, wenn du mal einen Abend nicht aufkreuzt. Ich will es nicht glauben. Unten stehen sieben Autos. Wenn in der nächsten Minute vier davon weggefahren werden, kurvt er um den Parkplatz und wartet, ob ich doch noch herauskomme. Zwei. Zwei genügen. Ich zähle die Sekunden rückwärts, schon ab vierzig werde ich immer langsamer, ab zwaaanzig-neeeuuunzehn-aaachtzehn strecke ich die Sekunden so, dass meine Stimme, würde ich laut mitzählen, zu einem basstiefen Brummen verzerrt wäre. Zeitlupe. Dreiii … zweiii … eiiiiins. Kein einziger Mensch fährt seinen Wagen weg. Ich muss es akzeptieren. Er kommt nicht wieder.

Ich versuche noch einmal, Jenny zu erreichen. Doch als ich mein Telefon zücke, zeigt mir der Orakelgott, dass er eine seiner treuesten Jüngerinnen nicht einfach so im Stich lässt. Erstens fahren unten in diesem Moment zwei Autos vom Platz, gleichzeitig. Und zweitens blinkt auf meinem Display eine SMS. »Ich freue mich, wenn du dich meldest.« Nichts weiter, keine Unterschrift. Aber ich könnte Luftsprünge machen. Und ich gönne mir den klitzekleinen Verliebtheitsluxus, seine Nummer mit einer Kurzwahltaste einzuspeichern. Unter »T.«. Schon dabei zittern meine Finger ein wenig, ich mag gar nicht daran denken, wie zapplig ich sein werde, wenn ich die Nummer zum ersten Mal anrufe. Doch ich bin ganz albern glücklich bei dem Gedanken, dass ich es könnte.

Zu Jenny komme ich nicht durch, ihr Telefon ist aus. Ach, Schätzchen, wie wär's, wenn du wenigstens einen Funken Interesse daran zeigen würdest, wie wir hier mit deiner Rehabilitierung vorankommen?! (ICH nämlich könnte durchaus auch jemand anderen anrufen.) Nun gut, vielleicht unternimmt sie eine wilde Motorradtour mit Felix. Ich bin schon kurz davor, wirklich bei jemand anderem anzuklingeln (Meine neue Kurzwahltaste ist plötzlich viel größer als all die anderen Zahlenfelder!) – als sich am Ende des Ganges die Arztraumtür öffnet. Isa sieht traurig aus, bedrückt. »Lass uns gehen!«, sagt sie nur.

Wir kommen nicht weit, schon an den Spinden sinkt Isa auf eine Bank und stützt den Kopf in die Hände. Oh Mann, warum schlägt der Ärger immer gleich an mehreren Fronten zu? »Ich werde nicht mitgehen«, sagt Isa leise, »nicht jetzt.«

Sie berichtet nur kurz. Dr. Gode war sehr nett, hat aber deutlich gesagt, dass eine Versetzung schwierig werden kann. Vielleicht im nächsten Tertial. Aber nur vielleicht. In die großen Städte wollen alle, die Wartelisten sind lang. Wir hatten schon mächtiges Glück mit Berlin und dass mitten im Tertial jemand wechseln will, kommt äußerst selten vor. »Aber das ist es nicht mal«, seufzt Isa. »Als er angefangen hat, davon zu sprechen, wie ich mich eingelebt habe, von meinen Fortschritten im Vergleich zum letzten Tertial … da dachte ich, ich muss doch verrückt sein, hier wegzugehen! Ich habe einmal die Eingewöhnungsphase geschafft, ich hab sogar schon ohne Zwischenfälle assistiert, ich fühle mich akzeptiert. Kannst du dir vorstellen, wie lange ich in einem neuen Krankenhaus brauchen werde, bevor ich mich da ohne zu zittern mit dem Stationsarzt unterhalten kann?«

Sie hat sicher recht. Aber darf die Angst vor Fremdem einen so einschränken? Muss man sich ihr nicht einfach immer wieder stellen? Ich beschließe, das nicht gleich vorzubringen und nehme stattdessen einfach ihre Hand. »Und ihr«, sagt Isa traurig. »Solche Freundinnen finde ich doch nie wieder!« Sie verzieht das Gesicht zu einem scheuen Grinsen. »Und ihr braucht mich!«

»Das stimmt«, schmunzle ich zurück. »Wir sind vollkommen hilflos ohne dich!«

»Mach dich nicht über mich lustig!«, droht sie. »Ihr beide würdet ohne mich nur noch Blödsinn anstellen! Auch du, Lena, lach nicht! Ich darf gar nicht daran denken, was aus dir wird, wenn ich dich allein unter Jennys Einfluss zurücklasse!« Es kann sogar sein, dass sie recht hat. »Keine Nacht Schlaf, zwei Freunde gleichzeitig und die Karriere immer kurz vor dem Ruin, Lena, damit kann nicht jeder so locker umgehen.« Einen Moment grinsen wir vor uns hin. Dann wird Isa wieder ernst. »Meinst du, er versteht das?«, fragt sie leise. Ich würde gern überzeugter klingen, doch mein »Bestimmt« hört sich ziemlich dünn an. »Wir werden eben eine Fernbeziehung führen müssen«, erklärt Isa so vorsichtig, als müsse sie MICH überreden. »Vielleicht kann ich nachkommen, wenn mein PJ beendet ist?«

Ich nicke ihr zu. »Es ist sicher besser so. Nach dem PJ wird doch ohnehin alles neu gemischt; du machst dann eben deinen Facharzt in München«, sage ich vernünftig. Isa seufzt. »Und dann wird es immer noch hart genug …«

Sie atmet schwer aus und sieht mich schuldbewusst an. »Hier sitze ich und erzähle groß daher, wie ich mich um euch kümmern muss – und hab noch nicht mal mit Jenny gesprochen!« Ich erzähle, dass unsere wilde Freundin ihr Telefon ausgeschaltet hat. Isa überlegt. Dann steht sie auf und streicht den Kittel glatt. »Ich weiß, wo sie ist.«

Die Intensivstation liegt leer und still. Ich merke, dass es zu der abgebrühten Ärztin, die ich gerne werden möchte, wohl doch noch ein langer Weg ist – denn als wir die ITS betreten, überkommen mich sofort Beklemmungen. Eine Schwester, die wir nach den Neuzugängen fragen, deutet auf das erste Zimmer, vor noch nicht mal einer Stunde wurde eine frisch operierte Patientin gebracht. Eine Kollegin ist bereits bei ihr, sie hat schon hier gewartet, als die Patientin noch im OP war.

Wir öffnen die Zimmertür, Jenny sitzt neben dem Bett. Drainagen, Katheter, ein Tropf, eine Nasensonde, Paula ist immer noch sediert; sie schläft und wirkt schrecklich jung und verletzlich. Und meine Freundin, die ich auf einer Frust abbauenden Motorradtour vermutet habe, sieht aus, als hätte sie geweint. Sie schaut auf, sieht uns an und scheint sich für ihre Gefühle nicht zu schämen. »Warum versteht sie denn nicht, dass ich nichts dafür kann?! Ich hab sie doch nicht im Stich gelassen …«

Ich weiß nichts zu sagen, sie tut mir unendlich leid. Im Gegensatz zu mir findet Isa immer die richtigen Worte. Ruhig geht sie auf Jenny zu. »Wenn sie aufwacht, Jenny. Dann kannst du es ihr erklären und ich bin sicher, sie wird es verstehen.« Jenny sieht sie unsicher an. »Wenn du gewusst hättest, dass es so ausgeht«, bekräftigt Isa, »hättest du dich lieber zur Nonne ordinieren lassen, als das Risiko einzugehen.«

»Na ja …« Jenny kann schon wieder lächeln. »Vielleicht nicht gleich zur Nonne. Schwarz steht mir nicht.«

»Der Wille zählt«, sagt Isa entschieden. »Außerdem gibt es auch lila Habits. Und jetzt lass uns nach Hause gehen, du kannst sicher morgen mit Paula sprechen.« Jenny wirft einen letzten langen Blick auf die schmale Gestalt unter den vielen Schläuchen, dann steht sie auf und nimmt Isas Arm. »Was sollen wir nur ohne dich machen?!«

Isa schüttelt sanft den Kopf. »Ich bleibe bei euch.«

Jenny nickt ihr zu. »Das ist das erste vernünftige Wort, das ich heute höre.«

Wir schleichen von der ITS und Jenny bekniet die Schwester, sie zu jeder Tages- und Nachtzeit anzurufen, wenn Paula Schwab zu sich kommt. Die Schwester wirft einen Blick in die Akte und schüttelt den Kopf. »Sie hat einen Peridualkatheter und soll zusätzlich bis morgen früh sediert bleiben. Sie wacht also heute Nacht garantiert nicht auf.«

»Wecken Sie mich trotzdem, falls irgendetwas passiert!«, befiehlt Jenny in einschüchterndem Ärztinnen-Tonfall und die Schwester nickt.

Wir verlassen das Krankenhaus, ich bin schrecklich müde. Ich weiß sehr wohl, was ich jetzt am liebsten täte – ich könnte eine Nummer anrufen, ein Taxi nehmen und in dem großen grauen Bett schlafen, auf das um sechs Uhr früh das erste Morgenlicht fällt. Aber ich sehe meine beiden Freundinnen an; ähnlich niedergedrückt von dem, was ihnen bevorsteht, gehen sie wortlos nebeneinanderher. Ich entscheide mich, bei ihnen zu bleiben und komme mir sehr erwachsen vor.

»Es riecht nach Schnee«, sagt Isa und sieht zum dunklen Himmel hinauf und eine Sehnsuchtswelle schwappt über mir zusammen. Das kann es doch nicht sein, Lena, bist du so abhängig geworden, dass du nicht einen Abend ohne ihn erträgst? Quatsch, sage ich mir selbst vor, sei nicht albern! Aber ich wate durch den Abend wie durch frischen Zement.

17

Am Morgen ist alles weiß. Jenny stürmt im Nachthemd in mein Zimmer und reißt die Vorhänge auf. Das Licht ist anders, ich springe aus dem Bett und zu ihr ans Fenster und wir bewundern ausgiebig die dünne Schneedecke, in der sich erst wenige Fußspuren abzeichnen. Es ist Anfang November, der Schnee wird vor dem Jahresende sicher noch einmal tauen, trotzdem habe ich plötzlich ein ganz heimeliges Vorweihnachtsgefühl.

Wir frühstücken heute ausnahmsweise in Jennys Zimmer, wo man vom Bett aus in die zaghaft beweißten Bäume sieht. Zu dritt sitzen wir mit unseren Kaffeetassen auf dem breiten Bett, so gemütlich und einträchtig, dass wir uns nicht trennen können, bis es allerhöchste Zeit ist, nach der S-Bahn zu rennen, wenn Jenny noch vor Dienstbeginn nach Paula sehen möchte. Noch gestern Abend waren wir alle drei in schrecklich gedrückter Laune. Jenny blieb zu Hause, um sich Vorwürfe zu machen und ließ die Anrufe ihrer beiden Verehrer unbeachtet ins Leere klingeln. Isa kam reichlich deprimiert von ihrer Verabredung mit Tom; ihre Entscheidung hat ihn schwer getroffen. Dass Isa nach Hause kam, statt bei ihm zu übernachten – da ihnen doch nur noch wenige gemeinsame Nächte bleiben –, wirkte wie ein schlechtes Zeichen. Und ich fühlte mich in der Pflicht, meinen Freundinnen beizustehen und hätte es ziemlich schäbig gefunden, mich zwischendurch zu einem telefonischen Oberarzt-Geplänkel zurückzuziehen. (Okay, irgendwie war ich mir auch nicht ganz sicher, was man da sagt …) Mitten in der Nacht fiel mir ein, dass eine

SMS sowieso viel besser gewesen wäre – aber leider erst zu einer Zeit, zu der jede noch so locker formulierte Nachricht verzweifelt gewirkt hätte. Also allgemein unzufriedene bis unglückliche Stimmung; der Abend endete mit reihum verteilten Mitgefühlsbekundungen und verspäteten Schuldgefühlen wegen der ungeheuren Mengen Schokolade, die dabei vertilgt wurden.

Heute Morgen ist alles heller, freundlicher, zuversichtlicher. Nach dem schmutzigen Herbst ist die gnädige Schneedecke über Berlin eine wahre Wohltat, auch wenn sie noch so dünn ist. Wie die Kinder schnappen wir uns jede eine Handvoll Schnee – zu mehr reicht es noch nicht – und bewerfen uns damit. Ich schütze übertrieben aufmerksam eine Thermokaffeetasse vor Schneeballbewurf, die zurückzugeben ich gestern keine Gelegenheit hatte und die ich mir heute in einem Anfall von Verkitschung für den Arbeitsweg gefüllt habe. Heute ist es, als könnte uns niemand etwas anhaben. Jenny ist entschlossen, gleich der eisigen Oberärztin entgegenzutreten und sich für ihre Privatleben-Dienst-Vermischung untertänig zu entschuldigen. Und ich benutze endlich meine neue Kurzwahltaste. Ich tippe »Guten Morgen!« und »Geisel-Kaffeetassen-Austausch heute Abend?« – und schicke es schnell ab, bevor meine Unsicherheit zuschlagen und den Spontantext zu genau auf mögliche unbeabsichtigte Deutungsmöglichkeiten analysieren kann.

Als ich meine Tasche im Spind verstaue, samt der Thermotasse, die ich schon an der S-Bahn-Station sorgfältig in den Untiefen der überfüllten Handtasche verborgen habe, meldet mein Telefon eine neue Nachricht. »Übergabe ab 7, als Gegenleistung solltest du mindestens ein Essen verlangen.« Ich strahle so, dass meine Freundinnen behaupten, ich liefe Gefahr, die Sprinkleranlage auszulösen. Was soll heute schon schiefgehen?!

Wir begleiten Jenny auf die ITS, doch Paula ist noch nicht bei Bewusstsein. Die diensthabende Schwester ist sehr nett und verspricht, Jenny persönlich über jede Änderung im Zustand der Patientin zu informieren. Wir treten pünktlich auf unserer Station an, heute gibt sich die Eisprinzessin mal wieder selbst die

Ehre. Jenny benimmt sich vorbildlich. Sie steht in unserer Mitte, nicht so weit hinten, dass sie eingeschüchtert und nicht so weit vorn, dass sie trotzig wirkt. Sie schafft es sogar, nicht beleidigt auszusehen, als Dr. Thiersch sie herablassend fragt, ob sie sich heute in der Lage fühle, ihren Dienst nach Vorschrift zu absolvieren. Jenny nickt nur.

»Wenn die Patientin Schwab aufwacht, würde ich gerne zu ihr gehen«, sagt sie sachlich. »Aber selbstverständlich werde ich den dadurch entstandenen Arbeitszeitausfall in der Mittagspause nacharbeiten.«

Irre ich mich – oder wirkt die kühle Oberärztin zum ersten Mal überrascht? Sie sieht auf die Uhr. »In spätestens einer Stunde. Ich lasse Sie holen«, sagt sie fast freundlich. »Aber rechnen Sie nicht damit, dass Sie dann schon mit ihr sprechen können.«

Damit scheint das Thema vorerst erledigt. Dr. Thiersch konsultiert ihre Liste und verteilt Assistenzen für die anstehenden Operationen. Eine Sprunggelenksprothese, die Ileozökalresektion einer Morbus-Crohn-Patientin und ein Patient mit Colitis ulcerosa. Dr. Thiersch schaut in die Runde, ihr Blick bleibt an Sabrina hängen. »Das könnten Sie übernehmen. Eine Proktokolektomie macht sich gut in Ihrer Bewerbung.« Sabrina lächelt stolz und Dr. Thiersch lässt es sich nicht nehmen, ihrer Lieblings-PJlerin noch ein Extrakompliment zu schenken. »Die Gastrektomie haben Sie sehr gut gemacht, da ist eine kleine Belohnung nur angebracht.«

Ach, na toll. Frau Schulte erbt Paulas OP, darf sich sonderprofilieren und bekommt dann zur Belohnung NOCH EINE OP? Und was kriege ich?! Nein wie schäbig, Lena, jetzt denkst du auch schon so? Ja, du willst operieren. Aber pass auf – von diesem Neidgefühl ist es nur noch ein kleiner Schritt bis zur Niedertracht. Willst du vielleicht anfangen, deinen Konkurrenten Koffeintabletten im Nachmittagstee aufzulösen, damit sie einen zittrigen Eindruck machen und du ihre OPs abstaubst?! »Du wartest, bis du dran bist«, sagt die Vernunftstimme. »Auf dieses Niveau begibst du dich nicht hinunter.« Ich gebe ihr recht und bremse damit gerade noch den kleinen Teufel aus, der doch schon mal darüber nachdenkt, wie sich das mit den Koffeintabletten bewerkstelligen ließe. Stattdessen melde ich mich für die beiden anderen OPs. Leider bin ich nicht die Einzige, alle wollen zeigen, dass sie mit Sabrina mithalten können. Selbst Jenny hebt die Hand. An ihrer Stelle würde ich das wahrscheinlich nicht wagen; es ist doch klar, dass sie keineswegs ausgewählt wird, sondern sich höchstens noch einen Spruch einfängt.

Und richtig: Dr. Thiersch mustert Jenny von oben herab und fragt spitz: »Ihnen ist aber klar, dass Sie eine ganze Menge Einsatz beweisen müssen, bevor ich Sie wieder einteile?«

Jenny nimmt langsam die Hand herunter. »Aber ich kann ja schlecht Einsatz zeigen, wenn ich mich nicht mal um eine OP BEMÜHE, oder?«

Na, das war garantiert wieder zu frech für unsere Schneekönigin – war ja klar, dass Jenny die neue Demut nicht lange durchhält. Aber Dr. Thiersch ist nicht pikiert, stattdessen nickt sie knapp. »Das stimmt natürlich.« Ich bin nicht schlecht überrascht. Selbstverständlich wird Jenny nicht eingeteilt und ich will gar nicht wissen, wie oft sie sich noch vergebens bemühen muss, bevor ihr verziehen wird – trotzdem hat die Oberärztin in diesem Moment ein paar Punkte bei mir gutgemacht. Und ich? Wie oft muss ich mich noch melden? Auch meinen Finger übersieht Dr. Thiersch. Die Sprunggelenksprothese geht an Bert. Bei der Ileozökalresektion wandert Dr. Thierschs Blick ebenfalls uninteressiert über mich hinweg. Ich erwarte schon, dass sie auch dafür einen Mann einteilt und lasse doch noch einmal den kleinen Teufel zu Wort kommen, der mir den Koffeintabletten-Trick allmählich schmackhaft machen könnte. Doch die Eisprinzessin übergeht alle männlichen Finger und nickt Isa zu. »Sie. Beim letzten Mal hat es ja gut geklappt.« Isa strahlt mit roten Bäckchen und ich bin ein wenig versöhnt. Wenn ich es jemandem gönne, an mir vorbeizuziehen, dann doch wohl ihr. »Sehr nett, Lena«, sagt der Teufel. »Und wann wolltest DU noch mal Karriere machen?!« Aber diesmal lässt er sich leichter unterdrücken, ein Blick in das glückliche Gesicht meiner Freundin genügt.

Jenny und ich ziehen also mit unseren Wagen los und gönnen uns nur einen kleinen Augenblick des gegenseitigen Mitgefühls unter Benachteiligten. Ich überprüfe Frau Zietlers Blutwerte und lege fest, dass sie schon heute Mittag wieder feste Kost zu sich nehmen kann. Anna Zietler darf heute zum ersten Mal aufstehen und fragt, wie ich die Chancen einschätze, dass sie am Abend mit ihrem Mann einen kleinen Spaziergang unternehmen kann. Sie möchte so gern den ersten Schnee sehen. »Wissen Sie«, lächelt sie, »normalerweise unternehmen wir immer einen Ausflug zum Grunewald, wenn es zum ersten Mal schneit.« Sie schaut mich sehnsüchtig an. »Dort hat er mir nämlich den Heiratsantrag gemacht, im Grunewald, im Schnee …« Ich bin mädchenmäßig gerührt und verspreche spontan, dass sie ihren Spaziergang bekommen wird.

Als ich auf den Gang zurückkomme, eilt Jenny an mir vorbei. »Jetzt«, sagt sie hektisch, »drück mir die Daumen!« Vorne am Tresen steht unsere Eisprinzessin; sie wartet mit hochgezogenen Augenbrauen auf Jenny – aber sie wartet. »Erst sehe ich nach der Patientin, dabei kann ich Sie nicht brauchen«, sagt sie barsch, »aber danach dürfen Sie sie fünf Minuten besuchen.« Jenny nickt eilig, folgsam. Dr. Thiersch stiefelt los. »Ach …«, sie hält noch einmal inne und deutet auf mich, »Sie haben doch nichts zu tun, oder? Sie können schnell eine Aufnahme machen.« In der nächsten Sekunde ist sie verschwunden – vielleicht ganz gut, damit hat sie uns beiden eine patzige Antwort erspart. Ich eile in den Aufnahmebereich.

Ein freundlicher alter Herr begrüßt mich äußerst höflich; er steht auf und stellt sich vor. Seine formvollendeten Manieren kosten ihn Anstrengung, als er sich wieder setzt, atmet er schwer. Professor Dehmel ist 64 und hat eine Koronare Herzkrankheit. Den Professor entnehme ich übrigens nur der Akte, seinen Titel hat er bei der Vorstellung bescheiden weggelassen. Ich überprüfe seine Papiere. Ein wichtiges Herzkranzgefäß ist irreversibel verengt, Professor Dehmel steht eine Bypass-Operation bevor. Die stationäre Vorbereitung wird etwa vier Tage dauern, ich erkläre dem Professor, welche Voruntersuchungen noch durchgeführt werden müssen, Herzkatheter, Belastungs-EKG, Ultraschall der hirnversorgenden Arterien, Lungenfunktionstest, Thorax-Röntgen. Er nickt zu allem, wirkt sehr beherrscht. Aber ich merke, dass seine Hände zittern, als er mir die Unterlagen seines Hausarztes überreicht. Und es wirkt, als höre er mir bei der Aufklärung über die OP-Nachsorge gar nicht richtig zu.

»Haben Sie Angst?«, frage ich schließlich. »Kann ich noch irgendetwas für Sie tun?«

Er lächelt. »Ich habe nur gerade darüber nachgedacht, wie jung Sie sind …«, sagt er leise.

Natürlich. Er fühlt sich nicht ernst genommen. Glaubt er wirklich, dass dieses Krankenhaus eine blutige Anfängerin allein eine Bypass-OP vornehmen lässt?! Ich hole aus, um ihm zu erklären, dass ich hier außer der Anamnese gar nichts allein durchführe und dass die Chirurgen, die ihn operieren werden, zusammen sicherlich über 150 Jahre alt sind. Ich schwöre, es klingt nicht beleidigt, ich kann seine Sorge ja verstehen. Doch er schüttelt den Kopf, berührt meinen Arm – und ich verstumme unter seinem traurigen Blick.

»Das ist es nicht«, sagt er. »Ich dachte nur eben daran, wie hoch wohl die Wahrscheinlichkeit ist, dass Sie die letzte junge Frau sind, die ich kennenlerne …«

Ich starre ihn an, sprachlos. Verdammt! Warum muss das Leben so gemein sein?! Ich versuche ein zuversichtliches Lächeln. »Ich bin sicher, Sie kommen wieder auf die Beine«, sage ich, so beruhigend ich kann. Er nickt, nicht ganz überzeugt. »Und falls es Sie tröstet: Sie werden allein bei der OP-Vorbereitung noch mindestens zehn junge Damen kennenlernen.« Zu flapsig, Lena, was machst du, wenn er jetzt anfängt zu weinen?

Aber stattdessen erwidert er endlich mein bemühtes Lächeln. »Dann sollte ich mir ein neues Telefonbuch zulegen«, antwortet er. »Nur damit ich es meinem Testament beilegen kann. Meine Exgattinnen sollen doch nicht NUR Vergnügen haben auf meiner Nachlasseröffnung.«

»Legen Sie ein paar Fotos bei«, sage ich albern, »damit niemand auf die Idee kommt, Sie hätten die Namen erfunden.« Und plötzlich grinsen wir uns an und haben die schreckliche Wahrheit irgendwie ausgetrickst. »Sie machen das schon«, sagt er leise. Und ich nicke. »Sie schaffen das schon.«

Ich lasse ein Zimmer für Professor Dehmel richten und trage seine Akte zu Dr. Gode. Als er fragt, wie die Aufnahme gelaufen ist, erzähle ich ihm von dem seltsamen Gespräch. Ist es okay, mit einem Patienten, dessen Überlebenswahrscheinlichkeit so beschränkt ist, über die Aussichten für Frauenbekanntschaften herumzuflachsen? Dr. Gode grinst. »WIE Sie dem Patienten die Angst nehmen, ist doch Ihnen überlassen, Frau Weissenbach. Ich glaube, Sie haben es sehr gut gemacht!« Er überlegt. »Werden Sie sich um die Betreuung des Professors bewerben? Vielleicht passen Sie gut zusammen?« Ich gebe zu, dass ich darauf gehofft habe. Dr. Gode nickt. »Ich wäre ja dumm, Sie nicht einzuteilen.« Damit ist die Sache für ihn abgeschlossen. Professor Dehmel ist mein Patient.

Zur Mittagspause überkommt mich die typische neue Lena-Zerrissenheit. Ich möchte hinuntergehen und IHN sehen, wenigstens von Weitem, wenigstens für ein paar Minuten. Doch Jenny ist noch nicht wieder auf der Chirurgie angekommen und mein Freundinnenherz befiehlt eindeutig, mich erst mal um sie zu kümmern. Also gehe ich hinüber auf die Intensivstation. Paula schläft, immer noch von zu vielen Schläuchen umgeben. Jenny ist nicht da. Ich suche den Flur ab, am Ende des Ganges riecht es nach Rauch. Als ich die Tür zum Waschraum öffne, drückt meine Freundin hastig ihre Zigarette aus und wedelt den Rauch aus dem offenen Fenster. »Mann, Lena, erschrick mich doch nicht so!« Ich verkneife mir die Bemerkung, dass Rauchen auf der ITS zu den Kapitalverbrechen zählt und stelle mich neben sie.

»Konntest du mit Paula sprechen?«

Sie schüttelt den Kopf. »Ich konnte ZU ihr sprechen, sie redet aber nicht mit mir.«

»Sie ist schwach«, tröste ich. »Warte ein paar Tage!«

Jenny schnaubt. »Ich hab mal wieder alles verbockt, oder?«

»Geh heute Abend wieder hin«, ist alles, was mir einfällt. »Und rauch nicht auf der ITS, sonst schmeißen sie dich raus.«

Zurück auf der Chirurgie nimmt Jenny bedrückt ihre Patienten-Runde auf, sie hat ja versprochen, die Besuchszeit bei Paula von der Mittagspause abzuziehen. Isa ist ebenfalls hiergeblieben, sie bereitet sich auf die Ileozökalresektion am Nachmittag vor und ist schon wieder voll im Lerneifer. Ich erbiete mich großzügig, meinen Freundinnen eine Grundverpflegung aus der Cafeteria mitzubringen, doch beide lehnen ab. »Ich bin zu nervös, um zu essen«, sagt Isa. »Und ich bin zu schlecht gelaunt«, ergänzt Jenny. Ich gehe also allein.

Tobias ist nicht da, aber Ruben gibt sich alle Mühe, meinen Aufenthalt an seinem Tresen hinauszuzögern – er nimmt alle anderen vor mir dran, bis wir allein an seiner Theke sind. »Pass ein bisschen auf, Lena!«, sagt er leise, als er mir endlich ein Sandwich zurechtschneidet. »In letzter Zeit herrscht hier ein gesteigertes Interesse daran, wer wem zu tief in die Augen schaut …« Ich sehe ihn perplex an. Was habe ich denn getan?! »Du erscheinst jeden Tag mit einem Schäfchenblick – und ein gewisser Oberarzt, der vorher nur einmal im Monat Zeit zum Mittagessen fand, kommt plötzlich regelmäßig her und sitzt stundenlang herum. Glaubst du nicht, dass das auffällt?«

Ich beiße hastig in mein Sandwich, entschlossen, sofort wieder zu gehen. Ruben lächelt leicht. »Du willst beides, die Liebe und den Beruf. Aber sei vorsichtig, mein lieber Spiderman, wenn du versuchst, heimlich beides zu haben. Denn falls der Gnorm darauf kommt, wird er dich vernichten.« Bei Spiderman gibt es keinen Gnorm. Aber dieser Einwand prallt an Ruben ab.

»Wenn deine Sache rauskommt, wird es größere Konsequenzen haben als nur ein paar Tage OP-Sperre«, sagt er leise. »Und verlass dich drauf, wenn jemand DAS sieht, geht er nicht nur zu deiner Oberärztin, sondern gleich zum Chef.«

»Meinst du Jenny?«, frage ich überrascht. »Heißt das, es hat sie doch jemand verpetzt?«

Ruben lacht. »Deine Oberärztin ist doch nicht der Typ, der den PJlern nachspioniert. Und wenn sie selbst Jenny erwischt hätte, hätte sie gleich an Ort und Stelle ein Fass aufgemacht. Wahrscheinlich wäre es dann nicht mal so schlimm gewesen. Aber wer es ihr hinterhergetragen hat, hat wohl noch einiges dazuerfunden …«

»Aber WER?«, frage ich aufgebracht.

Ruben zuckt mit den Schultern. »Pass einfach auf.«

Bevor ich zur Inquisition schreiten kann – ich bin sicher, dass er einen konkreten Verdacht hat – kommt eine ganze Riege Schwestern an den Tresen. Ich verdrücke mich, meine Pause ist längst um. Auf dem Gang gehe ich so langsam wie nur möglich an Tobias' Büro vorbei, doch die Tür ist geschlossen. Ich bleibe nur kurz stehen, dann wende ich mich entschlossen dem Aufzug zu. Erstens, weil wir ja bereits verabredet sind. Und zweitens, weil Rubens Warnung so nachdrücklich war, dass ich es mich einfach nicht traue, noch ein weiteres Mal über den Gang zu schleichen.

Kurz bevor sich die Fahrstuhltür schließt, springt Schwester Jana zu mir in den Aufzug. »Na, Mäuschen?«, lacht sie. »Ein fescher Kerl, dieser Koch, was?«

Und weil sie so neugierig dreinschaut und ich schon gestern Abend so ein komisches Gefühl hatte, erlaube ich dem kleinen Teufel in mir, zu antworten: »Triff dich nur ja nicht während der Dienstzeit mit ihm – nicht dass dich auch noch jemand verpetzt!«

Isa fehlt bei der Nachmittagsvisite, die OP der Morbus-Crohn-Patientin hat gerade angefangen. Sabrina hingegen nimmt noch an der Runde teil, aber sie erwähnt jetzt schon wichtig, dass sie eher verschwindet, weil sie ja heute Nachmittag zu einer 3-Stunden-OP eingeteilt ist. Bin ich gemein, wenn ich jetzt schon voraussage, wie sie sich nachher brüsten wird? Dr. Gode gesteht der Patientin Zietler den von mir versprochenen kurzen Spaziergang zu, ihre Augen leuchten. Professor Dehmel hat sich inzwischen in seinem Zimmer eingerichtet und der Stationsarzt erteilt mir bei der Visite gleich das Wort. »Ihr Patient«, sagt er und ich höre die anderen PJler tuscheln.

Ich versuche mich auf die Beschreibung der anstehenden vorbereitenden Untersuchungen zu konzentrieren. Warum sehen die sich so komisch an? Habe ich irgendetwas Falsches aufgezählt? Stimmte die Reihenfolge? Wenn mir ein Fehler unterlaufen wäre, würde Dr. Gode mich doch wohl darauf aufmerksam machen?! Aber er nickt nur und macht sich Notizen. Ich merke, dass ich ins Stottern gerate. Was ist denn nur los?!

Auch Dr. Gode scheint schließlich zu merken, dass die Aufmerksamkeit der PJler-Riege irgendwie abgelenkt ist. Er lässt den Stift sinken und sieht die anderen eindringlich an. »Frau Weissenbach ist eine äußerst engagierte und vielversprechende Kollegin.« Wie bitte? Worum geht es denn hier? Er bedeutet mir mit einer schnellen Handbewegung, fortzufahren. Ich bringe den Bericht, so gut ich kann, zu Ende und schaffe auch noch eine freundliche Verabschiedung von Professor Dehmel, doch die ganze Zeit kreiselt das Gedankenkarussell in meinem Kopf wie im Sturm. Was haben die denn?

Auf dem Flur vor dem Krankenzimmer versammelt Dr. Gode die PJler um sich. »Bevor wir weitergehen«, sagt er knapp in die Runde, »wäre es nett, wenn Sie Ihre Bedenken mit uns teilen würden.« Verlegenes Schweigen. Ich weiß immer noch nicht, worum es geht. »Na dann«, sagt Dr. Gode etwas geringschätzig, »melden sich doch jetzt mal alle, die NICHT versucht hätten, sich eine Bypass-OP zu schnappen!«

WAS?! Ich hab nicht … An die OP habe ich doch gar nicht gedacht! Das Schweigen ringsum macht deutlich, dass alle anderen sehr wohl daran gedacht haben. Keiner meldet sich, so anständig sind sie immerhin. Ich räuspere mich, ich MUSS etwas dazu sagen. »Ich habe Professor Dehmel aufgenommen und wir haben uns gut verstanden …«, beginne ich zaghaft. Aber, Moment, Lena, willst du dich jetzt etwa entschuldigen?! Warum so bescheiden? »Wer bei der OP assistieren darf, entscheidet am Ende sowieso Dr. Thiersch«, sage ich und hoffe, dass es sich nicht beleidigt anhört.

»Du musst schon entschuldigen«, sagt Sabrina und ihre verständnisheischende Stimme klingt falsch. »Aber es wirkt doch ein wenig wie übertriebener Ehrgeiz. Eine Bypass-OP, nachdem man schon bei einem Blinddarmeingriff ohnmächtig geworden ist …« Dr. Gode holt Luft – aber ich kann doch nicht zulassen, dass er jetzt für mich in die Bresche springt, das würde ja erst recht nach unverdienter Bevorteilung aussehen! Ich muss selbst auf diese Unverschämtheit antworten, bevor er es tut! Nur wie?

Wir kommen beide nicht zu Wort. Denn ehe ich eine Entgegnung zurechtformuliert habe, tritt Jenny nach vorn und funkelt Sabrina Furcht einflößend an. »Jetzt könnte noch mal aufzeigen, wen noch nie bei einer OP die Kraft oder die Nerven verlassen haben«, faucht sie in die Runde. Die anderen ziehen Gesichter, aber sie schweigen. Nur Ernie, immer etwas langsamer, hebt die Hand. »Verpfeif dich, du Lackaffe«, faucht Jenny. »Und ich wünsche dir, dass du bei den nächsten fünf OPs jedes Mal auf den Tisch kotzt.« Ernie starrt sie sprachlos an, aber er lässt die Hand sinken. Ja, das kann meine schöne Freundin hervorragend: Ihre Mischung aus engelsgleichem Erscheinungsbild und derbem Mundwerk hat schon ganz andere eingeschüchtert.

Endlich schreitet Dr. Gode ein. »Das reicht jetzt«, sagt er entschieden und winkt uns harsch zum nächsten Krankenzimmer. Ich bin immer noch ganz benommen. Sind wir so? Sollen wir so sein? Ich fühle mich grauenhaft.

Dr. Gode hält mich an der Zimmertür zurück. »Dass Sie sich nicht aus Profilierungssucht bewerben, ehrt Sie«, sagt er leise und ernsthaft. »Aber ich habe Ihnen den Patienten genau deshalb zugeteilt. Damit Sie sich beweisen können.« Ist es ein Wunder, dass ich dem Rest der Visite nicht mehr mit voller Konzentration folgen kann?!

Ich mache mir den Nachmittag über so viel wie möglich zu tun und übernehme ein paar Extraaufgaben. Lieber dem Hirn nicht allzu viel Auslauf lassen! Als Professor Dehmel das Belastungs-EKG und den Lungenfunktionstest überstanden hat und ich sogar noch einige Minuten mit Frau Zietlers Mann verbracht habe, um ihn über die Entlassungsaussichten seiner Frau aufzuklären, ist es immer noch nicht sieben. Schwester Jana fragt, warum ich nicht nach Hause gehe. Jenny muss sicher eine Weile nacharbeiten und Isas OP dauert wohl auch noch. »Geh doch schon mal vor, Mäuschen, und ruh dich aus«, sagt sie mütterlich. »Oder worauf wartest du?« Irgendwie traue ich ihr nicht mehr. Ich wünsche einen schönen Feierabend und verlasse die Station.

Im Treppenhaus lehnt ein großer blonder Junge an der Wand. Felix. »Na endlich«, seufzt er, »ich warte seit einer halben Stunde!« Leider muss ich ihm die Hoffnung nehmen, Jenny kommt frühestens in einer Stunde – und ist vielleicht nicht allzu begeistert, wenn er hier herumlungert. Felix lacht. »Nach Dienstschluss kann es doch allen schnurzegal sein, ob wir uns treffen! Ich finde eher, wir sollten jetzt gerade oft hier rumknutschen!« Ich muss lachen, eigentlich entspricht das wohl auch Jennys Haltung. »Ist es nicht entsetzlich ungerecht?!«, empört sich Felix. »Als wäre Jenny pflichtvergessen! Dabei sitzt sie jeden zweiten Abend daheim und lernt!«

Ups. Fast wäre mir ein ungläubiges »Wer sagt das denn?« entschlüpft, ich kann mich gerade noch bremsen. Denn natürlich sagt das Jenny. Und der Laborassistent sollte nicht erfahren, dass sie jeden zweiten Abend genauso ungehemmt ausgeht – nur mit Björn statt mit ihm. Bevor ich einen blöden Fehler mache, lasse ich ihn stehen. Aber es ist immer noch erst zwanzig vor sieben und draußen liegt Schnee. Ein Feierabendkaffee bei Ruben könnte die Zeit wie im Fluge vergehen lassen – und vielleicht finde ich dann auch raus, was er mir beim Mittagessen nicht verraten hat?

Auf dem Weg zur Cafeteria komme ich am Durchgang zur ITS vorbei. Schade um den Feierabendkaffee.

In Paulas Zimmer ist es still, aber sie ist wach. Ich setze mich zu ihr. Noch auf dem Gang waren alle Worte da, entschlossene Worte, absolut deutliche. Doch dieser schmalen Frau kann ich sie nicht entgegenschleudern, so verletzlich wirkt sie hier, so dünnhäutig.

»Jenny macht sich Vorwürfe«, beginne ich endlich.

Paula sieht mich an. »Ich hatte solche Angst … Jenny hat es geschafft …« Das Sprechen fällt ihr schrecklich schwer. Ich weiß, was sie sagen will. An Jennys Seite fühlt man sich irgendwie unbesiegbar. »Im Stich gelassen …«, sagt Paula. Und jetzt kommen doch all die zurechtgelegten Worte zurück.

»Jenny hat Sie gern«, sage ich laut, »ihr war nichts wichtiger, als bei Ihnen zu sein, für Sie da zu sein. Sie kann nichts dafür, dass sie von Ihrer OP abgezogen wurde! Hätte sie gewusst, dass das passieren kann …« Ich bin fast versucht, noch einmal Isas Bild von der Nonnenwerdung zu bemühen. »Es ist absolut nicht gerecht, dass Sie sie jetzt auch noch bestrafen. Als wäre es nicht Strafe genug, dass sie Ihnen nicht beistehen durfte. Und ich schwöre, sie war jeden Moment für Sie da, hat hier auf Sie gewartet. Anteilnehmender und mitfühlender hätte sie im OP auch nicht sein können.« Paula nickt endlich. »Wenn sie nachher zu Ihnen kommt, reden Sie mit ihr!«, verlange ich. »Sie ist nämlich die beste Freundin, die man haben kann.«

Irre ich mich oder lächelt Paula ein bisschen? Sie hebt die Hand einen Zentimeter und deutet auf das Schlauchgewirr. »Reden ist noch schlecht«, haucht sie.

Ich muss grinsen, schüttle den Kopf. »Für eine Entschuldigung wird es schon reichen.«

Eine Schwester steckt den Kopf zur Tür herein und sieht mich missbilligend an. »Sagen Sie mal, geht's Ihnen noch gut?!«, meckert sie mich an. »Zicken Sie hier meine Patienten an? Die Frau muss sich schonen!« Ich sehe sie erschrocken an. Doch Paula hebt die Hand noch einen Zentimeter in Richtung Schwester und sagt: »Halten Sie doch die Klappe!« Die Schwester schließt empört die Tür, wahrscheinlich geht sie einen Arzt holen. Ich lächle Paula an. »Glückwunsch«, sage ich leise, aber ich muss lachen. »Der erste vollständige Satz – und gleich eine volle Breitseite! Sie sind garantiert schnell wieder ganz die Alte.« Paula sieht sehr zufrieden aus. Und ich verkrümele mich schnell, eh der Arzt kommt und mich völlig zu Recht runterputzt.

Inzwischen ist es schon fünf nach sieben, ich stürme in den

Umkleideraum. Isa ist gerade fertig, sie wirkt erschöpft aber glücklich, hüllt sich ganz langsam in ihre Jacke. »Geschafft!«, haucht sie. »Über zwei Stunden! Aber ich habe es wieder ohne Zwischenfälle überstanden, obwohl alles drunter und drüber ging.« Stolz und immer noch außer Atem fasst sie in typischer Isa-Manier die OP zusammen; ich weiß, dass sie sich jetzt alles noch einmal aus dem Kopf reden muss und erwähne nicht, dass ich in romantischer Eile bin. Während der OP hat sich herausgestellt, dass eine Laparoskopie nicht durchführbar war; der Chirurg hatte bei der Schlüssellochtechnik zu schlechte Sicht, spontan wurde das Verfahren geändert und offen operiert. Isa durfte Haken halten, spülen und die Haut zunähen. »Superekelig«, gesteht sie. »Als wir das betroffene Stück rausgenommen und aufgeschnitten haben, um es zu untersuchen, dachte ich kurz, ich schaffe es nicht. Ich habe versucht, nur an das Schema zu denken und zwischendurch habe ich die Instrumente durchgezählt, als würde ich darin abgefragt. Dann ging es.« Sie ist immer noch ganz aufgeregt. Ich mache ihr die Freude, beeindruckt ihre Haltung zu loben, und erkläre, dass ich garantiert wieder in Ohnmacht gefallen wäre. Sie winkt ab. So viel Lob will sie dann doch nicht. »Weißt du, Lena, es gibt so viel Schwierigeres. Ich möchte lieber noch dreizehn solcher Resektionen überstehen, als selbst der Patient zu sein.« Ich nicke. »Oder mit Tom zu reden …«, fügt sie leise hinzu.

»Hast du ihn heute schon gesprochen?«

Isa schüttelt den Kopf. »Ich fahre gleich zu ihm. Wir haben doch nur noch so wenig Zeit … Wäre es nicht idiotisch, die mit Streit und Gerede zu vergeuden?!«

Ich gebe ihr recht. Und endlich kommt sie auf den Gedanken, dass auch ich keine Zeit zu verlieren habe. Sie sieht zur Uhr und packt mich am Arm. »Du bist wirklich eine wunderbare Freundin«, lacht sie. »Stehst hier rum und hörst dir meine Darmresektions-Geschichten an, während dein Tobias ungeduldig um sein Auto spaziert!« Endlich verlassen wir den Umkleideraum, es ist fast halb acht.

»Lena, wenn du das Gefühl hast, zu wenig Zeit mit deinen

Freundinnen zu verbringen, verstehe ich das«, sagt Tobias, als wir durch die schneevermatschte Stadt fahren. »Ich möchte nicht, dass du dich einschränkst, nur weil ich mich nicht mit den beiden treffen kann.« Ich nicke. Aber so ist es doch! Wir können ja nichts zu viert unternehmen! Fehlt nur noch, dass er sagt, dass wir uns ja nicht jeden Abend sehen müssen. »Was möchtest du? Soll ich dich heimbringen?«, fragt er.

Ich bin hin- und hergerissen. Wir haben uns schon gestern nicht gesehen, er hat mir so gefehlt. Aber wird Isa mich nicht brauchen, wenn ihr Gespräch mit Tom wieder so schiefläuft? Wie geht es meiner Freundin Jenny, die immer für mich da ist?

»Ich weiß es nicht«, sage ich leise. Er lächelt mich an, nimmt meine Hand. »Schrecklich kompliziert, was?« Na, das ist ja noch milde ausgedrückt, Herr Oberarzt.

Das Auto biegt um die Ecke, wir passieren den kleinen Park hinter dem Krankenhaus. Zwei Menschen gehen ganz langsam nebeneinander her, er stützt sie, sie lehnt sich an ihn an. Anna Zietler und ihr Mann machen ihren Schneespaziergang. Morgen, Isa, gelobe ich stumm in den Abendhimmel, morgen, Jenny, versprochen. Jetzt aber, heute, möchte ich genau das.

Tobias kocht so gewissenhaft, wie er Medikamente verschreibt. Ich finde es wunderschön, kleine Dinge über ihn herauszufinden. Vielleicht liegt das daran, dass er so wenig Privates erzählt, dass mir gar nichts anderes übrig bleibt, als ihn zu beobachten. Ich sehe zu, wie er Tomaten ohne hinzusehen in genau gleich große Teile zerschneidet, und finde es bezaubernd. Er wirft Blätter in die Soße, probiert, runzelt die Stirn, wirft noch ein paar hinterher, kostet wieder und nickt. Ich habe ihn mit demselben Stirnrunzeln Patientenberichte lesen sehen, nachdenklich nicken, eine Medikamentendosis heraufsetzen. Ich darf ihm nicht helfen, also habe ich es mir an seinem Küchentresen gemütlich gemacht, er stellt mir ein Glas Wein hin und ich fühle mich beneidenswert erwachsen. Hier geht es nicht um Beeindrucken, Darstellen, Abschätzen, hier ist alles ganz vertraut.

»Erzähl ein bisschen!«, sagt er. Ich beginne bei Isa und Jenny, rede von meinen Patienten, der OP-Vergabe-Praxis, die wir alle nicht durchschauen, und meinem unbeabsichtigten neuen Biest-Ruf. Tobias glaubt mir, dass ich mir nie einen Patienten krallen würde, um eine besondere OP zu bekommen, aber er lächelt ein wenig und erklärt, was ich Anständigkeit nenne, könnte bei anderen als Naivität durchgehen. Ich überlege kurz, ob ich gekränkt sein sollte. Aber er sieht mich ernst an und sagt: »Lass dir das nicht wieder wegnehmen, Lena! Lass dir nicht einreden, jemand anders könnte es besser oder habe es mehr verdient. Du wirst keine gute Ärztin, wenn du zu bescheiden bist.« Der kleine beleidigte Teufel, der das Wort »Naivität« übel nehmen wollte, kriecht beschämt in seine Höhle zurück.

Das Essen ist richtig gut. Damit habe ich nicht gerechnet. Aber mein Kompliment winkt Tobias beiseite und behauptet, er könne genau dieses eine Gericht. War ihm das jetzt unangenehm? Irgendwie kenne ich mich doch immer noch nicht richtig aus bei ihm.

»Was möchtest du?«, fragt er nach dem Essen.

Ich weiß nicht, was sagt man denn da? Will er wissen, ob ich hier übernachte? Das weiß ich doch selbst noch nicht … Er wartet, ich überlege, und kurz bevor es seltsam wird, fragt jemand mit meiner Stimme: »Können wir den Kamin anmachen?«

Tobias lacht. »Ehrlich gesagt, der war noch nie an. Aber versuchen können wir's.« Das kann ich ja wohl nicht glauben! Hat einen riesigen Kamin im Wohnzimmer und ihn noch nie benutzt?!

»Seit wann wohnst du hier?«, frage ich. Er zuckt die Achseln. »Vier Jahre?«

»Du spinnst, Herr Oberarzt!«, antworte ich fassungslos.

Es gibt selbstverständlich kein Feuerholz in dieser Wohnung und Tobias' Bereitschaft, noch einmal loszufahren, hält sich – ebenfalls verständlich – ziemlich in Grenzen. Aber ich wünsche mir das Feuer einfach dreist als Gegenleistung für die Rückgabe der Thermotasse, die immer noch in meiner Handtasche vergraben ist.

»Dir werde ich wohl nie wieder etwas leihen können!«, seufzt

Tobias, aber er zieht seine Jacke wieder an. Und der gemeinsame Spaziergang durch den Restschneematsch zur Tankstelle ist fast ebenso schön wie das Feuer, das wir später in mehreren Anläufen und mit heftiger Rauchentwicklung in Gang setzen. Als es endlich brennt, ist das Zimmer ziemlich verqualmt, aber ich will nicht klein beigeben und bin entschlossen, das Feuer schön zu finden und zu verteidigen, bis ich blau anlaufe.

»Deine Tapferkeit ist entzückend, Lena«, sagt Tobias irgendwann, »aber so geht es nicht. Ich will dich nicht grau und japsend hier raustragen müssen.« Er öffnet das Fenster, ich bin enttäuscht.

»Da will man einmal im Leben romantisch am Feuer sitzen …«, jammere ich bemüht kläglich vor mich hin.

Tobias sieht mich an und seufzt. »Na gut, du trauriges Entlein«, sagt er lieb und verschwindet im Schlafzimmer – um kurz darauf sein gesamtes schickgraues Bettzeug auf dem Boden vor dem Kamin auszubreiten. Den Rest des Abends sitzen wir in dem Deckenberg vor dem offenen Feuer, während die kalte Schneeluft zum Fenster hereinströmt. Eine seltsame Mischung aus Dekadenz und Lagerfeuerromantik, wundervoll. Die ganze Stadt ist im Laufe des Tages grau und vermatscht geworden, doch auf dem Balkon vor unserem Lager strahlt der Schnee noch unberührt weiß.

18

Wieder ein Morgen, an dem ich erst kurz vor dem Arbeitsaufbruch zu Hause ankomme – mit latent schlechtem Gewissen. Noch vor einer Stunde hatte ich fest geplant, wenigstens zum Frühstück da zu sein. Meine Freundinnen aber sind allerliebst und behaupten, meine Abtrünnigkeit nicht übel zu nehmen. »Wir sind doch froh, dass wenigstens eine von uns glücklich verliebt ist«, sagt Isa – das ist jedoch nicht gerade der beste Weg, meine Gewissensbisse zu beruhigen.

Zum Glück widerspricht Jenny dieser pessimistischen Einschätzung; seit sie sich gestern Abend mit Paula ausgesprochen hat, ist sie wieder glänzender Laune. Sie bekräftigt, dass sie auch »angenehm zufrieden verliebt« sei, nur eben doppelt. »Ich schwöre euch«, erklärt sie mit der ureigenen Jenny-Logik, »wenn ich mich für einen entscheiden müsste, würden mir beide nur noch halb so gut gefallen!« Dass das ziemlich unfair ist, will sie nicht hören, so einfühlsam Isa ihr auch ins Gewissen redet. »Na weißt du, DU solltest die Vorteilhaftigkeit einer Doppelbeziehung doch gerade nachvollziehen können!«, lacht Jenny. »Wenn von MEINEN Freunden einer wegziehen will, habe ich immerhin noch den anderen.«

Meine Freundinnen wollen alles über den Abend bei Tobias wissen und ich tue nichts lieber, als ausführlich zu berichten. Die Geschichte vom unbenutzten Kamin können sie kaum glauben. »Er wird doch in den vier Jahren mal eine Frau mit heimgebracht haben«, sagt Jenny kopfschüttelnd. »Ist er echt SO unromantisch, dass er nicht mal zur Frauenbeeindruckung Feuer macht?« Ehrlich gesagt ziehe ich die Vorstellung vor, dass er sonst KEINE Frauen mitgebracht hat.

Die Morgenbesprechung ist zum ersten Mal locker und angenehm; Dr. Thiersch ist ungewohnt guter Stimmung, als sie die PJler um ihre OP-Berichte bittet. Sabrina glänzt mit ihrem Report von der Proktokolektomie, sie durfte nicht nur die Bauchdecke verschließen, sondern sogar die Öffnungen der Dünndarmschlinge mit der Haut vernähen. Sie gibt nicht wirklich an, dafür nimmt sie die Sache viel zu ernst. Aber sie hebt deutlich hervor, dass die Chirurgen ihr besonderes Vertrauen geschenkt haben und vergisst nicht, zu erwähnen, wie sehr sie das ehrt. Ich finde es gerade wegen der herausgestellten Bescheidenheit einfach ätzend. (Nichts ist doch schlimmer als Angeberei in Demut verpackt!) Wenn Dr. Thiersch Sabrinas Wichtigtuerei missfällt, zeigt sie es nicht. Aber statt ihren Schützling besonders zu loben, erteilt sie Isa das Wort. »Sie haben gestern hautnah erfahren, was es bedeutet, wenn während einer OP Komplikationen auftreten, und sich vorbildlich verhalten. Ich glaube, Ihre Schilderung könnte für Ihre Kollegen etwas wertvoller sein als der vierte Bericht von einer planmäßig gelaufenen Muster-OP.« Sabrina sackt in sich zusammen wie ein angestochener Jahrmarktsballon; das war subtil, aber eindeutig.

Zum Glück ist Isa viel zu nett und bescheiden, um die Situation auszunutzen, sie berichtet gewissenhaft, ohne ihre Unsicherheit zu unterschlagen. Zur Belohnung bekommt sie heute die erste der beiden vakanten OPs zugesprochen. Es fehlt nicht mehr viel und meine zurückhaltende Freundin wird zum neuen Liebling der Oberärztin. Sabrina wird in der Beliebtheitsliste offenbar zurückgestuft, denn die zweite OP geht an Ernie. Ich sehe, wie Sabrinas hoffnungsvolles Lächeln erstirbt, als Dr. Thiersch an ihr vorbei auf den Konkurrenten zeigt, und habe schon fast wieder Mitleid.

Weder zu Jenny noch zu mir und meinem neuen Patienten sagt Dr. Thiersch ein einziges Wort. Jenny traut sich immerhin, bei der Absprache der Tagesaufgaben zu erwähnen, dass sie zwischendurch ihre Patientin auf der ITS besuchen möchte. Weil Paula noch viel schläft und zudem eine Menge Untersuchungen über sich ergehen lassen muss, wird Jenny ihren Besuch danach richten, wann Paula frei und wach ist; die ausgefallene Zeit arbeitet sie aber nach. Dr. Thiersch nickt nur. Ich wage es nicht, mein eigenes unangesprochenes Thema in die Runde zu werfen, sondern entscheide mich, Professor Dehmel einfach unkommentiert weiterzubetreuen. Wenn Dr. Thiersch findet, ein KHK-Patient sei zu hoch für mich, soll sie das doch selbst ansprechen! (Okay. Vielleicht hoffe ich doch ein wenig, dass ich so stillschweigend meinen Platz festige und schließlich wie selbstverständlich zu der Bypass-OP eingeteilt werde?)

Bevor an Professor Dehmels OP zu denken ist, sind noch jede Menge Befunde und Untersuchungen notwendig. Ich begleite den alten Herrn zum Röntgen und zur Ultraschalluntersuchung der hirnversorgenden Arterien. Er ist auch heute sehr höflich und trotz der anstrengenden Untersuchungen beherrscht charmant. Eine Unterhaltung über das Studium zu seiner und zu meiner Zeit führt dazu, dass er es sich zur Aufgabe macht, mir ein Promotionsthema auszusuchen. Er selbst ist Professor der Physik und hat von der Medizin und unserem Studienablauf gar nicht so viel Ahnung. Aber jedes Mal, wenn ich ihn von einer weiteren Untersuchung in Empfang nehme, hat er sich einen neuen Themenvorschlag überlegt. Die meisten haben mit Physik zu tun. Mal geht es um Strahlenschutztechniken, mal um Nuklearmedizin; als ich ihn von der Sonographie abhole, ist er sogar der Meinung, ich könnte ein ganz neues bildgebendes Verfahren entwickeln, das CT, MRT und Ultraschall alt aussehen lässt. Dass ich in Physik nie geglänzt und keinerlei Zukunftsabsichten in diesem Bereich habe, übergeht er. »Sie entdecken sicher bald Ihr Herz für die medizinische Physik. Ich fördere Sie doch!«, erklärt er entschieden. Ich erwähne nicht, dass beides nichts für mich ist – und deute seine Bemühungen einfach dahingehend, dass er mich gern hat und vielleicht irrigerweise meint, er müsse mir für die Betreuung etwas zurückgeben. Gestern hat er mit demselben Ehrgeiz das Thema »Telefonnummern für die Testamentsbeilage« verfolgt, heute nun sammelt er Promotionsthemen; ich schätze, er braucht einfach was zu tun. Wenn es ihn von der Angst vor der OP ablenkt, werde ich bestimmt nicht sagen, dass seine engagierte Themenausformulierung an mich verschwendet ist!

Am unangenehmsten für meinen Patienten ist die Herzkatheteruntersuchung, bei der die Schwere der Verengung beurteilt werden soll. Dies ist nicht ganz risikofrei, ich bin ziemlich aufgeregt, als ich mit dem Professor ins Katheterlabor hinunterfahre. Natürlich führe nicht ich die Untersuchung durch. Aber all die vorbereitenden Tests, die Komplikationen bei der Herzkatheteruntersuchung ausschließen sollen, unterlagen meiner Verantwortung. Zum ersten Mal. Ja, ich habe alles mit Dr. Gode abgesprochen, jeden Befund kontrollieren lassen. Die ganze Mittagspause habe ich damit verbracht, alles noch und noch mal durchzusehen. Ich HABE nichts vergessen. Trotzdem. Als ich die Bleischürze anlege, muss ich schwer durchatmen. Ich wäre um einiges entspannter, hätte man mir im Studium nicht zu jeder Untersuchung auch die Letalitätsrate beigebracht. Ich weiß, wie viel schiefgehen kann. Beruhige dich, Lena, eine Kontrastmittelallergie ist nicht bekannt, Dehmels Nieren sind in Ordnung und die Schilddrüse hast du auch untersuchen lassen! Kannst du jetzt bitte lockerlassen, du machst sonst noch deinen Patienten verrückt!

Eine Schwester spritzt dem Professor ein Beruhigungsmittel, ich trete noch einmal zu ihm, bevor die Schleuse für den Katheter eingeführt wird. »Keine Sorge«, sage ich – unter dem Vorwand, nur IHN zu beruhigen –, »es wird alles gut gehen.« Wie sieht die Punktionsstelle aus? Es kann Nachblutungen geben. Gefäßanomalien. Ein Aneurysma … Mann, Lena, lass das!

»Wissen Sie was?«, fragt der Professor nachdenklich. »Wenn ich das hier so sehe, denke ich, Sie sollten doch im Strahlenschutz forschen …« Er lächelt und schließt die Augen, das Beruhigungsmittel wirkt.

»Mal sehen«, antworte ich leise. Und bin endlich auch ganz ruhig.

Die Ärztin lässt mich die Koronarangiographie am Röntgenbildschirm mit ansehen und beurteilen. Die Gefäßverengung ist gut zu lokalisieren, die Ärztin nickt mir zu. »Wann operieren Sie denn den alten Herrn?« Am Montag. Wenn alles gut geht. Sie lächelt. »Na dann legen Sie ihm eine schöne Umleitung, dann wird er bestimmt hundert.« Ich lächle zurück. Danke! An dich, dass du meine kurzfristige Panik gar nicht bemerkt hast und glaubst, ICH könnte so eine OP durchführen. Und an mich selbst, dass ich mittlerweile offenbar meine Unsicherheit so weit im Griff habe, dass ich schon mal den Patienten UND eine erfahrene Kardiologin darüber hinwegtäuschen kann. Dann ist es vielleicht wirklich nur noch ein kleiner Schritt, bis ich auch mich selbst nicht mehr so gemein nervös mache.

Zum Feierabend bin ich ziemlich erschöpft. Doch gerade als ich zum Dienstende-Aufatmen Luft hole, tickt ein typisches Absatzklackern über den Gang, Oberärztinnenabsätze. Eine winzige Kopfbewegung. »In mein Büro!«

Okay, Lena, jetzt gilt es. Du weißt, worum es gehen wird. Du hast dir nichts vorzuwerfen, SIE hat dir nichts mehr vorzuwerfen. Du hast dir den Patienten nicht geschnappt, sie hat ihn dir gegeben. Und auch wenn es dich gestern noch entsetzt hat – letztlich ist es genau das, was du möchtest: die OP des Professors.

»Wir machen also am Montag den Bypass«, sagt Dr. Thiersch und überfliegt Dehmels Akte. »Alles so weit vorbereitet?« Ich nicke. Weil sie nicht aufschaut, räuspere ich mich und bejahe noch einmal laut und deutlich. Sie steht nicht auf langes Palaver, das weiß ich inzwischen. Sollte ich trotzdem noch mal aufzählen, welche Stationen mein Professor und ich im Einzelnen durchlaufen haben? Nur wegen der Kompetenzwirkung? Ich liefere eine Zusammenfassung, endlich sieht sie auf. »Gut gemacht.« Punktsieg, Lena! Dein erstes Lob von der Eisprinzessin! Es kommt mir vor, als hätte noch nie im Leben jemand irgendeine meiner Taten anerkannt, so gut fühlt sich ihre Bestätigung an. Ich wette, ich strahle heller als ihre Designer-Neon-Schreibtischlampe.

Dr. Thiersch sieht in die Akte, runzelt die Stirn. Was hat sie? Glückskuli, steh mir bei! Habe ich Blödsinn geschrieben? Es sind ziemlich viele Seiten mit Bemerkungen in meiner Schrift. Zu viele? Wirkt das unsicher? Der Blick, der mich gleich darauf trifft, ist nicht wirklich böse. Aber bitterernst. »Das ist eine hoch komplizierte OP, Frau Weissenbach. Keine Anfängerstunde.« Ich nicke eilig, das ist mir klar. »Lass sie warnen, das muss sie doch«, sagt die Stimme in meinem Kopf. »Sie kann ja nicht einfach sagen: Hier, hurra, ein Bypass und viel Spaß!« Ich merke, dass ich bereit bin, mir die OP jede Menge Ermahnungen kosten zu lassen. Meinetwegen kann sie auch eine fünfzehnseitige schriftliche Anerkennung ihrer Risikoaufklärung verlangen, ich würde es tun. Ich will diese OP.

Aber ich habe mich getäuscht. Es geht ihr nicht darum, mir klarzumachen, dass das etwas ganz Besonderes ist und ihr wohlwollendes Gönnen verlangt. Es folgt etwas anderes. »Dass Sie als Anfängerin ohne jede Profilierung eine solche OP bekommen sollen, ist allgemein auf Unmut und Unverständnis gestoßen«, sagt Dr. Thiersch und klingt fast bedauernd. BEI WEM? Wer hat das gesagt? Ich bin sprachlos. Dr. Thiersch erklärt nicht, von wem die Rede ist. »Sie sehen sicher ein«, sagt sie stattdessen, »dass Sie nicht erfahren genug sind und das leichtsinnig und unberechtigt wäre.«

Als ich wieder auf dem Flur stehe, sind zwei Dinge glasklar: Ich werde bei Professor Dehmels OP nicht assistieren. Und irgendjemand von meinen Kollegen war sich nicht zu schade, bei der Oberärztin gegen mich vorzusprechen. Ich weiß nicht, was mich mehr kränkt. Ich fühle mich leer, enttäuscht, völlig erledigt. Ich verlasse die Klinik eilig, angetrieben von der Vorstellung, jetzt noch einen der Kollegen auf dem Gang zu treffen und argwöhnen zu müssen, ich würde diese Niederlage ihm verdanken. Ich springe eilig in den Fahrstuhl. Nur weg hier.

Da ist noch was: Ich habe mich nicht gewehrt. Ich habe genickt, vor Enttäuschung wortlos, und bin gegangen. Aus dem Büro geschlichen wie ein Schaf.

»Diese gemeine Kuh«, tobt Jenny; es ist wenigstens ein kleiner Trost, dass sie bei so was immer noch wütender wird als ich selbst. »Rufschädigend ist das! Sie hemmt unsere Entwicklung mit ihrer Eitelkeit! Ihre Lieblinge sammeln ihre Mappen voll und wir dürfen den ganzen Tag nur Wagen rumschieben!«

Es ist gut, dass sie so aufdreht, fast hätte Dr. Thierschs Absage wieder den kleinen Zweifelsfeigling in mir geweckt. Dass ich ja wirklich noch Anfängerin bin, wischt Jenny mit einer energischen Handbewegung beiseite. So wie meine Freundin es darstellt, könnte ich ein Gott am Skalpell sein und würde trotzdem keine Chance bekommen, solange ich kein Mann werde oder wenigstens doppelt so viel wiege wie die Oberärztin.

Isa ist ein wenig vorsichtiger, klar, sie hat heute ihre vierte OP bestreiten dürfen und ist auf dem besten Weg, die Vorzeigeassistentin zu werden. Natürlich findet sie es auch schrecklich unfair, dass ich die Bypass-OP nicht bekomme – mehr beschäftigt sie allerdings die Frage, wer bei Dr. Thiersch gegen mich gesprochen hat.

»Vielleicht müssen wir auch so werden?«, fragt sie furchtsam. »Vielleicht sollten wir uns auch einen verbündeten Arzt suchen, der uns OPs zuschiebt und die anderen beiseitedrängt?« Sie sieht uns ratlos an. Wir sind sprachlos, der Vorschlag passt absolut nicht zu der sanften Isa. »Leider weiß ich überhaupt nicht, wie man so was macht …«, setzt sie gleich hinterher – und das hört sich glücklicherweise wieder mehr nach Isa an.

»Das haben wir doch wohl nicht nötig«, empört sich Jenny. »Wir überzeugen durch ganz andere Werte. Aber den Kopf waschen sollte man der Eisprinzessin trotzdem – und den verlogenen Kollegen erst recht!« Das kann ich nicht, ich fühle mich einfach nur ausgebremst.

»Wenn ich das nächste Mal eingeteilt werde«, schlägt Isa vor, »könnte ich ablehnen und stattdessen dich vorschlagen.« Aber das weise ich ebenso entschieden zurück. Ich werde doch nicht meiner treuen Freundin die schwer verdienten OPs abnehmen!

Jennys Verarbeitungsidee ist typisch; sie hält eine Shoppingtour mit anschließendem Barbesuch für die beste Ablenkungsstrategie. Aber mir steht der Sinn nach etwas anderem. Anlehnen. Getröstet werden. Von jemandem, der vielleicht nicht nur aus freundschaftlicher Loyalität findet, dass ich eine gute Ärztin bin, die eine OP verdient hat und meistern könnte …

Isa und Jenny haben Verständnis, nicht nur weil ich so geknickt bin – und ich gelobe hoch und heilig, das Wochenende mit ihnen zu verbringen, bevor ich mich auf den Weg zu dem grünen Wagen mache, der für mich in den vergangenen Wochen zu einem Synonym für Geborgenheit geworden ist.

Ich lehne an Tobias' Auto, heute ist mir ganz egal, wer mich sieht. Wenn er doch nur bald käme … der Rest interessiert mich nicht. Leider kommt erst mal jemand anderes. Schwester Jana trottet über den Parkplatz, ihr Gesicht leuchtet verwundert auf. »Was machst du denn hier, Mäuschen?« Ich zucke die Schultern. Haltung, Lena! Du hast dein Geheimnis so lange und mit so viel Mühe gehütet – du wirst es doch jetzt nicht aus purer Erschöpfung preisgeben! Ich erzähle ihr eine laue Geschichte. Sie ist überrascht, dass ich auf meine Freundinnen warte; sind wir nicht zur selben Zeit gegangen? Ich bin zu müde. Auch meine Erklärung, wer warum noch mal hineingegangen sei, gerät etwas lahm. Leider geht Jana nicht, stattdessen schildert sie ausführlich ihre Wochenendpläne, um mir die Wartezeit zu verkürzen. Oh Mann, echt nett, aber könntest du jetzt gehen? Sie tut mir den Gefallen nicht.

Eben überhöre ich ihre Schilderung des wochenendlichen Großeinkaufs, als sich eine Gestalt in einer dunklen Jacke nähert. Meine Aufmerksamkeit ist schlagartig wieder da. Tobias.

»Guten Abend die Damen«, sagt er nett, »kann ich behilflich sein?«

Ich erweitere die blöde Geschichte von meinen verwirrten Freundinnen, die irgendwo hineingehen und nicht mehr herauskommen – nur für Schwester Jana. Dabei möchte ich mich doch einfach nur in seine Arme werfen und in aller Ausführlichkeit die Ungerechtigkeit der Welt im Allgemeinen (und meiner Oberärztin im Besonderen) bejammern. Tobias sieht an mir vorbei, mustert die Schwester und sagt dann etwas schroff: »Sie werden sich schon finden. Guten Abend.« Er steigt ein.

»Fräulein Weissenbach«, er fährt das Fenster nur wenige Zentimeter herunter, »Ihre Freundinnen sind wahrscheinlich schon an der S-Bahn. Es ist ziemlich idiotisch, hier unsinnig lang in der Kälte herumzustehen und sich eine Grippe zu holen. Sie haben eine Verantwortung Ihren Patienten gegenüber.« Damit lässt er das Fenster wieder hoch und fährt davon.

»So ein gefühlloser Klotz«, echauffiert sich Schwester Jana. »Er hätte doch fragen können, ob er uns mitnehmen soll!« Sie schnaubt empört. Ich aber muss mich ganz schön zusammenreißen, ihrer Entrüstung beizupflichten. So schnell es unauffällig geht, verabschiede ich mich von der Schwester und eile zur S-Bahn-Station. Und dort wartet mit laufendem Motor der grüne Wagen.

Tobias fängt mich auf. Ich sitze noch keine fünf Minuten im Auto, als ich bereits meine ganze OP-Absage-Enttäuschung vor ihm ausgebreitet habe. Er versteht meine Wut, meine Selbstzweifel aber blockt er ab. »Verlass dich drauf, Lena«, sagt er, »wenn du nicht gut wärst, würde dich niemand als Bedrohung empfinden. Es ist widerlich, dass solcher Neid und Konkurrenzkampf unter den Ärzten herrscht. Aber unsere Vorstellung von Ärzten, die Hand in Hand zum Wohl des Patienten arbeiten, ist nicht unbedingt alltagstauglich.«

»DU bist nicht so«, wehre ich mich. »Und ich will auch nicht so sein.«

Er lächelt mir zu. »Dann lass dich nicht beeinflussen. Versuch stattdessen, besser und besser zu werden, bis sie nicht mehr an dir vorbeikönnen. Und dann, wenn du selbst die Entscheidungen triffst, denk hieran zurück und mach es anders.« Natürlich, das klingt einfach, logisch, richtig. Wenn es doch nicht so schwer wäre! Tobias grinst plötzlich. »Wollte sich nicht jemand für die Chirurgie ein dickeres Fell zulegen?«

Ich lehne mich an ihn. »Kann ich das am Montag machen?«

Er nickt. »Du bist gut, Lena. Sei einfach, wie du bist.«

Es blubbert in meinem Bauch, in meinem Kopf. Ich bin gut. Es ist nicht nur, dass er das sagt. Sondern, dass er es so sagt, dass ich es ihm einfach glauben kann.

»Ich muss noch ein bisschen arbeiten«, sagt Tobias nach dem Essen. »Stört es dich?«

Ich schüttle den Kopf. Es tut so gut, hier zu sein. Es ist genauso schön, einfach an seinem Kamin zu sitzen und zuzusehen, wie er konzentriert ein paar verspätete Berichte schreibt. So normal. Als ob ich hierhergehöre. Ich schnappe mir ein paar überfällige PJ-Protokolle und mache mich ebenfalls an die Arbeit. Eine Weile sitzen wir schweigend über unseren Papieren, er am Schreibtisch, ich auf der Couch, mit einer dünnen Wolldecke zugedeckt. Zwischendurch muss ich immer wieder aufsehen, hinaus auf die verschneiten Bäume, hinüber zu Tobias. Ich weiß nicht, warum ich zu Hause mit den Protokollen nie so gut vorankomme. Es tut mir leid, mein heiß geliebter Glückskugelschreiber, du bist offenbar nicht ganz allein dafür verantwortlich, wie schnell mir die Arbeit von der Hand geht. Hier fühlt es sich richtig an. Wir sind zwei Ärzte, die nach Feierabend den unvermeidlichen Papierkram erledigen. Zwischen zwei Berichten sieht er auf. »Schön, dass du da bist«, sagt er, einfach so, dann schreibt er weiter. Ich könnte platzen vor Glück. Er hat es auch gemerkt!

Am Morgen habe ich den Klinik-Ärger vergessen und bin zappelig wie ein Kind am Geburtstag. Ein endloses freies Wochenende liegt vor mir, unzählbare Möglichkeiten. Ich möchte mit meinen Freundinnen durch die Stadt bummeln, endlich mal wieder zu dritt sein. Ich möchte lesen und in der Badewanne liegen. Und hier sein, ausgedehnt frühstücken, abends am Feuer sitzen.

»Entschuldige«, sagt Tobias, »da ist ein Essen, zu dem ich hinmuss.«

Erst ist die naive Lena am Zug, die im Kopf schon die komplette Garderobe – meine eigene und auch Jennys – auf etwas Oberarzt-Essen-Taugliches durchforstet. »Wann?«, fragt sie voller

Vorfreude. Tobias bleibt stumm, sein Blick ist eindeutig, mitleidig. Ach so, »ich« hat er gesagt – und gemeint. Nicht »wir«. Und er schwenkt auch jetzt nicht um und fragt, ob ich Lust habe oder bedauert wenigstens, dass er ohne Begleitung eingeladen ist. Er tut nicht einmal, als wäre es eine schreckliche Verpflichtung, die er ohne mich kaum überstehen wird. Nein, es ist völlig klar, dass er allein geht. Ich fühle mich schrecklich verstoßen. Wie affig, Lena, wie theatralisch, du hast dich doch im Leben noch auf kein Ärzteessen gewünscht. Aber darum geht es nicht. Ich will, dass er mich bei sich haben möchte, ist denn das zu viel verlangt?!

Im Coolbleiben war ich noch nie gut, Tobias merkt sofort, dass ich gekränkt bin. Doch auch dazu sagt er nichts, er nimmt es hin wie die Albernheit eines verwöhnten Kindes – mit dem Erfolg, dass ich noch misslauniger werde. »Komm schon«, sagt er nur, »wir sehen uns am Montag.« Als ob es bloß darum ginge!

Als ich mich verabschiede, ist noch nicht wieder alles gut. Ich gebe mir wirklich Mühe, eine ganz unbeeindruckte, lässige Frau zu sein. Eine, die nicht wegen eines allein verbrachten Abends beleidigt ist. Eine, die wiederzusehen man sich freut. Eine, die man ohnehin schrecklich vermisst, sodass man den freien Abend bereut. Es gelingt mir nicht ganz. Aber er sagt nichts.

An diesem Morgen tut es mir leid, dass ich erst so spät nach Hause komme.

19

Von wegen schönes Wochenende! In der WG herrscht konzentrierte Arbeitsstimmung, Jenny und Isa haben ihre Lehrbücher zwischen den Frühstücksresten ausgebreitet und den freien Morgen den Protokollen gewidmet. Ich lasse mich an den Küchentisch sinken, endlich daheim.

»Komm, Schätzchen, wach auf und fang an!« Jenny schiebt mir ihr Buch hin. »Je schneller wir das hinter uns bringen, umso mehr Wochenende ist übrig.«

Ich habe absolut keine Lust auf Protokollschreiben – muss ich ja auch nicht mehr. Ich will raus, bin fest entschlossen, ein wunderbares oberarztfreies Wochenende zu erleben. Mir fehlt nichts! Zum ersten und vielleicht einzigen Mal bin ich es, die die anderen von der Arbeit abhalten will.

»Gedulde dich, Liebes!«, lacht Jenny. »Erst die Arbeit. Ohne die Protokolle kannst du ja doch nicht abschalten.«

Meine Freundinnen sind entsetzt, dass ich mit meinen Berichten schon so weit bin. Allerdings aus unterschiedlichen Gründen. Isa hat Angst, selbst nicht genug geleistet zu haben. Jenny dagegen fragt lachend, ob uns wirklich nichts Besseres in der wenigen gemeinsamen Zeit einfällt. Bei der Erinnerung an die vertraute, stille gemeinsame Arbeit werde ich fast sentimental. Isa versteht mich.

»Ich konnte auch bei Tom immer am besten lernen …«, sagt sie. Es bringt mich auf den Boden zurück, dass meine Freundin weit mehr Grund hat, unglücklich zu sein. Also berichte ich Isa und Jenny von meiner morgendlichen Enttäuschung und klinge dabei endlich so abgeklärt, wie ich vorhin schon wirken wollte. Verglichen mit Isas Schicksal ist es doch wohl lächerlich, über Tobias' Distanziertheit betrübt zu sein. Isa sieht mich an, skeptisch.

»Findest du es wirklich schlimmer, wenn jemand sich von dir trennen MUSS und darunter leidet – als wenn jemand ohne dich sein WILL und kann?« Die Frage ist ernst gemeint. Ich muss schlucken.

»Ist ja nur fürs Wochenende«, halte ich kraftlos dagegen. »Wahrscheinlich würde ich mich sowieso schrecklich langweilen ...« Nein, ich mache es hier gerade absolut nicht besser!

Jenny klappt mit einem lauten Knall ihr Buch zu. »Könnt ihr nicht mal für EINE STUNDE eure Männergeschichten ruhen lassen?!« Haha, das sagt die Richtige – da sind Isa und ich uns wieder einig!

Jenny schlägt vor, dass wir die Wohnung schmücken. Ja, es ist noch schrecklich lange hin bis Weihnachten. Aber sie behauptet, der Advent sei immer zu kurz und wer könne wissen, wann wir das nächste Mal ein gemeinsames freies Wochenende haben werden. Wenn Tom von seiner Wohnungssuche zurückkommt und Tobias mich an seinen Ärzteessen teilhaben lässt, würden wir sie doch gleich im Stich lassen ... Sie schaut so mitleiderregend, dass wir sofort nachgeben. Warm eingepackt machen wir uns also auf den Weg, um Jennys Lieblingsramschläden nach verfrühter Weihnachtsdekoration abzuklappern.

Jenny kauft hemmungslos ein und belädt uns mit so vielen Weihnachtsutensilien, dass wir sie nicht nur nicht mehr tragen können – sie werden auch niemals alle in unsere Wohnung passen. Jenny winkt ab. »Eine richtige Weihnachtsdeko muss so dicht sein, dass man nichts anderes mehr sieht!«, belehrt sie uns. Ob wir wirklich Lust haben, schon von November an mit Rentier Rudolph und seinen Freunden auf Tuchfühlung zu leben, fragt sie nicht. Die Leute in der S-Bahn sehen uns an, als wären wir nicht gescheit. Wenn wir Glück haben, glauben sie nur, dass wir ein ganzes Kaufhaus dekorieren müssen.

Daheim laden wir japsend die unzähligen Tüten und Kisten ab – und jetzt schon ist vom Rest der Wohnung nichts mehr zu sehen. Jenny ist aber noch längst nicht fertig. Der große Karton, den sie aus ihrem Schrank wuchtet, enthält erst die wirklich wilden Weihnachtssachen – gegen die blinkenden Geweihe und singenden Wichtel, die sie hieraus zutage fördert, sind unsere Einkäufe Seniorenheimdeko.

»Das hätte doch völlig ausgereicht«, sagt Isa schwach. »Warum mussten wir noch so viel Kram dazukaufen?«

Jenny winkt ab. »Niemals, das füllt ja nicht mal EIN Zimmer. Aus blöder Fairness habe ich Tom damals die Hälfte der Weihnachtsausstattung überlassen.«

Ich glaube nicht, dass Tom seine Wohnung freiwillig derart grell schmücken würde, sicher verstaubt die andere Hälfte von Jennys kreischender Deko auf seinem Dachboden – aber Jenny sucht ja manchmal einfach Vorwände, um hemmungslos einzukaufen.

»Verdammt«, faucht sie plötzlich, »da muss was schiefgelaufen sein!« (Na davon bin ich schon seit einer Stunde überzeugt!) »Ich wette, Tom hat noch meinen Weihnachtselch.« Energisch zeigt sie auf Isa. »Wenn du ihn mir wiederbeschaffst, bringe ich dir eine Woche den Kaffee ans Bett!« Isa nickt erschrocken. Was kann ein Weihnachtselch hier noch schlimmer machen?

Jenny ist in Fahrt, verteilt mit großen Gesten den Weihnachtsklimbim in allen Zimmern, hängt falsche Gestecke auf, bindet Schleifen um alle Schranktüren und platziert bewegungsmeldergesteuerte singende Trolle. Isa und ich sehen sprachlos zu und vermeiden jede überflüssige Bewegung, um nicht mehr als einmal pro Minute den Trollgesang auszulösen. Ich verbiete den Übergriff auf mein Zimmer und suche mir nur ein einziges altes Bild aus, auf dem rotgesichtige Kinder Schlittschuh laufen. Das ist gerade genug für mich und zwischen all den Räuchermännern und funkelnden Engeln in Flur, Bad und Küche wäre es sicher untergegangen.

Nach einer Stunde bewegen wir uns fassungslos durch ein Disney-Winter-Wunderland. Jenny ist hoch zufrieden. »Endlich ein bisschen Stimmung in der Bude«, lacht sie. Ihre Untertreibungen waren nie verstörender. Einzig das Fehlen ihres Weihnachtselchs trübt Jennys Laune. »Wenn ihr ihn nur sehen könntet, ihr würdet heute Nacht mit mir in Toms Bude einbrechen, um ihn zurückzuerobern!« Wir erfahren, dass der Elch einen Meter hoch ist und einen echten handgestrickten Norwegerpullover trägt.

»Wenn du das Ungeheuer findest …«, raune ich Isa in einem unbeobachteten Moment zu, »ich erhöhe auf vier Wochen Kaffee-ans-Bett-bringen, wenn du ihn unterschlägst!« Isa nickt mir verschwörerisch zu.

Jennys Dekowut wird noch einmal unterbrochen, als Björn anruft. Wenn ich aus der einen Seite des Gesprächs, die ich mithören kann, richtig kombiniere, möchte er Jenny am Wochenende ausführen und vorher haarklein mit ihr absprechen, was es für Möglichkeiten gibt. Es klingt, als habe er für jede denkbare Jenny-Stimmung einen Plan vorbereitet und zähle sogar auf, was sie jeweils anziehen könnte.

»Björn, du machst mich rasend«, faucht Jenny ins Telefon. »Sei doch EINMAL spontan!« Dann legt sie auf. »Daran hat er eine Weile zu knabbern, schätze ich«, grinst sie uns gleich darauf an. »Hoffentlich bis morgen; heute treffe ich mich nämlich mit Felix.« Was ist sie doch für ein hartherzig-berechnendes Biest! Andere wären froh, wenn ihr Freund sich so engagieren würde. (Andere, die nämlich nicht mal genau wissen, ob sie das Wort »Freund« überhaupt benutzen dürfen!)

Als wir am Nachmittag erschöpft in unserem neuen Weihnachtsabenteuerland sitzen und Kakao trinken, grinst Jenny mich plötzlich schelmisch an. »Weißt du, wo das Essen stattfindet?« Klar. Wenigstens das konnte ich dem schweigsamen Oberarzt entlocken. »Warum?«

»Nun ja …« Jennys Grinsen verheißt nichts Gutes. »Was würde er denn tun, wenn da heute Abend ganz überraschend eine wunderschöne Frau auftaucht, die zufällig dasselbe Restaurant besucht?«

Oh nein, von solchen Tricks halte ich gar nichts! Ich werde doch nicht … Ist das nicht armselig?

»Ich leihe dir Björn«, lächelt Jenny. »Der ist parkettsicher und macht bestimmt Eindruck.«

Ich schüttle entschieden den Kopf. »Auf keinen Fall!«

Zwei Stunden später drehe ich mich in einem von Jennys besten Abendkleidern vor dem mit Schneeflocken beklebten Flurspiegel. Ich weiß nicht, wie sie mich dazu gebracht hat. Meine Selbstverteidigung – nichts spricht gegen ein schickes Kleid und vielleicht sieht er mich ja gar nicht – ist ziemlich fadenscheinig. Den Vorschlag, mir Björn auszuleihen, habe ich natürlich abgelehnt. Ich brächte es niemals fertig, im selben Raum – vielleicht sogar am Nebentisch! – zu sitzen, während Tobias sich mit seinen Freunden trifft. Wäre das nicht demütigend für uns beide?! Ganz abgesehen davon, dass er mich selbstverständlich durchschauen würde. Mein Plan ist kleiner – und würdevoller, hoffe ich. Ich werde ganz locker in meinem schönen Kleid am Restaurant vorbeikommen, wenn Tobias dort vorfährt. Im selben Areal liegen noch vier andere Restaurants; ich werde lächelnd erklären, in einem von ihnen mit meinen Freundinnen verabredet zu sein. Dabei sehe ich wahnsinnig gut und erwachsen und salonfähig aus. Eine schöne, gebildete Frau, mit der jeder klar denkende Mann den Abend verbringen möchte. Und wenn er dann doch versucht, mich umzustimmen und mich spontan zu seinem Essen dazubittet – meinetwegen gern. Wenn nicht, fahre ich wieder heim. Und weiß wenigstens Bescheid.

Jenny, die sich eben für ihre Felix-Verabredung aufmotzt, ist überzeugt von meinem Erfolg. Und Isa, die Vernünftigste von uns, ist zum Glück schon auf dem Weg zu Tom, um von seiner Wohnungssuche zu erfahren (und hoffentlich den Weihnachtselch verschwinden zu lassen). Deshalb lasse ich Jenny freie Hand an meiner Frisur und mich von ihr überzeugen, dass mein Vorhaben absolut nicht albern ist.

Mitten in unserer fröhlichen Vorbereitung klingelt es an der Tür. Ich drücke die Gegensprechanlage. Björn.

Jenny steht hinter mir und macht hektische Abwink-Gesten. Na klar, ich soll ihn loswerden, in wenigen Minuten muss Felix hier aufkreuzen!

»Jenny ist nicht da«, sage ich unhöflich, »und ich kann dich nicht reinbitten, weil ich …« (Hilfe! »Nackt bin«? »Besuch habe«?) »… gleich weg muss!« (Na bitte! Nicht immer sofort zum Äußersten greifen!)

»Wo ist sie denn?«, fragt Björn enttäuscht. Ich versuche, Jennys Gesten zu deuten. Offenbar richtig, denn als ich Björn erzähle, sie sei bei einer Freundin lernen, nickt Jenny zufrieden. Björn verabschiedet sich betrübt. Ich lege den Hörer der Sprechanlage auf, überprüfe noch zweimal, ob wirklich die Verbindung unterbrochen ist – und erkläre dann entschieden, dass ich so was nie nie wieder tun werde. Ich will in diese Sache nicht reingezogen werden! Björn tut mir leid.

Jenny ist unbeeindruckt. »Was fällt ihm denn auch ein?!«, fragt sie nur kess. »Einfach hier aufzukreuzen! Ist doch sonst nicht seine Art!« Ich erinnere daran, dass sie selbst ihm dringend geraten hat, spontaner zu werden – und er ihr offenbar sehr gern gefallen möchte. Jenny zuckt die Achseln. »Pech. Heute ist Felix dran.«

»Hast du ihm auch Verbesserungsvorschläge gemacht?«, frage ich bissig. »Kann es sein, dass er gleich mit Krawatte und Bügelfalte hier auftaucht?«

Jenny lacht und verneint. »Nicht nötig«, sagt sie. »Felix ist eigentlich ganz okay, so wie er ist.«

Hört, hört. Das ist ja wohl das höchste Lob für einen Typen, das ich jemals aus Jennys Mund gehört habe! »Also Felix?«, frage ich hoffnungsvoll. Doch so sehr will sich meine Freundin nicht festlegen lassen. »Im Vergleich mit Björn liegt er auf jeden Fall vorn«, ist das Einzige, was sie zugibt. »Nur wenn ich bloß noch ihn treffe, werde ich nie in einer Limo rumgefahren!« Dazu fällt mir nichts mehr ein.

»Jetzt komm!« Jenny zieht mich ins Bad zurück. »Was du dir da geschminkt hast, sieht aus wie Bluthochdruck.«

Ich will die Kritik beleidigt zurückweisen – dann aber fällt mein Blick in den Badspiegel. Ich sehe ganz falsch aus; unter der von Jenny kunstfertig arrangierten Frisur leuchtet mein Kopf solariumsrot. Jenny greift zu ihren Instrumenten. »Wenn man nicht alles selber macht«, murmelt sie, aber sie korrigiert meine falsche Farbe im Handumdrehen. Wenn ich sie nicht hätte. Ich wusste gar nicht, dass ich SO aufgeregt bin!

Eine Stunde später hält ein Taxi vor einem teuren Restaurant und eine wunderschöne Frau im Abendkleid steigt aus. Zugegeben, ihre Hände zittern. Nicht nur, weil sie keinen Mantel mithat, um das Kleid nicht zu entstellen – sie hat auch allmählich den leisen Verdacht, gerade eine ziemliche Dummheit zu begehen. Wenn das Taxi nicht schon wieder davongebraust wäre, würde ich jetzt doch wieder einsteigen und zurück nach Hause fahren. Doch zu spät. Hier stehe ich nun. Idiotisch! Ich blase den Plan ab. Was soll er denn denken? Meine Geschichte glaubt er mir niemals! Ich werde mir sofort ein Heimfahrtstaxi rufen.

Am Straßenrand parkt ein grüner Wagen ein. Na klar. Ausgerechnet jetzt, da ich eben zur Besinnung gekommen bin. Tobias steigt aus, noch hat er mich nicht gesehen. Ich mache mich klein, trete an die Straßenecke. Wie peinlich! Von der anderen Seite geht ein Paar an mir vorbei, ein älterer Herr und eine große Blondgelockte. Sie halten auf Tobias zu, begrüßen ihn. Aha. Zu dritt. Na, das muss ja eine tolle Verabredung sein, bei der er lieber das dritte Rad am Wagen ist, als mich mitzunehmen. Ich schaue konzentriert in die andere Richtung. Aber wenn er dich jetzt sieht, Lena … Trau dich doch! Er WIRD dich fragen. Sei locker, deine Geschichte steht! Ich drehe mich wieder um. Und genau jetzt steht er vor mir. Seine Miene ist erschrocken. Er sagt nichts. Die große Blondine lächelt mich an. »Lena, was machst du denn hier?!«

Nein, nein, nein! Sollte es nicht Instinkte geben, die einen vor solchen Situationen bewahren? Die Blonde ist mir schrecklich bekannt, warum habe ich es nicht gleich begriffen?! Die Ähnlichkeit mit Jenny war doch schon am Gang unverkennbar, das aufdringliche Parfum ist unverwechselbar! Jennys Mutter. Der Mann neben ihr muss Jennys Vater sein, der snobistische Professor, der sich mit Anerkennung so schwertut. Autsch.

Jennys Mutter küsst mich spitz auf beide Wangen, ich bin wie gelähmt. Sie stellt mich vor. »Jennys reizende Mitbewohnerin – mein Mann. Und Dr. Thalheim kennst du ja.« Nö, liebe Frau, nur ganz von Weitem. Sieh ihn doch an, seine Miene sagt so deutlich, dass wir uns überhaupt kein bisschen kennen. Dass er mich gerade überhaupt nicht kennen möchte. Dass er nicht fassen kann, dass ich ihm hier auflauere. Verdammt. Ich setze an, meine blöde Geschichte zu erzählen, unterbreche aber schnell, als mir aufgeht, dass mein Alibi so absolut nicht funktioniert. Wenn ich jetzt sage, dass ich gleich mit Jenny verabredet bin, werden sie vielleicht warten? Wäre doch eine nette Gelegenheit, mal die einzige Tochter auszuführen. Ich weiß, sie sind in der Regel nicht so herzlich. Aber wer sagt, dass sie nicht ausgerechnet heute damit anfangen?! Plötzlich traue ich mich auch nicht mehr, Isa als Alibi zu benutzen – voller Argwohn, dass sie dann vielleicht die andere Mitbewohnerin ihrer Tochter kennenlernen möchten. Die auch nicht hier ist. Hilfe! Und Tobias' Blick würde ausreichen, um mich zu einem Eisblock zu gefrieren.

»Ich war mit Freunden essen«, sage ich schließlich nur. »Und jetzt muss ich dringend heim.«

Ganz klar: Er glaubt mir nicht richtig.

»Nehmen Sie doch einen Drink mit uns«, lächelt der Jenny-Vater. Tobias sieht weg. Ich beteuere eilig, ich müsse wirklich los.

Jennys Mutter befreit mich. »Ein junges Mädchen will doch den Samstagabend nicht mit ihrem Vorgesetzten verbringen.«

Danke. Ich verabschiede mich endlich. Denn wenn eins deutlich wurde, dann dass ein Vorgesetzter den Samstagabend nicht mit einem jungen Mädchen verbringen will.

Ich verkrieche mich in der Badewanne. Das ist das Einzige, was gegen dieses blöde Gefühl hilft. Und um zehn gehe ich ins Bett, begleitet von einem riesigen Lehrbuchstapel. Strafe muss sein. Von wegen schönes Wochenende!

20

Isa fasst langsam wieder Mut, Tom hat sich allmählich mit ihrer Umzugsabsage abgefunden. Die Hochzeitspläne sind vorerst vom Tisch; Tom ist altmodisch und findet, dass eine gemeinsame Wohnung zu einer Ehe gehört. Aber inzwischen sind die beiden dazu übergegangen, Reise- und Besuchspläne für die kommenden 52 Wochenenden aufzustellen. Leider wird Isa langsam klar, was es bedeutet, wenn sich ihre große Liebe in eine Fernbeziehung verwandelt. Sie verbringt jede freie Minute bei Tom und kommt immer trauriger zurück. Am Sonntagabend sitzen wir beide wie zwei gerupfte Hühnchen in unserer Küche – ein grotesker Gegensatz zu dem blinkenden Weihnachtsland ringsum. Jenny macht unsere Betrübnis schlechte Laune; sie löst gnadenlos alle Singtrolle aus und ist beleidigt, dass wir diese Bemühungen nicht honorieren. »Morgen dürft ihr wieder arbeiten, das hebt eure Stimmung vielleicht ein bisschen«, sagt sie knautschig. Klar. Morgen darf ich wieder ins Krankenhaus, wo eine OP stattfindet, bei der ich nicht dabei sein darf und ich einem Oberarzt begegnen werde, der nach meiner Samstagabendaktion sicher ganz große Lust hat, mich zu sehen. Es tut mir leid für Jenny und ihre singenden Wichtel. Aber mir kann heute gar nichts helfen.

Am Montagmorgen weiß ich, mit wem ich reden will. Ich fahre in aller Frühe zum Krankenhaus. Und ich habe einen von Jennys funkelnden Trollen im Gepäck, einen kleinen mit blauen Haaren. Ruben betrachtet ihn skeptisch. »Kaffee?« Ich nicke und lasse mich an seinem Tresen nieder.

»Ruben«, frage ich, »sagst du mir bitte, was du weißt?« Er sieht mich an und beginnt Kartoffeln zu schälen. Hat er vor, mich warten zu lassen, bis er die ganze Tonne bearbeitet hat?!

»Soll ich dir helfen?«, frage ich, als er etwa drei Minuten schweigend vor sich hin geschält hat. Ich habe nicht ewig Zeit.

Ruben schüttelt den Kopf. »Frag mich doch lieber endlich, wie es mir geht!« Schuldbewusst wiederhole ich die Frage. Und siehe da, er grinst. »Bestens, danke. Immer wieder schön, empathische Frauen zu treffen. Ich habe eine unfassbar nette Feuerspuckerin kennengelernt. Allein die Schilderung ihrer Haare und ihres herrlichen Kostüms wird eine halbe Stunde dauern. Dann erzähle ich dir jedes kleine Detail unseres Kennenlernens und wiederhole jeden einzelnen Dialog. Und DANN kannst du mich fragen, was ich zu deinem Stationsklatsch weiß.« Ich sehe seufzend zur Uhr. Ich weiß, das habe ich verdient. Ich habe ihn in letzter Zeit vernachlässigt. Aber es ist zehn vor acht, die Cafeteria wird sich in wenigen Minuten füllen und ich muss pünktlich oben sein. Mitleid heischend sehe ich ihn an. Ruben lächelt. »Oder du schälst die Kartoffeln.«

Eine Minute später sitze ich hinter dem Tresen und versuche, so schnell ich kann zu schälen, ohne mir Stärkeflecken auf meinem schwarzen Pullover einzufangen.

»Okay, deine Kollegen sind ehrgeizig«, sagt Ruben und beobachtet amüsiert, wie ich mit den Kartoffeln kämpfe. »Aber sie sind keine Arschlöcher. Und jeder, der ein bisschen gescheit ist, wird wissen, dass er sich ganz schnell ins Abseits stellt, wenn er versucht, sich bei Dr. Thiersch einzukratzen. Darauf steht sie definitiv nicht.« Aber wenn nicht meine Kollegen – wer ist es dann, der Jenny verpetzt und mir meine OP vermiest hat? »Denk mal an jemanden, der nichts zu befürchten hat«, sagt Ruben. »Jemand, der sich zuständig fühlt …« Ach du meine Güte, meint er Dr. Gode? Ruben zieht die Augenbrauen hoch. »Menschenkenntnis null, Lena. Er würde das doch nicht hinterrücks tun. Ganz abgesehen davon, dass Dr. Gode selbst entscheiden kann und sich nicht hinter seiner Oberärztin verstecken muss.« Okay, das erleichtert mich. Also, wen meint er dann? »Denk an jemanden, der sich für alles zuständig fühlt, aber nichts bestimmen kann …«

Jana. Ich wusste es. Verdammt.

»Ich hab nichts gesagt«, lächelt Ruben trübselig, als ich es ausspreche. »Aber wenn du es ohnehin wusstest …«

Ich bin irgendwie bedrückt. Klar, Jana ist wohl die, bei der es mich noch am wenigsten trifft. Trotzdem. Ich fand sie so herzerwärmend nett.

»Und was mache ich jetzt?«, frage ich ratlos. Ruben nimmt mir das Messer aus der Hand.

»Nichts«, antwortet er. »Nicht jetzt gleich. Das ist Kraftverschwendung und du musst an dich denken.« Er zeigt mit dem Messer auf mich. »Du musst wissen, wo die wichtigste Front ist, Lena. Und für Dr. Thiersch wirst du erst mal deine ganze Kraft brauchen.« Er hat recht. Ich muss zu ihr gehen, mich wehren. »Ach und noch was, was du unbedingt lernen solltest«, lächelt Ruben und hält eine meiner Kartoffeln hoch. »Im Viereck schält man Kartoffeln nur auf Hochseeschiffen.«

Ich muss lachen, ich könnte ihn umarmen. Die ersten Krankenschwestern kommen in die Cafeteria. Ich wende mich zum Gehen, dann halte ich noch einmal inne. »Eine Feuerspuckerin, Ruben?«

Er nickt. »Eigentlich habe ich mich nur gefragt, wie es ist, sie zu küssen. Und schwupps, jetzt reise ich am Wochenende dem Zirkus hinterher. Was bringt uns die Liebe nicht immer zu schrägen Dingen?« Er grinst. »Aber darüber sollten wir uns ohne Schwesternschaft unterhalten.« Die Pflegeschwestern umdrängen den Tresen. Ruben schenkt Kaffee ein. »Nimm mit, das macht sachlich«, raunt er und drückt mir eines der Kartoffelvierecke in die Hand. Ich nehme es. Was würde ich nur ohne ihn tun?

Im Aufzug schnurpse ich tatsächlich das Stückchen rohe Kartoffel. Ich weiß, dass es idiotisch ist. Aber bis jetzt hatte Ruben immer recht und für Aberglauben, tut mir leid, bin ich nun mal empfänglich.

Dr. Thiersch winkt mich in ihr Büro, meine entschlossene

Miene macht offenbar Eindruck. Gestärkt von meinem Rubengespräch (und vielleicht einer verzauberten Kartoffel) komme ich gleich zur Sache.

»Ich weiß, dass Sie über die OP-Vergabe nach bestem Wissen entscheiden«, beginne ich. »Ich weiß, dass Sie niemanden assistieren lassen, der Ihnen nicht geeignet erscheint. Ich bin einmal zu spät gekommen, das ist aber lange her und seitdem habe ich mir nie wieder irgendwas zuschulden kommen lassen. Ich bin in einer Blinddarm-OP umgekippt, das stimmt ebenfalls. Aber das ist auch anderen passiert, die danach jede Menge OPs zugeteilt bekamen und so die Chance hatten, zu beweisen, dass sie inzwischen die nötige Nervenstärke haben. Ich hatte diese Chance nicht. Ich bin auf die Bypass-OP so gut vorbereitet, wie es nur irgendein Mensch sein kann. Ich bitte Sie, mich darüber zu fragen, was immer Sie wollen. Wenn ich nur eine einzige Frage nicht korrekt beantworte, verzichte ich auf die OP. Wenn ich noch einmal umkippe, bitte ich nie wieder um irgendeine Assistenz. Aber ich will eine Chance.«

Puh, Lena, das gibt's doch nicht. Du hast den ganzen Text rausgebracht, ohne einmal zu stocken. Schon dafür hast du dir die OP verdient. Und sie hat dir zugehört.

Dr. Thiersch mustert mich, als sehe sie mich zum ersten Mal. »Ich kann nur für Sie hoffen, dass Sie sich damit nicht zu weit aus dem Fenster gelehnt haben«, sagt sie. Ja, liebe eisige Oberärztin. Aber du hoffst es nicht so sehr wie ich. Im Nachhinein kommt nämlich doch die Angst vor der eigenen Courage – und zwar mit voller Wucht. Zeig es nicht, Lena, bitte bleib einmal cool!

»Erzählen Sie mal, wie man den Brustkorb eröffnet, wenn keine Herz-Lungen-Maschine angeschlossen werden soll.« Die Frage ist lächerlich. Zwei Möglichkeiten. OPCAB-Methode, Zugang über einen Längsschnitt in der Mitte des Brustkorbs. MIDCAB-Operation, ein kleinerer Schnitt an der linken Seite, zwischen den Rippen. Dr. Thiersch wollte wohl nur hören, ob ich überhaupt antworten kann – und es wage. Schon nach dem ersten Satz unterbricht sie mich. »Aber Eröffnen werden Sie natürlich nicht.« Das war's. Ich darf gehen. Und operieren. Ich kann es nicht fassen. An der Tür hält sie mich noch einmal auf. »Ich nehme all Ihre leichtfertigen Angebote an, Frau Weissenbach. Also sehen Sie zu, dass Sie das vorbildlich hinkriegen.« Ich nicke. Der Druck ist mir im Moment vollkommen egal. Ich darf operieren.

Die Vormittagsrunde geht mir leicht von der Hand. Ich bin glücklich. Gerade noch rechtzeitig kommt mir der Gedanke, dass ich Professor Dehmel vielleicht nicht so begeistert zeigen sollte, dass ich seine OP nicht erwarten kann. Die Vorbereitung ist abgeschlossen, alles ist bereit, heute Nachmittag ist es so weit. »Wir schaffen das«, sage ich und drücke seine Hand.

»Wenn irgendetwas schiefgeht«, lächelt er leise, »dann sorgen Sie dafür, dass das Telefonnummernbuch doch noch voll wird und bei meinem Testament liegt.«

Ich nicke. »Und ich verspreche: Wenn etwas schiefgeht, werde ich auf Physik umsatteln, ein neues Bildgebungsverfahren erfinden und es nach Ihnen benennen«, grinse ich zurück. »Wenn Ihnen diese Zusage nicht klarmacht, dass ich hundertprozentig vom Erfolg der OP überzeugt bin, fällt mir nichts mehr ein.«

Auch die Visite läuft gut, ich kann Frau Zietler entlassen und ihre Vorfreude auf ihren Mann rührt mich. Und Dr. Gode befreit mich vom Arztbriefschreiben, da ich mich ja auf die OP vorbereiten muss.

»Ich bin stolz auf Sie«, sagt er und schert sich nicht darum, dass alle zuhören. »Ich wette, Sie werden sich ausgezeichnet schlagen!«

Nach der Visite begleite ich Professor Dehmel in den OP. Miriam, die Anästhesistin, begrüßt mich herzlich und gratuliert. Ja, eine Bypass-OP ist etwas Besonderes. Aber bitte macht mich nicht alle in letzter Sekunde doch noch nervös, indem ihr es dauernd erwähnt!

Ich darf die Venenverweil-Kanüle anlegen, dann versetzt Miriam Professor Dehmel in die Narkose. Sein letztes Lächeln, bevor er einschläft, geht an mich. »Bis gleich!«, sagt er. »Oder falls nicht: Viel Erfolg für die Dehmel-Methode!«

Ich lächle zurück. »Bis gleich!« Dann ist er eingeschlafen.

Miriam wird jetzt alle nötigen Zugänge anlegen, die Verweilkanüle am Arm, den zentralen Venenkatheter am Hals, die arterielle Blutdruckmessung, Magensonde, Blasenkatheter. Es wird eine Weile dauern. »Ruh dich noch ein bisschen aus«, sagt sie, »oder gönn dir eine Tasse Suppe, damit du nachher durchhältst.« Sie hat überhaupt keine Angst. Und ich werde auch keine haben.

Statt Suppe mache ich mir einen Tee. Ich brauche noch eine Minute für mich allein. Gerade als ich merke, dass das doch keine so gute Idee war, weil die ruhige Minute sich gegen mich zu wenden droht – in der Stille meldet sich nämlich doch noch mal Angst-Lena – kommen meine Freundinnen, um mir Glück zu wünschen. Und sie haben Nudelsuppe mitgebracht. Ich esse wenigstens ein bisschen und lasse mich ablenken.

»Auf Rubens Tresen stand ein Troll, der verdächtig aussah, als ob er in meiner Horde fehlt!«, sagt Jenny mit vorwurfsvollem Fingerdrohen.

»Sei dankbar«, töne ich. »Das Opfer war gering! Der kleine Kerl hat für dich herausgefunden, wer deine zwischendienstlichen Treffen mit Felix verpetzt hat.«

Jenny verschmerzt den Trollverlust umgehend und will wissen, was ich herausgefunden habe. Doch da ich Jennys unbeherrschte Reaktionen kenne, vertröste ich sie auf einen Zeitpunkt, zu dem ich bei der Schwesternkonfrontation anwesend sein kann. Und als ich das nächste Mal auf die Uhr schaue, ist es Zeit, in den OP zu gehen.

Zwei Chirurgen, ein Assistent, eine OP-Schwester, alle sind gelassen. Es geht los.

Niemals sah mein Professor so klein, so alt, so dünn aus. Als die OP-Schwester und ich beginnen, seine Haut zu desinfizieren, vermeide ich den Blick in sein Gesicht. Der Hauptchirurg räuspert sich und ich erwarte ein paar wohlgesetzte Worte, vielleicht ein Ritual. Nichts da. »Dann wollen wir mal«, sagt er einfach. Gut, vielleicht bin ich nicht die Einzige, der Flapsigkeit über Angstsituationen hinweghilft. Ich sehe Professor Dehmel doch ins Gesicht und sage unhörbar: »Ich bin grottenschlecht in Physik. Also besser, du schaffst es.« Und das hilft.

Professor Dehmels Körper ist jetzt von sterilen, grünen Tüchern bedeckt. Nur ein Bein und sein Brustkorb sind zu sehen. Anfangs habe ich nicht viel zu tun; während einer der Chirurgen den Schnitt an der Brusthaut setzt, legt der andere das Gefäß am rechten Bein frei, das den Bypass bilden soll. Der Brustkorb wird geöffnet, die große Hohlvene und die Hauptschlagader werden freigelegt. Ich zwinge mich hinzusehen. Blut, Knochen, der Herzbeutel. Mir wird flau, ich sehe wieder weg. Wenn sie mir doch endlich was zu tun geben würden!

»Verschließen«, sagt jemand. Das Bein, aus dem das Gefäß entnommen wurde, muss geschlossen werden. Von mir.

Ganz ruhig, Lena, deine Hände sind aus Stahl. Während die Chirurgen die OP am Brustkorb weiterführen, verschließe ich mit dem Assistenten das Bein. Ruhig, langsam. Ich bin eine Maschine. Der Assistent nickt. Gut gemacht. Ich atme aus, lege die Instrumente ab. Ich bin dabei. Die Lena-Maschine.

Alle Gefäße sind vorhanden, der Herzbeutel wird geöffnet. Ich kann hinsehen, als würde mir wieder nur ein Video gezeigt. Das schlagende Herz. Es ist unglaublich. Ich sehe ein Wunder, ich könnte heulen. Ruhe, Lena, noch ist nichts geschafft. Die Herzkranzgefäße müssen stillliegen, damit der Bypass angenäht werden kann. Heparin, damit das Blut in den stehenden Gefäßen nicht gerinnt. Die Herz-Lungen-Maschine steht bereit, zur Sicherheit. Ich bete, dass wir sie nicht brauchen. Die Herzkranzgefäße werden fixiert, das Herz schlägt weiter. Was für eine unfassbare Kraft. Ein schlagendes Herz.

Der Bypass wird angelegt, es dauert nur zwanzig Minuten. Die Durchblutung wird freigegeben. Das Herz schlägt. Immer weiter.

Miriam lächelt, neutralisiert den Gerinnungshemmer und normalisiert damit die Blutgerinnung. Am Brustkorb werden Klebe-Elektroden angebracht, nur zur Sicherheit, falls das Herz des Professors nach der OP zu langsam schlägt und ein externer Schrittmacher angeschlossen werden muss. Der Chirurg untersucht die Wundoberflächen. Eine Blutungsquelle an einem kleinen Gefäß muss verödet werden, sonst ist alles in Ordnung. Unterhalb des Rippenbogens werden Drainagen eingelegt. Ich darf eine davon übernehmen. Immer noch funktioniert die Lena-Maschine wie ein Uhrwerk, wie das unermüdliche Herz des Professors.

Die beiden Knochenhälften des Brustbeins werden wieder zusammengefügt und fixiert. Die einzelnen Schichten werden zugenäht, ich darf die Brusthaut nähen; nach der Naht am Bein kommt es mir leicht vor, ich arbeite sorgsam, vielleicht etwas langsam, aber keiner treibt mich an. Fertig. Das war es. Wir haben es überstanden. Ich sehe den blassen, faltigen Professorenkörper an und begreife erst jetzt wirklich, was wir getan haben. Wir haben sein Herz freigelegt, operiert, sein schlagendes Herz. Während der OP habe ich an seine Gefäße und Organe nur als Teile gedacht, als Aufgabe, losgelöst. Jetzt, da der Professor in meinem Bewusstsein langsam wieder zu einem Menschen wird, scheint es unfassbar.

Miriam bringt den Professor auf die Intensivstation, wir Übrigen gehen uns umkleiden, waschen. Ich bin in Trance, die Maschine hat das Kommando übernommen. Ich schaffe es, mich auszuziehen, meine Hände zu waschen, zu lachen, als eine Chirurgin »Seit einer Stunde wünsche ich mir einen Kaffee« sagt. Okay, mein Lachen klingt leicht hysterisch. Trotzdem. Die Maschine ist cool, bedankt sich, lässt sich loben, verlässt den Umkleideraum. Und dann sitze ich auf der Treppe vor der Chirurgie und heule wie ein Schlosshund.

Ich kann überhaupt nicht mehr aufhören. Ich weiß, es ist nur die Anspannung, die von mir abfällt. Ganz normale Reaktion. Die Chirurgin geht Kaffeetrinken, ein anderer macht blöde Witze – und ich heule eben. So hemmungslos und haltlos wie noch nie in meinem Leben.

Irgendwann die entsetzten Gesichter meiner Freundinnen vor mir. Na klar, sie haben schreckliche Angst, dass etwas schiefgegangen ist. Ich schüttle den Kopf. Isa umarmt mich. »Aber warum heulst du denn dann so entsetzlich, liebe Lena?«, fragt Jenny fassungslos. Und mir fällt keine bessere Antwort ein als: »Weil ich brutal schlecht in Physik bin.«

Heute habe ich den Mut gepachtet. Was kann mich nach so einem Erlebnis noch erschüttern? Jenny ist ungeduldig, sie entlockt mir den Namen unserer heimlichen Widersacherin und will mit Schwester Jana aufräumen. Doch mir erscheint etwas anderes wichtiger. Ich gehe auf die Innere hinunter und klopfe an Tobias' Büro.

»Was ist passiert?«, fragt er entsetzt, als er die Tür öffnet. Klar, die stundenlange Heulerei ist nicht spurlos an meinem Gesicht vorübergegangen. Er schließt die Tür, nimmt mich in die Arme, sein Herz schlägt schnell. »Entschuldige«, sagt er leise. »Er sitzt im Vorstand, da kann ich dich doch nicht … Ich wollte kein Gerede …« Wovon spricht er? Erst langsam dämmert mir, dass er das Essen am Samstag meint. »Dabei habe ich noch nicht einmal gewusst, dass ihr euch kennt!«

Ich sehe auf, schüttle den Kopf. »Vergiss es. War idiotisch, dass ich dort aufgekreuzt bin. Ich hatte keine Verabredung.«

»Ich weiß«, sagt er, »deswegen war ich doch so mürrisch. Dabei wolltest du nur … Es tut mir leid.« Ich mache mich los. Er sieht mich an, meine Augen sind sicher immer noch knallrot. »Was ist passiert?«

Ich räuspere mich, kann das Grinsen nicht mehr unterdrücken. »Nichts«, sagt die lässige Lena, der zitternden Stimme zum Trotz. »Ich hab nur eben eine Bypass-OP erledigt.«

Er schaut mich an, als sehe er mich zum ersten Mal. Und fände mich einfach wunderschön. »Ich freu mich so für dich«, sagt er und küsst mich. »Deine erste richtige OP. Dieses Gefühl – das ist das wahre Leben.«

Ich fühle mich zwei Meter groß. Mein Mut reicht für die ganze Welt.

21

Das Leben nach einer Bypass-OP ist ein grundlegend anderes. Das ist vollkommen klar. Ich wusste bisher allerdings nicht, dass das nicht nur für den Patienten gilt. Sondern auch für mich. Am Tag nach der OP fühlt sich alles anders an. Dr. Gode lobt mich vor allen, die Mit-PJler lauschen gespannt meinem Bericht. (Okay, den Heulkrampf verschweige ich.) Ein Chirurg grüßt mich auf dem Flur. Und Dr. Thiersch ringt sich zwar kein Lob ab, bemerkt aber beinahe lächelnd, dass ich meinen Teil der Abmachung glücklicherweise erfüllt habe, und teilt mich für eine neue OP-Assistenz ein. Mein erster Besuch bei Professor Dehmel ist der Höhepunkt meiner Belohnungsrunde. Er kann noch nicht sprechen, doch er nickt mir zu. Ich erkläre ihm, was die Elektroden auf seinem Bauch bedeuten und wann die Drainagen entfernt werden können. Er streckt die Hand nach dem Blumenstrauß auf seinem Tischchen aus und gestikuliert schwach – so lange, bis ich begreife und mir eine der Blumen nehme.

Nur als ich abends in Tobias' gemütlichem Wohnzimmer den OP-Bericht fertig schreibe, den Dr. Thiersch von uns verlangt, kommt noch einmal das Zittern zurück. Jetzt wird mir erst richtig klar, was alles hätte passieren können. Schlaganfälle, Nierenversagen, Herzinfarkt während der Operation – mir wird doch noch einmal ziemlich schlecht, als ich für meinen Bericht all die Risiken zusammenfasse. Ich drücke den Glückskuli in meiner Hand, bis meine Fingerknöchel weiß werden. Was haben wir für unfassbares Glück gehabt!

Tobias setzt sich neben mich, überfliegt mein Protokoll. »Das genügt«, sagt er ruhig. »Wenn Du jetzt nicht noch den Bauplan für die Dehmelmaschine anfügen willst, lass es gut sein!«

Ja, natürlich habe ich von der Dehmel-Methode erzählt. Und von der neuen Dr. Thiersch. Und von Schwester Jana, die wir hinterhältig befragt haben, wer ihrer Meinung nach ständig unsere Angelegenheiten der Oberärztin hinterherträgt. Davon, wie sie sich herausgeredet hat und von Jenny in unnachahmlicher Art zusammengestaucht wurde. Und davon, dass sie seitdem nicht mit uns spricht und uns morgen ganz bestimmt Mottenpulver in den Kaffee schüttet. Ich erzähle, dass Jenny und ich uns bald von unseren aktuellen Lieblingspatienten verabschieden müssen, weil Paula und mein Professor demnächst zur Anschlussbehandlung verlegt werden. Ich rede eigentlich die ganze Zeit, auf der Autofahrt, beim Kochen, beim Abendessen. Bei unserem Schnellfrühstück merke ich plötzlich, dass ich die ganze Unterhaltung während meines Übernachtbesuchs allein bestritten habe. Ich rede einfach zu viel. Findet er das auch? Bin ich zu kindisch? Vielleicht langweile ich ihn? Vielleicht schon seit gestern Abend? Abrupt verstumme ich mitten im Satz. Schweigen. Er sieht vom Kaffee auf, verwundert. »Erzähl doch weiter«, lächelt er.

»Ich hab gerade das blöde Gefühl, dass ich die ganze Zeit allein rede«, gebe ich zu. »Kannst du nicht auch mal was erzählen?«

Er sieht mich an, lieb. »Ich kann das nicht so gut wie du.«

Hm. Ehrlich gesagt führt das nicht dazu, dass ich mich wieder entspanne und Lust habe, munter weiterzuplaudern. Sondern dazu, dass ich mich ziemlich blöd fühle. Was würde er tun, wenn ich jetzt nicht hier wäre? Radio hören? (Soll ich mal zwischendurch was singen – zur Abwechslung?) Denn er erzählt nie etwas, nicht von seiner Arbeit, schon gar nichts Privates. Ich MUSS ja so viel reden, sonst würde zwischen uns dauernd Schweigen herrschen. Warum?

»Tanz doch endlich mal wieder mit uns durch den Feierabend«, sagt Jenny am nächsten Tag, als ich meine Wenn-ich-nicht-rede-herrscht-Schweigen-Beobachtung mit meinen Freundinnen teile. »Ich schwöre dir, wir plappern die ganze Zeit so auf dich ein, dass du überhaupt nicht zu Wort kommst!« Jenny glaubt, dass die Liebe abgeflaut ist. Aber das stimmt nicht. Auch heute kribbelt es in meinem Magen, als ich über den Flur der Inneren gehe. Die Vorstellung, dass er gleich seine Tür öffnet und mir gegenübersteht, lässt Glücksblasen in meiner Magengegend aufsteigen, obwohl wir uns erst heute Morgen kurz vor der Klinik verabschiedet haben.

»Vielleicht kannst du dich nicht daran gewöhnen, dass ihr so unterschiedlich seid«, sagt Isa und es könnte sein, dass sie der Sache näher kommt. Ich genieße die Vertrautheit, wenn wir nebeneinander einschlafen, zusammen aufwachen, gemeinsam arbeiten. Aber die ganze Zeit ist es, als erwarte ich, dass da noch mehr kommt. Dass wir uns noch näherkommen, er irgendwann ebenso offen und normal mit mir über das sprechen wird, was ihn beschäftigt. Aber was ist, wenn das, was wir jetzt haben, schon alles ist? Wenn er nicht mehr zu geben bereit ist? Oder in der Lage?

»Sei doch froh, wenn er dich nicht mit seinem Kram belastet. Nichts ist besser als ein Typ, der keine Ansprüche stellt«, will Jenny mich trösten. Aber das ist es nicht, was ICH mir wünsche. Das Leben in einer festen Beziehung war in meinen Träumen immer grundlegend anders.

22

Jenny hat eindeutig einen Vogel. Anders lässt sich nicht erklären, was ich an diesem Abend in unserer Wohnung vorfinde. Die Wildweihnachtsdeko wirkt richtig blass angesichts der lebenden Wichtel und Engel in unseren Zimmern. Jenny kommt an mir vorbeigetanzt, sie trägt ein blinkendes Rentiergeweih. »Wir haben unsere Adventsparty vorverlegt«, informiert sie mich strahlend. »Im Dezember hat doch immer keiner Zeit!« Stimmt – nur noch wenige Wochen bis Weihnachten. Mal sehen, ob ich dann noch ein einziges Weihnachtslied, -gebäck oder -accessoire ertragen kann, wenn dieser Zirkus so weitergeht. Es riecht nach Keksen, tatsächlich, in der Küche wird gebacken. Getrunken wird aber auch reichlich dazu, die Mädels, die die Kekse verzieren, lachen sich über ihre teils anzüglichen Kreationen schier kaputt. Isa wirkt ebenfalls überfordert von all dem Weihnachtspop, aber dass Tom da ist, steigert ihre Laune und Geduld enorm.

Leider hat Tom den Weihnachtselch mitgebracht, halb-lebensgroß verstopft er unseren Flur. Es dauert nicht lange, bis die ersten Gäste darauf reiten und sich von anderen Gästen auf dem Elch durch die Zimmer schieben lassen. »Ich verstehe, dass du ihn nicht in deiner Wohnung haben willst«, schreie ich Tom über die Musik hinweg zu. »Aber hättest du ihn nicht auf dem Weg nach München an der Autobahn aussetzen können?«

Isa lacht. Tom nicht. Hab ich was Falsches gesagt? Er wird doch nicht an dem blöden Elch hängen?!

Irritiert gehe ich weiter, um herauszufinden, was aus meinem

Zimmer so seltsam riecht. Aha, jemand macht Feuerzangenbowle. In der großen Nierenschale, die ich von meinen Lübecker Freundinnen zum Wegzug geschenkt bekam. Ich gehe wieder hinaus. Manchmal schaut man besser gar nicht zu genau hin.

Eine halbe Stunde später bin ich zufällig allein mit Tom in der Küche. Alle anderen spielen in Jennys Zimmer etwas, das »Was hat der Nikolaus im Socken?« heißt und bei dem ausufernd gekreischt wird. Ich nutze die Gelegenheit, mich für die Verunglimpfung des Elches zu entschuldigen – und wie ich vermutet habe, war nicht meine despektierliche Bemerkung der Grund für seine seltsame Reaktion. »Es ist was anderes«, sagt Tom irgendwie traurig. »Ich zieh nicht nach München.«

Ich bin sprachlos. Ohne jede Regung erzählt er, dass er beschlossen hat, den Job abzusagen. Er wird sich um eine Stelle in Berlin bewerben. Wie Tausende von anderen Absolventen. Für Isa.

Ich kann es nicht fassen – und mich zwischen Skepsis und romantischer Rührung gar nicht entscheiden. Wird er denn hier etwas finden? War das nicht ein Traumjob? Tom zuckt die Achseln. »Aber nicht mein Leben«, sagt er ruhig, »ohne Isa.« Und jetzt bin ich doch einfach nur ergriffen. Wie wird Isa sich freuen! Sie betritt im selben Moment die Küche, auf der Suche nach Tom, ahnungslos. Ich lasse die beiden allein.

Es dauert nur fünf Minuten, dann hängt eine überglückliche Isa freudestrahlend an meinem Hals. Erst an diesem ungewohnten Gefühlsausbruch merke ich, wie schwer sie die Trennungsaussicht wirklich belastet hat. »Er bleibt«, jubelt sie, »er bleibt! Jetzt können wir endlich wieder ganz normal und glücklich sein!« Sie stürzt Tom in die Arme und küsst ihn vor aller Augen.

»Dann sind wir ja endlich wieder alle zusammen«, sagt Jenny und tätschelt den Elch. »Lass uns die Daumen drücken, dass er das nicht morgen bereut.«

Aber ich bin nicht gewillt, mir Isas Stimmung trüben zu lassen; wann haben wir sie zum letzten Mal so glücklich gesehen? »Jetzt unke nicht«, weise ich Jenny zurecht. Und dann schiebe ich sie auf dem Elch bis ins Bad.

Der erste Dezember ist ein klarer Morgen. Wir fahren zur Arbeit durch einen rosafarbenen Frühnebel. Die Silhouette des Doms wirkt fast orientalisch, die Gebäude verschwimmen im Nebel. Einzig scharf umrissen sind die Dachfirst-Figuren auf der Museumsinsel. Ein Pferd springt in die rosa Leere. Mittlerweile wird es auch außerhalb unserer Wohnung Weihnachten, überall entlang der S-Bahn-Strecke werden Weihnachtsmärkte aufgebaut, ringsum ragen die Skelette der Riesenräder und Schiffsschaukeln in den nebligen Himmel. Ich frage mich, wer die alle besuchen soll; ist Berlin wirklich so groß oder ist das die typische Selbstüberschätzung? Über die Feiertage bekommen wir frei, Isa und ich wollen heimfahren. Nicht mehr lange, dann werde ich bei Mama und Papa unter dem Tannenbaum sitzen. (Ob Mama enttäuscht ist, wenn ich sie bitte, dieses Jahr keine Weihnachtsdeko aufzubauen?) Welch ein Unterschied zum letzten Jahr … Wissen sie, dass sie eine ganz andere Tochter zurückbekommen? Eine Berlinerin, eine Oberarztfreundin? Eine erwachsene Ärztin?

Die Arbeit vertreibt unsere Heimreisegedanken; der Chefarzt hat sich zur Visite eingefunden. Ich darf Professor Dehmel vorstellen, der gestern von der Intensivstation zurück zu uns verlegt wurde. Die Drainagen sind entfernt worden, Dehmels Herz arbeitet normal. Die Heilung des Brustbeins wird sicher noch sechs Wochen brauchen, so lange bleibt der Professor aber nicht bei uns. Noch vor Weihnachten wird er in eine Rehaklinik verlegt. Bei der Chefarztvisite sagt Dehmel gar nichts, obwohl Dr. Dr. Kreuz ihn mit Namen anspricht und seinen besonderen Tonfall anschlägt, der für Habilitierte reserviert ist (im Weltbild des Chefarztes irgendwie eine andere Liga Menschen). Professor Dehmel nickt nur desinteressiert. Schon gestern ist mir aufgefallen, dass er sich verändert hat. Erst ist die Vertraulichkeit verschwunden, dann die Scherze, zuletzt die Höflichkeit. Ich weiß, er hat Schmerzen und kommt nur langsam wieder zu Kräften. Wir tun alles, um ihm das zu erleichtern, dennoch ist es eine schwere Belastung für den Körper. Aber, das mag plump klingen, trotzdem: Freut er sich nicht, dass alles überstanden ist? Am Leben zu sein?

Ich muss mir mehr Zeit für ihn nehmen, ihm vielleicht noch einmal erklären, dass die so langsame Heilung ganz normal ist. Ihn irgendwie ablenken. Ich schließe die Visite ab, der Chef ist zufrieden, Dr. Gode zwinkert mir zu. Keiner der anderen scheint zu merken, dass der Professor sich verändert hat.

Bei Paula Schwab bietet sich der Runde ein ganz anderes Bild. Ich habe noch nie erlebt, dass sie mit jemand anderem als Jenny mehr als drei Worte wechselt. Doch heute spricht sie; nicht nur mit dem Chefarzt, selbst mit Dr. Gode. Nein, nicht freundlich, nicht weniger geringschätzig als vorher.

»Wo ist mein verdammter pürierter Seeteufel?«, fragt sie unseren Sonnyboy. Kurz wechseln wir konsternierte Blicke, doch Jenny grinst ihre Patientin an und sagt zum Chefarzt: »Sie können es wahrscheinlich nicht schätzen, aber dass die Patientin wieder Freude an Grobheiten hat – und die Kraft dafür –, ist einer unserer größten Therapieerfolge.« Der Chef stirnrunzelt missbilligend, aber es ist wahr: Paula wird niemals eine höfliche, sanftmütige, ausgeglichene Frau. Wie schön, dass die schwere OP, die Schmerzen und die Angst sie nicht gebrochen haben!

Als ich das nach der Visite bei einem Belohnungskaffee erwähne, grinst Jenny. »Wir müssen Paula unbedingt bitten, das nächste Mal den Chefarzt zu beleidigen!« Ja, meine Freundin hat eindeutig einen Vogel.

23

Alles soll anders werden. Wir Mädels sammeln Endjahres-Pläne. Isa hat vor, Tom den München-Verzicht mit vollem Einsatz für seine Jobsuche zu entlohnen und überhaupt nie wieder Ansprüche an ihn zu stellen. (Süß: Als ich frage, welche Forderungen die sanftmütige, immer freundliche Isa denn genau in ihrer Beziehung gestellt hat, erwähnt sie ihre Bitte, sie regelmäßig anzurufen und an Vor-Arbeitstagen nach elf keinen Krach mehr zu machen!) Meine Veränderungswünsche sind ebenfalls privater Natur; ich hoffe, mit Tobias endlich einen Status zu erreichen, den ich getrost mit dem Wort »Beziehung« bezeichnen kann und ihn noch vor Weihnachten dazu zu bewegen, auf die Frage nach seinem Befinden EINMAL nicht nur »alles okay« zu antworten. Für Jenny schlagen wir vor, dass sie in ihrem Doppel-Beziehungs-Chaos aufräumt, sich spätestens zum neuen Jahr für einen ihrer Parallel-Verehrer entscheidet und den anderen erlöst. Jenny will davon nichts hören, aber vielleicht weckt unser Mitleid für die beiden Herren bei ihr wenigstens ein bisschen Sensibilität?

Isa kauft heute Morgen am Bahnhof vier Zeitungen und breitet sie in der S-Bahn vor sich aus. »Ich muss jedes Zeitfenster nutzen«, sagt sie etwas kläglich. Es stellt sich heraus, dass sie die Blätter nach Jobangeboten durchforstet. Für Tom natürlich. Er soll den besten und erfüllendsten Job Berlins bekommen. Hastig fährt Isa mit dem Finger über die spärlichen guten Angebote, nichts dabei, sie faltet eine Zeitung zu und eine andere auf. Wir sind gleich am Alex, sie hat keine Zeit mehr, die ganze Presse durchzusehen. Ich nehme ihr eine Zeitung ab, ihre rastlos-engagierte Suche rührt mich. Jenny behauptet, temporär-partielle Analphabetin zu sein – was bedeuten soll, dass sie zwischen zwei und acht Uhr morgens nicht lesen könne – und drückt sich. (Aber um sich solche Begriffe auszudenken, reicht die Energie!) Isa und ich ackern die Angebote durch, doch auch ich habe nach 17 Seiten nur zwei Annoncen vorzuweisen, ein Familienzentrum und einen Kinderladen, beides klingt nicht nach dem ultimativen München-Ersatz-Traumjob …

»Morgen«, sagt Isa entschieden. »Morgen finde ich was!« Ich hoffe, dass sich ihr hastig zusammengekratzter Optimismus bewährt.

Professor Dehmel geht es nicht gut. Er wirkt abwesend, spricht kaum. Vor der OP war er permanent mit Projekten beschäftigt, hat Pläne gemacht … Dabei stand ihm eine lebensgefährliche Operation bevor. Jetzt hat er sie überstanden – und all seine Lebensfreude ist verschwunden. Ich sitze an seinem Bett und bemühe mich, ihn zu unterhalten, abzulenken … vergeblich. Schließlich habe ich sogar das Gefühl, dass ihn meine Aufmunterungsversuche nerven. Vielleicht sollte er Besuch bekommen, bisher gab es nur Blumensendungen, kein Mensch hat sich leibhaftig blicken lassen. Ich schlage in der Akte nach; der Professor ist geschieden und kinderlos. Seine längst vergangenen Scherze über Exfrauen legen nicht unbedingt den Schluss nahe, dass er eine von ihnen gerne sehen würde. Als Kontaktperson hat er einen Anwalt angegeben. Ist das ein Freund? Ein Juristen-Freund? Oder wirklich nur sein Rechtsanwalt? Ein Mann in seinem Alter muss doch Freunde haben!

»Wollen wir mal Besuch einladen? Ihre Kontaktperson?«, frage ich – und dann, in der Hoffnung auf ein Lächeln: »Oder die am wenigsten schreckliche Ihrer Exfrauen? Oder alle gleichzeitig?«

Die Miene des Professors bleibt ausdruckslos. »Was sollen die denn hier?«, fragt er nur leise. Klar, seine deprimierte Stimmung ist kein Wunder. Hilflosigkeit, Stress, Zukunftssorgen. Und den ganzen Tag mit seinen Gedanken allein, keine Chance auf Ablenkung, einen Ausgleich. Nur eine Hilfsärztin, die ständig auf ihn einplaudert und glaubt, mit lahmen Scherzen seine Laune heben zu können. Aber ich gebe nicht auf. Wenn außer mir keiner für den alten Mann da ist, muss ich eben tun, was ich kann. Ich erzähle vom Schnee, vom nahenden Weihnachtsfest und (subtil, Lena!) warum sich auch einsame Menschen darauf freuen können. Ich bleibe so lange sitzen, dass ich fast das Vorbereitungsgespräch für die Kreuzbandriss-OP verpasse, zu der mich Dr. Thiersch heute eingeteilt hat.

Selbst am Abend vor Tobias' Kamin verschwende ich nur wenige Worte an die OP. Klar, ich bin zufrieden, sie lief ausgezeichnet und ich bin nicht nur nicht umgefallen, sondern durfte sogar den Drainageschlauch annähen, der ins Kniegelenk gelegt wurde. Doch die drastische Persönlichkeitsveränderung meines früher so aufgeschlossenen Professors beschäftigt mich mehr. Wie kann ich ihm denn nur helfen? Tobias umarmt mich, schüttelt den Kopf. »Das ist eine typische Reaktion auf die körperliche Stresssituation der OP«, sagt er nüchtern. »Auch darum werden sie sich in der Rehaklinik kümmern, versprochen.«

Natürlich hat er recht. Und es ist schön, wenn jemand deine Sorgen mit sachlichen Argumenten entkräftet und dir liebevoll klarmacht, dass du mal wieder übertreibst. Aber ein ganz kleines bisschen wünsche ich mir, er würde mal etwas antworten wie »komm, wir entführen ihn aus dem Krankenhaus und fahren mit ihm nach Disneyland«. (Rekordverdächtig, Lena, gleich drei absolute Undenkbarkeiten in einem einzigen Gedankenblitz!) Bin ich ungerecht? Ist es nicht gerade seine abgeklärte Art, seine stille Überlegenheit, in die ich mich verliebt habe? Warum kann ich nicht einmal glücklich sein mit dem, was ich habe?! Halt! Ich BIN glücklich. Er hält mich fest, streicht mir die Haare aus dem Gesicht, lächelt, beruhigt mich. Gibt mir das Gefühl, nichts sei wichtiger als meine Sorgen – und er könne sie alle aus der Welt schaffen. Es gibt keine einzige Verbesserungsmöglichkeit für diesen Moment! Wir beide, das Feuer, Musik, sein Erwachsenengeruch, sein Kuss. Was WILLST du denn?!

Mitten in der Nacht Telefonschrillen. Ich fahre hoch, weiß überhaupt nicht, wo ich bin. Das Fenster ist auf der falschen Seite, die Nacht davor dunkel, wo ist meine Straßenlaterne? Tobias, ich bin bei Tobias, irgendwas ist passiert.

Er ist schon aufgestanden, eilt durch das Schlafzimmer, zieht seine Jacke über, küsst mich schnell. »Schlaf weiter!« Ich setze mich auf, er ist schon hinausgegangen, sieht noch einmal ins Zimmer, fertig angezogen und aufbruchbereit binnen einer Minute. »Ein Notfall, Lena, ich muss in die Klinik.« Ich schwinge die Beine aus dem Bett, meine Füße finden den Teppich, ich muss mich beeilen. Tobias legt einen Schlüssel auf das Bett. »Leg dich wieder hin«, sagt er und »schließ nachher ab«. Dann ist er gegangen, die Wohnungstür klappt, Schritte im Treppenhaus, unten startet ein Auto, ich bin allein.

Müde lasse ich mich wieder in die Kissen sinken. Okay. Er lässt mich hier allein, in seiner Wohnung, in seinem Bett, mit seinem Schlüssel. Als wär das ganz normal. Als ob ich hierhergehöre.

Komm schon, Lena, was wäre er für ein Typ, wenn er dich mitten in der Nacht aus der Wohnung schmeißen würde, nur weil er zu einem Notfall muss?! Trotzdem. Er könnte sagen: »Tut mir leid, wir müssen sofort los, ich mach es wieder gut«, mich an der S-Bahn absetzen oder mit ins Krankenhaus nehmen. Stattdessen sagt er »Schlaf weiter«, legt den Schlüssel auf den Nachttisch, als wäre es ohnehin meiner. Ich bin fassungslos vor Glück. Eine dunkle wohlige Wärme in meinem Bauch. Ich kuschle mich zurück in die Kissen und frage mich, ob ich schon mal glücklicher war.

Halb sechs kann ich nicht mehr schlafen. Wenn ich jetzt in die Bahn steige, bin ich zu Hause, eh meine Freundinnen aufstehen. Oder ich bleibe noch ein wenig und tue, als würde ich hier wohnen.

Ich koche mir Kaffee, streife durch seine Wohnung, dusche ausgiebig, sehe in ein riesiges Handtuch gehüllt vom Balkon in den dünnen Schnee hinaus. Das herrliche Hierhergehören mischt sich mit dem aufregenden Gefühl, ein fremdes Leben auszuprobieren. Ich sehe mir seine CDs an, nehme ein paar seiner Bücher in die Hand, ziehe sogar den Pullover über, der auf der Sofalehne liegt. Ich bin nicht nur in seiner Wohnung, ich bin in seinem Leben. Und irgendwo hier ist sogar ein Bild von mir.

Das Zeitungsfoto liegt nicht mehr auf dem Schreibtisch. Ich weiß nicht, warum ich die Schublade öffne. Noch weniger, warum ich nicht damit zufrieden bin, dass mein Foto obenauf in der Lade liegt. Sondern noch nachschauen muss, was die Fotos darunter zeigen. Ist es der Wunsch, alles von ihm zu wissen? Oder bloße Neugier?

Die ersten Bilder sind von einer Feier, Tobias trägt einen Anzug, doch sein leicht ironisches Lächeln ist das mir so vertraute. Das Foto darunter ist ein Hochzeitsbild. Hier sieht er ganz anders aus, er strahlt, ein anderer, ganz fremder Tobias. Er legt den Arm um eine Frau. Ihr Brautkleid ist das schönste, das ich je gesehen habe.

Erst in der S-Bahn komme ich wieder zu mir. Ich weiß nicht, was schrecklicher ist – dass er so anders aussah, so glücklich, wie ich ihn noch nie erlebt habe? Oder dass ich nichts davon wusste? Sicher, meine Ich-will-ihn-nie-wiedersehen-Reaktion mag übertrieben sein. Aber im Moment kann ich mir überhaupt nicht vorstellen, wie ich ihm je wieder gegenübertreten soll. Alles fühlt sich kaputt an.

»Das ist sicher lange her«, gibt Isa zu bedenken. Meine Freundinnen haben Kakao gekocht, sind voller Mitgefühl (Isa) und voller Wut (Jenny). Ich bin immer noch sprachlos. »Das ist es nicht wert, Lena«, sagt Jenny entschieden. »Sieh dich doch an!« Sie haben beide recht. Ich weiß nicht, was ich tun soll.

Ich überstehe den Kliniktag wie in Trance, drehe meine Patientenrunde, gebe bei der Visite die richtigen Antworten. Zum Mittagessen habe ich immer noch nicht entschieden, wie ich mit dem neuen Wissen umgehen, was ich ihm sagen soll. Also drücke ich mich und sitze stattdessen an Professor Dehmels Bett. Heute bin ich nicht zu Aufmunterungsscherzen aufgelegt, wir schweigen. Er wirkt sehr weit weg, es macht mich noch trauriger.

Der Wohnungsschlüssel brennt in meiner Tasche. Ich muss ihn zurückgeben. Vielleicht fallen mir ja die richtigen Worte ein, wenn ich ihm gegenüberstehe? Oder meine Enttäuschung kommt mir plötzlich doch lächerlich und übertrieben vor? Ich muss es versuchen.

Tobias lächelt, als ich auf den Parkplatz komme, öffnet die Autotür. Ich kann es nicht. Ich gebe ihm den Schlüssel, sage, dass ich heute nicht mitkommen kann. Er versteht nicht, fragt aber nicht. »Vielleicht morgen«, sage ich fad.

»Ist alles in Ordnung?«, fragt er und sieht jetzt doch besorgt aus. Ich antworte nicht, nicke nur, verabschiede mich. Er steigt ein, sein Auto biegt vom Parkplatz, verschwindet in der Dunkelheit.

Schmerzhaft überfällt mich die Sehnsucht, sobald ich ihn nicht mehr sehen kann. Ich will bei ihm sein. Nichts hat sich geändert.

24

Die Stimmung in der WG ist gedrückt. Toms erstes Bewerbungsgespräch ist erfolglos verlaufen, Isa macht sich Sorgen und sitzt schon wieder vor einem Zeitungsberg. »Willst du wirklich einen Freund, der mit einer Schürze durch den Kinderladen turnt und Bauklötze und Windeln einsammelt?«, fragt Jenny skeptisch, als sie Isas Ankreuzungen überfliegt. »Und das für ein Taschengeld?«

»Warum nicht?«, entgegnet Isa. »Außerdem ist mir egal, was er verdient. Hauptsache, er bleibt hier.«

»Na, dann beten wir mal, dass er das genauso sieht«, raunt Jenny. Doch Isa hat sich schon in die nächste Annoncenseite vergraben. Sie schließt sich auch nicht an, als ich mich von Jenny zum Weihnachtsgeschenk-Einkauf mitziehen lasse.

Ich kaufe wahllos und ohne Spaß Bücher und Kalender ein, vollkommen uninspiriert. Jenny bekommt schlechte Laune. Und als ich erschöpft wieder neben Isa an den Küchentisch sinke, rauscht Jenny ins Bad, kehrt zehn Minuten später absurd aufgestylt zurück und lässt sich von Felix abholen. »Ich verdrück mich, ihr munteren Vögel!«, schnaubt sie in unsere Richtung, dann ist sie verschwunden. Isa sieht auf. »Du musst mit ihm reden«, sagt sie leise. »Nichts anderes hilft.«

Es ist schon fast zehn, als ich an Tobias' Tür klingle. Ich bin entschlossen, alles zu sagen. Dass ich in seinem Schreibtisch herumgewühlt habe. Dass es okay ist, verheiratet gewesen zu sein, und ich nicht erwartet habe, dass er ein Mann ohne Vergangenheit ist. Aber dass ich es nicht ertrage, wenn er einfach nichts mit mir teilen kann.

Es zieht mir schmerzhaft das Herz zusammen, dass Tobias sich so freut, mich zu sehen. Er bittet mich herein, bietet mir Kaffee an, klappt seine Arbeitsmappe zu. Ich bleibe stehen. Tief durchatmen. Und dann los. Ich sage alles, was ich mir vorgenommen habe, und sehe dabei aus dem Fenster, als würde ich meinen Text nur noch einmal zur Probe wiederholen. Ich bringe es einfach nicht fertig, herüberzuschauen und sein Gesicht zu sehen.

Als ich fertig bin, schweigt er, lange. Er sagt nichts dazu, dass ich seine Fotos angesehen habe. Er sagt überhaupt nichts. Und jetzt? Soll ich gehen?

Es dauert eine Ewigkeit, bis er mich ansieht. Seine Stimme ist leise, aber beherrscht. »Lena, ich hab dich gern«, sagt er. »Ich bin gern mit dir zusammen, es tut mir gut, wenn du da bist. Aber ich bin kein Mensch, der sein ganzes Leben teilt.«

SEIN GANZES LEBEN?! SEIN GANZES LEBEN?! Ich mache auf dem Absatz kehrt und verlasse die Wohnung.

Die Straße ist leer, der Schnee grau. Ich gehe langsam und wünsche mir, ich könnte mich auflösen.

Jenny ist noch wach, als ich zurückkomme. Sie nimmt mich in den Arm, sagt nichts. Doch sie bringt mich ins Bett und sitzt neben mir, bis ich endlich zu heulen aufhören kann.

25

Ich hasse Abschiede. Am nächsten Tag wird Paula Schwab in die Reha verlegt. Jenny verbringt den ganzen Tag bei ihr. Wir alle stehen auf dem Flur Spalier, als sie im Rollstuhl zum Aufzug gefahren wird. Sie lacht und sagt: »Auf dass ich Sie alle nie wiedersehe.« Und obwohl ich ihr auch nichts sehnlicher wünsche, merke ich schon am Nachmittag, dass sie mir fehlt.

Ich schleiche mich in Professor Dehmels Zimmer. Hier ist Ruhe, Besinnung. Er schläft, als ich hereinkomme und ich bleibe einfach an seinem Bett sitzen.

»Sind Sie traurig, Lena?«, fragt plötzlich eine schwache Stimme. Ich habe gar nicht bemerkt, dass er aufgewacht ist. Doch ich nicke, was soll ich ihm vormachen. »Sie dürfen nicht so traurig sein«, sagt er leise, »Sie sind jung, Sie haben Freunde, einen Beruf, der Sie erfüllt, bald ist Weihnachten. Reicht es nicht, wenn sinnlose alte Männer traurig sind?«

Wir sehen uns an, ich weiß nichts zu sagen. »Es tut mir leid«, entgegne ich schließlich einfach nur. Und plötzlich lächelt er. »Sie könnten einen Spaziergang machen. Ein riesiges Eis essen. Einen albernen Film ansehen.« Ich zucke mit den Achseln, das ist alles lieb gemeint, aber ich habe das Gefühl, dass mich gerade gar nichts aufbauen kann. Er überlegt. »Gehen Sie gerne tanzen? Wenn ja, könnten Sie in irgendeinen Club fahren und sich einfach alles von der Seele tanzen. Wenn nicht, machen Sie doch einen Kurs. Tanzen macht eigentlich jeder Frau Spaß!« Ich lasse ihn reden … und erst als er sagt »Arbeit lenkt mich immer ab, vielleicht sollten Sie an Ihrer Promotion arbeiten, ich kann Ihnen ein paar Bücher empfehlen«, wird es mir bewusst: Er macht Pläne, er hat ein neues Projekt, seine Energie ist wieder da. Der Professor ist endlich wieder aufgewacht. Meine deprimierte Unlust, meine sprachlose Traurigkeit hat ihn geweckt. Zu planen, wie ich wieder lebensfroh werde, ist seine neue Aufgabe. Ich kann ihn entlassen, er kann ein neues Leben anfangen. Und ich vielleicht auch.

Ich gehe über den Flur, das Licht hat sich geändert. Schwester Jana stellt einen Weihnachtsstrauch auf ihren Tresen. »Ist alles okay?«, fragt sie und zum ersten Mal bin ich wieder gewillt, ihre Besorgnis als ehrlich zu deuten.

»Es tut mir leid, Mäuschen«, sagt sie, als ich bei ihr stehen bleibe, »ich wollte dir doch nicht schaden!« Hat sie aber. Oder doch nicht? »Es ist doch auch alles gut ausgegangen«, verteidigt sie sich, als hätte sie meine Gedanken gelesen. »Aber nicht deinetwegen!«, entgegne ich. Und was ist mit Jenny?

»Ich hab es gut gemeint«, sagt Jana ruhig. »Ich bin nun mal für euch alle zuständig.« Das ist sie nicht.

»Wir sind erwachsen, Jana«, widerspreche ich. »Wir sind fast Ärzte!«

»Ach?«, sie schiebt missbilligend den Weihnachtsstrauß zurecht. »Warum benehmt ihr euch dann nicht so?!«

Ich werde es nicht zugeben, aber sie hat ein ganz kleines bisschen recht. Ich beschließe, dass all meine Sorgen, der bescheuerte Liebeskummer, die Unsicherheit hier nichts zu suchen haben. Ich bin hier, um Ärztin zu werden. Nur darauf kommt es an. Was immer mich draußen niederdrückt und zweifeln lässt; hier hat es nichts zu suchen. Hier gehört eine erwachsene Fast-Ärztin hin, die weiß, was sie tut und sich nicht beirren lässt. Vor langer Zeit hat mir ein Oberarzt geraten, niemals die Ärztinnen-Lena von der Privat-Lena beeindrucken zu lassen. Danach werde ich mich jetzt richten. Endlich.

Noch ein Tag bis zur Weihnachtspause. Isa und ich haben heute Morgen bereits unsere Taschen mit in die Klinik geschleppt, man muss die freien Tage doch maximal ausnutzen. Nur noch diesen Arbeitstag überstehen.

Ich verabschiede meinen Professor in die Reha. Seit unserem Gespräch hat sich sein Zustand ständig gebessert. Als ich ihm Glück wünsche, hört er kaum zu, so beschäftigt ist er schon wieder mit meiner Zukunft. »Lassen Sie nur bald von sich hören, Lena«, sagt er und drückt meine Hand. »Ich verlass mich drauf!« Und ich erwidere den Händedruck und verspreche es.

Dr. Gode hat uns Kekse gekauft und als Dr. Thiersch zur Zwischenstandsbesprechung in den Arztraum lädt, lässt sie sich sogar dazu herab, selbst einen ganzen Keks zu essen. Natürlich erwähnt sie gleich darauf, dass sie im neuen Jahr viel mehr von uns erwartet – aber das neue Jahr wirkt so weit weg, dass wir alle bereitwillig dazu nicken.

Die Reihum-Weihnachtsverabschiedung tut richtig gut. Mir war gar nicht klar, dass ich mich so darauf gefreut habe, eine Woche keine Klinik, keine Kollegen zu sehen.

Ich verabschiede mich von Ruben, der mir einen entzückenden Weihnachtsengel aus Plüsch schenkt. »Seit drei Tagen warst du nicht hier«, sagt er vorwurfsvoll. »Ich denke mir, warum. Aber da noch jemand anders nicht mehr hier aufkreuzt, hoffe ich, dass du im nächsten Jahr dein Revier verteidigst und mich nicht mehr so schmählich im Stich lässt.« Ja, ich gebe es zu, ich habe mich drei Tage vor der Cafeteria und der befürchteten Thalheimbegegnung gedrückt. Auch heute bin ich erst zum Feierabend hier aufgeschlagen. Ruben lacht. »Was habe ich denn davon, wieder der einzige Mann in deinem Leben zu sein, wenn du dich nicht mehr bei mir sehen lässt?!« Und dann ist er so lieb, mein einfallsloses Weihnachtsgeschenk zu bewundern, als hätte er noch nie im Leben einen schöneren Trickfilmtier-Küchenkalender gesehen.

Nur eine Begegnung steht noch aus, bevor ich in die Ferien fahren kann. Ich gehe langsam über den Flur. Ich KANN nicht einfach so abfahren. Aber was soll ich sagen? Lieber doch vorbeigehen? Wenn ich seine Tür erreiche, bevor jemand aus dem

Aufzug kommt, gehe ich hinein. Das ist nur fair, alle wollen nach Hause, sicher steht der Fahrstuhl gerade keine Minute still. Ich werde immer langsamer. Aber niemand kommt.

Vielleicht hat er geahnt, dass ich vor seiner Tür stehe. Er öffnet, bevor ich mich dazu entschließen kann, zu klopfen. Wir stehen uns gegenüber – und alles kommt zurück. Drei Tage sind einfach nicht genug Abstand. Ich kann nur hoffen, dass eine Woche besser hilft.

»Ich fahre jetzt«, sage ich. »Frohe Weihnachten.« Er nickt, sagt nichts. Doch dann geht er zu seinem Schreibtisch und holt ein Päckchen aus seiner Tasche. »Ich habe gehofft, dich noch zu sehen«, sagt er. Sonst nichts. Ich stehe da mit dem kleinen Paket in der Hand. Er sieht mich an. »Bis bald ...« Er lächelt leicht.

»Bis bald«, sage auch ich. Und dann gehe ich, ganz schnell.

Tom kommt, um uns zum Bahnhof zu fahren. Er spricht wenig, wirkt unzufrieden. Doch es liegt wohl nicht nur daran, dass Isa für eine Woche zu ihren Eltern fährt. Die beiden sitzen vorn und reden leise und ich merke, dass auch Jenny neben mir auf der Rückbank die Ohren spitzt. »Nichts?«, fragt Isa leise. Tom schüttelt den Kopf. »Keine Berufserfahrung.« Jenny sieht mich an, zieht ein besorgtes Gesicht. Offenbar ist mal wieder ein Bewerbungsgespräch schiefgelaufen. Isa nimmt Toms Hand, Schweigen.

Auf dem Bahnsteig verabschieden wir uns, ich umarme meine Freunde, auf einmal ganz gerührt. Isas Zug fährt in 15 Minuten. Jenny bleibt in Berlin, ich wünsche ihr herrliche Feiertage. Sie lacht: »Meine beiden Jungs werden es mir schon schön machen!« Unverbesserlich!

Ich habe Jenny kurz meine Tasche übergeben, um mich von Isa zu verabschieden, das Päckchen von Tobias liegt obenauf. »Stopp, stopp, stopp«, schreit Jenny, als ich ihr die Tasche wieder abnehme. »Das wolltest du uns doch nicht vorenthalten!«

Eigentlich wollte ich das Päckchen im Zug aufmachen, allein. Aber selbst Isa zieht neugierig-bittend an meiner Jacke und weil ich auch keine Hemmungen hatte, den beiden dauernd mit meinem Tobias-Gefühlschaos auf die Nerven zu gehen, fühle ich mich schäbig, wenn ich sie jetzt nicht einbeziehe. Ich öffne das Papier und ein altes Buch kommt zum Vorschein. »Illustrierte Medizinische Heilkunde«, ein Medizinbuch aus den Zwanzigerjahren. Ich drehe es in den Händen. Hm.

»Du bist ja wohl davon nicht beeindruckt«, schnaubt Jenny. »Ein absolut einfallsloser Klassiker! Meine Geschenke sind viel besser!« Bevor ich mir eine Meinung zu Tobias' Weihnachtsgeschenk bilden kann, hat sie schon ihre Tasche ausgepackt und Isa und mir große bunte Päckchen überreicht. »Aber erst zu Hause aufmachen!«, warnt sie. Dann geht es an die allerletzte Rundum-Umarmung und ich schaffe es gerade noch, in den Zug zu springen, bevor die Türen geschlossen werden.

Puterrot stehe ich hinter der Zugtür. Tom und Isa sind schon an der Treppe, Isas Zug fährt auch bald. Nur Jenny steht noch auf dem Bahnsteig und winkt. Wie wird es sein, jetzt in die leere Wohnung zurückzugehen? Auf einmal überkommt mich ein seltsames Gefühl. Hoffentlich macht sie keine Dummheiten!

Im Zug sehe ich mir das Medizinbuch von Tobias genauer an. Altmodische, hochtrabende Bezeichnungen für Krankheiten, über die wir heute fast alles besser wissen. Dazwischen seltsame Zeichnungen; die Skizzen vom menschlichen Gehirn sind geradezu komisch absurd. Auf der letzten Seite etwas Handgeschriebenes. Es sieht aus wie eine Stichpunktliste. Tobias' Handschrift.

»Ich war verheiratet, es war eine schöne Zeit, aber trotzdem ein Fehler. Scheidung mit Extras. Ich hätte gern einen Hund, ich hatte als Kind einen, jetzt habe ich keine Zeit mehr dafür. Ich hatte eine Großmutter, die unbedingt Ärztin werden wollte, es aber nie geschafft hat. Das Buch stammt aus ihrem Nachlass. Ich habe immer furchtbar gerne die Bilder angesehen, seit ich zehn war.«

Ich lese den knappen Text immer wieder. Bis Hamburg. Und denke an Tobias, der in seiner Bürotür stand und mir nachsah, als ich ging. Und von dem ich in den letzten fünf Minuten mehr erfahren habe als in den vergangenen zwei Monaten.

Was tut er jetzt? Kann ich ihn schon anrufen? Wann kann ich ihn wiedersehen? Ich hasse Abschiede.

26

Zu Hause ist es einfach wunderbar. In Lübeck hat sich nichts verändert. Hier ändert sich nie etwas, früher fand ich das manchmal grässlich, heute macht es mich glücklich. Meine Eltern holen mich vom Bahnhof ab, fahren mich durch die Stadt und ich bin augenblicklich wieder das kleine Mädchen. Na klar wollen alle alles wissen, meine Eltern, meine Freundinnen, die Nachbarn, von Berlin, der Arbeit, der Liebe. Ich erzähle den ganzen Tag – überall, wo ich hinkomme, immer wieder von vorn. Nur von der Liebe nicht.

»Aber etwas fürs Herz muss doch auch dabei sein«, sagt meine Mutter beim Weihnachtsessen. Ach, Mama, wenn du wüsstest! Laut frage ich nur, ob ich noch mal von der Nierenstein-OP erzählen soll, auf die ich so stolz bin. »Gern, Schatz«, sagt Mama, »aber NACH dem Essen.«

Die Feiertage sind herrlich, ich schlafe so lange, als könnte ich alle zu kurzen Nächte der letzten Monate nachholen. Ich rufe Tobias an und bedanke mich. Das Gespräch dauert fast eine halbe Stunde, aber die meiste Zeit rede ich. Er erzählt nicht viel, nur dass es wieder schneit in Berlin und dass er Nachtdienst hat. Tobias ist kein guter Telefonierer. Doch seine Stimme macht mich glücklich.

Erst am zweiten Feiertag fällt mir ein, dass ich im allgemeinen Trubel die Päckchen von meinen Freundinnen ganz vergessen habe. Isas Geschenk ist eine Karte mit einem Storch. *Eine sichere Geburt*, steht da. Ich kriege einen Riesenschreck. Isa ist schwanger, um Himmels willen, warum habe ich das nicht gemerkt? Quatsch, dann müsste ich doch IHR … Denkt sie, ICH bin? Bin ich doch wohl nicht! Bevor das Gedankenkarussell überschnappt, drehe ich die Karte um. Okay, alles in Ordnung. Die sichere Geburt ist für eine Frau in einem medizinisch unterversorgten Land, eine Spende, mit der die Betreuung einer Schwangeren finanziert wird. Ein schönes, durchdachtes Isa-Geschenk. Ich muss nur kurz durchatmen und den Schreck verdauen.

Im selben Moment klingelt das Telefon. Isa. Ich setze an, die Gedankenübertragung und ihr Geschenk zu loben, doch sie unterbricht mich. »In meinem Jenny-Paket war eine Handtasche«, japst sie, völlig außer sich. »Was soll ich denn jetzt machen?! Sie schenkt mir eine sündhaft teure Handtasche! Ich habe ihr nur ein Buch gekauft. Ist das ein Versehen? Sag mir, dass Jenny sich beim Einpacken vertan hat! Was hat sie dir geschenkt?« Ich versuche gleichzeitig, die Information zu verdauen, Isa zu beruhigen und Jennys Paket aufzureißen. Und dann erstarre ich und schnappe nach Luft. Schuhe. Hauchdünne Sandalen. Traumhaft schön. Viel zu teuer. Völlig drüber. In dem Päckchen, das ich für sie zu Hause versteckt habe, ist ein glitzer-lila Lippenstift. »Was machen wir jetzt?«, fragt Isa verzagt.

Ich verabschiede sie und rufe in Berlin an. Bei Jenny läuft laute Musik, sie schnattert sofort drauflos, bedankt sich für den Lippenstift und will meine Bedenken wegen der Schuhe nicht hören. »Lasst mich doch!«, sagt sie gelassen. »Ihr seid ja die Einzigen, an denen mein Herz hängt!« Als ich auflege, fühle ich mich komisch. Einerseits gerührt. Andererseits kommt es mir ganz falsch vor. War uns klar, dass wir der coolen Jenny so viel bedeuten?

Die Ferien sind viel zu kurz; kaum hat man sich daran gewöhnt, sind sie vorbei. Mama und Papa bringen mich zum Bahnhof und doppelt so schwer beladen wie auf der Hinreise trudele ich wieder in Berlin ein. Die Weihnachtsmärkte sind verschwunden, der Himmel hängt schwer und bleigrau ganz dicht über den Dächern.

Das Nachtrauern über die viel zu schnell vergangenen Feiertage ist schlagartig vergessen, als ich unsere Wohnung betrete. Isa ist schon wieder da, hat ebenfalls Unmengen Essbares von zu Hause mitgebracht und deckt auf dem Küchentisch gerade eine Tafel, für die sich kein Grandhotel schämen müsste. Ich werfe meine Taschen von mir, stapele Mamas Bratenreste und Überlebenskuchen dazu – und kurz darauf sitzen wir wieder alle drei in unserer Küche und plappern durcheinander.

Tom hat Isa zu Silvester in Tübingen besucht und sich ausgezeichnet mit ihren Eltern verstanden. Und er hat ihr einen Pullover geschenkt. Jenny und ich müssen uns eine Menge Mühe geben, um das Geschenk angemessen zu würdigen, denn der Pulli ist absolut Oma, aber Isa findet ihn wundervoll. An der Jobfront hat sich noch nichts ergeben, aber sie ist zuversichtlich. Neues Jahr, neues Glück. Danach bin ich an der Reihe, meine Ferien zu schildern, auch das dauert eine Weile – und erst dann fällt uns auf, dass Jenny noch gar nichts erzählt hat. Und warum ist die schrille Weihnachtsdeko eigentlich schon abgebaut? Hätte es nicht eher zu Jenny gepasst, sie bis in den Februar hängen zu lassen? Stimmt irgendwas nicht?

Ich leite von meinem Bericht über die missglückten Basteleien meines Vaters zu der Frage über, was Jennys Eltern ihr geschenkt haben. »Ach«, sagt Jenny, »ich krieg doch dauernd Geschenke.« Absolut keine normale Antwort. »Zeig!«, sage ich. Jenny steht auf, sehr langsam. Sie verschwindet in ihrem Zimmer, Isa und ich wechseln einen irritierten Blick. Wir stehen auf und gehen Jenny nach, beide mit einem seltsamen Gefühl.

Jenny steht vor ihrem Bett und packt einen Karton aus. »T-Shirts«, sagt sie, »und Kleider.« Sie nimmt Klamotten aus dem Karton und legt sie aufs Bett. »Ach, und eine Uhr …« Sie öffnet das Kistchen, legt die schmale, goldene Uhr an. Warum habe ich das Gefühl, dass sie die Sachen gerade zum ersten Mal auspackt? Und dann sehe ich es: Das ist kein Weihnachtsgeschenk-Karton. Sondern ein Postpaket. »Jenny«, frage ich leise, »was hast du zu Weihnachten gemacht?«

Jenny zuckt die Achseln. »Ferngesehen.« Mir schnürt sich die Kehle zu. »Du warst ganz allein?«, fragt Isa erschüttert.

»Bei uns ist das nicht so«, sagt Jenny und kippt das Weihnachtspaket aus. Ich könnte ihre Eltern umbringen.

»Schon gut«, wiegelt Jenny ab, als Isa sie umarmen will. »Ich war am 23. mit meinen Eltern essen.«

»Das ist nicht dasselbe«, sagt Isa leise.

»Was glaubt ihr denn«, fragt Jenny und tätschelt den Weihnachtselch, der mittlerweile neben ihrem Bett steht, »warum ich den ganzen Advent wie bescheuert vorgefeiert habe?!«

Ich fühle mich schrecklich. Man hätte Jenny einladen können. Oder am Weihnachtsabend wenigstens anrufen …

»Guckt mich nicht so an!«, sagt Jenny. »Zankt euch lieber, wer dieses entzückende Wollkleid bekommt!«

Als Jenny das letzte Mal die Klamottengeschenke ihrer Mutter an uns verteilt hat, waren wir Feuer und Flamme. Heute bringen wir das nicht fertig, auch wenn es Jenny vielleicht guttun würde. Ich kann nichts von den Sachen anrühren. Weil Jenny mir aber so vehement eine Kaschmir-Stola hinhält, nehme ich sie schließlich und ziehe sie dem Weihnachtselch über. Und das löst endlich die schreckliche Spannung. Isa und ich helfen dem Elch in alle Klamotten, die nur irgendwie überziehbar sind, bis er aussieht wie gemästet. Jenny sitzt auf dem Bett, futtert den Weihnachtsbraten meiner Mama auf, raucht dazu und sieht zufrieden unserer Elch-Anzugsorgie zu. Ihre Eltern sind am Weihnachtsmorgen in die Alpen gefahren. Spa und Ski, wie jedes Jahr. Jenny war noch nie mit. »Mir fehlt nichts, ehrlich«, sagt Jenny. »Zu Hause ist es doch am schönsten.«

27

Ist es normal, sich so auf die Arbeit zu freuen? Jenny findet das idiotisch, sie ist heute in miserabler Laune und lässt sich beinahe zur S-Bahn schieben. Ich aber kann es kaum erwarten, zurück in die Klinik zu kommen. Die Patienten, die Ärzte, Ruben, Tobias. Tobias.

Vorerst ist an Privatinteressen nicht zu denken. Die Station ist voll. Feiertagsunfälle. Sportverletzungen. Die Liste der OPs scheint endlos, Dr. Gode teilt uns die Assistenzen zu und findet kaum Zeit, uns wieder willkommen zu heißen, Dr. Thiersch ist im Vollstress und stöckelt über den Flur, ohne nach rechts und links zu sehen.

»Tut mir leid«, sagt Dr. Gode am Ende der Besprechung. »Ich habe sie Ihnen wieder zugeteilt …« Ich weiß gar nicht, was er meint. Er drückt mir die Akte in die Hand. Frau Jahn.

Sie sitzt in ihrem Zimmer auf dem Bett, heute Morgen aufgenommen. Sieht mich an, zuckt mit den Schultern. »Und es hat nicht mal was genutzt«, sagt sie leise.

Frau Jahn hat sich nicht geschont. Alle meine Warnungen waren umsonst. Sie hat die Rehamaßnahmen nicht abgeschlossen, sich nicht einen Tag ausgeruht. Bei dem vergeblichen Rettungsversuch für ihre Firma hat sie sich und ihren Körper viel zu schnell viel zu stark belastet. Das MRT ist eindeutig. Die Fixierungsnähte des Meniskus sind gerissen. Es kann sein, dass ein großer Teil entfernt werden muss.

»Ich musste mich entscheiden«, sagt Frau Jahn. »Ich habe alles versucht.« Ich kann nicht antworten, mir fällt absolut nichts ein, was sie trösten könnte.

Erst eine Stunde wieder an der Arbeit und ich fühle mich bleischwer. Ich fahre mit Frau Jahns Proben ins Labor – und stolpere in das nächste Drama. Felix sieht mich heute kaum an, reagiert nicht auf meinen Gruß, so abweisend habe ich ihn noch nie erlebt. Ich bin zu angeschlagen, um fröhlich darüber hinwegzugehen, vielleicht lasse ich auch meinen Frust über Frau Jahns Schicksalsschlag an ihm aus – jedenfalls stelle ich ihn zur Rede, harscher, als er es von mir kennt. »Nicht hier«, sagt er und zieht mich vor die Labortür.

Draußen zündet er sich eine Zigarette an und mustert mich abschätzig. »Sag nicht, du weißt von nichts!«, schnaubt er. Ich WEISS nichts! Felix lacht zynisch. »Willst du mir echt erzählen, dass ihr nicht alle Bescheid wusstet? Ich wette, ihr habt großartigen Spaß gehabt. Der Idiot vom Dienst! Kommt immer wieder brav angefahren und lässt sich jeden zweiten Tag erzählen, dass sie arbeitet!« Alles klar. Er weiß es.

Ich sage nichts, er würde mir sowieso nicht glauben. Doch einmal in Fahrt, redet Felix sich den ganzen Frust von der Seele, es ist, als ob er stellvertretend mich zur Rechenschaft zieht. »Warum ist sie denn dann so bescheuert, mich einzuladen?«, tobt er. »Hat sie es nicht mehr koordiniert gekriegt? Oder war es ihr scheißegal?«

Ich kann mir allmählich zusammenreimen, dass Jenny Felix zu Weihnachten zu sich eingeladen hat, er aber, als er ankam, seinem Rivalen über den Weg gelaufen ist. Ich verstehe nicht, wie Jenny so leichtsinnig sein konnte. Nein, ich habe auch kein Verständnis für ihre zweigleisige Affäre. Aber bisher schien sie immerhin gut organisiert. WOLLTE sie, dass die Sache auffliegt? »Das ist die Hölle«, sagt Felix und schleudert seine Zigarettenkippe ins Treppenhaus. »Da verliebt man sich einmal. Denkt, man hat die perfekte Frau gefunden. Und wird so brutal verarscht.«

Nun ist immerhin klar, warum Jenny sich heute geradezu gesträubt hat, zur Arbeit zu gehen. Ich finde sie kurz vor der Mittagspause, sie sitzt im Treppenhaus.

»Was machst du hier?«, frage ich.

Jenny zuckt die Achseln. »Ich warte, dass der Tag vergeht. Und dasselbe tue ich dann morgen und übermorgen, bis ich diese verdammte Klinik verlassen kann.«

»Wie konnte das passieren?«, frage ich und höre mich schon wieder an, als wäre die Doppelaffären-Praxis an sich kein so großes Problem wie ihr Auffliegen.

Jenny seufzt abgrundtief. »Ich weiß nicht. Es war Weihnachten …«

»Na, Felix bist du jedenfalls los«, sage ich leise. »Und weiß Björn auch Bescheid?«

»Wen interessiert denn Björn«, antwortet Jenny. Und da wird es mir klar. Jenny ist verliebt. In Felix. Nur in Felix. Den sie enttäuscht und verraten hat und der sie nie wieder sehen will …

Jenny schaut mich traurig an. »Ich weiß, ich denke dauernd, ich bin verliebt. Besonders, wenn ich jemanden nicht haben kann. Aber diesmal ist es was anderes, glaub mir.« Ja, ich glaube ihr. Wer kann sie dort sitzen sehen und ihr nicht glauben, dass sie zum ersten Mal im Leben verliebt ist?! Und dass es eine Katastrophe ist?

»Fängst du das neue Jahr schon wieder so an?«, fragt Ruben strafend – dabei sind von der Mittagspause noch zehn Minuten übrig, als ich hinuntergestürmt komme.

»Bitte, Ruben«, flehe ich ihn an, »ich brauche Unterstützung und was gegen Liebeskummer.«

»Und du willst dringend von Weihnachten im Zirkus hören, oder?«, lacht er. Ja, das würde ich gern. Nichts lieber als das. Aber oben sitzt meine schwer-herzverletzte, erstmalig-liebeskranke Freundin Jenny, ich muss in zehn Minuten wieder auf der Station sein und Tobias habe ich auch noch nicht gesehen. Ruben seufzt. »Weißt du, was man beim Zirkus sagen würde? Wer viele Kamele dressieren muss, sollte seinen Hund nicht hungern lassen.« Ich glaube nicht, dass diese Weisheit schon jemals in irgendeinem Zirkus zu hören war, aber was er meint, ist deutlich.

»Du kriegst einen riesigen Knochen«, versichere ich ihm eilig.

»Keine leeren Versprechen«, lacht er und stellt mir endlich doch ein Tablett für Jenny zusammen. Himbeer-Tee, eingelegte Tomaten und Ingwerkekse. »Sieh zu, dass sie das zusammen isst«, sagt er ernsthaft. »Am besten, sie legt die Tomaten AUF die Kekse.« Dass ich das nun wirklich für Schikane halte, erwähne ich nicht, um ihn nicht noch mal zu kränken. Dass Jenny bis auf einen Keks alles verächtlich stehen lässt, war irgendwie auch klar, werde ich Ruben aber ebenfalls nicht erzählen.

Ich sehe Tobias tatsächlich erst am Abend. Doch sobald ich ihm gegenüberstehe, ist alles wieder da. Das warme Gefühl, das Herzklopfen, die unnormale Aufregung. »Du hast mir gefehlt«, sage ich, einfach so. Und er hält mich fest und sagt: »Ich konnte nicht eine Nacht schlafen ohne dich.«

Ich bin glücklich. Mein Alltagsleben ist ganz weit weg. Darf man das – einfach alles ausblenden? Das Drama zwischen Jenny und Felix … Frau Jahn, die vielleicht nie wieder ganz gesund wird … Ich müsste bedrückt sein, mitfühlend. Und bin nur idiotisch glücklich, als Tobias und ich gemeinsam aus der Klinik schleichen. Wir müssen kichern wie die Teenager, weil direkt hinter uns der Chefarzt aus der Klinik stiefelt, gerade als wir die Autotüren geschlossen haben. Wir fahren durch die Stadt, Tobias schaltet das Radio ein. Pink Floyd. Ich muss an eine weit zurückliegende Autofahrt denken. An: »Wenn wir die Nacht durchfahren, sind wir zum Sonnenaufgang in Polen.« Jetzt ist es mir ganz egal, wo wir hinfahren. Wir sind zusammen, endlich ist alles klar und einfach. Wie schön, dass sie ausgerechnet jetzt noch einmal dieses Lied spielen. Unser Lied. Aber es ist kein Zufall. Tobias lächelt. »Ich hab mir die CD gekauft.«

Wir kochen und ich weiß, wo in seiner aufgeräumten Küche die Messer und die Gewürze zu finden sind. Er sagt: »Ich schätze, du willst am Feuer essen«, zündet den Kamin an und ich ziehe Tischdecke und Kerzen vom Tisch auf den Fußboden und fühle mich kein bisschen unsicher. Wir picknicken auf dem Boden vor dem Kamin, draußen wird es dunkel. Mein perfekter Abend.

Natürlich kommt die Ernsthaftigkeit doch noch. Ich kann weder Jenny noch Frau Jahn lange aus meinem Kopf aussperren. Tobias hält mich fest, hört mir zu. Er mutmaßt, dass Frau Jahn ein Implantat bekommen wird. Und versteht, wie ich mich fühle. »Du hast getan, was du konntest«, sagt er leise. »Wenn du deine Patienten entlassen hast, kannst du sie nicht mehr schützen. Nur hoffen, dass du das Beste für sie tun konntest. Und dass SIE jetzt tun, was du ihnen geraten hast … Es ist schlimm genug, dass man manchmal nicht mehr helfen kann. Aber das wirklich Unerträgliche ist, dass, selbst wenn man alles richtig gemacht hat, manche Patienten nach Hause gehen und sich umbringen.« Er schweigt einen Moment, dann sieht er weg, hinaus ins Dunkle. »Ich habe eine Patientin verloren, weil ich ihr nicht deutlich genug klargemacht habe, was passiert, wenn sie nicht auf mich hört. Noch jünger als du, ein richtiges Mädchen. Drogensüchtig. Ich habe sie in eine Therapie weitergeschickt. Nach einer Woche ist sie da abgehauen. Ich habe es aus der Zeitung erfahren. Und konnte fast einen Monat keinen meiner Patienten als Menschen betrachten.«

Wir sind still. Wie soll ich ihn trösten?

»Ich wünsche mir so, dass dir solche Erfahrungen erspart bleiben …«, sagt er.

Wir halten uns fest. Zum ersten Mal habe ich das Gefühl, seine Einsamkeit durchdringen zu können.

Irgendwann steht er auf, zieht mich hoch. »Du musst zu Jenny fahren«, sagt er.

Es tut mir leid, ihn jetzt verlassen zu müssen. Aber er hat recht. Seit zwei Stunden schon fühle ich mich zerrissen. »Wir sehen uns morgen«, flüstert er.

Vor meinem Haus ziehe ich seine CD aus dem Autoradio, um mich wenigstens bei ihm zu fühlen. »Soll ich mitkommen?«, fragt er. Zum ersten Mal. Doch ich weiß, dass er es für mich sagt. »Danke«, entgegne ich. »Aber das wäre vielleicht ein bisschen viel für sie. Wir sehen uns morgen.«

»Ich kann es kaum erwarten«, lächelt er.

Isa ist zu Hause, sitzt an Jennys Bett. Sie hat ihr all unsere Kopfkissen gebracht, Jenny thront auf einem Kissenberg und raucht im Bett – und dass Isa nicht einmal dagegen etwas sagt, zeigt mir, wie schlecht es um Jenny steht.

Ich lotse Isa in den Flur und entschuldige mich, dass ich so lange aus war. »Du kannst zu Tom fahren, ich kümmere mich jetzt um sie«, flüstere ich. Als hätten wir eine Kranke zu versorgen. Doch Isa schüttelt den Kopf. »Ich bleibe hier«, sagt sie entschieden, mehr nicht. Früher wollte sie jede freie Minute bei ihm sein. Ist das jetzt Treue-Freundinnen-Loyalität – oder stimmt zwischen Tom und Isa auch gerade irgendwas nicht?

Im Moment aber braucht Jenny unsere ganze Aufmerksamkeit. Sie spricht nicht, raucht kraftlos, kommuniziert nur durch Gesten, müdes Kopfschütteln. Sie zeigt matt auf die Heizung, die aufgedreht, die Vorhänge, die zugezogen werden sollen, und auf die CD in meiner Hand. Ich lege das Lied ein. Und wir sitzen schweigend und hören uns den Pink-Floyd-Song immer wieder von vorn an.

Jetzt ist es nicht mehr mein Lied, meine Tobias-Erinnerung. Es wird für alle Zeiten mit Jennys sprachloser Traurigkeit in einem zu warmen, verrauchten Zimmer verbunden sein. Aber wenn dies das Einzige ist, was ich ihr jetzt geben kann, tut es mir nicht leid. Tobias und ich werden ein neues Lied finden.

Am nächsten Morgen fällt es uns schwer, Jenny zur Arbeit fertig zu machen. Wie eine Kranke lässt sie es geschehen, dass wir ihr eine Kaffeetasse in die Hand drücken, die Jacke überziehen. Immer noch sagt sie nichts. Eine ganz andere Jenny, erwachsen, allein.

Isa macht sich Sorgen. Und ich fühle mich irgendwie gemein. Denn als wir uns dem Krankenhaus nähern, werden meine Schritte immer schneller. Ich kann es nicht erwarten, wieder bei Tobias zu sein. Schon der Vormittag, den ich überstehen muss, eh ich zu ihm darf, scheint mir endlos. Aber jetzt haben die Patienten Vorrang.

Frau Jahns Blutwerte sind in Ordnung, das EKG ebenfalls, sie wird morgen operiert. Das Vorgespräch, das Dr. Gode und ich mit ihr führen, ist kurz. Der Meniskus wird zu fast 80 Prozent entfernt werden müssen, Frau Jahn bekommt ein Implantat. Sie wirkt abgeklärt, fast desinteressiert. »Tanzen werde ich also nicht mehr«, sagt sie leise, als wir das Zimmer verlassen. Und wie zum Hohn hängt Schwester Jana, gerade als wir auf den Flur treten, ein Plakat am Schwarzen Brett auf: »16. St.-Anna-Ärzteball«.

In der Mittagspause haste ich nach unten. Endlich. Herzklopfen auf dem Flur. Ich komme ungesehen bis zu seinem Büro. Ich könnte überschnappen vor Glück. Gleich! Meine Hand greift nach der Türklinke. Und erstarrt. Drinnen spricht eine Bassstimme.

Oh Mann, Lena, um Himmels willen! Ich kann gerade noch zurückzucken. Beinahe wäre ich in sein Büro gestürmt – und drinnen sitzt der Chef!

Ich stehe auf dem Flur wie auf einem Minenfeld, von beiden Seiten kommen schwatzende Schwestern; die einen schlendern zum Essen, die anderen eilen zu ihren Stationen zurück, ich stehe viel zu nah und wie erstarrt vor einer Tür, vor der ich nichts zu suchen habe. Hastig und mit zitternden Knien verschwinde ich im Damenwaschraum.

Nicht auszudenken, wenn ich in die Chefbesprechung geplatzt wäre. Gerade ich, die NIE eine passende Ausrede parat hat, wenn eine gebraucht wird. Ich hätte so krebsrot und verdattert in der Tür gestanden, dass ich auch ein Transparent vor mir hätte hertragen können. (»Raten Sie mal, wer eine heimliche Beziehung mit dem Oberarzt führt«. Mit einem riesigen Pfeil auf die Trägerin.)

Seit zwischen Tobias und mir alles so klar scheint, seit ich das Gefühl habe, endlich an seiner Seite angekommen zu sein, habe ich keinen Gedanken mehr an das eigentliche Problem unserer Beziehung verschwendet. Ich bin auf sein Büro zugestürmt wie die sprichwörtliche Elefantenherde. Eine chefärztliche Sprechpause und ich hätte ahnungslos und liebesverrückt die Tür aufgerissen. Ich habe gerade noch mal Glück gehabt. Und brauche zehn Minuten, bis meine Knie wieder mitspielen.

Als ich auf die Chirurgie zurückkomme, hat der kleine Teufel in mir schon wieder die Oberhand. »Ist doch alles gut gegangen«, flüstert er und bringt mich dazu, einen Moment vor der Ankündigung des Ärzteballs stehen zu bleiben. Da gehen sicher alle hin. Und vielleicht … Ich habe noch nie mit Tobias getanzt. Ich könnte mir vorstellen, dass er von solchen Veranstaltungen nicht viel hält. »Aber was für ein Spaß wäre das?!«, raunt der Kopfteufel. »Zwischen all den Leuten, die nichts von euch ahnen …« Und weil ich ja heute offenbar das Glück gepachtet habe, beschließe ich, bei Tobias heute Abend ein bisschen zu betteln.

Den Nachmittag über versuche ich, mein mittägliches Glück zurückzuzahlen. Ich habe ein Auge auf Jenny, die teilnahmslos über die Station schleicht, und korrigiere unauffällig die Aufgaben, die sie nur halbherzig erledigt hat. Sie merkt es nicht, das ist gut so. Doch nicht allen entgeht, dass Jenny momentan nicht richtig funktioniert. Dr. Gode erwischt mich ausgerechnet, als ich Jennys Bericht überarbeite.

»Was ist passiert?«, fragt er. »Ihre Freundin ist heute noch niemandem auf den Schlips getreten und hat nicht einmal gelacht.«

Er sieht mich an, mitfühlend. Wirkt nett, offen, vertrauenswürdig. Doch ich weiß, was Jenny von der Einweihung Vorgesetzter in private Schwierigkeiten hält: Gar nichts! (Aber wenn ich jetzt »gefeiert« sage, weckt das vielleicht unangenehme Erinnerungen an eine gewisse Diskussion über Charakterfestigkeit. Und »krank« ist auch schlecht, immerhin arbeitet sie, das wäre ja vollends verantwortungslos.) »Schlechter Tag«, sage ich also nur knapp.

»Geben Sie mir Bescheid, wenn ich irgendwas tun kann«, lächelt Dr. Gode. Schade. Aber Jennys Liebeskummer könnte wohl nicht mal der Stations-Sonnyboy lindern.

Am Abend lasse ich Jenny in Isas Obhut nach Hause gehen und verspreche, bald nachzukommen, damit sie wenigstens heute noch zu Tom kann. Ich habe es wirklich fast unhörbar geflüstert. Aber Jenny macht zum ersten Mal seit 24 Stunden den Mund auf und sagt: »Geht zu euren Männern, ihr Grazien. Ich will sowieso keinen sehen. Wer vor zwölf nach Hause kommt, wird von mir wieder rausgeworfen.«

Ich umarme sie, sie lässt es geschehen. Und ich verspreche, es auf den Rausschmiss ankommen zu lassen und trotzdem um zehn daheim zu sein.

Den ganzen Weg in den unteren Flur plappert meine innere Stimme wie aufgezogen. Ich kann es kaum erwarten, Tobias von meinem Beinahe-Ausrutscher in der Mittagspause zu erzählen und die Innenstimme hat bereits alles in eine lustige, hochdramatische Geschichte formuliert, mit der ich uns gleich beide herrlich amüsieren werde. Das Geheimnis war noch nie so aufregend.

Ich klopfe, er öffnet, ich muss jetzt schon grinsen.

Ich will ihn umarmen, doch er tritt beiseite, wartet, bis ich in seinem Büro bin und schließt die Tür. Ja, natürlich. Uns könnte ja jemand sehen. (Hallo?! Es ist EINE MINUTE her, dass diese Gefahr der Höhepunkt einer lustigen Geschichte war!)

»Setz dich«, sagt er. Ich will mich nicht hinsetzen, ich will dich umarmen, merken, dass du mich vermisst hast, der Tag war so unerträglich lang ohne dich!

»Setz dich«, wiederholt er.

Ich lasse mich auf einer Sesselkante nieder. Der Raum wird kleiner, immer enger, die Wände kommen auf mich zu. Irgendwas stimmt nicht.

Er setzt sich mir gegenüber und hält den kleinen Tisch mit beiden Händen fest, als würde das blöde Möbel sonst davonfliegen. Oder im Boden versinken. So wie ich.

Alles, was dann kommt, rauscht an mir vorbei. Seine Worte verfliegen im Raum, hallen von den Wänden wider und stürzen sich auf mich. Ich weiß schon am Ende jedes Satzes nicht mehr, was er gerade gesagt hat. Dass es nicht geht. Dass es ihm nicht leichtfällt. Aber dass es nicht geht.

Ich bekomme keine Luft. Was tut er? Wieso?

»Es ist unverantwortlich«, sagt er. »Wir hätten es längst beenden sollen.«

Ich verstehe überhaupt nicht, was hier passiert.

Aber unser Geheimnis … Wir haben uns doch gerade erst gefunden … Niemand weiß es …

»Arzt zu sein ist eine Berufung«, sagt er. »Du darfst das nicht gefährden. Für nichts.«

Jemand in mir denkt plötzlich, dass es das wert ist. Dass ich es verkraften kann, keine Ärztin zu sein. Bin das noch ich?

»Ich würde es mir nie verzeihen, dir im Weg gestanden zu haben«, sagt er. Mir? Er will sich trennen, damit ICH Ärztin werden kann? Ich bin keine Ärztin, Tobias, ich bin gerade gar nichts mehr.

Er schüttelt den Kopf. »Es war verantwortungslos von mir. Die ganze Zeit das Gefühl, dass es schrecklich falsch ist. Ich muss jetzt endlich das Richtige tun. Eine klare Entscheidung.«

Irgendwann stehe ich einfach auf und gehe und ich glaube, er war mitten im Satz.

Sein Geschenk, die Zeilen in meinem Buch, unser letzter schöner Tag. Das alles war kein Neuanfang. Nur ein Ende.

Ich fahre nach Hause. Ich möchte nie wieder zur Arbeit gehen.

28

Das Leben ist erbärmlich. Wir fangen uns heute nicht einmal auf, sondern klammern uns aneinander wie Ertrinkende. Jenny und ich liegen in Jennys Bett und haben Fernseher und Radio gleichzeitig laufen.

»Also hat er Schluss gemacht«, sagt Jenny matt.

Ja. Aber ich verstehe es immer noch nicht. Was ist passiert zwischen gestern und heute, zwischen »Ich kann es kaum erwarten« und »Es muss zu Ende sein«? Was habe ich verpasst? Wie konnte das passieren, Lena? Dass du an einen Anfang glaubst und deine Träume mit dir durchgehen? Und er einen Abschied beschließt.

»Aber irgendwie hat er sich doch wenigstens aus Liebe gegen dich entschieden«, seufzt Jenny. »Ich hab nicht mal so einen blöden Trost ...«

Ich will das nicht hören. Ich will einfach nur hier liegen. Ich drehe das Radio noch lauter, manchmal kann man dann seine Gedanken nicht mehr ganz so gut hören.

Als Isa kommt, schöpfe ich Hoffnung. Kann sie nicht irgendwas finden, um unsere Traurigkeit zu lindern? Sagen, dass geteiltes Leid einen immer nur noch mehr runterzieht?

Isa schaltet das Radio aus, den Fernseher, setzt sich zu uns. »Das Leben ist mies«, sagt sie und dann fängt sie an zu weinen.

Isas Optimismus war übertrieben, neues Jahr, der alte Mist. Tom findet keinen Job und ist mit jedem erfolglosen Bewerbungsgespräch verdrießlicher geworden. Allmählich scheint er

Isa nachzutragen, dass er ihretwegen die Chance in München vertan hat. Und heute haben sie sich richtig gestritten. Natürlich nicht über München, nur über eine Lappalie. Aber Isa ist trotzdem sicher, dass es eigentlich um seine Absage ging. Am Ende hat Tom behauptet, er müsse neue Bewerbungen schreiben und hätte jetzt keine Zeit mehr.

Isa ist aufgelöst. »ER hat doch entschieden, hierzubleiben«, sage ich.

Isa schüttelt den Kopf. »Aber ICH habe es mir gewünscht!«

Eine Stunde lang liegen wir in Jennys Bett und tun uns leid. Unterbrochen wird unser Traurigkeits-Bed-In nur regelmäßig vom Telefonklingeln. Die ersten Male geht Isa noch hin. Doch es ist niemals Tom. Und auch meine Hoffnung ist jedes Mal vergebens. Nur Björn ruft an.

Isa richtet Jenny aus, dass Björn so etwas Ähnliches auch schon getan zu haben behauptet, ihr verzeiht und sie wieder treffen will. Klar, er glaubt, dass er Jenny nun für sich allein gewinnen kann. Stattdessen schmeißt Jenny aber nur ein Kissen nach dem Telefon und verbietet Isa, noch einmal hinzugehen.

»Wir müssen was tun«, sage ich schließlich; ich merke, dass das konzentrierte Unglücklichsein in diesem Bett uns nur immer mehr niederdrückt. Isa glaubt, dass Aktion hilft – joggen, putzen, die Wohnung umräumen. Jenny verspricht sich mehr von Ablenkung. Aber letztlich haben wir alle drei doch keine Lust auszugehen. Ich habe keinen Vorschlag und zücke deshalb das Handy, um Tipps gegen Liebeskummer zu googeln. Und das heitert uns endlich ein klein wenig auf.

»Treffen Sie nicht übereilt zu große Entscheidungen«, lese ich vor. »Kündigen Sie nicht, planen Sie nicht vorschnell einen Verkauf Ihres Hauses oder eine Auswanderung!«

»Hach, Mist«, sagt Jenny und schnieft. »Soll das heißen, wir müssen morgen wieder in die bescheuerte Klinik gehen?« Ich lese schnell weiter.

»Sammeln Sie alle Gegenstände ein, die Sie an den Ex-Partner erinnern und stellen Sie diese in den Keller!« Ich bin noch nicht bereit, mich von meinem Weihnachtsgeschenk-Medizinbuch zu trennen, Isa hat Skrupel, Toms Sachen wegzuwerfen und verwehrt sich entschieden dagegen, ihn als Ex-Partner zu betrachten und Jenny hat wegen der Doppelaffäre tunlichst darauf geachtet, dass ihre Jungs keine privaten Gegenstände in unserer Wohnung lassen. Wir überspringen also diesen Punkt. Immerhin haben wir sowieso keinen Keller.

»Vermeiden Sie unbedingt, sich mit Alkohol oder Essen zu betäuben«, lautet der nächste Punkt. »Endlich mal ein vernünftiger Vorschlag«, sagt Jenny und sprintet in die Küche, um Eis und Prosecco zu uns ins Bett zu holen. »Lies weiter, mir geht's tatsächlich schon besser«, sagt Isa und reißt das Krokant-Eis auf.

»Denken Sie an Aktivitäten oder Vorlieben, auf die sie Ihrem Ex-Partner zuliebe verzichtet haben und gehen Sie diesen wieder nach.«

»Rauchen«, sagt Jenny. »Björn hasst Rauchen. Und Felix fand es unerträglich, dass ich immer stundenlang bade. Ich könnte mich in die Wanne verziehen und dort bei laufendem Wasser eine nach der anderen qualmen.«

»Tom geht nicht gerne aus«, fällt Isa ein.

»Tobias ist nie richtig mit MIR ausgegangen«, erhöhe ich. Ausgehen steht also doch wieder ganz oben auf der Liste, aber heute Abend sind wir noch nicht so weit.

»Experimentieren Sie mit einem neuen Stil«, verlese ich den letzten Punkt. »Verändern Sie Ihre Kleidung und/oder Ihre Frisur!« Und endlich haben wir den tiefsten Punkt wenigstens für heute Abend überwunden. Zwar hat die Hektik, mit der wir kurz darauf Scheren und Haarfärbemittel zusammentragen, etwas Getriebenes – aber es hilft. Wir frisieren wild drauflos und tauschen unsere Klamotten bunt durcheinander, bald sehen Bad und Zimmer nach Bombeneinschlag aus. Es ist Mitternacht, als wir drei uns vor dem Flurspiegel versammeln. Isas Haare sind ein ganzes Stück kürzer, Jennys sind brünett und ich habe eine seltsame Lockenwelle.

»So können wir uns niemandem zeigen«, sagt Isa, die als Erste wieder zur Vernunft kommt. »Vollkommen schnuppe«, entgegnet Jenny. »Wir gehen ja doch nie wieder raus.«

Doch, wir gehen wieder nach draußen. Am nächsten Morgen schleppen wir unsere schweren Köpfe mitsamt unserer seltsamen neuen Frisuren zur S-Bahn. Und die Traurigkeit kommt zurück mit aller Macht.

Die abgetakelten Weihnachtsbäume, die wie aus dem Nichts aufgetaucht plötzlich am morgendlich-grauen Straßenrand liegen, wirken wie ein Kommentar zu unserer trübseligen Stimmung. Die Berliner haben eine deprimierende Art von Nüchternheit. Nach Weihnachten werfen sie ihre abgelegten Christbäume auf die Straße, überall liegen die ausgedienten Bäumchen am Gehwegrand. Der Anblick ist trostlos. Das Leben kommt uns, wenn möglich, heute noch erbärmlicher vor als gestern.

29

Der heutige Tag verlangt uns allen ein extremes Maß an Haltung ab. Die Traurigkeit ist das eine. Die flotten Sprüche zu unseren neuen Frisuren sind eine Dreingabe, auf die wir definitiv verzichten könnten.

Als wir vor Dienstbeginn bei Ruben um einen Kaffee betteln gehen, prustet er aus vollem Hals los. »Seid ihr vollkommen durchgeknallt?!«, fragt er lachend.

»Frag das die Männer in unserem Leben«, entgegnet Jenny dumpf.

»Oder nicht mehr in unserem Leben«, ergänze ich.

Zynismus war noch nie etwas für mich. Ich könnte schon wieder losheulen.

Ruben hört sofort auf zu lachen, kocht uns Kaffee und stellt Kuchen auf den Tresen. Dann nimmt er die Auffangschale aus der Kaffeemaschine und stürzt sie auf seiner Theke um. Der Kaffeesatz klumpt auf dem Glastresen. Wir sehen ihn entsetzt an, doch Ruben scheint sich überhaupt nicht für die Krümel auf den Sandwiches zu interessieren. Er schaut konzentriert in den Kaffeesatz. »Für dich geht es gut aus«, sagt er dann und zeigt auf Isa. Sie wirkt perplex, aber das vorsichtige Aufleuchten ihres Gesichts zeigt, dass sie ihm ein bisschen glaubt. Glauben will.

»Du hast es zwar nicht verdient«, deutet Ruben auf Jenny, »aber auch du kriegst es wieder hin.«

Dann sieht er mich an. »Du nicht.«

Ich glaube nicht an Kaffeesatzleserei. Zumindest nicht, wenn sie etwas Schlechtes prophezeit. Wenigstens gebe ich mir alle Mühe, nicht daran zu glauben. Mein Tag ist trotzdem ruiniert.

Ich nehme zwei neue Patienten auf und bereite Frau Jahn auf die OP am Nachmittag vor. Ich spreche nur das Nötigste. Alles hier schreit TOBIAS TOBIAS TOBIAS. Der Fahrstuhl, die Fußbodenfliesen, selbst mein Glückskuli, mit dem ich die Anamnesebögen ausfülle. Ich kann es nicht ertragen. Ich lege den Stift weg und suche mir einen anderen. Das Glück ist aus.

Eine Minute später schiebe ich den Ersatzkuli von mir und greife reumütig doch wieder zu meinem alten Schreibkumpan, damit nicht alles noch schlimmer wird. Obwohl ein »noch schlimmer« gerade gar nicht ausdenkbar scheint. Aber immerhin hat mir der Glückskuli auch durch die Prüfungen geholfen. Gib mir irgendwas, blöder Stift, gib mir ein Zeichen, dass irgendwann alles wieder gut wird, dass du wieder Glück bringen wirst!

»Darf ich kurz Ihren Stift leihen?«, fragt in diesem Moment Dr. Gode über meine Schulter. NEIN! Den brauche ich selbst GANZ DRINGEND! Möglichst unauffällig krame ich nach dem verschmähten Ersatzstift und reiche ihm diesen. Dr. Gode macht eine Notiz, legt den Stift wieder hin und fragt: »Haben Sie vielleicht Lust, zum Ärzteball zu gehen?« Ich starre den Glückskuli an. Das soll es sein?! Du bist ja wohl nicht gescheit!

Wer hätte gedacht, dass der OP-Saal eines Tages der einzige Bereich sein könnte, in dem ich mich sicher fühle? Aber heute ist es so; sobald ich den OP betreten habe, werden alle Widrigkeiten ausgeblendet und ich ganz ruhig. Die Schwester hilft mir in den sterilen Kittel, dann in die Handschuhe, ich fühle mich professionell. Frau Jahn ist schon in den OP gebracht worden, Miriam hat die Narkose bereits eingeleitet, das Bein ist auf der Halterung gelagert. Eine Schwester legt eine Blutsperre an, eine Manschette um den Oberschenkel, damit wir ohne größere Blutungsgefahr operieren können. Gemeinsam mit der OP-Schwester desinfiziere ich das Bein und decke das Operationsgebiet steril ab. Darüber hinaus muss ich nicht viel tun, ich halte die Kamera, damit der Chirurg das Kniegelenk von innen sehen kann, sonst nichts.

Der Chirurg reseziert das kaputte Meniskusgewebe und fixiert das neue Implantat mit Nähten. Die Arthroskopie-Zugänge werden verschlossen, ich darf den Verband, die Wickelung und die Knieschiene anlegen, das war's. Ich bin ein Profi.

Eine Stunde lang habe ich nicht an Tobias gedacht, nicht an meine traurigen Freundinnen, nicht an Frau Jahns Firma. Die Lena-Maschine im Einsatz.

Heute Abend verlasse ich das Krankenhaus im Eilschritt, Jenny und Isa haben auf mich gewartet und nehmen mich in ihre Mitte, als wir über den Vorplatz hasten. Sie schaffen es tatsächlich, mich davon abzuhalten, nach einem grünen Wagen auszuschauen. Und angesichts eines Parkplatzes zu heulen.

»Irgendwann musst du mit ihm reden«, sagt Isa. Ich glaube nicht, dass ich das kann. »Sinnlos«, entgegnet Jenny. »Tu dir das nicht auch noch an!« Verkehrte Welt.

Auch auf unserer Straße liegen inzwischen die ausrangierten Weihnachtsbäume. Doch gerade als meine Freundinnen über den Verlauf des Abends grübeln – Tom hat Isa am Telefon abgewehrt und Jenny will sie davon abhalten, trotzdem zu ihm zu fahren –, bringen mich die traurigen Bäumchen auf eine Idee.

Ich schicke Jenny in die einzig gute Videothek der Stadt, ein Weg, der bestimmt eine Stunde dauert. Sie lässt sich ein wenig bitten, aber da ich behaupte, dass nichts meine Depression bremsen kann außer diesem einen speziellen, sonst nirgendwo verfügbaren Fünfziger-Jahre-Film, gibt sie schließlich nach.

Kaum ist Jenny wieder in Richtung S-Bahn verschwunden, unterbreite ich Isa meinen Plan. »Du spinnst«, sagt sie entgeistert. Aber sie lässt mich nicht hängen.

Wir arbeiten wie die Verrückten, schleppen und arrangieren, schmücken und kochen. Es ist, als könnte ich meine unerträgliche Traurigkeit wegarbeiten. Als Jenny eine Stunde später mit dem schwer erreichbaren Film nach Hause kommt, ist alles fertig.

»Komm rein«, sage ich an der Tür und ziehe meinen elchgeraubten Norwegerpullover glatt, »Weihnachten 2.0.«

Die Wohnung ist ein Wald. Wir haben alle Weihnachtsbäume

der Straße nach oben gebracht. Und wir haben sie alle noch einmal geschmückt. Es gibt Punsch und Chorgesang und Bescherung. Isa vermacht Jenny das silberne Jäckchen, das ihr eine für Isas Stil vollkommen unsensible Cousine geschenkt und das Jenny so bewundert hat. Und ich habe vorhin in aller Schnelle Jennys Lieblingsfriseur aus dem Feierabend geklingelt und ihn einen Gutschein ausstellen lassen, damit Jenny ihre ruinierten Haare fachmännisch restaurieren lassen kann.

Irgendwann, nach sehr viel Punsch, schickt Jenny ein Foto von uns vor dem Weihnachtsbaum-Konglomerat per MMS an ihre Eltern. »Meine neue Mami und mein neuer Papi sorgen sehr gut für mich, danke, ihr seid frei!« Und statt sie aufzuhalten, streiten Isa und ich, wer der Papi sein muss. Aber das macht nichts. Der heutige Tag hat uns allen genug Haltung abverlangt.

30

Ich soll mich mit dem charmanten Dr. Gode trösten, finden meine Freundinnen. Und dass ich die Einzige wäre, der sie ihn beide gönnen würden. Ich habe keine Lust darauf. Weder auf den Ball, bei dessen Ankündigung ich mir so idiotische Mädchenträume erlaubt habe, noch auf einen zusätzlichen, unnötigen Abend im Krankenhaus.

Das kann ich nicht. Noch nicht. Im Moment hilft nur Verdrängung.

Isa und Jenny verstehen nicht, dass ich Dr. Godes Einladung ausschlagen will. Weil er der attraktivste Mann auf unserer Station ist. Und weil sie finden, dass ich nach Tobias' Erklärung, ich könne keine gute Ärztin werden, wenn wir zusammen sind, nichts Besseres tun könnte, als eine unfassbar großartige Ärztin zu werden – und trotzdem mit Vorgesetzten auszugehen. Das Erste leuchtet mir ein. Wenn ich für meine Karriere auf Tobias verzichten soll, wäre es idiotisch, sich jetzt vor dem Krankenhaus zu drücken. Und wenn ich je über ihn hinwegkommen soll, muss ich ausgehen. »Und dann«, sagt der Kopfteufel, »sieht er, dass sehr wohl BEIDES möglich ist.« Nur vor einer Frage drücke ich mich: Was werde ich tun, wenn sich herausstellt, dass Tobias' Sorge sinnlos war? Wenn die anderen es jetzt vollkommen in Ordnung finden, dass ein Arzt eine PJlerin in aller Öffentlichkeit ausführt?

Gut, das tun sie nicht. Es gibt Gerede, und zwar sofort. Ich habe Dr. Gode erst vor wenigen Minuten – und unter vier Augen – gesagt, dass ich seine Einladung annehme. Aber Schwester Jana ist schon informiert. »Für deine Karriere wird das nicht gut sein«, warnt sie mich. »Dr. Thiersch wird das sicher nicht gutheißen. Und sie erfährt es ganz bestimmt!«

Ich traue mich »Na von dir wahrscheinlich« zu antworten. Jana sieht mich an; sie wirkt nicht beleidigt, aber plötzlich so ernst. »Du willst nicht verstehen, dass ich es gut meine, oder?« Nein, tut mir leid, das fällt mir tatsächlich schwer. Doch als Jana gegangen ist, suche ich doch unsicher nach dem Stationsarzt und frage, ob seine Einladung wirklich eine so gute Idee war – und ob er weiß, dass darüber bereits getratscht wird. Der neue Fatalismus, der mich dazu bewogen haben muss, seiner Einladung zuzusagen, macht mich vollkommen unantastbar. Mir ist ganz egal, wer über mich redet. Aber Dr. Gode vielleicht nicht.

»Ich selbst habe es rumerzählt«, lacht er fröhlich. »Was ist DARAN denn bitte verwerflich? Wir gehen immerhin nur zusammen tanzen und alle sind dabei.« Siehst du, Tobias, denke ich traurig, da fügt Dr. Gode hinzu: »Es ist ja nicht, als ob wir eine geheime Schutzbefohlenen-Affäre hätten.« Hm.

Die Kontrolluntersuchung bei Frau Jahn verläuft eigentlich gut, technisch gibt es nichts zu bemängeln. Aber Frau Jahn scheint eine ganz andere geworden zu sein. Alle Energie ist weg.

»Sie werden jetzt sehr viel Zeit investieren müssen«, sage ich, »sechs Wochen nur Teilbelastung, nicht mehr als 60° beugen, immer mit der Schiene laufen.« Ich höre mich an wie ein Lehrbuch.

Frau Jahn sieht mich abwesend an. »Ach Kindchen«, sagt sie. »Zeit habe ich doch jetzt genug …« Sie tut mir leid. Aber was soll ich ihr raten? Dass sie sich eine Katze kauft? Dass sie meinen Professor Dehmel kennenlernt und mit ihm Schach spielt?

»Sie werden eine neue Aufgabe finden«, ist schließlich alles, was ich sage.

»Wenn ich eine neue Aufgabe finden möchte …«, antwortet sie.

»Lassen Sie sich Zeit«, sage ich leise. »Lassen Sie sich endlich Zeit …« Sie nickt.

Natürlich ist auch Ruben bereits über meine Einladung zum Ärzteball informiert. Bei unserem Feierabendtee erklärt er mir, warum ein anderer Mann immer die beste Lösung für Männer-Probleme ist. »Revierverhalten. Männer kriegt man höchstens zurück, wenn man den Eindruck erweckt, sie müssten etwas erkämpfen.«

»Er hat sich getrennt«, sage ich bitter. »Ich kann doch unmöglich hingehen und sagen ›Bitte schön, jetzt geh ich mit einem anderen tanzen‹!«

Ruben lächelt fein. »Du nicht. Aber der Flurfunk hat so oft gegen dich gearbeitet – warum nicht auch mal FÜR dich?«

Auch an diesem Abend schleiche ich, so schnell ich kann, über den Parkplatz. Auch heute schirmen mich meine Freundinnen ab wie Polizeihunde. Aber heute ist er da. Er schließt gerade seinen Wagen auf, als wir die Treppe herunterkommen. Ich finde es zu demütigend, jetzt umzudrehen, also ziehe ich meine Freundinnen weiter. Auch er beeilt sich nicht. »Guten Abend«, sagt er, als wir vorbeigehen. Niemand antwortet.

»Hast du gesehen, wie traurig er aussah?«, fragt Isa betroffen. Aber ihr Mitleid brauche ich im Moment ganz für mich.

Isa und Jenny werden nicht auf den Ball gehen. Dabei hat heute ein ziemlich netter junger Unfallchirurg gefragt, ob Jenny ihn begleiten will. Doch sie hat Angst, Felix zu begegnen. Auch etwas völlig Neues. Ich weiß, dass sie mehrfach versucht hat, ihn anzurufen, ich weiß, warum sie sich heute noch einmal überwunden hat, den Gang ins Labor zu übernehmen. Aber Felix lässt sie links liegen. Und den Namen Björn darf man in unserem Hause nicht mehr aussprechen.

Wenigstens Isa scheint es besser zu gehen, für heute Abend hat sie die erste Verabredung mit Tom seit einer Woche. Sie ist voller Hoffnung. »In jeder Beziehung gibt es Höhen und Tiefen«, sagt sie zuversichtlich. »Dann ist es eben mal schwierig. Hauptsache, wir sind zusammen.« Jenny und ich wissen nichts zu antworten. Isas Beziehung hatte noch nie Tiefen.

»Es wird wieder gut«, sagt sie entschieden. »Es muss wieder gut werden! Ruben hat es prophezeit.«

Ich habe nicht vergessen, was er für mich aus dem Kaffeesatz gelesen hat.

Um rauszukriegen, ob ich mich wenigstens äußerlich in die Lage versetzen könnte, zum Ball zu gehen, verbringe ich den Abend damit, Jennys Kleider anzuprobieren. Und noch viermal zu rätseln, ob die innere Lena wirklich hingehen will und fünfmal von Jenny zu hören, dass ich spinne. Ich sitze ratlos vor dem Badspiegel und greife schließlich nach einem Lippenstift. Wenn er mit der Schrift nach oben liegen bleibt, gehe ich hin, beschließe ich und werfe den Stift vom Regal. Er landet, rollt, stoppt, die Schrift zeigt nach oben. Dreimal. Bis Jenny kommt und fragt, was mir einfällt, ihren Lippenstift zu ruinieren.

Isa kommt spät nach Hause. Allein. Sie ist ganz ruhig, setzt sich zu uns, atmet durch.

»Tom tritt die Stelle in München doch an«, sagt sie schließlich. »Uns bleibt keine andere Möglichkeit.«

Vielleicht ist Isa die einzig Erwachsene von uns. Ihre Entscheidung jedenfalls wirkt sehr erwachsen. Tom findet keinen Job in Berlin. Ihre Beziehung ist schwierig geworden, distanziert vor unausgesprochenen Vorwürfen. Isa fühlt sich schuldig, Tom hat seinen Entschluss, ihretwegen hierzubleiben, inzwischen mehrfach bereut. Der Job in München ist noch zu haben, die Stiftung hat Toms Zusage erneuert – falls er die Stelle sofort antritt. Isa seufzt. »Und er ist doch zu klug und zu jung zum Taxifahren!« Noch vor drei Wochen konnten beide den Gedanken an eine Fernbeziehung nicht ertragen. Jetzt scheint es die einzige Chance zu sein, überhaupt eine Beziehung zu haben.

»Ich bin schrecklich stolz auf dich«, sage ich.

»Wart's ab«, antwortet Isa. »Ich werde dir jede Woche von Montag bis Donnerstag von meiner Sehnsucht vorjammern.«

Das Kleid sitzt, die Frisur hält. Ich könnte hingehen. Äußerlich spricht nichts dagegen. Ich werde mich bestimmt nicht mit Dr. Gode über Tobias hinwegtrösten. Aber ich werde zum Ball gehen. Weil man manchmal einen klaren Schnitt machen muss. Chirurgenweisheit.

31

Es hätte ein schöner Abend werden können. Das Kleid saß heute noch besser als bei der Anprobe. Schon das war ein Wunder – normalerweise sehen Kleider, die bei der Generalprobe perfekt wirken, an dem Abend, an dem es drauf ankommt, immer plötzlich unmöglich aus. Jenny hat meine Haare noch besser hingekriegt als gestern. Dr. Gode ist schrecklich nett, lässt Prosecco bringen und bietet mir an, ihn beim Vornamen zu nennen – wenigstens für heute Abend. (Er heißt Bert, damit komme ich gerade noch klar.) Bert Gode tanzt schon beim zweiten Lied. Und er flirtet sogar.

Beim fünften Tanz kommt der Chefarzt an unseren Tisch, der offenbar gewohnheitsmäßig auf dem Ärzteball mit jedem weiblichen Gast eine Runde dreht. Mein Tanzschulwalzer lässt mich nicht im Stich, ich werde nicht übermäßig rot und trete dem Chef nicht mal auf den Fuß – und dann löst Dr. Bert ihn wieder ab. Beste Voraussetzungen für einen gelungenen Abend. Müsste ich nicht immerzu an Tobias denken.

Nach zwei Stunden erbiete ich mich, auch mal die Drinks zu holen. An der Bar lehnt eine wunderschöne dunkelhaarige Frau, die mich anlächelt und fragt, wie es mir geht. Dr. Al-Sayed, die Leiterin der Gynäkologie. Die geheimnisvolle Ärztin, die mir im letzten Tertial einmal das Leben gerettet hat. Oder zumindest die Zukunft. Die für mich da war, als mir in einer langen Nacht auf entsetzliche Weise klar wurde, was es bedeutet, Arzt zu sein. Ich hätte sie beinahe nicht erkannt.

Wir unterhalten uns fast eine Stunde, erst als Dr. Gode lächelnd, aber leicht verwirrt an der Bar auftaucht, fällt mir wieder ein, dass ich eigentlich nur kurz Getränke holen wollte. Er kennt Dr. Al-Sayed und grüßt sie fast ehrfürchtig. Als sie uns einen schönen Abend wünscht und weitergeht, fragt er mich sofort neugierig aus. Er muss mir nicht erklären, dass Dr. Al-Sayed im Allgemeinen nicht viel redet. Schon gar keine geschlagene Stunde lang. Mit einer PJlerin. Ich kann mir nicht erklären warum, aber irgendwie scheint sie mich zu mögen. Jedenfalls ist mein Eindruck von ihr ganz anders. Tja, manchmal habe ich für nicht-gesprächige Typen wohl doch ein Händchen.

Es passiert kurz vor Mitternacht. Die Stimmung ist gelöst, die Langweiler sind vielleicht schon gegangen. Bert und ich tanzen einen improvisierten Quickstep; gegen die eleganten Sprünge der Chefarztgattin sieht unsere Behelfsversion wahrscheinlich recht seltsam aus, aber wir amüsieren uns. Als Nächstes kommt ein langsames Lied. Und der Chefarzt klopft Bert Gode ab.

Ich bin ruhiger, der erste Tanz hat gut geklappt. Ich frage mich nicht, warum er mich ein zweites Mal auffordert. Bis der Chef mitten im Tanz sagt: »Ich bin froh, dass Sie meinem Rat gefolgt sind.«

Erst weiß ich nicht, wovon er spricht. Meint er die OPs? War das ein »Rat«? Mir kam es eher wie ein Befehl vor. Und warum ist sein Gesicht so ernst?

»Ich habe es gut gemeint«, sagt Dr. Dr. Kreuz. »So eine Verbindung macht Ihnen alles kaputt. Ihnen beiden.«

Meine Füße bewegen sich automatisch. Mein Kopf dreht sich.

Der Chefarzt sagt, dass er 30 Jahre Mediziner ist. Und dass die Liebe kommt und geht. Das Arztsein aber nicht. Ich kann ihm nicht mehr zuhören. Ich bleibe einfach stehen.

Deswegen also. Er hat es gewusst. Die Chefarztstimme im Büro. Tobias' verschlossenes Gesicht.

Ich will nach Hause gehen. Und nie wiederkommen. Erst jetzt tut es richtig weh.

Ich gehe von der Tanzfläche. Jemand spricht mich an. Bert

Gode. Na klar, er will wissen, was los ist. Wo ich hingehe. Ich weiß es nicht.

Jemand berührt mich am Arm. Dr. Al-Sayed. Ich kann sie nicht ansehen. Ich bin froh, wenn meine Füße noch so lange funktionieren, bis sie mich aus der Klinik getragen haben.

Hinter mir sagt jemand: »Was machst du denn hier?«

Und das bringt mich dazu, aufzusehen.

Tobias.

Er trägt keinen Anzug, nur seine Sportjacke. Und er steht direkt vor mir.

Ich bin eine Eissäule, eine Sandsteinfigur.

Alle, wirklich alle sehen her.

Ich habe mir nichts mehr gewünscht, als dass er jetzt hier wäre.

»Können wir gehen?«, fragt Tobias. Die Sandstein-Lena nickt.

»Tut mir leid, Friedrich«, sagt er und der Chefarzt wirkt so erstarrt wie ich. Wir sind ein Skulpturen-Kabinett.

Tobias legt den Arm um mich und führt mich aus dem Saal. Hundert Augen sehen uns nach.

Wir fahren. Ich kann nichts sagen. Tobias bremst vor seiner Wohnung, schließt die Tür auf, geht voraus. Ich laufe hinter ihm her wie eine Marionette.

Wir stehen in seinem Wohnzimmer, er hat immer noch nichts gesagt. Warum bringt er mich hierher?

Er bleibt am Fenster stehen, sieht hinaus.

Vor einer Viertelstunde bin ich mit einem vergnügten Stationsarzt durch einen Tanzsaal gewirbelt. Irgendwie habe ich den Sprung zwischen diesen beiden Welten noch nicht geschafft.

Ich betrachte die Bäume vor seinem Fenster, irgendetwas in mir zählt die Äste. Vollkommen ratlos. Ich müsste glücklich sein.

»Was soll denn jetzt werden?«, frage ich.

Das ist das Erste, was ich sage und es klingt jämmerlich. Meine Stimme ist kratzig, als würde ich sie zum ersten Mal verwenden.

Er fährt sich durch die Haare, durch das Gesicht, eine erschöpfte Geste.

Sag was! Warum bist du dorthin gekommen, warum hast du

mich zu dir geholt, wenn du jetzt nicht mehr weiterweißt? Ich merke, dass ich weine und weiß nicht, wie lange schon.

In der Fensterscheibe spiegelt sich eine Frau im Abendkleid. Unerträglich, dass ich immer noch dieses Kleid trage.

Endlich dreht er sich um. Er sieht müde aus, verzweifelt.

»Es tut mir leid«, sagt er. »Ich konnte nicht anders. Seit Wochen musste ich damit umgehen, dass ich dich nicht bei mir haben kann. Nie mehr als ein Blick, immer nur wenige Stunden zusammen. Aber ohne dich … Ich arbeite nur noch mit halber Kraft. Was das Wichtigste in meinem Leben war, steht plötzlich hintan. Nichts funktioniert mehr.«

Du musst dich nicht entschuldigen. Ich habe mir nichts mehr gewünscht.

Er kommt zu mir. Hält mich fest. Endlich.

Ich lasse mich fallen.

»Wir werden das schon durchstehen«, sagt er irgendwann. Es ist still im Zimmer.

»Kündigen«, sagt er, »die Klinik verlassen. Das ist das einzig Mögliche.«

Niemals. Ich werde nicht weggehen. Doch als ich das sage, schüttelt er den Kopf, so weit weg.

»Ich werde gehen«, sagt er. »Sonst hast du keine Chance.«

Nein. Ich will kein Opfer, nicht so eins. Ich möchte, dass einmal ein Glück keinen schrecklichen Preis kostet. Aber nicht in diesem Leben, Lena. Nicht in dieser Beziehung.

Ich will nicht, dass er geht. Will nicht, dass er denkt, dass uns nichts anderes übrig bleibt. Ihm nichts anderes bleibt.

»Wir können nur zusammen sein, wenn ich gehe.«

Zusammen sein. Er will mit mir zusammen sein.

Endlich.

Es bricht mir das Herz.

»Ich habe mich entschieden«, sagt er. »Es ist der einzige Weg.«

Wir halten uns aneinander fest. Stumm. Die Bäume rauschen im Wind, ich kann sie hören. Der stillste Abend meines Lebens.

32

Ich bin ein Niemand. Nicht unsichtbar, das wäre eine wahre Erlösung, sondern persona non grata. Dr. Gode ist beleidigt. Dr. Thiersch wütend. Selbst Schwester Jana schneidet mich. Ich fühle mich schrecklich allein, wie ausgestellt. Und ALLE reden darüber. Isa und Jenny geben sich Mühe, mir abzunehmen, was immer mich mit Kollegen in Kontakt bringen könnte. Trotzdem muss ich bei der Morgenbesprechung anwesend sein, bei der Visite mitlaufen, Informationen austauschen.

Bei der OP-Vergabe sieht Dr. Thiersch durch mich hindurch, ich werde selbstverständlich übergangen. Ich bin wieder am Anfang. Nein schlimmer: Ich bin am Ende.

Dr. Gode kann nicht umhin, mit mir zu reden, doch er spricht nur das Nötigste und schaut mich dabei niemals an. Ihm verzeihe ich noch am ehesten, schließlich haben wir ihn ziemlich blamiert. Den anderen kann ich nicht verzeihen, wie sie sich auf die Neuigkeit stürzen. Die PJler reden, die Schwestern tuscheln, wenn ich mich nähere, wird es still. Ich weiß nicht, wie lange ich das ertragen kann.

Ich will nichts mehr, als bei Tobias sein. Wissen, wie es ihm geht. Aber so schwer es mir fällt, vor der Mittagspause kann ich mich nicht davonstehlen. Ich ertrage den Vormittag, das Nervenkostüm hält bis kurz vor zwölf. Dann sagt Sabrina zu einer Kollegin »Das erklärt ja die guten Bewertungen« und ich muss die Station verlassen, wenn ich nicht direkt vor allen losheulen will.

Im Treppenhaus riecht es verraucht. Am unteren Fenster lehnt

Felix. Ich bleibe einen Moment bei ihm stehen. »Du auch?«, fragt er und pustet den Rauch seiner Zigarette über das graue Berlin. »So endet es dann. Man will nirgendwo mehr hingehen und drückt sich in den Pausen in dem bescheuerten Treppenhaus rum.«

Ich weiß, wo ich hingehen will. Ich muss nur kurz Kraft sammeln, um die letzten 80 Schritte zu schaffen.

»Wie geht es ihr?«, fragt Felix.

Ich schüttle den Kopf. »Ich habe sie noch nie so erlebt.« Das ist alles, was mir einfällt. Er antwortet nicht, sieht hinaus in den Regenmatsch. Ich gehe. Noch 79 Schritte.

Auf dem unteren Flur ist schon Unruhe. Auch hier neugierige Blicke, Getuschel. Wann werde ich mich je wieder in die Cafeteria wagen? Ich klopfe an Tobias' Büro, ist mir doch egal, wer es sieht. Wenigstens das sollte jetzt ja keine Rolle mehr spielen.

Er öffnet, sieht müde aus. »Wie geht es dir?«, fragt er.

Ich will nichts von den eisigen Blicken sagen, den abfälligen Bemerkungen. Es nicht noch schwerer machen. Ich schüttle nur den Kopf.

»Sie werden sich dran gewöhnen«, flüstert er. »Wenn ich weg bin, wird es leichter.«

Seine Umarmung ist fest. Sie scheint der einzig sichere Ort.

Ich will nicht zurück nach oben gehen. Niemals. Aber ich muss.

Ich führe die Abschlussuntersuchung bei Frau Jahn durch und halte mich damit auf, solange es geht. Als ich sie entlasse, bin ich so traurig, als würde ich meinen letzten Freund verlieren. Vielleicht ist sie tatsächlich die Einzige, die noch nichts von der Geschichte gehört hat, denn die anderen Patienten sehen mich seltsam an. Oder ist das schon Paranoia?

»Dann gehe ich mal die Scherben auflesen«, sagt Frau Jahn, als sie sich verabschiedet. Ich erinnere mich, wie entschlossen sie an ihren Krücken davongehumpelt ist, als ich sie zum ersten Mal entlassen habe. Eine ganze andere Frau. Wann werde ich damit zurechtkommen, dass man manchmal einfach nichts mehr tun kann? Obwohl man Ärztin ist? Dass es manchmal einfach zu spät ist? Ich bringe Frau Jahns Akte zurück ins Schwesternzimmer. Jana ist da, sagt aber nichts, sieht mich nicht mal an. Erst als ich rausgehe, spricht sie.

»Na, ich hoffe, das ist es wert«, sagt sie zur Wand.

Ich gehe einfach raus.

Keine Stunde später winkt mich Dr. Thiersch in ihr Büro. Ich weiß nicht, was kommt. Aber ich bin zu abgespannt, um mir Sorgen zu machen.

Sie knallt einen Bericht auf den Tisch. Wortlos. Ich werfe einen Blick drauf. Erst begreife ich gar nichts, dann plötzlich wird es mir klar. Hier ist alles durcheinander. Es sind zwei Berichte, die mir irgendwie durcheinandergekommen sind. Nur eine Hälfte gehört zu Frau Jahn, die Vermischung bewirkt völligen Nonsens. Das ist kein Anfängerfehler. Das ist Versagen.

Ich entschuldige mich und nehme den Bericht wieder mit.

Ich sitze im Arztraum und bringe das Chaos in Ordnung. Unfassbar, wenn dieser Bericht so rausgegangen wäre.

Ich bin überhaupt keine gute Ärztin. Ich bin nichts.

Als ich fast fertig bin, greift jemand um die Tür des Arztraumes und schaltet das Licht aus. Ich sitze im Dunkeln und knülle ohnmächtig das Papier in meiner Hand.

Am Abend kehre ich in Tobias' Büro zurück. Jemand sitzt bei ihm. Dr. Al-Sayed, die geheimnisvolle Ärztin. Ich wusste gar nicht, dass die beiden befreundet sind.

Sie steht auf, als ich hereinkomme, sieht mich ruhig an.

»Ich wünsche euch, dass es das wert ist«, sagt sie, als sie geht. Es klingt ganz ehrlich. Und schrecklich.

Ich schließe die Tür hinter ihr und fange an zu heulen. Weil ich so große Hoffnungen hatte. Hier. Weil der Tag entsetzlich war – aber nichts gegen das Gefühl, hier zu stehen und zu spüren, was es kosten wird, mit ihm zusammen zu sein. Dass er es nicht ertragen wird.

Wir können zwei Ärzte sein, gute Ärzte, vielleicht auch ich. Aber nicht zusammen.

Er nimmt mich in den Arm. Ich lasse es geschehen, ein letztes Mal. Einmal noch fühlen, wie es gewesen wäre. In einem anderen Universum.

»Ich habe mit Friedrich gesprochen«, sagt er. »Ich werde mich versetzen lassen ...«

Ich weiß, worauf sein Blick fällt. Der kleine Bilderrahmen auf seinem Schreibtisch, sein Spruch. *Und hier ist der Mittelpunkt der Welt.* Sein Schreibtisch. Sein Krankenhaus. Unmöglich kann er hier weggehen. Die Tränen sind alle, ich bin ganz ruhig.

»Nein«, sage ich. »Nicht meinetwegen. Du kannst hier nicht weggehen.«

Bleib hier. Du bist der beste Arzt, den ich kenne. Der einzige, der nur Arzt ist. Der nichts anderes sein will und kann. Der niemals etwas anderes sein kann.

Nichts wird sich ändern, nie. Der Preis ist zu hoch und du wirst irgendwann aufwachen und erkennen, dass du ihn niemals hättest zahlen dürfen.

Vielen Dank, dass ich an deiner Seite sein durfte. Dass ich eine Zeit lang träumen durfte, dass man alles haben kann. Und dass ich mich jetzt entscheiden kann.

Nichts davon sage ich. Nur dass es vorbei ist.

Dann stehe ich noch einen Moment ganz ruhig an seiner Tür und sehe ihn an, sehe zu, wie er atmet.

»Wieder gescheitert«, sagt er fast unhörbar. Und sieht so einsam aus.

Du bist der beste Arzt, den ich kenne. Du darfst nichts anderes sein. Als Arzt bist du nie gescheitert.

»Versprich mir, dass du eine ausgezeichnete Ärztin wirst«, sagt er.

Ich kann nicht antworten.

»Nein, versprich mir nichts«, sagt er leise. »Ich weiß es ohnehin.«

Ich werde immer kleiner, die Teppichfasern sind ein Wald. Ich muss gehen, bevor ich meinen Weg vollkommen verliere.

Ich bin ein Niemand, winzig klein.

33

Ich verlasse das Haus das ganze Wochenende nicht. Tobias ruft an, ich antworte nicht. Ich kann nichts sagen, nicht mit ihm reden. Nur als Tom kommt, um sich zu verabschieden, stehe ich kurz auf. Ich wünsche ihm Glück. »Das wünsche ich dir auch«, sagt er und meint es gut. Die ganze Welt weiß Bescheid.

Isa bringt Tom zum Auto und bleibt fast eine halbe Stunde fort. Als sie zurückkommt, hat sie geweint. Unten, als sie sich verabschiedet haben, ist es ihr unerträglich vorgekommen. Als könnte sie es keine Sekunde ohne ihn aushalten. Tom war ebenso hilflos, plötzlich haben sie beide geweint. Noch einmal hat er sie gebeten, mitzukommen. Einfach so. Jetzt. Doch Isa hat abgelehnt.

»Die Entscheidung war richtig«, sagt sie verweint. »Wir haben es doch richtig gemacht?«

»Ja«, antworte ich. »Ich glaube, wir haben es richtig gemacht.« Und deine Trennung ist eine auf Zeit, meine soll endgültig sein.

»Wir müssen arbeiten«, sagt Isa entschieden und häuft einen Lehrbuchstapel auf den Tisch. »Das hilft immer.«

»Du musst ausgehen«, hält Jenny dagegen. Ungebeten hat sie einen Freund eingeladen. Torsten, der mich zum Essen ausführen soll und mich in eine seltsame Pizzeria schleppt, in der er vom Kellner zwischen Vorsuppe und Pizza ein Tütchen Gras kauft. Mitten im Essen gehe ich.

Jenny ist perplex und behauptet, Kiffertorsten wäre der netteste und umgänglichste all ihrer Bekannten. »Warum triffst DU ihn dann nicht?«, frage ich verdrießlich.

»Ich will keinen Freund mehr haben«, antwortet Jenny, »nie wieder.« Ich gehe zurück in mein Bett.

Am Sonntagabend muss ich noch einmal aufstehen und zum Spätshop gehen. Wir haben kein Brot mehr. Seit wann haben wir die einfachsten Dinge nicht mehr im Griff?

Als ich im Spätshop eilig nach dem labbrigen Toastbrot greife, sagt jemand meinen Namen. Funkelnde Augen, Wuschelhaare. Manuel, mein erster Patient, mein erster Freund in Berlin.

In jeder anderen Lebenslage wäre mir furchtbar peinlich, wie ich aussehe. Es ist Frauenschicksal, dass man den Verflossenen immer ausgerechnet an dem Tag trifft, an dem man ungeschminkt im Faulenzerpullover zum Spätshop trottet – und auch wenn so etwas nur einmal im Jahr vorkommen sollte, trifft man ihn garantiert genau dann. Mir ist das heute egal, sonderbar.

»Wie geht's dir?«, fragt Manuel und hat schon zwei Bier in der Hand.

Eine halbe Stunde sitzen wir vor dem Spätshop, trinken Bier und ich erzähle die ganze Geschichte. Weil mir alles vollkommen egal ist.

»Gut, dass du dich getrennt hast«, sagt Manuel. »So was macht einen doch kaputt.« Was weiß er davon?

»Das ist nichts für dich«, sagt er, »Ärzte.« Doch, es war etwas für mich. War alles.

»Du siehst super aus«, sagt Manuel zu meinem Sonntagsschlabberpulli. Und dann schlägt er mir zwischen zwei Bierschlucken einen Neuanfang vor. Zumindest, wenn ich mich nicht verhört habe. Er lächelt. Wahrscheinlich habe ich mich nicht verhört. Läuft das so? Dass man plötzlich jeden haben kann, selbst im Schlabberpulli vor dem Spätshop, wenn das Herz unglücklich vergeben ist?

Ich umarme Manuel zum Abschied. Aber dass ich ihn anrufen werde, glaube ich nicht.

»So ist das also«, sagt Jenny seufzend, als ich ihr von meiner Begegnung erzähle. »Die hübschesten Frauen Berlins verenden in ihrer Wohnung, erstickt an einem pappigen Toastbrot. Was für eine Verschwendung!«

Isa erstickt nicht. Sie tut etwas vollkommen Isa-Untypisches. Am Sonntagabend ist sie einfach verschwunden.

Wir rätseln, wir sorgen uns, wir hoffen, dass sie dort ist, wo wir sie vermuten – und dass sie zurückkommt. »Schon aus Eigennutz«, erklärt Jenny. »Ohne sie gehen wir hier vollends ein.«

Doch am Morgen ist Isa noch nicht wieder da. Und ihr Handy ist aus. Jetzt sind wir ernsthaft besorgt. Aber es hilft nichts, wir müssen zur Arbeit. Vielleicht ist sie schon dort?

Isa ist nicht in der Klinik. Weil wir auch Tom nicht erreichen, beschließen Jenny und ich, spätestens in der Mittagspause die Polizei zu informieren.

Dr. Thiersch ist schwer getroffen vom Ausfall ihrer Lieblings-PJlerin. Sabrina, die so lange so geduldig gewartet hat, wird wieder auf Platz eins erhoben und bekommt endlich wieder die begehrteste OP. Auch Jenny, die nur selten eingeteilt wird, bekommt eine Assistenz zugewiesen. Nur ich gehe leer aus. Nein, ich habe mich noch nicht dran gewöhnt.

Ich schleiche mich noch vor der Mittagspause zu Ruben; ich möchte ihn sehen, aber sonst niemanden. Die Blicke haben noch nicht aufgehört.

»Sie werden darüber hinwegkommen«, sagt Ruben. »Ihr alle.« Und er braut mir einen bläulich schimmernden Tee, der irgendwie beunruhigend schmeckt.

»Ruben«, frage ich leise, »habe ich mich falsch entschieden?« Er sieht mich an, schüttelt den Kopf. »Du hast dich wie Lena entschieden. Was könnte richtiger sein?!«

Wir sitzen eine halbe Stunde zusammen, ich verdrücke mich erst kurz bevor die Mittagsgäste eintrudeln. Noch im Aufzug frage ich mich, was an Rubens wundersamen Geschichten von der Feuerspuckerin wahr sein kann.

Auf der Chirurgiestation herrscht Aufregung. Mein Herz macht einen Satz: Isa? Falsch. Es geht um mich. »Wo stecken Sie?«, sind die ersten Worte, die die straffe Oberärztin nach gefühlt zwanzig Jahren an mich richtet. »Fragen Sie mich nicht warum, aber Sie werden verlangt.«

Vor dem Arztraum hat sich eine PJler-Traube versammelt. Ehrfürchtiges Schweigen. Die dunkle Gestalt, die an der Tür steht, kenne ich gut – ich kann mir nur nicht erklären, warum sie hier ist. Dr. Al-Sayed.

»Auf Sie habe ich gewartet«, sagt sie ruhig. »Ich brauche eine Assistentin für eine laparoskopische Hysterektomie.«

Ich weiß nicht, womit ich das verdient habe. Als ich an den Kollegen vorbeigehe, steht in ihren Gesichtern deutlich dieselbe Frage. Gebärmutterentfernung. Eine 90-Minuten-OP. Ganz ruhig gehe ich neben Dr. Al-Sayed her in den OP-Bereich.

Wir waschen uns die Hände. Ziehen uns im OP-Saal steril an. Dr. Al-Sayed ist schweigsam, wie immer, doch es ist ein gutes Schweigen.

»Sie schaffen das, stimmt's?«, fragt sie nur, als wir an den OP-Tisch treten. Ich nicke.

Miriam, eine Anästhesie-Pflegekraft, zwei OP-Schwestern, Dr. Al-Sayed und ich. Kein weiterer Assistenzarzt. Nur ich. »Wir können jederzeit jemanden rufen«, sagt die schmale Ärztin. »Aber ich weiß, dass Sie es können.«

Der Dauerkatheter wird gelegt. Die Bauchhaut desinfizieren, dann den restlichen Körper steril abdecken. Es geht wie im Schlaf. Die Lena-Maschine läuft. Dr. Al-Sayed bläst den Bauchraum auf und führt die Kamera ein. Der Bauchraum erscheint in siebenfacher Vergrößerung auf den großen Monitoren. Es ist wie im Lehrbuch, ich habe keine Angst.

Dr. Al-Sayed führt zwei Instrumente ein, ich übernehme die Kamera. Die Ärztin nickt. Die Patientin wird kopftief gelagert, die Sicht auf die Gebärmutter freigelegt. In einzelnen Schnitten löst Dr. Al-Sayed das Organ und trennt die Blutversorgung. Ich bin ruhig, die Kamera in meiner Hand zittert nicht ein einziges, winziges Mal. Dr. Al-Sayed entfernt die Gebärmutter, ihre Handbewegungen wirken ganz sanft und trotzdem absolut sicher.

Verschließen, über die Bauchspiegelung kontrollieren, ob kleinere Blutungen bestehen. Alles in Ordnung. Drainageschlauch legen, das Gas ablassen, die Bauchspiegelungsinstrumente entfernen. Ich vernähe die kleinen Einstichwunden, Dr. Al-Sayed sieht mir zu. »Gut«, sagt sie am Ende, »wir sind fertig.« Mehr nicht.

Diesmal bleibt der Heulkrampf aus. Ich bin nicht mal mehr so erschöpft wie beim letzten Mal. »So«, sagt Dr. Al-Sayed, »jetzt können Sie alles.«

Ich weiß nicht, was ich sagen soll. Diese OP war mein Ritterschlag und sie war genauso gemeint. Dr. Al-Sayed hat mir vertraut und mich damit emporgehoben – von nun an kann mir absolut egal sein, was die anderen sagen. Wahrscheinlich werden sie gar nichts sagen. Dr. Al-Sayed hat mir die Chance gegeben, alle Vorwände zu entkräften. Wenn Dr. Thiersch mich nach dieser OP nicht einteilt, muss sie zugeben, dass sie es aus persönlichen Gründen tut. Das wird sie nicht. Erst jetzt wird mir vollkommen klar, was die schmale Ärztin für mich getan hat.

»Wie oft wollen Sie mich noch retten?«, frage ich bewegt.

Sie lächelt. »Wie oft wird es denn noch nötig sein?« Ich weiß nichts zu sagen. Sie sieht mich an, ernst. »Bis du weißt, was du kannst.«

Meine Rückkehr auf die Station ist kein Triumphzug. Aber Dr. Thiersch wartet an ihrer Bürotür und sieht mich fragend an. Ich nicke. »Alles gut gelaufen, Bericht kommt von der Gynäkologie.« Sie dreht sich weg. »Also operieren können Sie, Frau Weissenbach.« Es klingt knapp und eisig wie immer. Aber ich höre heraus, dass das Gröbste überstanden ist. Ich bin wieder dabei.

Ich suche Jenny, ich brauche jemanden zum Reden. Ich finde sie auf der Treppe. Mit Isa. Wir umarmen uns, Isa strahlt. »Jetzt muss ich nur noch zur Oberärztin und mich untertänig für mein Fernbleiben entschuldigen«, sagt sie und klingt gar nicht ängstlich. »Für das da!«

Sie streckt uns ihre Hand hin. Ein silberner Ring, schmal und grazil.

»Wenn wir nicht die Brautjungfern sein dürfen, bring ich dich um«, sagt Jenny.

Isa schüttelt den Kopf. »Natürlich seid ihr es. Wer sonst?!«

Die letzte Begegnung des Kliniktages findet auf dem Parkplatz statt. Tobias steht da, als wir herauskommen. Er hat gewartet, friert. Meine Freundinnen stocken unsicher. Aber ich gehe entschlossen auf ihn zu.

»Meinen Glückwunsch, Lena«, sagt er. »Wie schön, dich so erlöst zu sehen.«

»Wie geht es dir?«, frage ich.

»Noch nicht besser«, sagt er leise. »Aber ich hoffe, das Gefühl wird irgendwann weniger …«

Er steigt ein, langsam. Sieht mich an, nickt zum Abschied. Sieht weg.

»Komm jetzt, Lena!«, ruft Jenny über den Platz. Ich reiße mich vom Anblick des davonrollenden grünen Wagens los. Und dann gehe ich nach Hause. Wo meine Freunde sind, mein eigenes Leben.

34

Der Januar ist fast vergangen. Wir haben unsere Protokolle abgegeben, nur das Probeexamen steht noch aus. Heute ist der erste Tag, an dem niemand den Feierabend herbeisehnt.

Zum Dienstschluss stehen die PJler herausgeputzt auf dem Flur, die Kittel blütenweiß, die Köpfe nervös-rot. Vielleicht bin ich die Einzige, die keine Angst hat. Nichts, was da kommt, wird mich aufhalten können. Ein nie gekanntes Stärkegefühl.

Wir haben das Wochenende durchgelernt, Isa hat sogar auf ihre Wochenend-Bahnreise verzichtet. Jetzt lehnt sie neben mir an der Wand und dreht den Ring an ihrem Finger, als könne er Wünsche erfüllen. Und immer noch betrachtet sie ihn, als ob sie es nicht glauben kann.

Eine überstürzte Heirat soll es nicht werden. Isa will auch das dritte Tertial an unserer Seite absolvieren. »Jetzt wird es doch erst spannend«, lächelt sie.

Im nächsten, letzten Abschnitt müssen wir uns für eine Station entscheiden. Isa überlegt ernsthaft, ob sie auf der Chirurgie bleiben soll. Dr. Thiersch hat ihr den unentschuldigt versäumten Morgen vergeben – vielleicht steckt doch eine Frau hinter der eiskalten Schale? – und Isa wird häufiger eingeteilt und hat inzwischen weit mehr Erfahrung als wir alle.

Jenny ist entschlossen, sich erst am allerletzten Tag zu entscheiden. Und ich behaupte dasselbe. Tatsächlich bewege ich immer noch Dr. Al-Sayeds Abschiedsworte in meinem Kopf herum. Sie würde sich freuen, wenn ich mich für ihre Abteilung entscheide. Ich habe eigentlich nie an Gynäkologie gedacht. Aber vielleicht ...?

Sabrina kommt aus dem Arztraum, erlöst, strahlend. »Alles Gute«, sagt sie und umarmt mich ganz unvermutet.

Das Letzte, was ich sehe, bevor ich vom Flur in den Arztraum trete, ist ein blonder Schopf an der Tür zur Treppe. Felix. Kommt er, um Jenny Glück zu wünschen? Mein Blick findet ihr Gesicht, ihre Augen leuchten auf, sie sieht nur Felix. Er kommt herüber, er lächelt. Schade, dass ich nicht bleiben kann. Aber auf mich wartet die Eisprinzessin.

Dr. Thiersch sitzt zwischen zwei Chirurgen. »Na dann viel Glück.« Selbst von ihr.

Auf dem Tisch vor den Ärzten steht eine Schachtel, Dr. Gode hält sie mir hin. Ich ziehe eine Karte: Mitralklappeninsuffizienz. Ich erkläre Symptome, Ursachen und Diagnose, die Mitralklappenrekonstruktion, die Risiken der OP, die Nachsorge. »Herzchirurgie – wär das was für Sie?«, fragt die Kardiologin, als ich fertig bin. Schon da habe ich das Gefühl, es gemeistert zu haben. Ich zögere. »Vielleicht?«

»Wer hätte das gedacht, dass sich mal alle um Sie reißen würden, Frau Weissenbach«, sagt Dr. Thiersch.

Dr. Gode steht auf, gibt mir die Hand, begleitet mich zur Tür. »Glückwunsch«, sagt er, als er mir die Tür öffnet. Es ist das erste Mal, dass er wieder ganz normal zu mir spricht. Ich sehe zum Tisch, die drei Ärzte füllen Bögen aus, keiner kann uns hören.

»Vielen Dank für den schönen Abend«, sage ich leise. »Es tut mir leid, wie er geendet hat.«

»Lügen Sie nicht, Lena«, lächelt er. »Nichts tut Ihnen leid!« Und er hat recht.

Ich komme auf den Flur zurück, lasse mich umarmen. »Ist es schlimm?«, fragt Ernie, der als Nächster dran ist. Ich schüttele den Kopf. »Du machst das schon!«

»Drück mir die Daumen, dass Ernie die Laryngektomie zieht«, flüstert Isa. »Ich glaube, die kann ich nicht!« ICH glaube, sie kann alles.

Jenny steht neben Felix, er hat den Arm um sie gelegt. »Mir ist es vollkommen egal, was ich ziehe«, sagt sie und strahlt Felix an. Ich habe sie noch nie so erlebt.

Meine Freundin Jenny, verliebt bis über beide Ohren.

Noch vier PJler bis zu Jenny, noch sechs bis Isa. Dann war es das. Die Chirurgie ist geschafft.

Ich mache mich auf den Weg zu einem letzten Kaffee bei Ruben, bis auch meine Freundinnen fertig sind.

Draußen wird es dunkel, Ende Januar kommt die Nacht schon um fünf Uhr nachmittags. Aber der Schnee ist getaut, es ist nicht mehr lange hin bis zum Frühjahr.

Der Frühling in Berlin, so oft besungen und bedichtet. Doch ich habe im letzten halben Jahr die Erfahrung gemacht, dass sich einige der vielbesungenen Berlinereien bei genauerem Hinsehen als übertrieben schöngeredet entpuppen. Und manch Verrufenes als wunderschön. Zum Beispiel S-Bahnhöfe.

Auf dem Gang der Inneren steht ein Mann mit einem Karton. Tobias.

Wir stehen uns gegenüber, schweigend. Ich kann an nichts anderes denken als an den Karton unter seinem Arm und was er bedeutet.

Ich muss ihn aufhalten. Ich kann nicht zulassen, dass er geht. Es ist sein Platz, sein Krankenhaus. Der Mittelpunkt seiner Welt.

»Du darfst nicht gehen«, sage ich.

Wir werden Ärzte sein. Und wenigstens nebeneinander. Ich will dich nicht verlieren.

Er sieht mich an, schüttelt den Kopf.

»Ich zeige es vielleicht zu selten«, sagt er. »Aber ich bin auch nur ein Mensch. Ich könnte es nicht ertragen, dich jeden Tag zu sehen.«

Warum glaube ich, dass ich es aushalten könnte? Wie kann es sein, dass ich mich plötzlich stärker fühle als er?

»Wieso?«, frage ich. Das darf nicht, soll nicht sein. Irgendwo, irgendwann muss es doch gut werden! Wenn er jetzt geht, war doch alles umsonst!

Ich sage nichts davon.

»Wohin gehst du?«

»Lesotho. Erst mal für einen Monat.« Er lächelt unmerklich. »Sag nicht, dass das theatralisch ist. Lieber, dass die dort ganz dringend auf mich warten.«

Ich nicke.

Einen Monat. Vier Wochen.

»In drei Monaten ist mein PJ vorbei …«, sage ich.

Er sieht mich an. »Ich weiß.«

Können wir uns dann wiedersehen?

»Wenn du zurück bist … Meldest du dich?«

Er lächelt. »Vielleicht komm ich auch einfach mal vorbei, um dich nach Hause zu fahren.«

Dann geht er und ich sehe ihm nach. Er dreht sich nicht um.

»Und?«, fragt Ruben, als er mir meinen letzten Chirurgen-Kaffee hinstellt. »Wo wird es dich im nächsten Tertial hin verschlagen?«

Ich weiß es noch nicht. Ich muss es bis zur nächsten Woche entscheiden. Aber jetzt, in diesem Augenblick, kommt es mir vor, als könne alles aus mir werden. Chirurgin, Gynäkologin, Internistin, Kinderärztin. Nur das eine nicht, von dem ich nicht weiß, ob ich es mir nicht am sehnlichsten wünsche.

Er lächelt. »Ich weiß es doch schon. Soll ich es dir verraten?«

Nein, danke, Ruben. Ich werde doch bald rausfinden, was aus mir wird.

Im Februar.

Fotos: Goran Gajanin
Mädchen,
so wichtig wie
deine beste Freundin!
Alle 14 Tage neu am Kiosk!
mädchen.de
blog.mädchen.de
facebook.de/mädchen